本书出版得到了深圳大学高水平大学建设项目经费资助

|博士生导师学术文库|
A Library of Academics by
Ph.D.Supervisors

小说与诗学
开放时代的中国文学

汤奇云 著

光明日报出版社

图书在版编目（CIP）数据

小说与诗学：开放时代的中国文学 / 汤奇云著. -- 北京：光明日报出版社，2023.6
ISBN 978-7-5194-7335-8

Ⅰ.①小… Ⅱ.①汤… Ⅲ.①中国文学—当代文学—文学研究 Ⅳ.①I206.7

中国国家版本馆 CIP 数据核字（2023）第 114347 号

小说与诗学：开放时代的中国文学
XIAOSHUO YU SHIXUE：KAIFANG SHIDAI DE ZHONGGUO WENXUE

著　　者：汤奇云	
责任编辑：鲍鹏飞	责任校对：周文岚　李　兵
封面设计：一站出版网	责任印制：曹　净

出版发行：光明日报出版社
地　　址：北京市西城区永安路 106 号，100050
电　　话：010-63169890（咨询），010-63131930（邮购）
传　　真：010-63131930
网　　址：http：//book.gmw.cn
E - mail：gmrbcbs@gmw.cn
法律顾问：北京市兰台律师事务所龚柳方律师

印　　刷：三河市华东印刷有限公司
装　　订：三河市华东印刷有限公司

本书如有破损、缺页、装订错误，请与本社联系调换，电话：010-63131930

开　　本：170mm×240mm	
字　　数：323 千字	印　张：18
版　　次：2023 年 6 月第 1 版	印　次：2023 年 6 月第 1 次印刷
书　　号：ISBN 978-7-5194-7335-8	

定　　价：98.00 元

版权所有　　翻印必究

序：开放时代的魅力

如果你读到汤奇云教授的这本书，你不仅会被书中很多精到分析和精彩见解所吸引，更能感受到一个文化开放时代的诗学魅力。在这个时代，一代新的学人已经崛起，正在用他们开放的视野和胸怀审视、接纳人类各种精神、文化、思想，通过一种多元化的方式进行思考和创造；也正在把中国文化及其文学推到一个广阔无垠的世界。

毫无疑问，这个时代来之不易。走向开放，作为一个文明古国复兴的开端，可视为中国学术三百年、文学一百年来最显著、最曲折也最吸引人、最富有魅力的特征。中国曾经有过一个精彩纷呈的文化开放时代，敦煌艺术曾用一种无与伦比的宽广胸怀，吸取和熔铸了多种外来文学因子，为唐代的繁荣昌盛注入了活力。在世界走进中国的同时，中国精彩和中国故事也走向了世界。然而，近世以来，由于种种原因，这个曾经吸收、包容了众多世界性、人类性文化的国家和民族，渐渐脱离了世界，趋向封闭。为了打破这种封闭，重获一种气势宏伟、胸怀博大和海纳百川的气象，从明末清初开始，中国文化进入了新一轮艰苦卓绝的探索，经历了一波又一波风雨、风浪和大江东去的文化变革，迎来了20世纪的社会大变革。

从"五四"新文化运动至今，中国加大了向世界开放并进而走向世界的步伐，逐渐形成了从物质交流到倡扬科学、从发展经济到政治变革、从生产关系到意识形态全方位的开放格局。不仅文化空间和视野扩展到了整个世界，文化创新也进入了多元化、跨文化领域。而在这个过程中，文学一直站在时代前沿。它是中国走向开放最敏感的尺度和镜像，记录并推动着开放改革的中国，不断更新着中国文化精神的面貌。因此，对开放时代的文学进行批评和解读，就不仅仅是对这个独特时代的回应，更是为今人提供了一种全新的现实感受维度。

然而，回顾文学历史发展会感觉到，在极其完备的专制文化语境中，文学要冲破禁忌，摆脱束缚，从封闭中解放出来，自身是无能为力的。它需要来自外部的冲击和摇动，打破过去的文学迷信。每丧失一次自我，就能获得一个新的自我。这似乎成了中国文学史上一切有所造就的文学家的共同经历。或者家庭破落，或者做官被贬，或者身陷囹圄，换一种生活氛围，给予作家一次重新选择的机会，总是在迫使他进行新的选择。由此来说，文学创作中的停滞和僵局，总是和某种封闭的生活和文化形态联系在一起的。中国长期的封建集权和在思想、道德、文化上专制划一的传统，给自由的文学浇铸了一个厚重的不自由的外壳。久而久之，文学也忘记了如何伸展自己的身躯，也忘记了追寻自己的理想。不能不说，开放首先是一种人的主体性解放。这意味着独立人格、自由思想和创新意识的形成，既需要打破种种专制文化的禁忌和惯性思维模式，又要破除封闭时代积淀固化的种种偏见，不断从文化交流中汲取精华，扩展人类文化创新的心灵空间。因此，这条通向世界的开放之路，一直是一条充满荆棘与障碍之路。

从某种程度来说，旧时代的开放过程总是存在着"开而不放"和"放而不开"的现象。所谓"开而不放"，是指国门虽然敞开，但是旧的文化形态仍然制约着人们，既定的社会体制和各种清规成律仍然牢牢捆绑住人们的手脚。从中国文化内部久已形成的超稳定结构来说，就是所谓的"以不变应万变"。更深一步来分析，这种"开而不放"的情形，与中国文化的传统心理状况具有密切的关系。长期封闭的封建社会形态，在一定程度上束缚了中国人民心灵的自由发展；拘于方格之内，久而久之，去了方格也未必能即时伸展自如。

毋庸讳言，这种开而不放的倾向，自然会有着重新走向封闭的趋势。试想，如果开放使人失去了原有的保护与称手的姿态，势必会难以使门越开越大。这也就转而形成了开放过程中的另一种情景——"放而不开"。人们也不可能一下子摆脱传统的重负，自由地伸展自己的思想，尽可能地发挥自己，以至于进入一种矛盾、犹豫、徘徊、顾虑重重的状态。这种情形必然会导致无论是学习、借鉴外国的先进思想，还是摆脱中国既定的传统思想的束缚，人们总是进两步退一步，或者退两步进一步。

显然，这种客观上的"开而不放"和中华民族主体心理上的"放而不开"状态，既相辅相成，也互为条件。它造成了中国近代以来文化发展中翅膀的沉重，在一定程度上限制了中国走向现代化、走向世界的步伐。然而，在汤奇云的文学批评中，完全看不到这种犹豫不决的"开而不放"和"放而不开"的情景。为了揭示出开放时代文学的现实感及其诗学特征，他似乎早已意识到并自觉规避了这两种情形。这在其《"主义"本土言说的悲剧与规避》一文中就有所体现。这大约也与他是在开放时代成长起来的评论家有关。他经历了社会改革的各种风浪，从乡村走到了中国改革开放的最前沿，不是胡适所说的那种

"放了脚的女人",而是一双大脚在不断寻找着合适的鞋子,继续延承并弘扬着王国维一代人对于独立人格、自由思想和创新精神的追求。当然,他自己总是表述为改革开放时代新市民的"自我意识"。

由此,阅读这本书,会有一种痛快淋漓的感觉,因为这种自由开放的精神已经融入其字里行间,体现了一种宽广的视野和情怀。例如,在探索中国现代小说叙述方式的变迁中,他就表现出了这种开放的眼光:

> 探讨小说叙事的现代变迁,就不能止于艺术自身这一领域,而应该放置在中国与世界同步发生的文化与社会变局中来考察。
>
> 现代小说既是中西文化碰撞的产物,也是推动中国社会变革的重要力量。"五四"时期和20世纪80年代以来的改革开放时期,无疑是中国社会与文化实现大转型的两个历史节点。这两个时期既是现代小说的奠基期,也是小说中国的"变声"期。因此,本书的第一卷"小说在'五四'"和第二卷"小说在当下",就是力图回到这两个时段的现实语境和作家的世界意识与视野中,以考察中国现代小说叙事精神的确立,以及催生这种叙事精神内含的新的情感结构与审美取向。显然,发生在20世纪首尾的两次"文艺复兴"都是文化革新的结果。"格式很特别"的鲁迅小说、"两脚踏中西文化"的林语堂的"文化小说"和80年代末的"先锋文学",都无不显示了这种变化。不仅每一次小说叙事的创新,都标志着中国人的一次思想解放及其新的世界观的生成;现代小说的语言符号及其叙述"文法"的更新,也无不与时代的文化创新具有同步性。它们共同统一于作家的现代"文心"之中。文化创新永远是小说叙事创新的内在动力;而每一种新文化内涵的价值准则则成了"中国故事"的新"文法"。①

与当下时髦的"建构式批评"不同,这种"有对象的批评"(谷柄行人语)及中西文化对照交流的思维方式,已经融入汤奇云的文学研究中,构筑了其开放的视野和维度。在这一新视野中,一切观念与话语的预设性得以取消,社会伦理和人的情感价值也不再具有统摄性,但文学的主体性伴随着人的自我觉醒在不断滋长。显然,在中国文学融入世界、走向未来过程中,开放不仅是一种姿态和视野,更是一种学问,一种新的系统性的思维方式,需要不断突破和开拓。

正如汤奇云揭示的,在一个开放时代,文学思潮研究也不仅仅是对文学观

---

① 引自本书前言第二段和第三段。

念史的追根溯源，它更应是阐释具体作家作品的坐标系。由于作家的文学观念是时代文化观念影响下的产物，所以，自"西学东渐"以来，关于各种"主义"和学说的言说与论争，一直是现代人文学术发生发展的基本形态。现代小说叙述立场的多样性及其诗学的冲突，就不仅仅表现为作家们文学观念的冲突，更是在学术层面关于各种文学思潮论争的触媒。是开放导致了"主义"之间的论争，也是开放导致了文学研究中新的阐释和理解方式的产生。

由此说来，开放并非一匹狂奔的黑马，可以在文化意识形态场域任意驰骋。情形往往恰恰相反，开放会使我们意识到更多的不同文化之间的隔阂，使研究和批判的步履更加小心翼翼。任何自以为是的决断，都有可能造成彼此间的相互误解乃至伤害，造成人类文化沟通中新的隔阂和障碍；而对于新理论、新观念，简单粗暴地使用，甚至会在文学研究中造成新的城堡——或许我们此时才会意识到，开放绝不是无往而不胜的法宝；完全脱离实际的、武断的孤军深入，很可能重新造成封闭。

然而，汤奇云却摆脱了这一悲剧和误区，以一种独特的方式穿越了理论与方法、观念与文本之间的障碍。其最突出的特点就是，从"文学是人学"的维度出发，通过对具体文本的细致解读来打通文学与世界的关系，分析和阐释其超出了具体作品的艺术意味和意义。他对于鲁迅小说的研究就体现了这一点。在一种开放视野和胸怀的观照下，他以从细节进入现场的方式，揭示了鲁迅文学创作与整个人生的关联，以及鲁迅存在的世界性意义。他这样谈到了"酒"：

> 尽管鲁迅倡导过"摩罗诗力说"，也承认"苦酒"往往是"怯弱者"的饮料，但他尤为看重饮酒给人的生命世界带来的精神自主性与反叛性。因此，他不仅在《魏晋风度及文章与药及酒之关系》一文中，指出了文学的自觉与人的酒神精神之关系；他还在自己的小说创作实践中，大量地运用酒精来刺激乃至激活笔下那些"怯弱者"或"反叛者"的精神世界。通过这种文学情境的模拟与测试，他不仅证明了让那些无名酒客来充当沉默时代的话语主体的不可能，且期待"五四"新人们成为苦闷时代的反思者和抗争者的指望也落了空；然而，他自己依然要做着"过客"式的绝望抵抗。[1]

在鲁迅那里，"酒"成了人精神状态的象征，"饮酒"也成了检索人心灵世

---

[1] 引自本书《鲁迅小说中的饮酒叙事与思想实验——"五四"启蒙成效评估与对"新人"思想的超越》第一段。

界的线索，能在文本世界里勾勒出一系列具有广延性的文学事件及其过程，唤起读者对人生与艺术的整体性思考。正是由于这种开放语境的呈现，"无名酒客"具有了文化符号意义，揭示了现代人的生命状态；而"过客"也被世界重新定位，成了走向世界系列中不可或缺的艺术形象。

在这本专著中，如此富有启发性、开放性的论述不少。它们像燃烧着的思维烛火，在空旷原野上发出光亮，似乎在鼓励人们奔向更开放、更宽广的文化时代。实际上，在阅读汤奇云文章的时候，我们也在不断回味和怀想着中国开放的过程，享受着变革时代的艺术魅力。人们一直在期待着中国在走向世界、走向未来的过程中继续绽放魅力，迎来一个又一个五光十色而又充满挑战的开放时代。

殷国明

2022 年 9 月于上海

前 言

"欲新一国之民,不可不先新一国之小说。"这是清末民初著名改革家梁启超在1902年所写的《论小说与群治之关系》一文中开篇的第一句。一句话,他要为"新民"而倡导"小说界革命"。其后不久,他的这一倡导便得到了正处于"五四"文学革命运动中鲁迅的响应。鲁迅以无可争辩的创作实绩,开创了第一批具有真正现代意味的启蒙小说。不过,他的创作动机改换了一个说法,叫"立人"。由"新民"到"立人",这不仅仅是自晚清到民国的文化语境改变所致,更是一位现代作家对其艺术理想的表达。

不管怎么说,现代小说在中国,自其诞生始,其价值与功能就溢出了一般"故事"意义上的审美范畴,成了启迪民智、传播新知的重要言说方式。它也不仅仅止步于现代知识分子个人思想和情志的表达,而侧重于对一个时代、一个国家乃至一个民族的兴衰存亡和民生疾苦的严正关切。渴求"改革"或"变革",既是推动现代小说这种"微言"一步步走向"宏大叙事"的社会基础,也是小说叙事不断走向创新的文化动力。因此,探讨小说叙事的现代变迁,就不能止于艺术自身这一领域,而应该放置在中国与世界同步发生的文化与社会变局中来考察。

现代小说既是中西文化碰撞的产物,也是推动中国社会变革的重要力量。"五四"时期和20世纪80年代以来的改革开放时期,无疑是中国社会与文化实现大转型的两个历史节点。这两个时期既是现代小说的奠基期,也是小说中国的"变声"期。因此,本书的第一卷"小说在'五四'"和第二卷"小说在当下",就是力图回到这两个时段的现实语境和作家的世界意识与视野中,以考察中国现代小说叙事精神的确立,以及催生这种叙事精神内含的新的情感结构与审美取向。显然,发生在20世纪首尾的两次"文艺复兴"都是文化革新的结果。"格式很特别"的鲁迅小说、"两脚踏中西文化"的林语堂的"文化小说"和80年代末的"先锋文学",都无不显示了这种变化。不仅每一次小说叙事的创新,都标志着中国人的一次思想解放及其新的世界观的生成;现代小说的语言符号及其叙述"文法"的更新，也无不与时代的文化创新具有同步性，它们共同统一于作家的现代"文心"之中。文化创新永远是小说叙事创新的内在动力，而每一种新文化内涵的价值准则则成了"中国故事"的新"文法"。

　　文化的创新推动了小说叙事的创新，但人们不要忘记，文化创新的初衷是推动社会的变革，或者说，是为了让人们重新获得推动时代进步的力量。如果说发生在"五四"前后的"西学东渐"，导致了中国社会的政治与经济形态的改变，那么20世纪80年代改革开放则推动着中国融入世界，带来了中国社会的组织结构和中国人生活方式的深层巨变。不仅工业化带来了城镇化，"单位人"也变成了生存在现代都市中的"市民"。中国人生存的物理空间和生存形态的根本性变革，既改变了人与人之间的社会伦理关系，也直接催生了移民心态。这种新的伦理关系和新的市民心态，不仅是当下文学反映的对象，由这两者为轴心形成的新生都市文化，更是成了支配当下作家情感结构和审美追求的主要因素。这一点也清楚明了地呈现在我国改革开放的前沿阵地——广东的"南方叙事"中。所以，本书的第二卷"小说在当下"，就重点从人的文化身份与生活方式的裂变维度，重点考察了当代岭南文学多变的叙事姿态及其诗学特征，以呈现当下作家对新的社会形态的深度感知。

　　由于探讨中国现代小说的叙事变迁，不仅仅是一种文学叙述史层面的诗学考察，更是一个用以揭示中国社会精神裂变及其动因的文化命题。因此，需要特别说明的是本课题的研究方式。本书虽然是从叙述学角度回答中国现代小说家到底在讲述一些什么样的故事、怎么讲，以及为什么要这样讲等诸如此类的诗学问题，但是揭示哪些作家通过小说创作为中国思想文化的创新和发展做出了贡献，才是本书的真正目的。正如从现场和细节中生成思想，是一切社会科学研究的不二法门，我们的文学叙事学研究也同样强调回到文学现场，通过文本细读，以呈现作家攀登人类精神高地的脚步与身影。所以，选择一些在20世纪历史大变局中最具世界意识，并致力于叙述创新的作家作品和文学思潮，以散点透视的方式开展个案研究，就是本课题的研究方式；而呈现这些崭新的"中国故事"里的叙事伦理和时代文化追求，就成了本书潜在的结构线索。

　　于是，时代文化思潮在文学领域的代表——文学思潮，便自然而然地进入了我们的研究视野。事实上，文学思潮研究不仅仅是对文学观念史的追根溯源，也是阐释具体作家作品的坐标系。主要原因是作家的文学观念是时代文化观念影响下的产物。然而，自"西学东渐"以来，关于各种"主义"和学说的言说与论争，一直是现代人文学术发生发展的基本形态。现代小说叙述立场的多样性及其冲突，不仅表现为作家们文学观念之间的冲突，更是在学术层面催生各种文学思潮之间发生论争与批评的触媒。理论家总是力图从思潮的角度，归纳或总结出各类文学叙事共同遵守的艺术逻辑及其审美追求，以完成对一个时代的文学形态的整体性描述与解说。因此，从作家的审美追求和文学叙事形式变迁这两个维度，探寻中国现代"文心"的嬗变，也就成了现代文学研究的通行方式。或许，这也是"知人论世"在学术界的一种变种。

从文学叙事学角度来说，文学语符的编码和文体形式的重构，无不是建立在作家个人的艺术思维方式和内在情感结构的形成基础上。而具有"情本体"实质的中国传统文化，与通过"五四"启蒙运动而来的充满自由精神和"主情"色彩的浪漫主义人文思潮，就是最早推动中国现代作家内心世界中的道德情感与个体生命的自然情感在冲突中走向融合的两股文化思潮。这不仅为中国现代作家的艺术思维方式注入了现代诗情色彩——由对"情理"的遵循到对"真理"的追求，更是让他们的文学叙事无不充满了历史的责任感和现代人文精神。因此，本书的第三卷"主义与诗学"主要选取了当代中国关于浪漫主义研究及"主义"书写中的情感逻辑问题为言说对象，意在从理论层面探讨作家的自我生命意识的觉醒及其遮蔽与中国现代文学叙事之间的关系，从而揭示"主义"言说的悲剧与规避对现代小说叙事的影响。

其实，无论是在"主义写作"之前还是之后，现代文学批评界都没有停止过关于现代文学叙事的美学思考及其诗学建构。从鲁迅倡导的要做"撄人心"的文学、周作人的"人的文学"、文学研究会的"为人生"的文学，到钱谷融的"文学是人学"论断的提出，无不显示了中国现代文学叙事中的生命主体意识自觉。自"五四"启蒙时代以来，立足于"人"的主体性的建立和如何识解我们"人"自身，尤其是时代文学要呈现的当下的中国人，一直是这一理论自觉进程中的核心命题。其内在逻辑在于，现代文学要做到"撄"人心，作家首先就要做到"写实"人生，而作家要做到"写实"人生，还需要在"人学"层面做到两点。一是同情笔下人物。作家应该秉持现代生命情怀和人道主义精神，认同他们是与自己一样拥有同等尊严与权利的人。二是作家要善于运用一切现代的和科学的人学方法，去识解生活在现实中的人的情感结构，并具体化为人物的内心动作，从而刻画出"活生生的"人物来。显然，钱谷融的文学理论是建立在人的"情感自觉"基础上的。他是一个典型的从中国传统文化中走出来的"主情主义"理论家。过去的理论大多从转变思想观念的层面，强调通过人的"理性自觉"来建立人的主体性，忽视了作家艺术思维中"情感"的作用与意义。所以，他明确指出了文学的艺术魅力来自作家与现实生活息息相关的"有情思维"。

其实，我国传统的"情理"思维从来就是强调从情感的维度来品评和识解人的心性的；而西方现代浪漫主义则从人的"同情心"中发现了人的自我认同机制——或是西方理性主义认定的，对某一对象本身并无利害关系而又合乎目的性的普遍沉思；或是马克思主义认为的，在生产生活实践中发现自我。正是这两种文化智慧的汇合，让理论界普遍明白了一条自"五四"以来就一直在追寻的真理——人自身对世界的身心体验获得的情感与感受才是其审美判断力的渊薮。也只有建立在这种情感与感受之上的文学叙事，才能真正做到"撄"人心。从这一理论背景来看，殷国明建立在我国古代"心动说"基础上的主体性美学，便是"文学是人学"的具体化。他进而明确地指出了"文学是情学"的叙事真相。这种关于文学叙事的情感理论，与其说他是在钱氏学说的基础上接着说，还不如说是对百年中国现代文学叙事的审美经验与教训的总结。但不管怎么说，它们都是中西方文论共同孕育的结果。

还应该说明的是，上述两位文学理论家都是笔者在华东师大读书时的先生。笔者也是在听其言、读其书中从事自己的文学批评和研究的。因此，本书的前两卷在完成对现代中国小说叙事与思潮的个案研究时，笔者的脑海中总是会浮现他们的理论身影，第三卷只不过是负责将这种诗学思考背后的身影呈现出来。

由此，笔者也深刻认识到，理论的价值远不止于对创作的启迪与指导，而更在于对文学批评与阐释空间的拓展。显然，不仅文学叙事的创新来源于作家的主体性，文学批评对作家精神形象及其情感结构的揭示更有赖于批评家主体性的建立。

目 录
CONTENTS

第一卷 小说在"五四" ·· 1

鲁迅小说中的饮酒叙事与思想实验

　　——"五四"启蒙成效评估与对"新人"思想的超越 ··············· 3

文学的精神与趣味

　　——鲁迅文学再解读 ··· 18

《瞬息京华》的文化意蕴探寻 ·· 32

论林语堂小说创作中的文化选择与审美追寻 ································ 42

对"五四"新文学观念的历史反思与理论考察 ······························ 53

论"五四"文学的性质及其对现代叙事精神的确立 ······················ 62

文人趣味千古传

　　——评"京派"文论的逻辑建构 ··· 73

第二卷 小说在当下 ··· 85

论世界意识与刘以鬯的小说诗学 ·· 87

哲思小说的南方支脉

　　——薛忆沩小说的叙事姿态 ·· 101

何谓"先锋"？为何"小说"？

　　——先锋文学的启示 ·· 111

错位生存的心像叙事

　　——论谢宏小说中的都市人生 ·· 123

南方叙事：资本化时代的精神肖像

　　——吴亚丁小说印象 ·· 139

1

怨恨文学批判
　　——深圳文学启示录 ································ 147
20世纪90年代小说的自觉及其对历史的另类书写 ············ 154
都市文学的现代性及其限度 ································ 162
论小叙事的诞生 ·· 170

第三卷　主义与诗学 ······································ 179

狼与浪漫主义文学思潮 ···································· 181
"主义"本土言说的悲剧与规避
　　——以中国现代浪漫主义言说为例 ···················· 191
神话的破灭："主义"写作及其以后 ························ 200
论写实主义文学中的情感逻辑问题
　　——兼谈现代文评与传统文论的话语冲突与融合 ········ 210
论自我意识与生命美学的诞生
　　——兼论自我意识的觉醒对现代文学叙事的影响 ········ 223
理论突围：从心学到人学
　　——为《论"文学是人学"》发表六十周年而作 ········ 233
主体性美学的理论重构
　　——作为"交流"中西的文艺美学家殷国明 ············ 243
艺术思维中的文化审美机制
　　——论思维与语言、文化与文体的互塑性 ·············· 255

后　记 ·· 268

第一卷

01

小说在"五四"

鲁迅小说中的饮酒叙事与思想实验
——"五四"启蒙成效评估与对"新人"思想的超越

尽管鲁迅倡导过"摩罗诗力说",也承认"苦酒"往往是"怯弱者"[①] 的饮料,但他尤为看重饮酒给人的生命世界带来的精神自主性与反叛性。因此,他不仅在《魏晋风度及文章与药及酒之关系》一文中,指出了文学的自觉与人的酒神精神之关系;他还在自己的小说创作实践中,大量地运用酒精来刺激乃至激活笔下那些"怯弱者"或"反叛者"的精神世界。通过这种文学情境的模拟与测试,他不仅证明了让那些无名酒客来充当沉默时代的话语主体的不可能,且期待"五四"新人们成为苦闷时代的反思者和抗争者的指望也落了空;然而,他自己依然要做着"过客"式的绝望抵抗。因此,在这种由理性和非理性构成的张力结构中,鲁迅创造了一个个鲜活的富于时代性与民族性的人物形象,确立了现代"人物小说"的现实主义出场姿态。这种饮酒叙事巧妙地展示了中国现代小说的讽刺艺术;同时,这种有着鲜明的文化反思与现实批判特征的小说叙事,让鲁迅文学承载了鲁迅思想的表达。

一、酒客的命名:难见真正的"人"

以现实生活为题材的《呐喊》与《彷徨》共计25篇,其中涉及饮酒叙述的就有8篇,占鲁迅现实主义小说总量的近1/3。这8篇分别是:《孔乙己》《明天》《风波》《阿Q正传》《端午节》《在酒楼上》《长明灯》《孤独者》。这份作品名单,是按照创作的时序排列的。巧合的是,在前4篇中,鲁迅都在让无名氏饮酒,后4篇中的饮酒者则都是有名有姓的。他们分别是《端午节》中的方玄绰,《在酒楼上》里的吕纬甫,《长明灯》里的阔亭,《孤独者》中的主角魏连殳。

之所以将前4篇看成鲁迅在让无名氏饮酒,是因为无论大名鼎鼎的孔乙己

[①] 鲁迅. 野草[M]. 北京:人民文学出版社,1973:28, 58.

和阿Q，还是《明天》里的酒客红鼻子老拱与蓝皮阿五，抑或是《风波》里的"七斤"，都是酒客们构成的"生活圈"或鲁迅自己，根据其"不幸"生活经历或贫瘠的精神世界而给他们取的绰号。

比如，孔乙己之所以叫"孔乙己"，文中就有明确的交代："因为他姓孔，别人便从描红纸上的'上大人孔乙己'这半懂不懂的话里，替他取下一个绰号，叫做孔乙己。孔乙己一到店，所有喝酒的人便都看着他笑，有的叫道：'孔乙己，你脸上又添上新伤疤了！''孔乙己，你当真认识字么？'"①

至于《明天》中的红鼻子老拱和蓝皮阿五，则与历史小说《铸剑》中的"红鼻子老鼠"，在性格特征和叙述地位上，有着大致相同的意义。他们都有着令人讨厌的爱揩油、占人小便宜的特性，也似乎都在作品中属于"闲笔"，只居于文本叙述的次要地位。事实上，从单四嫂子的儿子宝儿病发、去治病，再回到家里埋葬的整个过程中，除了蓝皮阿五为了在单四嫂子的乳房上蹭一下，替她抱了宝儿一小段路程外，他与红鼻子老拱一道，一直在隔壁咸亨酒店里喝酒笑闹，还尖着喉咙，无不意淫地唱着他们的风流小调："我的冤家呀！——可怜你，——孤另另的——"② 而在寡妇单四嫂子丧子埋儿的过程中，在最需要帮忙，最需要关怀的时候，他们俩却从来没有出现过。

在《明天》这样一篇主叙寡妇丧子的小说里，作者为什么还要记叙这样两个既"无名"又"无聊"的酒客呢？在小说的开头，也就是单四嫂子儿子宝儿发病的那个晚上，作者有这样的两段描写："夏天夜短，老拱们呜呜地唱完了不多时，东方已经发白"；"单四嫂子等候明天，却不像别人这样容易，觉得非常之慢，宝儿的一呼吸，几乎长过一年"。③ 在小说的结尾，也就是单四嫂子埋儿之后，她终于走进睡乡，想到梦中去见其儿子之时，也有一段对老拱们的描写：红鼻子老拱们的小曲，也已唱完；他们跟跟跄跄、七歪八斜地挤出了酒店。"这时的鲁镇，便完全落在寂静里。只有那暗夜为想变成明天，却仍在这寂静里奔波。"④ 小说的叙述时间，是从宝儿的得病到宝儿的埋葬，也就是从头一天的后半夜到第二天的后半夜。前后两个黑夜，正是老拱这些酒客的出场时间。

显然，在这不到12个小时的时间里，人间正在上演着生离死别的悲喜剧。一方面，单四嫂子在艰难现实的煎熬中，期待着明天快快到来，然而黑夜却迟迟不愿离去；另一方面，隔壁的老拱和阿五们却在酒精的刺激下，不断自我意

---

① 鲁迅. 鲁迅小说全集 [M]. 济南：山东画报出版社，2019：22-23.
② 鲁迅. 鲁迅小说全集 [M]. 济南：山东画报出版社，2019：42.
③ 鲁迅. 鲁迅小说全集 [M]. 济南：山东画报出版社，2019：37.
④ 鲁迅. 鲁迅小说全集 [M]. 济南：山东画报出版社，2019：42.

淫着，呜呜地唱着笑着，不愿明天的到来。小说正是在这种白天与黑夜、醒与醉、生与死的比对中，让读者体味着那深广而悠远的人间苦痛。叙述者尤其要提醒人们的是，单四嫂子经历的这种人间冷暖与苦痛，却是在我们的现实人生中日复一日、年复一年地上演着。像红鼻子老拱和蓝皮阿五一样，每天借酒买醉，就可能像老鼠一样只喜欢生活在黑夜，实际上他们也是不配拥有明天的。

"七斤"[①] 虽然是根据他那出生地的奇怪风俗——以小孩子出生时的斤数做小名，而取的名号；但是，从七斤在咸亨酒店喝酒时听到消息——"皇帝坐了龙庭了""皇帝要辫子"，而自己没有辫子，从而被吓得茶饭不思、诚惶诚恐的情状来看，也就印证了他母亲——"老不死的"九斤老太的那句口头禅："一代不如一代。"七斤惶恐不安的原因在于，两年前，在茂源酒店，也是在辛亥革命的高潮中，他在醉酒后骂过酒店主人赵七爷"贱胎"。而此时的赵七爷在"复辟"的风声中，又一次得意扬扬地出现他面前。于是失魂落魄的他，就成了他老婆嘴中的"活死尸的囚徒"。这些失了魂魄的"活死尸"，在叙述者看来，不就真成了以斤两来衡估的一堆肉吗？

至于传主阿Q名字的来源，鲁迅在小说的"序"里，还做了整章的"考证"（全文共9章，"序"为第一章）。这种对小说中虚构人物的姓名、族系等做如此煞有其事的考据，实属一种反叙事，也溢出了传统传记文学的文体要求，故而曾被当时的评论界认定是小说中的"闲笔"。

本来，阿Q应该是姓赵的，无须考证，因为再健忘、再蠢笨的人也不至于不知道自己的姓名这一社会符号，此乃常识。但阿Q竟然姓甚名谁，依然不甚了然，立传人经历了一番考证，惊奇地发现，阿Q的姓名竟然被人剥夺了。那是有一回："赵太爷的儿子进了秀才的时候。锣声镗镗的报到村里来，阿Q正喝了两碗黄酒，便手舞足蹈地说，这于他也很光彩，因为他和赵太爷原来是本家，细细的排起来他还比秀才长三辈呢。其时几个旁人倒也肃然的有些起敬了"[②]。可是到了第二天，赵太爷把阿Q叫到家里，喝道："你敢胡说！我怎么会有你这样的本家？"并给了他一个嘴巴，"你怎么会姓赵！——你哪里配姓赵！"从此"阿Q并没有抗辩他确凿姓赵"[③]，阿Q的姓氏就这样被剥夺了。

立传人（叙述者）当然相信他的传主是姓赵的，何况他的自认"姓赵"是

[①] 鲁迅. 鲁迅小说全集［M］. 济南：山东画报出版社，2019：53.
[②] 鲁迅. 鲁迅小说全集［M］. 济南：山东画报出版社，2019：72.
[③] 鲁迅. 鲁迅小说全集［M］. 济南：山东画报出版社，2019：72.

酒后的真言，他甚至能细细排出自己在赵氏族系中的辈分。因此，他才找到赵太爷的秀才儿子茂才先生去询问。但"谁料博雅如此公，竟也茫然"。他的理由也如此可笑，"是因为陈独秀办了《新青年》提倡洋字，所以国粹沦亡，无可查考了"①。因此，立传人只能根据人们对他的称谓并按照声音相近的原则，"照英国流行的拼法写他为阿Quei，略作阿Q"。

现在很清楚，在鲁迅的小说中，以孔乙己和阿Q为代表的这些无名酒客的绰号，其实都是当时的社会给那些"沉默的大多数"的命名。这些绰号不仅表征了当时社会无视他们的态度，也表达了叙述者个人对他们的看法和态度。这恰恰也是现代小说的叙述伦理赋予他的任务。当然，叙述者之所以对这些怯弱的叙述对象有所不满，并表现出一种既同情又嘲讽的复杂态度，是因为这些怯弱者不仅接受了这些绰号的命名，而且表现出对"我到底是谁"的问题完全缺乏反思或反省，也不以为意，不论是酒醒前还是酒醒后。也就是说，他们不单单是奴隶，更是一群缺乏自我理性的"群氓"或"活死尸的囚徒"。既然是"群氓"或"活死尸的囚徒"，那么从以启蒙者自命的叙述人角度来看，他们也是不配拥有"人"之名号的。何况，甚至阿Q本人也曾自贱为"虫豸"。

其实，无论是小说《端午节》《孤独者》，还是鲁迅唯一的剧本《过客》，都透露过鲁迅关于笔下人物命名的秘密。在《端午节》中，方玄绰就因为自己的太太没有受过新式教育，而以"喂"来称呼她。因为在他眼里，她不配拥有自己的名字。在《孤独者》里，魏连殳给叙述者"我"写信时，也写着这样不合常理的话："申飞……我称你什么呢？我空着。你自己愿意称什么，你自己添上去罢。我都可以的。"② 在《过客》中也有过类似的关于人物称谓的讨论。当老翁招呼过客："客官，你请坐，你是怎么称呼的？"过客回答道："称呼？——我不知道。从我还能记得的时候起，我就只一个人，我不知道我本来叫什么。我一路走，有时人们也随便称呼我，各式各样的，我也记不清楚了，况且相同的称呼也没有听到过第二回。"③

显然，叙述者"我"、魏连殳和过客具有某种精神上的同一性。他们都是"五四"人文精神的产物——启蒙者，也都是现代理性主义者。或者说，他们都是鲁迅期待过的"新人"。然而，在回答"我是谁""从哪里来""要到哪里去"的人学三问时，他们都是茫然而彷徨的。在一个人的作品里，多次出现这种不

---

① 鲁迅. 鲁迅小说全集 [M]. 济南：山东画报出版社，2019：73.
② 鲁迅. 鲁迅小说全集 [M]. 济南：山东画报出版社，2019：244.
③ 鲁迅. 野草 [M]. 北京：人民文学出版社，1973：28, 58.

无怪异的关于人物称谓的讨论，我们就不能说它是鲁迅文学中的"闲笔"了。相反，与其说它表达了鲁迅对"五四"新文化运动及其新人们的失望（如方玄绰），还不如说是表达了鲁迅对于自身灵魂中软弱成分的不满。鲁迅的"替身"吕纬甫和魏连殳，不是都在"躬行我先前所憎恶，所反对的一切"吗？这两篇小说中的叙述者"我"，不也是带着"怀旧的心绪"或"自危"的心态，来与他们一起饮酒以打发"失意"或"无聊"的人生的吗？

二、启蒙者的幻灭：无法完成的对话

孔乙己虽非阿Q和红鼻子老拱、蓝皮阿五之类的"群氓"，却确实是与七斤同类的"活死尸的囚徒"。

小说主要通过咸亨酒店里小伙计的视角，叙述了孔乙己两次来到咸亨酒店喝酒时遭遇的情形。至于他的身世与品行，都是通过酒店里其他酒客对他的取笑来间接叙述和介绍。但这两种叙述并非构成人们常见的补充性叙事，而恰恰形成了一种对话或驳诘关系。

在酒客们的谈论里，孔乙己是一个"原来也读过书，但终于没有进学，又不会营生；于是愈过愈穷，弄到将要讨饭了"。靠替人抄书糊口，却又经常不讲信任，并成了常常卷走书籍纸张笔砚的"小偷"。但在"我"的记忆里，他"在我们店里，品行却比别人都好，就是从不拖欠；虽然间或没有现钱，暂时记在粉板上，但不出一月，定然还清"①。即使是孔乙己死前最后一次来喝酒，也是带着四文现钱，用手趴着来的。就是那欠着的十九文钱，他也很抱歉地向店主承诺："这……下回还清罢。这一回是现钱。"②

至于酒客们因为孔乙己常常无法完成替人抄书的任务，从而怀疑他是不是真正识字，孔乙己在酒后先是显示出不屑置辩的神气，其后，又在他们追问"怎么连半个秀才也捞不到"时，无法回答自己为什么没有捞到秀才的身份，但孔乙己本能地意识到，识不识字是一个非回答不可的问题，因为这涉及他自命为一个"读书人"的尊严问题。于是他借用考"我"茴香豆的"茴"字的四种写法，来反击酒客们的疑问。

但是，孔乙己与酒客们之间的这种对话与驳诘，并没为他带来他所预期的尊严。小说叙述道，起先"我"也认为，像他这样"讨饭一样的人，也配考我么？"小伙计故而不愿配合他。而他却"等了许久，很恳切的说道，'不能写罢？

---

① 鲁迅. 鲁迅小说全集［M］. 济南：山东画报出版社，2019：21-23.
② 鲁迅. 鲁迅小说全集［M］. 济南：山东画报出版社，2019：24.

……我教给你,记着,这些字应该记着。将来做掌柜的时候,写账要用'"①。显然,正是孔乙己这句酒后诚恳而让人颇感意外的温暖话语打动了"我","我"才懒懒地答他道:"不是草头底下一个来回的回字么?"②

然而,这里实际上也埋藏着叙述者对孔乙己的又一重追问:既然你知道,读书识字至少能够让一个人解决现实中的生计问题,而你这样一个自命为读书的"圣徒"——再窘迫也要穿着长衫站着喝酒,以不失斯文、不计性命地去偷盗书籍与笔墨纸砚等"圣物"——却为何弄到了这般要讨饭的地步呢?显然,孔乙己自己从来没有这么思考过,甚至到死也没有弄明白。他最终还是为了得到丁举人家的书籍纸张笔砚这些"圣物",而被打断了腿,并送了命。难怪叙述人在孔乙己死前有了这样的一段评价:"孔乙己是这样的使人快活,可是没有他,别人也这么过。"孔乙己成了这世间可有可无的人。这样一个"身材很高大"而有着"青白脸色"的"读书人",不是"活死尸的囚徒",又是什么呢?他的脑袋究竟被什么东西囚禁住了呢?当然是被只要学会"之乎者也"之类的话语,就能成为"上大人"的那套说教"囚"住了。

如果说,孔乙己是与七斤一样,都是七斤老婆嘴里的"活死尸的囚徒",那么阿Q则是与红鼻子老拱和蓝皮阿五别无二致的"群氓"了。甚至可以说,在一定程度上,阿Q形象就是酒徒老拱们形象的深化与展开。毕竟,揭示这群"怯弱者"的精神真相及其前世今生,是这本传记体小说的全部目的。

与老拱们一样,阿Q也是酒店里的常客,常常是"愉快的跑到酒店里喝几碗酒,又和别人调笑一通,口角一通,又得了胜,愉快的回到土谷祠,放倒头睡着了"③。不过,阿Q到酒店里去喝酒,也常常要待到他取得了精神上的胜利之后。《阿Q正传》的第三章还有这样明确的记载:阿Q因在自己的姓氏问题挨过赵太爷的一个嘴巴之后,"他付过地保二百文酒钱,愤愤的躺下了,后来想,'现在的世界太不成话,儿子打老子……'于是忽而想到赵太爷的威风,而现在是他的儿子了,便自己也渐渐的得意起来,爬起身,唱着《小孤孀上坟》到酒店去"④。

阿Q在现实生活中永远是被欺负、不敢吭气的人,是鲁迅眼中货真价实的"怯弱者"。因此,要在现实生活中取得胜利几乎不可能,唯有通过酒精的刺激,

---

① 鲁迅. 鲁迅小说全集[M]. 济南:山东画报出版社,2019:23.
② 鲁迅. 鲁迅小说全集[M]. 济南:山东画报出版社,2019:23.
③ 鲁迅. 鲁迅小说全集[M]. 济南:山东画报出版社,2019:77.
④ 鲁迅. 鲁迅小说全集[M]. 济南:山东画报出版社,2019:79.

才能在自我意淫中取得精神上的"优胜"。小说共九章，其中第二章和第三章都是在叙写阿Q如何采用"精神胜利法"来度过人生中的无数次挫败。大约是阿Q的失败次数太多，精神上的优胜次数也就多，立传人只能粗略做一记录，故而这两章分别名曰"优胜记略""续优胜记略"。

一般情况下，人们都是在苦闷或孤独的状态下，才上酒店喝闷酒的。此乃所谓"借酒浇愁"。阿Q则是一辈子都处在人生的挫败中，不仅经常挨打，生计也成问题，后又因恋爱不成而破产，乃至他的"革命"也遭人戏弄而成了冤死鬼、替罪羊。他应该是一辈子都在喝闷酒才对，如同孔乙己一样。然而，作者却不仅让阿Q一辈子都是要在心情"愉快"时才去酒店喝酒，而且在喝酒的过程中表现出非常自在得意。这到底是阿Q固有的逆向思维，还是作者的有意为之？如果是作者有意为之，那么叙述者这样做到底意欲何为？

原来，在鲁迅看来，阿Q要获得的"精神上的优胜"，实质只是为了获得旁人对他的一份尊重乃至敬畏，以掩盖他在现实生活中的挫败。但是，这样一个连自己的生计都成问题，恋爱的手段又如此蹩脚的单身汉，乃至成了人人提防的小偷，又如何能够获得人们的尊重和敬畏呢？于是，他只有来到酒店这样的公共场所，借助酒精的刺激，在同样来酒店寻求刺激、打发无聊的酒客们面前"炫耀"自以为是的"英武"或见识的"广阔"，甚至以说一番看不惯别人的"自大"话语来博取尊严。这大约就是北方俗话里所谓的"酒壮怂人胆"。但是，失败似乎总是他的宿命，如此一来，他的"精神上的胜利"也就不再是令人同情的自我宽解与慰藉，而是成了一种让人可恼又可笑的自我欺骗。

第三章"续优胜记略"中就有这样的记录：有一年春天，他醉醺醺地在街上走，碰到王胡坐在墙根抓虱子。"——倘是别的闲人们，阿Q本不敢大意坐下去。但这王胡旁边，他有什么怕呢？老实说：他肯坐下去，简直还是抬举他。"[①] 其后，又因自己抓的虱子小而又少，莫名地跟王胡打起架来。叙述者是这样解释的："近来虽然比较的受人尊敬，自己也更高傲些，但和那些打惯了的闲人们见面还是胆怯，独有这回却非常武勇了。"在挨了王胡的打后，他居然还敢骂钱老太爷的儿子是假洋鬼子："秃儿。驴……"这当然也是酒精刺激的结果。立传人又是这样解释的："阿Q历来本只在肚子里骂，没有出过声，这回因为正气忿，因为要报仇，便不由的轻轻的说出来了。"[②] 显然，阿Q只有在酒后才有他自以为的"英武"；也只有在酒后，他才能摆脱"失语"的困境。

---

① 鲁迅. 鲁迅小说全集 [M]. 济南：山东画报出版社，2019：79.
② 鲁迅. 鲁迅小说全集 [M]. 济南：山东画报出版社，2019：81.

在挨了假洋鬼子两棍子后,阿Q竟认为"今天为什么这样晦气,原来就因为见了你",于是又想到从更弱小的小尼姑身上找回被假秀才欺负后的胜利。对着小尼姑喊道:"秃儿!快回去,和尚等着你……""和尚动得,我动不得?"①其后,他又在酒客们的大笑声中,再用力拧了一下小尼姑的脸颊,才放了手。这不正是《明天》中红鼻子老拱和蓝皮阿五的流氓行为的重现吗?蓝皮阿五还能以替单四嫂子抱孩子为借口,而阿Q的流氓行为却只为博取同样无聊的酒客们的一笑。

从主要叙述阿Q"精神胜利法"的这两章来看,挨打几乎成了阿Q的家常便饭。此后的六章,再也没有写过他的挨打。那么,阿Q为什么老是挨打呢?显然是他祸从口出,而且都是由他的酒话所起的,乃至他的冤死也都是由他的酒话引起的。他在酒后竟然也觉得自己就是"革命党",公开宣称要"造反",实际上他曾在城里围观过革命党人被砍头的场面,知道做革命党人是要冒杀头风险的。由此可见,不仅这两章的叙述重点是阿Q的酒话,整篇小说的叙述重心也都是他的酒话。目的是要揭示他贫瘠的精神世界,而非其悲惨的命运。

那么,作者为什么要重点叙述一个生活状态让人无限同情,而行为品德又让人讨厌的流氓无赖的酒话呢?从小说所"记"阿Q的情状来看,阿Q在未庄的这个世界里,平常是不可能有什么话语权与谈资的。没有话语权与谈资,他自然就只能处于"沉默的大多数人"的状态,而无法表达他对这世界或自身的见解,以实现一个人应有的存在感。当然,他本身也没有什么见解。一个因失业而饿肚子的人,在决计出门"求食"的路上,连"他求的是什么东西,他自己不知道"②的人,能有什么见解呢?

但是,作者还是发扬了人道主义精神,为阿Q提供了既有谈资又有话语权的机会。在第六章"从中兴到末路"里,阿Q从城里偷得东西回来在未庄贩卖,弄得腰间"满把是银的铜的"。按理,这回的阿Q应该既有丰厚的谈资又有话语权了,而结果却是阿Q在酒店里喝酒显摆吹牛,吹嘘他在城里所得的未庄人从未见闻的一切。城里人一切都好,连女人走路都比未庄女人强。至于对杀革命党的头的行刑场面,他则是连呼"唉,好看好看,……"③。他从来没有想过,革命党究竟是些什么人,只知道那杀人的场面让人"凛然"得很。

但在第七章"革命"中,阿Q又因为用度窘困,心里略略有些不平,忽然

---

① 鲁迅.鲁迅小说全集[M].济南:山东画报出版社,2019:82.
② 鲁迅.鲁迅小说全集[M].济南:山东画报出版社,2019:90.
③ 鲁迅.鲁迅小说全集[M].济南:山东画报出版社,2019:94.

又想做革命党了。他在喝了两碗空肚酒之后,"愈加醉的快,一面想一面走,便又飘飘然起来。不知怎么一来,忽而似乎革命党便是自己,未庄人却都是他的俘虏。他得意之余,禁不住大声的嚷道:'造反了!造反了!'"并在未庄人惊惧的眼光中,他更加高兴地且走而且喊道:"好,……我要什么就是什么,我喜欢谁就是谁。"①

在第八章"不准革命"里,当阿Q的革命诉求遭到假洋鬼子拒绝后,他又觉得革命既无聊,也无意味。直到"他游到夜间,赊了两碗酒,喝下肚去,渐渐的高兴起来,思想里才又出现白盔白甲的碎片"。待到赵家的财物遭到假洋鬼子以"革命"之名的抢劫,而没有阿Q的份时,阿Q在酒后便越想越气,禁不住满心痛恨起来:"好,你造反!造反是杀头的罪名呵,我总要告一状,看你抓进县里去杀头,——满门抄斩,——嚓!嚓!"②

让阿Q到城里见识"革命"及"革命党",这显然是作者有意为阿Q提供的话语权与谈资。让他由一个沉默者变成了未庄的第一个革命的"呐喊"者,阿Q也总算在酒后吐出了他自己的心声——要尊严!要造反!然而,由于阿Q对"革命"的懵懂无知,本是改变历史进程的革命话语却成了其前后矛盾的酒话。

鲁迅曾经说过,他很少写人物的对话,原因是他确实不知道别人心里想要说什么,特别是阿Q这类"群氓"的心里话。因此,在小说中,鲁迅让人物说出自己的酒话,与其说是让人物道出了自己的心声,还不如说是鲁迅借他们的酒话,发出了一个现代启蒙者的人道呼声——"群氓"也是人,他们也应当拥有人的尊严。然而,在现实中,他们都是一些沉迷于醉酒的"怯弱者",一群到死都执迷不悟的人。这也不由得让鲁迅这位曾经的新文化运动闯将生出些许幻灭来。

三、反思"五四":对新人思想的怀疑与超越

鲁迅在小说《端午节》中讲到过,方玄绰由于自己的太太没有受过新式教育,故而没有学名或雅号,于是他发明了一个"喂"字来称呼她。由此可见,在鲁迅的小说里,大凡有学名或雅号的人物,都是受过新式教育的人。这大约也是民国时期的事实。受过新式教育的人,当然就是他期望的用新文化武装了

---

① 鲁迅. 鲁迅小说全集[M]. 济南:山东画报出版社,2019:99.
② 鲁迅. 鲁迅小说全集[M]. 济南:山东画报出版社,2019:107.

头脑的"新人"① 了。

方玄绰倒是一位受过新式教育的"新人"。他不仅在衙门里做着遭人痛骂的官僚,还在学校里兼职做着薪水经常停发的教员。当学生骂官员太官僚时,他便利用教员的身份替官员辩护,说官员也是由平民和学生变就的。当教员因为领不到薪水而骂官僚时,他不仅不参与索薪,也决不开口支持,"还暗地里以为欠斟酌,太嚷嚷"②。由此,他认为自己是一个有"自知之明"的"新人",还自创一套空头的"差不多说",来为自己不参加教员的讨薪运动辩护。后来,政府也拖欠了官员的薪俸,他依然还在幻想着"万一政府或是阔人停了津贴,他们多半也要开大会的"③。直到端午节,他家里连锅都揭不开了,自己又借钱无门,他才表现出"少见的义愤",并感受到了"无限量的卑屈"。他也认识到,自己并非"忧国的志士"。

待到他老婆替他赊了瓶莲花白,喝了两杯酒之后,"青白色的脸上泛了红,吃完饭,又颇有些高兴了"。当他老婆追问怎么应付第二天店家的索账时,他居然说:"店家?……教他们初八的下半天来。"他的口气连他太太都觉得"强横到出乎情理之外"④。而且,他居然对从来就睥睨的买彩票行为动了一下心。但随后,他又像往常一样,点上烟,"咿咿呜呜地"念起《尝试集》来,因为他跟老婆说过,尽管做官也有欠薪之虞,但节后依旧要做他的官。

这篇小说倒未必是在影射新文化运动的旗手胡适之先生,但至少方玄绰应该看成胡适先生的学生,不仅因为《尝试集》是胡适的诗集,而且"差不多说"是来自他的小说《差不多先生传》。小说的叙述以方玄绰的"差不多说"始,也以他"咿咿呜呜地"念着《尝试集》结尾,我们就不能不说这篇小说与新文化运动有着莫大的关联。因此,叙述者对新文化运动催生的成果——"新人"的失望与嘲讽也是显而易见的。

新文化运动倡导的是一种理性主义文化。理性主义者不仅要敢于坚持真理

---

① 1934年,鲁迅在《拿来主义》(《且介亭杂文》)一文中才正式使用"新人"概念。另据日本学者竹内实在《论〈死〉与〈答徐懋庸并关于抗日统一战线问题〉》一文中的考证,鲁迅在1936年8月3日至6日所写的《答徐懋庸并关于抗日统一战线问题》(原文)中有过这样一段话:"乘大潮洗一个澡,算是新人,却不改本体。"此处的"新人",是指那些投机于革命阵营中的"战友"。该文为刘娟译,首发于长春理工大学中日比较文化文学研究所年刊《中日文化文学比较研究2015》(孟庆枢主编,吉林出版集团有限责任公司,2015)。

② 鲁迅. 鲁迅小说全集[M]. 济南:山东画报出版社,2019:114.
③ 鲁迅. 鲁迅小说全集[M]. 济南:山东画报出版社,2019:116.
④ 鲁迅. 鲁迅小说全集[M]. 济南:山东画报出版社,2019:119-120.

而成为推动历史前进的主体,更要敢于对照自己的人生体验而成为敢于自我认知的人。但是,方玄绰先生却是一个只能在嘴头妄谈"中国将来之命运"的"嘴炮";是一个念念不忘自己是政府官员的所谓有"自知之明"的人,一个自命清高的知识分子;而实质是一个不肯抛头露面参与社会进步的旧式文人,也就是一个静观待变的市侩式看客。

显然,这种新人不可能成为端午节纪念的屈原式的民族"脊梁"。唯独在酒后那一刹那的"强横",不仅让方太太产生了一丝指望,也让叙述者看到了他理性闪光的一面——他终于承认自己什么也做不了。他说:"什么法呢?我'文不像誊录生,武不象救火兵',别的做什么?"① 要知道,如果没有酒精的刺激,他在从来就看不上眼的也没受过教育的太太面前,是不可能说出这番毫无颜面的话来的。

让"五四"新人们喝酒,让他们在酒后完成对自我的认知和灵魂的自我剖析,并让读者与叙述者"我"一道,倾听他们的孤独之言与苦闷话语,确实是鲁迅小说叙事的主要动机。从这一意义上看,小说集《彷徨》也确实是鲁迅在完成对新文化运动的反思与总结。

《彷徨》的题记,引用的是屈原《离骚》中著名的一段:"朝发轫于苍梧,夕余至乎县圃;欲少留此灵琐兮,日忽忽其将暮。吾令羲和弭节兮,望崦嵫而勿迫。路漫漫其修远兮,吾将上下而求索。"② 如果这不是鲁迅自己以屈原自喻,至少也可以看成鲁迅希望"五四"新人能够立下屈原之志。

然而,从《在酒楼上》中的吕纬甫和《孤独者》中的魏连殳的酒后之言来看,如果说新人们的孤独状态与屈原是同一的,那么新人所遭遇的人生苦闷与孤独的内涵就是中国现代人文精神的萌芽。因为屈原的孤独表达最终走向了文人的自恋与清高,而吕纬甫们的苦闷诉说则走向了现代知识者的自我剖析与批判。

正如大多数论者敏感到的,《在酒楼上》和《孤独者》是最富于"鲁迅气息"的小说。两部作品中的叙述者"我"与叙述对象吕纬甫和魏连殳之间,不仅职业相同、命运相似,而且同气相求,都有鲁迅自身的影子存在。因此,这两篇小说中的主人公,完全可以看成鲁迅之"自我"的两个侧面或内心矛盾的两个侧面的外化。况且,一个更明显的证据是,在鲁迅的全部小说中,只有在这两篇小说中才出现由"我"来请客喝酒的情形。这实际上是自己请自己喝酒,

---

① 鲁迅. 鲁迅小说全集 [M]. 济南:山东画报出版社,2019:120.
② 鲁迅. 鲁迅小说全集 [M]. 济南:山东画报出版社,2019:152.

也就是一个人在喝闷酒，在品尝人生这杯"苦酒"，从而使得"我"与吕纬甫和魏连殳之间的酒话，就成了鲁迅就"新人"这一话题而开展的自我灵魂对话。

"我"是在一个"风景凄清"的"深冬雪后"①，在一个狭小阴湿的叫"一石居"的酒楼，邂逅十年未见的旧同窗吕纬甫的。"我"自己是因为逃避客中的无聊而走进酒楼的，并不为买醉；而吕纬甫则不仅对"我"讲述了他此次回乡做的两件更"无聊"的事，还给"我"回顾了无聊而颓唐的十年。

吕纬甫在酒中谈到，为了让母亲安心，专程回乡替三岁时夭亡的兄弟迁坟、替早已出嫁的邻居少女阿顺带剪绒花等"无聊"之事。其实，这两件事已毫无意义。兄弟早已尸骨无存，而阿顺也已死掉了。只不过为骗骗母亲，让她心安罢了。他则在山东、山西等地做私塾，随随便便地教一点"子曰诗云"度日。总之，是在奉行先前反对的一切。

那么，"先前所见"的吕纬甫是一个什么样的人呢？在"我"的记忆里，做同学时，吕纬甫不仅敏捷精悍，爱面子，乱蓬蓬的须发下，眼睛里能放出"射人的光"来。而现在，这种光只有在酒后才会"对废园忽地闪出"。吕纬甫也在酒后自省乃至惭愧地补充道："我也还记得我们同到城隍庙里去拔掉神像的胡子的时候，连日议论些改革中国的方法以至于打起来的时候。但我现在就是这样了，敷敷衍衍，模模糊糊。我有时自己也想到，倘若先前的朋友看见我，怕会不认我做朋友了。"他还机警地注意到，"看你的神情，你似乎还有些期待我，——我现在自然麻木得多了，但是有些事情也还看得出。这使我很感激，然而也使我很不安：怕我终于辜负了至今还对我怀着好意的老朋友。"②

其实，吕纬甫做这些"无聊"之事，也不仅仅是为了求得母亲的心安，甚至更主要是为了求得自己心安。比如他说，为阿顺姑娘买剪绒花之事，就是因为他记起一年前回家接母亲时，贫困的阿顺姑娘一家盛情地招待他吃荞麦粉之事。尽管荞麦粉不可口，但阿顺的纯真与热情让他无法放下碗筷。因此，他在太原城和济南城搜寻了一遍，费尽周折才买到了这朵剪绒花，一切都是为了"祝赞她一生幸福，愿世界为她变好"③。当然，他也理性地认识到，这世界并未变好，阿顺姑娘也并不会因为她的善良而幸福。

原本认为，通过新文化的启蒙，改造国民性，让人性变好，从而达到让世

---

① 鲁迅. 鲁迅小说全集［M］. 济南：山东画报出版社，2019：170.
② 鲁迅. 鲁迅小说全集［M］. 济南：山东画报出版社，2019：172-175.
③ 鲁迅. 鲁迅小说全集［M］. 济南：山东画报出版社，2019：177.

界变好的目的。但是，这世界并不因为人的善良而变好，那么新人们又该何去何从呢？对此，他们都是困惑而彷徨的。因此，当"我"问吕纬甫"预备以后怎么办"时，他的回答是："以后？——我不知道。你看我们那时预想的事可有一件如意？我现在什么也不知道，连明天怎样也不知道，连后一分——。"而"我"自己走出酒楼后也有如此感觉："屋宇和街道都织在密雪的纯白而不定的罗网里。"①

难道新人们真的无路可走了吗？如果有出路，路在何方？1925年，也就是写作《在酒楼上》后一年，鲁迅相继写作了《过客》和《孤独者》。实际上，他是在全力替新人们也为他自己寻找未来之路。在《过客》里，当老翁告诉倔强而执着的过客前面是坟地时，他依然拖着疲乏的身躯，踉踉跄跄地向着野地里闯去，将夜色抛在身后，因为"那前面的声音"在反复地召唤他。明知前面是死地，可他还是要闯进去，一切只为"那前面的声音"。那么，这"声音"到底是谁的？它是一种什么样的声音？《孤独者》为我们提供了答案，那便是"前驱者的血"。

《孤独者》中的魏连殳几乎是吕纬甫的翻版，也是一个与"我"一样喜欢在报纸上发表一些毫无顾忌的议论的穷教书匠。在"我"从街上买了一瓶烧酒、两包花生米、两个熏鱼头，去访问他之前，他是一个常被忧郁慷慨的青年、怀才不遇的奇士包围的意见领袖。他也是一个彻底的人道主义者。他对房主的孩子们"看得比自己的性命还重"。他甚至认为："大人的坏脾气，在孩子们是没有的。后来的坏，如你平日所攻击的坏，那是坏环境教坏的。原来却并不坏，天真——。我以为中国的可以希望，只在这一点。"②

他因为议论而被革除教职，落魄到卖了他最心爱的善本《史记索引》以维持生计，几乎到了求乞的地步。此时，不仅势利的客人没来了，连天真的孩子也不吃他的东西了。他的家已像冬天的公园一样无人光顾了。跟他的祖母一样，他已沦落为一个亲手制造自己孤寂的人。

然而，在"我"与他唯一的一次酒后对谈中，"他却不愿意多谈这些；他以为这是意料中的事，也是自己时常遇到的事，无足怪，而且无可谈的。他照例只是一意喝烧酒，并且依然发些关于社会和历史的议论"③。他还重点解开了"我"心中长存的一个疑惑：作为一个新派人物，却在那没有血缘亲情，后来

---

① 鲁迅. 鲁迅小说全集［M］. 济南：山东画报出版社，2019：180.
② 鲁迅. 鲁迅小说全集［M］. 济南：山东画报出版社，2019：234.
③ 鲁迅. 鲁迅小说全集［M］. 济南：山东画报出版社，2019：238.

也再没有多少联系的祖母丧礼上,却出人意料地长号哭泣的原因。原来那是他在替自己和与同类的人们亲手制造的孤寂与绝望而痛哭。难怪那哭声在"我"听来,"象一匹受伤的狼,当深夜在旷野中嗥叫,惨伤里夹杂着愤怒和悲哀"①。

后来,魏连殳写信告诉"我":他做了杜师长的顾问。"我也已经躬行我先前所憎恶,所反对的一切,拒斥我先前所崇仰,所主张的一切了。我已经真的失败,——然而我胜利了。"② 于是,他一方面认为自己不配活下去,因而他总是糟践自己的身体与钱财;另一方面又说,"我自己又觉得偏要为不愿意我活下去的人们而活下去"③,从而做出最后的挣扎与绝望的抗争。这就是他说"我胜利了"的原因。

魏连殳果然在绝望的抗争中走向了死地,衣襟上还沾着他的血迹。当"我"从他的丧礼上看到,魏连殳的"口角间仿佛含着冰冷的微笑,冷笑这可笑的死尸","我"隐约感到"耳朵中有什么挣扎着,久之,久之,终于挣扎出来了"。"我"意识到,原来这声音依然是他在他祖母的丧礼上所发出的,夹杂着愤怒与悲哀的"狼嗥"声。于是,"我的心地就轻松起来,坦然地在潮湿的石路上走,月光底下"④。显然,那不断召唤着困顿的"过客"走向死地的"声音",就是魏连殳酒后所解释的"狼嗥"声。在"我"看来,魏连殳至死都在做一种"绝望的抗争",他是一个真正的"胜利者",因此"我"才"心地就轻松起来",并坦然地走出了魏连殳的灵堂。

从"我"与吕纬甫酒后的彷徨,到邂逅魏连殳的丧礼后获得的"坦然"心情来看,鲁迅为新人们找到了一条超越"死地"之路——不能只是在酒精中去咀嚼个体人生的悲苦与哀伤,而是要与一切不愿意让我们活下去的"无主名的无意识的杀人团"做"绝望的抗争"。

因此,如果说在《呐喊》中,鲁迅将酒精馈赠给阿Q和孔乙己等无名酒客,是为了让这些"沉默的大多数"发出自己的"心声";那么在《彷徨》中,鲁迅让吕纬甫和魏连殳这些新人饮酒,则是为他自己提供了一个理性思考的机会。一方面,鲁迅通过新人们在酒后咀嚼自己人生的悲哀与孤独,理性地反思自己的历史,完成对自我的认知;另一方面,鲁迅自己也在做着对高潮已落幕的"五四"新文化运动的总结:在"无主名的无意识杀人团"面前,新人们既可

---

① 鲁迅. 鲁迅小说全集[M]. 济南:山东画报出版社,2019:251.
② 鲁迅. 鲁迅小说全集[M]. 济南:山东画报出版社,2019:245.
③ 鲁迅. 鲁迅小说全集[M]. 济南:山东画报出版社,2019:244.
④ 鲁迅. 鲁迅小说全集[M]. 济南:山东画报出版社,2019:251.

能是现实人生当中当然的失败者；同时，他们又是现实中少有的清醒者，甚至也是唯一可以寄托希望的抗争者。

（原载于《广东社会科学》2022年第5期）

文学的精神与趣味
——鲁迅文学再解读

当人们对鲁迅的文字做政治化而非文学化的阐释时，便会有神化或丑化的危险。事实上，这种危险已在海内外的鲁迅研究史中成了一种事实。

自鲁迅死后，特别是自新中国成立后到20世纪80年代，鲁迅研究史一直是一部鲁迅神化史。在"民族魂""民族的脊梁""鲁迅风""伟大的思想家""五四新文化运动的旗手"和"中国现代文学的奠基人"等结论的暗示下，鲁迅研究与介绍占据了"中国现代文学30年"中前20年的主要书写内容。在这种神化潮流中，甚至出现了文学体裁与创作方法的政治化。在现代文学的四大文学体裁中，鲁迅擅长的小说与杂文和他坚守的批判现实主义创作方法，也取得了20世纪中国文学的主导地位。

20世纪80年代以后，学界提出了要"回到鲁迅"的口号，也就是要求把鲁迅还原到独立知识分子或平民思想者的鲁迅，回到历史中本原存在的鲁迅。人们把研究的重点，从鲁迅的进化论思想和社会主义思想考察，回到了对其人道主义思想与个人主义思想及其冲突的发微上来①，或者是回到鲁迅所处的话语与现实相悖离的伪知识充斥的时代生存境况中，探讨他从一个传统文人向现代知识分子人格转变，以及他的现代思维方式与语词表达方式。②

从此，鲁迅确实褪去了被人们层层叠加的神化外衣，他似乎本来就是一个跟你我差不多的普通思想者，而他原本作为一个杰出的现代文学家的身份似乎被人遗忘了。尽管在大中小学课本和讲坛上，仍然存在着相当的关于鲁迅文章的篇幅，但讲解的重点依然惯性化地落在了对鲁迅思想或精神的反复解读上。鲁迅个人独特的文学趣味及其在文学文本中的注入，被认为是无足轻重的形式

---

① 林毓生. 鲁迅个人主义的性质与含义：兼论"国民性"问题 [J]. 鲁迅研究月刊，1992（12）：32-38.

② 徐麟. 鲁迅：在言说与生存的边缘 [M] // 曹清华. 词语、表达与鲁迅的"思想". 广州：中山大学出版社，2009：4.

或不具普遍借鉴意义的修辞而被冷落。这种解读方式与文学价值观带来的后果是，鲁迅又被人为地丑化，被平庸化。而且，这种后果在当今的文学教育中日益得到彰显，当下中小学语文教材中准备大幅削减鲁迅文学作品的一个主要理由是，中小学生们认为鲁迅的文章难读、无趣，从而导致了他们对语文课的无兴趣。

因此，人们提"回到鲁迅"，就不仅仅是要回到现代知识分子的鲁迅，还应该向前迈出一步，回到文学家的鲁迅，回到现代作家的鲁迅，去探讨鲁迅独特的文学创作与导致这种独特艺术风格的文学趣味。

一、文学：一种"三趣"齐备的文章

文学趣味是艺术趣味之中的一种。它要求作家以艺术家的姿态来看待自己笔下的文学创作，充分调动构成文学作品的全部质素并使之相互作用，以追求征服读者、使其为之倾倒的艺术魅力。而对于作家来说，文学趣味就是在文学创作过程中对语言艺术呈现的审美价值的偏好与选择。尽管朱光潜先生在《文学的趣味》一文中论证了影响作家与读者文学趣味的三个决定性因素：资禀性情、身世经历和传统习尚。但具体对每一个作家来说，作家自身的文学本体观与价值观的转变，对其艺术审美的趣味取向起着关键性的影响，特别对一个处于文学转型期的作家来说尤其如此。因为不同的文学观和价值观，不仅决定了其文学创作行为中题材的取舍和创作方法与技巧运用的选择，更决定了他对所预期的艺术效果的定位。

众所周知，鲁迅就是属于"五四"时期这样一个传统文化向现代文化转变、古典文学向现代文学转变的历史大"拐点"中拓荒牛式的作家。因此，我们探讨鲁迅独特的文学趣味，就必须从考察他自觉建立起来的文学观与价值观这两点开始。

那么，处于历史"拐点"时期的鲁迅到底是如何看待文学的呢？

1907年，鲁迅在《摩罗诗力说》里谈到文学的本质：

> 由纯文学上言之，则以一切美术之本质，皆在使观听之人，为之兴感怡悦。文章为美术之一，质当亦然，与个人暨邦国之存，无所系属，实利离尽，究理勿存。故其为效，益智不如史乘，诫人不如格言，致富不如工商，弋功名不如卒业之券。[1]

---

[1] 鲁迅. 摩罗诗力说[M]//鲁迅. 坟. 北京：人民文学出版社，1973：54.

谈到文学的效用，他用到了英国人道覃（E. Dowden）的一个游泳的比喻：

> 美术文章之桀出于世者，观诵而后，似无裨于人间，往往有之。然吾人乐于观诵，如游巨浸，前临渺茫，浮游波际，游泳既已，神质悉移。而彼之大海，实仅波起涛飞，绝无情愫，未始以一教训一格言相授。顾游者之元气体力，则为之陡增也。故文章之于人生，其为用决不次于衣食，宫室，宗教，道德。盖缘人在两间，必有时自觉勤勉，有时丧我而惝恍，时必致力于善生，时必并忘其善生之事而入于醇乐，时或活动于现实之区，时或神驰于理想之域；苟致力于其偏，是谓之不具足。严冬永留，春气不至，生其躯壳，死其精魂，其人虽生，而人生之道失。文章不用之用，其在斯乎。——所以者何？以能涵养吾人之神思耳。涵养人之神思，即文章之职与用也。①

显然，在鲁迅创作现代小说的十多年前，尽管他还没有将写文章和文学创作完全分别开来（后来他也似乎不愿意将两者分得太开。他一直认为，他是一个写点有意思、有点趣味文章的文人，而文学，无论是文学研究还是文学创作，都是"正人君子"或"学者文人"做的事情）。但随着"西学东渐"的风潮，跟王国维一样，他就接受了西方现代文学观念：文学是一种与科学、工商经济、宗教、道德等有别的审美意识形态；它拥有的价值是一种"不用之用"——能涵养人的神思。当然，并不是所有的文学都能"涵养人之神思"，而能"撄人心"者，唯有蕴含"心声"之文学。他说："盖人文之留遗后世者，最有力莫如心声。"②

1908年，他在那篇未作完的《破恶声论》中又再次解释了含"心声"之文学：

> 吾未绝大冀于方来，则思聆知者之心声而相观其内曜。内曜者，破黮暗者也；心声者，离伪诈者也。人群有是，乃如雷霆发于孟春，而百卉为之萌动。曙色东作，深夜逝矣。
>
> 反其心者，虽天下皆唱而不与之和。其言也，以充实而不可自已故也，以光曜之发于心故也，以波涛之作于脑故也。是故其声出而天下昭苏，力或伟于天物，震人间世，使之翟然。③

---

① 鲁迅. 摩罗诗力说［M］//鲁迅. 坟. 北京：人民文学出版社，1973：54-55.
② 鲁迅. 摩罗诗力说［M］//鲁迅. 坟. 北京：人民文学出版社，1973：45.
③ 鲁迅. 破恶声论［M］//鲁迅. 集外集拾遗. 北京：人民文学出版社，1973：18-19.

"心声"文学必须是"离伪诈"的文学，必须是"虽天下皆唱而不与之和"的文学，必须是"其声出而天下昭苏"的文学。一句话，"心声"文学是能激荡民族精神、清醒民族灵魂的具有真正"新声"（科学之声和民主之声）意义的"启蒙主义"文学。只有这样的启蒙文学，才能真正起到"立人"和"强国"的作用："是故将生存两间，角逐列国是务，其首在立人，人立而后凡事举；若道其术，乃必尊个性而张精神，假不如是，槁丧且不俟夫一世。"①

而鲁迅所处时代的旧文学，都是一些充斥着"瞒和骗"的文学。即使有一些貌似鼓吹"新声"的文学，实则由于其"正信不立"，"知识混沌，思虑简陋"，而成了"伪士"所作之披着"新声"外衣的"恶声"文学。因此，直到1927年，鲁迅在香港青年会做演讲时仍然认为，当时的中国是一个"无声的中国"。他说："我们试想现在没有声音的民族是哪几种民族。我们可听到埃及人的声音？可听到安南、朝鲜的声音？印度除了泰戈尔，别的声音可还有？"②

也就是说，鲁迅认为，"只有真的声音，才能感动中国的人和世界的人"③；只有这种真正的启蒙文学，才是他所认定的有价值、有意义、有趣味的文学。文学既要表达时代的"新声"，更要表达作者的"心声"。如果表达的是"伪士"们的"恶声"，那便不仅仅是旧文学的俗趣和无聊，而是新文学的恶趣了。因此，透过《摩罗诗力说》和《破恶声论》这两篇文章，暴露出鲁迅的万丈雄心，要做当代中国的"摩罗诗人"，发心声和新声；要做惊世大文，破除旧习俗和旧观念，震人灵府，使国人摆脱奴性，进至健美刚健。

那么，文学怎样才能发出作者的"心声"呢？鲁迅曾翻译过日本厨川白村的文艺理论著作《苦闷的象征》。他比较认同厨川白村的看法："生命力受了压抑而生的苦闷懊恼乃是文艺的根底。"作者应该在"自我"与"非我"的搏斗中发出生命的呼叫，并把这种"战叫"呈现于文章。

新文学"写什么"的问题解决了，余下的便是"怎么写"的问题。正如鲁迅在1927年写作的《怎么写——夜记之一》中开首第一句所说："写什么是一个问题，怎么写又是一个问题。"按照该文里的说法，鲁迅自己原本倒是从来没有把新文学要"怎么写"当成一个问题。他说："'怎么写'的问题，我是一向未曾想到的。"因为文章不仅要写得有自己的独特内容，而且要写得有意思、有趣味，让人爱读，在他来说，这似乎是天经地义的事情，也是历来如此的常理。

---

① 鲁迅．文化偏至论［M］//鲁迅．坟．北京：人民文学出版社，1973：44．
② 鲁迅．无声的中国［M］//鲁迅．三闲集．北京：人民文学出版社，1973：10．
③ 鲁迅．无声的中国［M］//鲁迅．三闲集．北京：人民文学出版社，1973：10．

为什么此时又成了他必须关注的问题了呢？鲁迅这番话，尽管表面上是针对当时注重"革命文艺及本党主义之宣传"的广州文学和那些公开发表的日记之类的所谓文学而发的，而本质是对整个新生的"五四"新文学的弊端而发的。在这些文章中，仅有现实人生的内容或感悟的记录，或围绕着"宣传"二字而发出的议论，而没有"文学逞能"，这样的文章是与艺术格格不入的。也就是说，文章缺乏艺术趣味：

> 尼采爱看血写的书。但我想，血写的文章，怕未必有罢。文章总是墨写的，血写的倒不过是血迹。它比文章自然更惊心动魄，更直截分明，然而容易变色，容易消磨。这一点，就要任凭文学逞能，恰如冢中的白骨，往来古今，总要以它的永久来傲视少女颊上的轻红似的。①

他认为，作者在文章中投入的真情实感和合理的想象，是文学性的基本立足点。作家在文章写作中适当地变点"戏法"，是使它远离"索然无味"的必要途径。他甚至以不无揶揄的口吻道出了自己的文章趣味观："我宁看《红楼梦》，却不愿看新出的《林黛玉日记》，它一页能够使我不舒服小半天。《板桥家书》我也不喜欢，不如读他的《道情》。"为什么呢？因为人们的普遍心理，怕的是"真中见假"，而不是"假中见真"。甚至有时人们还很欣赏那种"假中见真"，人们愿意欣赏变戏法就是例证。②

在鲁迅看来，作家没有杰出的文学才能，创作中不运用一定的文学技巧，文章自然发不出真正的"心声"。产生不了"心声"文学，激荡不了人的肺腑，自然也就产生不了真正的"摩罗诗人"。以文学"昭苏"天下的"立人"的理想就成了一厢情愿的春梦。

"五四"前后，当新文学作家普遍在启蒙主义和平民化风潮的影响下追求白话的运用；在科学主义的引导下追求文章的"写实"与注重题材的选择；在自由主义风向下追求"去"古文法，竭力抹去文学与生活记录之间的间隔时，鲁迅仍然坚持和看重自己的文学趣味——能呈现作家的符合现代科学精神与民主精神的心声。显然，新文学要做到发出"心声"与"新声"，仅仅采用现代白话是不够的，"因为腐败思想，能用古文做，也能用白话做"③，注重于现实题材的获取也是不够的。他在1931年《关于小说题材的通信》里说得更明白："我的意思是，现在能写什么，就写什么，不必趋时"，而是"选材要严，开掘

---

① 鲁迅. 怎么写 [M] //鲁迅. 三闲集. 北京：人民文学出版社，1973：13.
② 鲁迅. 怎么写 [M] //鲁迅. 三闲集. 北京：人民文学出版社，1973：17，18.
③ 鲁迅. 无声的中国 [M]. 北京：人民文学出版社，1973：7.

要深,不可将一点琐屑的没有意思的事故,便填成一篇,以创作丰富自乐"。①总之,要充分调动作者的文学才华,才能使文章写得"有意思"。写文章主要不是为了"自乐",而是要让别人读来感到有意思。当然,文章也应该有"自乐"的成分,如果作者自己都觉得无趣,又怎能期望别人会从中获得趣味呢?

二、心声文学:一种健康情趣与现代理趣相结合的文学

鲁迅自己文章是追求"趣味"的,连他的创造社"论敌"李初梨也认为他和他所属的"语丝派"都是"以趣味为中心"的。② 不过李初梨指责鲁迅的文字讲求"趣味",是指他没有"以无产阶级的意识,产生出来的一种斗争的文学",而是一种个人主义的文学趣味。因为创造社认为,鲁迅还是一个属于"有闲的资产阶级,或者睡在鼓里的小资产阶级",正是他们"有钱"或"有闲",才会去追求"以趣味为中心"的文学。

但鲁迅认为,无论是哪一派作家,哪怕是革命作家,都应该讲究艺术趣味。他说:"倘他(指革命的艺术家)牺牲了他的艺术,去使理论成为事实,就要怕不成其为革命的艺术家"③,因此,"我自己照旧讲'趣味'"④。在此,鲁迅框范了自己追求的趣味内涵,指的是文学趣味。

那么,鲁迅的文学趣味到底是什么呢?想要探讨这个问题,我们仍然只能回到鲁迅到底欣赏什么样的文学这一问题上来。

从《摩罗诗力说》来看,鲁迅非常欣赏拜伦、雪莱、裴多菲、莎士比亚、普希金、莱蒙托夫、勃兰兑斯、密茨凯维支,乃至印度的泰戈尔等人的文学,因为他们是一个民族国家的"新声"与"心声"的代言人。

从他的翻译文学(主要是《域外小说集》等)和他对外国文学的阅读来看,鲁迅喜欢19世纪东欧诸国和俄罗斯等民族国家的文学作品,如安特莱夫、阿尔志跋绥夫和爱罗先珂等,"记得当时最爱看的作者,是俄国的果戈理(N. Gogol)和波兰的显克微支(H. Sienkiewicz)。日本的,是夏目漱石和森鸥外"⑤。因为他们的文字,发出了被压迫人民与被奴役民族要求得到解放的革命

---

① 鲁迅. 关于小说题材的通信 [M]//鲁迅. 二心集. 北京:人民文学出版社,1973:152.
② 鲁迅. 醉眼中的朦胧 [M]//鲁迅. 三闲集. 北京:人民文学出版社,1973:49.
③ 鲁迅. 醉眼中的朦胧 [M]//鲁迅. 三闲集. 北京:人民文学出版社,1973:51.
④ 鲁迅. 我怎么做起小说来 [M]//鲁迅. 南腔北调集. 北京:人民文学出版社,1973:82.
⑤ 鲁迅. 我怎么做起小说来 [M]//鲁迅. 南腔北调集. 北京:人民文学出版社,1973:82.

呼声。他也希望能够从这些国家和民族的文学中，寻找到"苦闷的象征"的文学来。

从鲁迅的创作状态来看，他受果戈理与安特莱夫的小说影响比较大。他甚至用现代白话创作了一些带有"安特莱夫式的阴影"的果戈理式的现代小说，用小说的艺术形式来尽力刻画当时现实中扭曲、苦痛而麻木的平民灵魂来。他的《呐喊》与《彷徨》中的小说，无不如此。

而且，从鲁迅的学术著作《中国小说史略》和《宋民间之所谓小说及其后来》等文章来看，他较早地突破了当时陈旧的文学观念——认为小说不是艺术。他恰恰认为，小说是平民的艺术。而这种平民的艺术有两个普遍的特点：一是"须讲近世事"，也就是要取材于现实。即使是取材于历史，如他的《故事新编》，也必须以现代艺术姿态来演绎历史，甚至不免"油滑"地影射现实、谐谑历史。这种"油滑"，当然与一贯的主张——文学是"为人生"的严肃态度有些冲突。从这里，我们也能寻找到，为什么《故事新编》系列历史小说，艰难地创作了13年的因由。二是小说应该写"正史"之外的话题。自唐宋以来的话本和小说莫不如此。三是小说应该"尚理"但不"病于艰深"，"修词"但不"伤于藻绘"，否则"不足以触里耳而振恒心"①。因此，他在《我怎么做起小说来》一文中，表达了自己的非常坚定的小说观：

> 我仍抱着十多年前的"启蒙主义"，以为必须是"为人生"，而且要改良这人生。我深恶先前的称小说为"闲书"，而且将"为艺术而艺术"，看作不过是"消闲"的新式的别号。所以我的取材，多采自病态社会的不幸的人们中，意思是在揭出病苦，引起疗救的注意。所以，我力避行文的唠叨，只要觉得够将意思传给别人了，就宁可什么衬托也没有。中国旧戏上，没有背景，新年卖给孩子看的花纸上，只有主要的几个人（但现在的花纸却多有背景了），我深信对于我的目的，这方法是适宜的，所以我不去描写风月，对话也绝不说到一大篇。②

显然，以易懂的文字、简洁的人物刻画，来严肃地表现当时病态社会不幸的人们，是鲁迅心仪的小说艺术。也就是说，鲁迅从来就是把小说的写作当成一篇严肃的文章来做。而这篇文章是否有"意思"，不在于在语言文字上耍过多的

---

① 这是鲁迅在《宋民间之所谓小说及其后来》一文中，借用1627年陇西可一居士为《醒世恒言》所做序言表达的看法。
② 鲁迅. 我怎么做起小说来 [M] //鲁迅. 南腔北调集. 北京：人民文学出版社，1973：82.

"花腔",而在于是否在文章中寄寓了健康的"情趣"与现代的"理趣"。以健康的情趣来"撄人心",以现代的理趣来启蒙读者。在《中国小说史略》中点评唐代传奇时,鲁迅说到张鷟的《游仙窟》时,就认为"其实他的文章很是佻巧,也不见得好,不过笔调活泼些罢了"①;而在谈到李公佐的《谢小娥传》时,鲁迅则说,无非"是解谜获贼,无大理致"②。

正因为鲁迅特别看重文章的"情趣"与"理趣",所以他特别重视对题材的甄别与提炼。正如他在《关于题材问题的通信》中所言:"取材要严,开掘要深,不可将一点琐屑的没有意思的事故,便填成一篇。"③ 原因很简单,选择什么题材,决定了这篇小说"说"关于什么人的话题,就显示了这位作家的"情趣"之所在。对这个话题分析得是否正确和深入,就更显示出这位作家在"文章"中所寄寓的"理趣"之有无。鲁迅以小说和杂文名世,而在当时就能博得"思想界权威"的称号,这不仅得力于他"文章"旗帜鲜明的情趣,更得力于其看现实鞭辟入里、入木三分的"理趣"。

如果说,杂文作为散文的一种,注重情趣与理趣的追求,似乎是题中应有之义,因为自古文章都莫不如此。那么,对于小说来说,也同样追求"情""理"二趣,则是鲁迅对中国小说美学现代化的重大贡献。因为中国的古代小说,由于其文人化的发生过程较晚,在美学上大部分只追求离奇情节上的"媚俗",其主旨却大多在于因果轮回、道德教化和忠孝节义之类的宣教。而鲁迅在其小说创作中,却立足于对现代人道主义的追求,和对科学理性精神与民主观念的理趣的追求,推动了中国现代小说美学快速地迈上了现代化的快车道,从而创造了中国20世纪的"心声"文学和"新声"文学。

以现代人道主义立场,替"病态社会中不幸的人们"发出心声,成了鲁迅小说选材的基本原则。因此,鲁迅小说基本上都是要么抨击当时他所面临的病态社会,要么揭示不幸人们悲剧人生的社会文化因由。《呐喊》共收入14篇小说,《彷徨》共收入11篇小说,无一不是贯彻这一原则。25篇小说都是取材于"身边"的小人物和小事件。当然,以人物类型来划分,主要有三类"不幸"人物:小知识分子、小市民和贫破的农民。小知识分子中又分出两类:一类是潦倒、穷困、病态、苦闷的知识分子,如《狂人日记》中遭受迫害狂的疯子,《孔乙己》中遭市井小民嘲弄旧式读书人孔乙己,《在酒楼上》中连自己都讨厌

---

① 鲁迅.中国小说史略[M].北京:人民文学出版社,1973:281.
② 鲁迅.中国小说史略[M].北京:人民文学出版社,1973:284.
③ 鲁迅.关于小说题材的通信[M]//鲁迅.二心集.北京:人民文学出版社,1973:152.

自己而最后沦为酒徒的吕纬甫，还有《白光》中的陈士成，《幸福的家庭》中的"我"，《伤逝》中的涓生等；另一类是同样病态乃至变态的，或新式或旧式的小文人，如《肥皂》中的四铭，《高老夫子》中的高尔础等。写穷困、病态而至于麻木的小市民的小说主要有：《阿Q正传》《药》《明天》《头发的故事》《风波》《端午节》《示众》《一件小事》《兄弟》等。写底层农民生活的，主要有《故乡》《社戏》和《离婚》三篇。

对这三类人的书写，都是紧扣着他们当下苦难的生存状态。对发生在辛亥革命期间的"剪辫子"风波，就有3篇小说涉及：《阿Q正传》《头发的故事》《风波》。写在"五四"文化冲突最剧烈期间的"思想疯子"有2篇：《狂人日记》和《长明灯》。1924年发表的《幸福的家庭》，则是鲁迅在看了许钦文在《晨报副镌》中的《幸福的伴侣》后所作的"反调"拟文。紧密地书写当时现实，书写苦难现实中的小人物，是鲁迅这两部小说集的突出特点。

面对身边现实中的不幸，任何人都会产生同情之心。哪怕是铁石心肠的人，也会现场式地装出一副同情的姿态。这也是现实主义文学为什么往往会成为一种严肃文学的基本原因。而这种严肃文学也十之八九是依托作者在苦难叙事中注入的真挚情感来感染读者，并使读者产生一种"崇高"的美感。但是，个体真挚而深切情感的发生，一般是建立在一种坚定的伦理道德观念之上。人们很难相信，一个没有坚定道德信仰的人，凭借其本能能产生一种崇高的社会情感。"五四"时代的新知识分子，普遍接受了新文化（民主、科学、进化论等）与现代人道主义思想，并传递着崭新的社会伦理道德观念——自由、民主、平等，追求个性自由等，而非传统的忠孝节义。鲁迅较早在自己的小说书写中自觉地以新的社会伦理道德观念关照现实中不幸的小人物，从而使得他的小说世界呈现出全新的情感态度与人物视角。因此，他对"不幸的人们"，"哀其不幸，怒其不争"（如《阿Q正传》），同时又极为真诚地敬重其人格中的每一点优点（如《一件小事》），尊重天真无邪的孩子（在《故乡》和《社戏》中得以表现），而对伪新知识分子（如高尔础）、伪卫道士（如四铭）、封建家长、旧式导师之流，则毫无保留地表达了他的厌恶，并给予毫不留情的嘲弄（因为从新的视角来看，他们恰恰是小人物"不幸"的制造者或同谋），这种同情与愤怒，都是由新道德观、新伦理观所发的。这种新的情感态度和伦理观念，也同样在那篇著名的《我们现在怎样做父亲》中再次得到了清晰的表达。

《狂人日记》写一个"疯子"的狐疑，《阿Q正传》写平民的梦，《祝福》写一个寡妇的惨死，等等，这些都无不体现了鲁迅力图通过描述民间集体记忆，传达他对现实中平民苦难的人道主义同情与悲愤。

鲁迅非常重视小说写作中的这种真情注入，因为只有这样，才能产生真正的心声文学。这一点，在《故事新编》的艰难写作中也能得到反面印证。鲁迅对《故事新编》不太满意，就是因为在写作中，感到缺乏对这种严肃、现代而健康的人文情怀的灌注，因而少了些情趣。就取材而言，《故事新编》是"历史小说"。面对远离我们几千年的人和事，人们是难以产生真切的同情的，除非要刻意注入作者的一种对历史的矫情。但鲁迅不愿注入这种对历史的矫情，因为这有违他创造"为人生"的严肃文学的初衷，他也不愿像流俗的"教授小说"[①]一般，"博考文献，言必有据"。因此他只能感到非常艰难而断断续续地做成一串人物"速写"，"叙事有时也有一点书上的根据，有时不过信口开河。而且因为自己的对于古人，不及对于今人的诚敬，所以仍不免时有油滑之处"[②]。

对笔下人物的不诚敬，用鲁迅的话说就是"油滑"，用俄罗斯米·巴赫金的话说是"嬉戏"。戏耍和嘲弄已成为绝对过去的古人，恰恰是自古以来真正的民间立场，也体现了一种真正的民间精神：通过揭露已威胁不到自身的权威人物的缺点与丑行，来表达现时代人们的立场与观点及真实的精神状态。如《补天》中写到一个古衣冠的小丈夫在女娲大腿之间的出现，《铸剑》中添加的母亲怒骂眉间尺不忍心杀死红鼻子小老鼠的细节，都无不表露出对小丈夫与母亲的嘲弄与不满，传达了作者的一种新的道德观和进化论思想。这些油滑细节中寄寓的现代理趣，可能是鲁迅认为这些历史小说"没有将古人写得更死，却也许暂时还有存在的余地"的理由吧。

正因为如此，鲁迅的"文章"面对当时的读者，就产生了全新的情趣与理趣。在中国小说史上，鲁迅也确实第一次展示了这种全新的情感态度，也讲了一种全新的"做人"的道理，展示了一种全新的分析与评判人物和事件的视角。尽管《呐喊》和《彷徨》中叙述的人与事，在今天的人们看来，可能已成了陈时旧事，但其中寄寓的情趣与理趣则没有过时。前不久，贾平凹在咸阳学院做了一次报告，他就指出，当今小说界还没有能够真正写好当今社会伦理关系的小说，并呼吁小说家们在这个领域多下些功夫。这也就说明了我们历来在解读和继承鲁迅小说艺术遗产时存在的疏忽。

三、新文体："格式"不得不特别的选择

鲁迅主张把小说当成一篇有"美术"（艺术性）性质的"文章"来写，这

[①] 鲁迅．序言［M］//鲁迅．故事新编．北京：人民文学出版社，1973：2.
[②] 鲁迅．序言［M］//鲁迅．故事新编．北京：人民文学出版社，1973：3.

就决定了这篇文章不仅要有情趣、理趣，更要有新颖的艺术趣味。也就是说，文章样式应该做得新颖别致，也就是"格式很特别"。正因为他对新文学的创作有着高度的艺术自觉，使得他大幅度地超越了近代文学革命家黄遵宪的"我手写我口"的认识，也超越了同时代的创造社作家对"文学是自我的表现"的浅层次理解，而使自己成了中国新文学的第一文体创造家。他不仅完成了中国小说美学的现代化，而且在散文领域创造了"语丝体"文、杂文、散文诗，还尝试过现代戏剧的创作。

在这里，我们只谈鲁迅对小说的现代艺术趣味的追求。鲁迅对当时舆论给予其"新小说"的判词——"格式很特别，内容很深切"，也尤为自得；而对《彷徨》中收录的小说，则自认为在技巧上更为"圆熟"。那么，鲁迅在小说创作上到底为中国小说艺术提供了哪些现代美学探索呢？

探讨这两个问题，我们必须回到鲁迅所主张的小说的"美术性"这一问题上来。鲁迅既然主张小说是一门语言艺术，就应该讲究文学修辞。文学修辞一般分为两种：一种是文体修辞（格式），另一种是文辞修辞。从鲁迅的《我怎么做起小说来》一文看，他是不大注重文辞的修辞的，力避唠叨，不要衬托，力求明白畅晓。他所追求的主要是文体的修辞创新。在用白话书写现代平民文学的新文学运动初期，特别是对于本来就源自民间的"说话"艺术的小说来说，新作家首先要解决的就是文体问题。

鲁迅的小说尝试了多种文体。除《阿Q正传》《高老夫子》等少数小说用的是改造了的传记体外；《药》《明天》《头发的故事》《风波》《端午节》《白光》《猫和兔》《鸭的喜剧》和《肥皂》等，用的是围绕一个中心事件来叙事的"故事"体；《狂人日记》用的是日记体，而《孔乙己》《一件小事》《故乡》《社戏》《祝福》《在酒楼上》《孤独者》和《伤逝》（该文的副标题就是"涓生的手记"）等，都是采用"我"的"手记"形式来结构小说，也就是以"我"的视角来串联人物与事件。"手记"体小说主要集中于《彷徨》中，鲁迅显然越来越钟情于"手记"体小说。

传记体小说和故事体小说都是中国传统小说的主要文体。传记体小说主要是为了通过人物传记来"讲史"，如《三国演义》等，可用于长篇叙述。当然，到明清时期，传记体小说也用于记录世情，而变为"世情小说"（鲁迅语），一般的特征表现为以主要人物名作为作品名，如《金瓶梅》等。故事体小说往往用于"志怪"和人物传奇，如《聊斋志异》和《水浒传》等。

但鲁迅发现，传记体小说和"故事"体小说有两个主要的缺点。一是难以写"真"，往往"有七分是实的，三分是虚的，惟其实多虚少，所以人们或不免并信虚者为真"①。《三国演义》就是如此。他非常佩服清代纪昀敢于在法纪最严的乾隆年间,以文章抨击社会上不通的礼法和荒谬习俗的眼光与魄力,也信服纪昀对《聊斋志异》的批评。纪昀认为,《聊斋志异》中,长的文章是仿唐代传奇,短的文章像六朝志怪。但这两种文章有一个共同的问题:"他的作品是述他人的事迹的,而每每过于曲尽细微,非自己不能知道,其中有许多事,本人未必肯说,作者何从知之?"② 二是传记体和故事体小说,似乎都必须设置一个大团圆结局的习惯,这篇文章才算作完。

而鲁迅要作的心声和新声小说,一是取材于现实中的平民,做"平民底小说"(鲁迅语,见《中国小说史略》);二是对平民的灵魂进行写真;三是做到作者表现的和作者想象的要一致,也就是说,文章中要自然而真实地灌注作者的现代人文情怀与现代理趣,去感染人、启蒙人,从而实现文章的艺术性。

显然,这两种传统文体难以达到上述三种要求。取材于现实中的平民,但现实中平民的故事大都没有大团圆的结局。如果强行设置大团圆结局,是不符合对现实的写真原则的,是欺骗。据鲁迅回忆,《阿Q正传》就是通过设置一个大团圆结局而匆匆结束的。《药》的大团圆结局也是被迫添加的。这些作品,鲁迅自己明确地表示了不满意。③ 而要以这两种文体对平民的灵魂进行写真,以科学的眼光来看,又确实难以说服鲁迅自己。的确,作者怎么知道笔下的人物一定是这么想的呢?而且,要像"摩罗诗人"一样,在文章中率性地表露出作者自己旗帜鲜明的情感立场,又怎么能让站在故事之外的叙述人去强加呢?那不就像传统小说一样在"教谕"人吗?

因此,采用作品中的"我"作为事件现场主体的日记体,或"我"作为事件现场的参与者的"手记"体,使文学变成一种真正苦闷的象征、心灵的呐喊,是鲁迅认为的最满意的现代启蒙文学形式。鲁迅唯一只与创造社成员的郁达夫相知,可能在一定程度上是由于鲁迅对郁达夫的"自叙体"(实际上相当于"手记体")文章的欣赏。这一点也表露在1927年他的《怎么写——夜记之一》一文中。我们再联系郁达夫的小说和丁玲的《莎菲女士的日记》在发表时的轰动现象,就不难看出,日记体或手记体小说,确实是"五四"新文学运动中的一种普遍的现代性艺术追求。这种美学追求,不是单个作家突发奇想的创造,而是新文化运动衍生的,人的现代情趣与理趣带来的必然文学结果。

---

① 鲁迅. 中国小说史略 [M]. 北京:人民文学出版社. 1973:291.
② 鲁迅. 中国小说史略 [M]. 北京:人民文学出版社. 1973:302.
③ 鲁迅. 阿Q正传的成因 [M] //鲁迅. 华盖集续编. 北京:人民文学出版社,1973.

据米·巴赫金的考察①，西方现代小说，甚至长篇小说都在广泛而实质性地采用人们日常生活中的日记、书信、自白的形式，以打破西方传统史诗体裁的意识形态统治。原因就在于，传统史诗记叙（严格意义上是"转述"）的是过去的、已完成的、封闭的民族传说或神话，刻画的是在民族记忆中已有定评与结论的英雄人物。因此，史诗必须在外部形式上乃至情节上，建立它的完成性和完满性。作者不会也无意去篡改故事的内容，因为他必须对读者预期的"结局的兴趣"负责。而现代小说描写的是未完成的并指向未来的现实事件，人物也是现实中没有定型的人，因此必须打破传统史诗在叙事形式上的封闭性和完满性。而且，自18世纪启蒙主义与实证主义运动滥觞以来，作家的个体自我意识觉醒，要求回到个人经验与认识上，来对一切问题与人物进行重新认识与评估，最大限度地脱离集体记忆，揭示出英雄有着与平民一样的平凡和庸俗。于是，出现了这种抹平艺术与非艺术、文学与非文学之间界限的现代小说形式。

鲁迅、郁达夫和丁玲等一批"五四"新文学作家，都在自觉或不自觉地完成向这种现代艺术姿态的转变。至少在鲁迅，是有着充分的理性自觉的。这种现代艺术姿态就是让作者以日记、手记、自白、自叙体等着重于自我"表现"的形式，实现对不完整的、不完满的并向未来敞开了各种可能性的现实人生，进行片段式的描写与记录，如《狂人日记》就可以无休止地"记"下去。而且，在手记体小说里，不仅作品中的人物可以发言，参与事件现场或作为现场主体的"我"，也可以通过人物的现实性和亲和性，实现对其他人物的发言，从而使现代小说演变为一种多话性世界，更出色地展示叙述人的人文情怀与理趣。

更主要的是，这种现代艺术姿态（指"我"直接走进事件现场），能够消除叙述人与小说中的人物（叙述对象）之间的距离，能够充分利用民间创作（中国小说本来就是发源于民间的说话艺术）与民间嬉笑资源，使叙述人对人物的研究变得自由和随性：叙述人能够采用民间嬉笑的话语、非官方的思想、节日般狂欢的形式，亵渎他的外表和内心，揭露其可能性与现实之间的不一致的矛盾和动态过程，使现代小说中的人物，呈现出可笑与严肃、卑贱与崇高、正面与反面相结合的矛盾体，从而产生了求"真"（真情与真理）的现代艺术趣味。尽管《故事新编》是取材于古代的历史小说，但鲁迅也是在追求这种现代艺术趣味，因而不可避免地产生了被他自称为"油滑"的嬉笑、嘲弄的世俗化艺术效果。大禹、老聃、后羿、伯夷叔齐兄弟等，原本是令人崇敬、钦佩的人

---

① 米·巴赫金. 史诗与长篇小说[M]//乔·艾略特，等. 小说的艺术. 张玲，等译. 北京：社会科学文献出版社，1999.

物，在小说中都变得与我们现实中的人一样猥琐而平庸了。由于是历史小说，鲁迅又不愿像传统的史传与人物传奇那样来写，因为那样会不可避免地落入传统文人小说的俗套，无法发出现代平民文学的心声，而叙述人"我"又不能直接参与现场。所以，只能采用"隔山打牛"式的描写，不时将"我"依附于各个不同的历史人物来描摹，因而他感到了写作的艰涩。

总之，在鲁迅看来，无论是用文言还是白话，也无论是什么样的题材和体裁，做文章都应该让人读来有趣。小说也应该当成一种有趣的文章来做。对于现代读者来说，关键是要令人感受到合乎现代人文精神的情趣和理趣。而对于现代小说家来说，为了能够在小说中传递这种现代情趣与理趣，就应该立足于现代艺术姿态，沿着文体修辞日趋生活化的轨道，创新文章样式，让新文学真正成为启蒙平民大众的"心声"文学。

鲁迅的小说创作启示了人们，文学的现代化绝不是简单的"旧瓶装新酒"式的艺术媚俗，也不是"为艺术而艺术"式的在文学样式上的着意立异；而是要立足于当下人的健康的情趣与理趣，实现在语言表达艺术上的突破。对于现代作家来说，艺术形式的创新，也是一个充满无限可能性而又理性化的进程。

（原载于《语文教学通讯》2011年第3期）

《瞬息京华》的文化意蕴探寻

一

"两脚踏东西文化,一心评宇宙文章"是林语堂一生的自我总结与写照。20世纪30年代,他的一位朋友谈到,他最大的长处是向外国人讲中国文化,而对中国人讲外国文化。的确,林语堂一生都在致力于"中西文化融合"的理论与实践活动。特别是,在1936年出国后,"他已不再平均使用力量,明显地加重了其中一只脚的分量;把重心偏向于向西方介绍中国文化的那只脚上"[1]。除了他的散文、译著以外,他的一部分小说也成为他介绍活动中采用的一种重要手段,形成了他独具特色的"文化小说"。他对中西文化的思考为创作本体的小说有:《瞬息京华》《唐人街》《奇岛》《赖柏英》。

正如陈平原先生在《林语堂的审美观与东西文化》中指出的:"对二十世纪中国知识分子来说,如何协调东西文化的矛盾,无疑是一个十分严峻的课题。一方面是强烈的世界意识,一方面是强烈的民族感情,常常逼得他们徘徊于中西文化之间。""汉唐时国势强盛,接受印度文化时充满自信,向传统文化的复归也就显得十分自然。现代中国积弱贫困,是在承认我不如人的前提下提出'向西方学习'的,接受西方文化的同时也就意味着对传统文化的否定。"[2] 于是,"东西之争"和"情与理之争"纠缠在一起,使得这一文化抉择分外艰难与曲折。林语堂正处于这种东西文化大冲撞的时代。由于他独特的人生经历与文化氛围决定了他独特的思维方式,他拥有与同时代作家迥异的心理历程。林语堂对人类文化的思考,在他的"文化小说"中明显呈现出三个阶段:(一)在对中国传统文化思考中,通过儒道对比,褒道贬儒,倡导道家文化;(二)通过中西比较,情感的天平倾向中国文化;(三)站在全人类的高度,以世界眼光审视世界文化时,发现中西文化各有利弊,提出了属于未来世界的文化构想

---

[1] 施建伟. 林语堂出国以后 [J]. 文汇月刊, 1989 (7).
[2] 陈平原. 林语堂的审美观与东西文化 [J]. 文艺研究, 1986 (3): 113-122.

——中西合璧。

《瞬息京华》属于作家对文化思考第一阶段的产物。

林如斯在《关于〈瞬息京华〉》中谈到对其父这部小说的印象："此书的最优点不在性格描写得生动，不在风景形容得宛如在目前，不在心理绘画的巧妙，而是在其哲学意义"，"故此书非小说而已"。此实为有识之见。林语堂为了弘道批儒，不惜牺牲小说的艺术品性，疏略了作品中人物形象的丰满特征及其合理变化，使作品人物的血肉之躯，抽象成为服务于叙述者意志并赋予了特定文化意味的符号。

《瞬息京华》，以道家哲学为脉络，借道家女儿姚木兰的半生经历为线索，描写了姚、曾、牛三大家族的兴衰史和三代人的悲欢离合，并以此为缩影，展示了中国广阔的社会人生，通过不同文化背景下的人生在风云变幻的同一时代背景下的对比，揭示出道家总是比儒家胸襟开阔的结论。

我们只要分析作品中的主要人物，就不难看出作家这一创作意图。处于全书中心位置的是姚家的家长姚思安、大女儿姚木兰、二女婿孔立夫，他们都信仰道家自然主义，这就给他们的人生增添了不少崇尚自然、充满人情诗趣的意味。界定名分，"父辈曰尊"，本是因儒学影响而形成的家族制度的关键，但作为一家之主的姚思安却"沉潜黄老之修养"，把家政分与妻子，把店铺托付给舅爷，只和书籍、古玩、儿女日夕相处。于国事，同情变法的光绪皇帝，不满义和团的迷信排外，出巨资支持孙中山的国民革命。中日战争爆发后支持抗战，却从不涉足仕途。姚府也发生过姚太太拒纳女仆银屏为媳，致使银屏绝望自杀的惨事；但此事发生在姚思安南游之时，与他没有干系。他倒是对儿女婚姻一向很开通，热心于二女儿莫愁与穷书生孔立夫的婚事。即便他搬进了富丽堂皇的王府花园之后，对于幼子阿非与破落旗人的女儿宝芬的结合，他也认为是道的必然而顺水推舟。在完成了他认为他应该做的事情之后，一心研读道家典籍，静坐修炼，过着半在尘世半为仙的生活，最后云游名山古刹十年达到了佛家的物我两忘的境地，无疾而终。

孔立夫是作为一位理想中的青年出现的。他安贫苦学，奉母至孝，由一个儒家的儿子变成道家的女婿之后，深受信奉道家的岳父的影响，潜心老庄学说，致力于道教与科学的糅合，写出过《科学与道家思想》《〈庄子〉科学评注》等文章；企图使庄子的观点获得现代性与科学性，甚至得出了庄子的《齐物论》就是相对论的观点。他也曾有过强烈的政治参与意识，敢于撰写针砭时弊的时事论文，并作小说嘲讽荒淫无耻的军阀、官僚，又能隐居苏州从事甲骨文研究，曾复出监察院任职，侦查有日本背景的津沪贩毒案，又能功成后急流勇退。

姚木兰,"道家的女儿","正如饱满的月球一般的美丽","除去了她两眼具有迷人的魔力,和婉转娇弱的声调之外,她真有一种神仙般的姿态"[①]。她心地善良,对上下左右都能推心置腹、和睦相处,对人间的一切苦难都深怀同情。作为道家的女儿,她继承了父亲的豪放、豁达,淡泊名利,胸襟开阔,天真而富于浪漫幻想。她从学校教育中受到过新思潮的洗礼,敢于蔑视封建传统,追求个性解放。她敬爱孔立夫,却能按传统礼俗与世家子弟曾孙亚成婚,坦然接受命运的安排。当孔立夫被捕入狱时,她敢于夜闯军阀司令部,取来开释的手令;丈夫有了外遇,她的胸襟风度也绝非一般女子可比,把陷入迷津的少女邀至家中,杯酒释嫌。她痛爱自己的亲生骨肉,但能忍受母子离别之痛,让儿子参加抗战。在大逃难途中,接二连三地收养孤儿寡女,这也反映了蛰伏在她心灵中的人道主义和博爱精神。总之,作为女儿、媳妇、妻子、姐妹、妯娌、朋友、母亲、主妇,无论是用中国传统美德还是用西方社会公德来衡量,姚木兰都是那样周到完备,集中西文化美之大成,实为文苑中的一独特形象。

以上三位道家人物是作家最钟爱的人物。他们的生活方式是作家的理想人生方式。他们都随着道的必然自在地舒展自身的性灵,自己主宰着自身而不为他物所役。这也正是林语堂毕生追求的。难怪林语堂在结束这部小说的写作时曾道:"若为女儿身,必做木兰也。"[②] 而他确非女儿身,那么年青的孔立夫,年迈的姚思安则自然而然地将成为他人生的两块路标。

中国的儒家文化在传统文化中属于一种官本位文化,历来崇奉"学而优则仕"的人生信条。因此《瞬息京华》中儒家文化的代表人物大都为官场中人,如正统儒生曾文伯,腐儒牛思道。作家在刻画这些人物时,主观厌恶情绪的介入特别明显。他们显得或保守或愚蠢或丑陋或可笑,甚至连同其子女也显得那样俗不可耐,如曾襟亚、牛素云、牛环玉(牛素云与曾襟亚后因接近道家人们而有所改观)。相反,他对信奉道家的士人(如傅增湘、辜鸿铭)、商人(如姚思安)连同其子女甚有好感,因而刻画得丰满、栩栩如生。

曾文伯,原为朝廷命官,后来成为前清遗老,饱受儒家思想浸染,异常保守,反对一切新事物。"他恨洋书,恨西洋制度和一切洋玩意儿。"[③] 坚守着"万般皆下品,唯有读书高"的"士、农、工、商"的等级制度,对作为科学象征的金表也表示蔑视,"认为不过是低等头脑的产品。洋人制出精巧的东西只

[①] 林语堂. 瞬息京华 [M]. 郁飞, 译. 长沙:湖南文艺出版社, 1991:149.
[②] 林语堂. 瞬息京华 [M]. 郁飞, 译. 长沙:湖南文艺出版社, 1991:541.
[③] 林语堂. 瞬息京华 [M]. 郁飞, 译. 长沙:湖南文艺出版社, 1991:322.

表明他们是能工巧匠，比农人低一等，比读书人低两等，只比生意人高一等，他们不配称拥有高等文化，拥有精神文明"①。若不是西医治好了他的糖尿病，他对洋人的奚落大概永远也不会停止。他反对革命，认为民国建立，一国无君，则个人目无法纪，社会动乱，整个中国文明就受到威胁。因此，他在老母丧仪上恸哭不已。这哭不是出于礼仪观瞻之需，而是发自内心的，他熟知的华夏古国正在他脚下溜走。他更反对提出"打倒'孔家店'"的"五四"文学革命，把整个革新派称为蛮子、"忘八"和大言不惭地谈论自己不懂的东西（尤其是儒家学说）的人。他又是一切旧的封建伦理关系的维护者，对新道德视之如洪水猛兽。为了维护妇德，他竭力限制曼妮、木兰等抛头露面，甚至不赞成木兰之雅爱诗词歌赋，因为他认为，诗词歌赋少不了同男女私情有关，而女子有了私情便一定会堕落。总之，林语堂笔下的曾文伯形象，是一个死抱着祖宗传统不放而最终被时代抛弃的可怜虫。

另一位儒家代表人物是牛思道。如果说作家对曾文伯尚有一丝怜悯与同情的话，对牛思道的用词则无不泄其愤，极尽嘲讽之能事。当袁世凯复辟帝制时，曾文伯尚知共和之心已深入人心，已成为历史潮流不可逆转而决不同流合污。至少表明他还有一定的人生准则、人生追求，尽管他追求的是复古。牛思道则是一位毫无人生准则可言的混世魔王、社会蛀虫。他出身于一个经营钱庄有年的家族，在科举与吏治败坏的道咸年间买得一个举人头衔，又靠贿赂一个有势力的太监谋得陆军部军需总监一职，而后又凭借牛太太与大学士之妻的表姐妹关系，在宦海中一帆风顺，青云直上，成为清王朝的度支大臣。他贪得无厌，被朋辈称为"牛财神"，是民谣中受到诅咒的摇钱树下的"牛"。他愚蠢而庸碌，甚至不明白自己何以会飞黄腾达，认为是他满脸横肉的"福相"带来的。他常常训斥旁人，特别是对下属，可常因附庸风雅而闹出笑话而不自知。"鹤立鸡群"原本是说一个人的才能、美质超过同辈之意，他竟用这词，音调铿锵地表示自谦："兄弟有幸与诸位共处，实乃鹤立鸡群……"

但我们应当注意到叙述人林语堂对牛思道的评论，他认为牛"也并非坏人"②，甚至借他女儿黛云之口说他"心地单纯"。这样，我们就找到了林氏设置牛思道形象的真正动机：他真正要枪挑的是牛思道赖以生存的社会环境——封建官场及整个封建制度，而这一切又正是儒家文化繁衍的产物。前文已论及，林对儒家代表人物的嫌恶甚至涉及其子女。显然，这并非一种情绪泛滥。在林

---

① 林语堂．瞬息京华［M］．郁飞，译．长沙：湖南文艺出版社，1991：322.
② 林语堂．瞬息京华［M］．郁飞，译．长沙：湖南文艺出版社，1991：149.

语堂看来，中国儒家文化已浸透了整个社会环境（包括家庭环境），并通过环境钳制了人性的发展，使之畸形，从而导致一些不合理的行为。林氏曾提出这样一个理论："腐败官僚的子女不是学父母的样就会成为最彻底的叛逆，毫不妥协地反对父母的为人方式。"① 因此，林语堂又在牛思道旁设立了两个小丑形象：卑鄙阴险的牛环玉和荒淫无耻的牛同玉。唯有黛云成这个家庭的叛逆，在新思潮的鼓舞下谴责一切旧官僚的腐朽生活，后来成为抗日运动中"锄奸团"成员。

小说中，还有一位人物值得重视，那便是曾家大媳妇孙曼妮。她是一位充分体现着儒家传统妇德的女性形象。如果说上述人物的塑造是为了正面批儒，孙曼妮的塑造则是向人们展示了一份儒家文化的祭品。

孙曼妮原是一小镇上的纯朴姑娘，"眼睫毛、笑容甚至牙齿和甜美的容貌全都很美"②。由儒家父亲抚养长大，受过完备的旧式女子教育，接受了儒家礼教给女性规定的一切——"妇德、妇言、妇容、妇功"，并缠有一双小巧的脚。正如林氏所说，是从古书中掉出来的插画里的古董。曾家为了替病魔缠身的大儿子平亚"冲喜"，把年少的曼妮娶进曾家。随着平亚的夭折，曼妮便心甘情愿地过着漫漫无期的孀居生活。人性在这里受到戕害，人情在这里遭到虐杀，谁是凶手？曼妮的人生历程甚为简单，是从一个儒家的家庭进入另一个儒家的家庭。从她诞生的那一刻开始，儒家礼教的魔爪就伸向了这一幼小的心灵。当她思维成形时，她就知道，她不属于自己，她的行为为礼法所制约，她是为未来的夫君生活的。在没人陪伴的情况下，她甚至连四周有高墙的后花园也不敢越雷池一步，因为她听她父亲说过，戏曲和小说都把姑娘的堕落或者风流韵事的开头布置在后花园里。在她丈夫死后，她尚是一个纯洁少女。但她另有一个念头：她的心灵今生和来世都应以曾家为栖息之地。一名美丽、纯洁、善良、温驯的少女，就这样被儒家礼法以不流血的形式虐杀了。儒家礼法塑造的悲剧主人公又何止曼妮呢？

二

小说贬儒倡道的主"意"已明，仔细分析，不难发现林语堂贬儒倡道，主要是在三个层面上进行的。

第一层面，我们认为，文化的内涵应该是指人们对世界（自然界和人类社会）的发生、发展做出解释的整套思想体系，以及这种思想体系对人们的思维

---

① 林语堂. 瞬息京华 [M]. 郁飞, 译. 长沙：湖南文艺出版社，1991：541.
② 林语堂. 瞬息京华 [M]. 郁飞, 译. 长沙：湖南文艺出版社，1991：56.

方式、人生态度、价值观念和人生方式的渗透与影响。道家的宇宙观认为："'道'是天地万物的根源，是实存的，永恒的。道生长万物，养育万物，使万物各得所需，各适其性，而丝毫不加主宰。"① 林语堂正是从这一认识出发，在《瞬息京华》中认为，人也应顺从天道，让人的自然之性获得自由发展，而不应受到社会伦理、道德的束缚，从而达到人与自然的和谐。小说中三位道家代表人物，也正是以这种观点认识人生、观察人生、体验人生的。尽管他们生活在古老的儒学文化中心——北京，但他们都拥有着一种潜在的自由、平等、民主意识，一旦西方文化中的资产阶级人文主义思想传入，这两种思想的共鸣与融会就成为必然。可以说，小说主要在探寻"平等""民主""科学"的时代精神与中国道家哲学的关系。至于是否探索成功，则属于另外一回事，至少作者当初确是朝着这一方向前进的。

小说在赞扬道家文化的重自然及其合乎个性解放的时代要求的同时，对儒家思想束缚与压抑人性自由进行了批判，表现出反传统、反人事的人生态度。古典美人曼妮形象就是这批判的武器。人们通过曼妮与木兰这两种人生的对比，就能鲜明地看到道家文化闪光的价值。

第二层面，在道家的"人生如梦"的人生观中，丝毫没有悲凉的感觉。《庄子·齐物论》中的"蝴蝶梦"，正是主张以艺术的心情将人类的存在及其生存世界给予美化。林语堂由此得出"生活艺术化"的人生态度。要做到"生活艺术化"，就要求人们顺从天道，超脱名利，超脱是非，超脱生死，无心无情，追求精神上的绝对自由；强调个体存在的价值，不为物役，从而实现"逍遥游"，享受人生的天然之乐。姚木兰父女的人生正是这一理想人生的现实化。立夫与木兰游历泰山看到秦始皇立的无字碑时，木兰就曾发出过这样的慨叹与感想：立碑人虽曾派五百童男童女驶入东海去寻求长生不老之药，但终究还是灰飞烟灭，而"岩石（指石碑——笔者注）还在，因为顽石缺少人间的激情"。她"想到了生和死，想到有激情的人生和缺乏激情的石头的一生。她意识到，此刻不过是永恒的时间长流中转瞬即逝的一刻，但这一刻对于她却是可纪念的——这本身是一种完整的哲理，或者说是关于过去、目前和未来的完整看法，关于自我和非我的完整看法"②。

作家在赞扬姚家那种超脱的人生观的同时，对曾家一切都遵循旧道德，满

---

① 陈鼓应．庄子论"道"：兼评庄老"道"论异同［C］//张松如．老庄论集．济南：齐鲁出版社，1987．
② 林语堂．瞬息京华［M］．郁飞，译．长沙：湖南文艺出版社，1991：463．

足于做封建统治者的附庸和工具的"雅人之俗"做了揶揄;对牛家崇拜金钱和权势,为了满足自己的那种市侩式的庸俗追求,可以遗弃自己的良心与人格的"常人之俗"也进行了批判。显然,牛家的人生观最为姚家所不齿,而曾家在传统和历史的重压下,没有个人自由,没有个人意志,在历史大变革时期,只能处处表现出封闭保守、无知专横和虚伪滑稽的可笑心态。

第三层面,道家的宇宙观还认为,宇宙万物的变化都是"道"渗入的结果,因而变化并不是消失,而是由甲物形状转变成乙物状态;当甲物转入乙物的境况时,乃是一种和谐的融化。同样,人之生是自然之气演化的结果,人之死也是气消散回归于自然的过程。因此,人不应为生死意念所困扰,应超脱生死,更不应该为生死带来的哀乐情绪所束缚,否则就达不到以博大的心境与开放的心灵去迎接现实人生的境地。林语堂正是把这种道家的生死观贯穿在姚思安父女俩的人生观中。我们且来看下面这段他们父女俩关于生死观的对话。

> 木兰问:"爸爸,您相信长生不老吗?道家总是相信。"
> 姚思安说:"这是无稽之谈!那是世俗的道教。他们不懂得庄子。生死本是生命的规律,真正的道家只会战胜死亡,他死的时候比别人欢乐。他不怕死去,因为他认为这不过是我们说的'返归于道'……"
> 木兰说:"因此您不信长生不老么?"
> "我信,孩子,我的长生不老是在你和你妹妹,还有阿非以及所有我的子女生下的子女身上。我在你身上再世为人,正如你在阿通和阿梅身上再世为人。没有死亡这回事。你制服不了自然。生命生生不息。"①

人的生命过程中,对人的威胁莫过于死亡。连死亡都莫之奈何,还有什么能羁绊他们的心灵呢?因此,他们既能做到思想自由,善于吸纳新事物,随时代而前进,又洒脱通达,半在尘世半为仙,尽情地享受人生。这是对更有意义的人生价值的追求,而不是消极出世的苟且偷生。

也正是基于生命是一种滔滔不息的自然现象的认识,所以姚老先生能够在中日战争爆发前夕,超越当时流行的"武器装备弱""国势贫弱""中国必输"等浅见,预见到中国必胜。胜利的力量源泉正在于这不可战胜的"自然",不可欺的"人性"。

小说中有姚思安对中日战争的一段断语:"你们去问曼妮吧。要是曼妮说中

---

① 林语堂. 瞬息京华[M]. 郁飞,译. 长沙:湖南文艺出版社,1991:678.

国非打不可,中国就会打赢;要是曼妮说中国决不能打,中国就要打输。"①

曼妮是中国社会里不能再胆小的温驯柔弱的女子,虫豸和蝴蝶都不敢碰一下,看到战败的小蟋蟀都要洒下一掬同情之泪,连她都斩钉截铁地发出:"中国愿打不愿打都得打。""我只知道,如果咱们非倒下不可,那么,让中国和日本同归于尽吧!"② 合道与背道已判,正义与非正义已明,还有什么理由不相信中国会打赢这场战争呢?

此外,小说的描写跨度虽达四十年之久,但多次出现木兰父女对甲骨文的理解与对古董偏爱的描写,显示了道家的时空意识与价值观,一方面为木兰后来投身抗日救亡洪流的行为选择提供了"前因";另一方面为我们理解作家执意要把 Moment In Peking 译作《瞬息京华》而不满意于《京华烟云》这一书名的心理提供一把钥匙,因为《瞬息京华》比《京华烟云》更合乎"道",更能体现道家的时空意识。

三

20世纪,中国历史的主要课题是文化变革,它同民族救亡和民族现代化既紧密相连,又步调一致。"五四"新文化运动是在承认"我不如人"的前提下爆发的一场文化革命运动。传统的旧文化受到西方文化的大扫荡。《剪拂集》时期的林语堂,年少气盛,也高举其浮躁凌厉的笔,投入这场运动中,并获得"土匪"的美名。为什么十年后,他自己倒又积极倡导他所反对过的传统文化?我们应看到这种转变的缘由与承续性。

对于这一转变,有的学者简单归因于"客居异国,谋生的功利打算与寻根的感情需求合而为一"③;有的学者则归结于民族自尊心。毋庸置疑,它们都是林氏不遗余力地向西方人介绍中国文化的原因。但我们还应看到,林语堂在1933年出国前,为打破外国作家写中国题材而存在的局限性、狭隘性,开始用英语写作《吾国吾民》,并英译了《老残游记》和《浮生六记》等中文名著,早已拉开了向西方介绍中国文化的序幕。1936年,刚踏上美国国土,林语堂就开始着手这项工程的第二道工序——写作《生活的艺术》和编写《孔子的智慧》。从林如斯的《关于〈瞬息京华〉》来看,这部小说的写作仍然是这项工程的延续。她回忆道:"一九三八年春天,父亲突然想起翻译《红楼梦》,后来

---

① 林语堂. 瞬息京华[M]. 郁飞,译. 长沙:湖南文艺出版社,1991:700.
② 林语堂. 瞬息京华[M]. 郁飞,译. 长沙:湖南文艺出版社,1991:700.
③ 陈平原. 林语堂的审美观与东西文化[J]. 文艺研究,1986(3):113-122.

再三思虑而感此非其时也,且《红楼梦》与现代中国距离太远,所以决定写一部小说。""《瞬息京华》在实际上的贡献是介绍中国社会于西洋。几十本关系中国的书不如一本地道的中国书来得奏效。关于中国的书犹如从门外伸头探入中国社会,而描写中国的书却犹如请你进去,登堂入室随你东西散步,欣赏景致,叫你同中国人一起过日子,一起欢快、愤怒。此书介绍中国社会,可算是非常成功,宣传力量很大。此种宣传是间接的。"① 这段话大概与林语堂的真实心理不会太远。由此看来,林语堂从传统的反叛走向传统的复归,主要原因不在于"感情"而在于"理智",在于他认识思维的走向。早在"五四"时期倡导西洋文化的过程中,林语堂就把眼光盯在资产阶级人道主义、个性解放思想上,反对压抑人性、窒息人性的封建礼教,在文学创作上则找到了擅长表现个性、舒展人性的克罗齐的"表现论"和斯平加恩的"表现主义"。为了找到适合"表现主义"生存的中国土壤,在周作人等的启发下,挖掘出了中国的浪漫派文学——明代"公安"、"竟陵"派"性灵文学",并由此上溯到以强调人格独立和精神自由为核心的庄子学派,明确打出"幽默""闲适""性灵"等旗号。后来又由主张幽默、闲适的文学,上升到倡导老庄式的幽默闲适的人生态度、人生方式,即生活艺术化。这样,林语堂就完成了"人生—文学—人生"的思维定型过程。《瞬息京华》这部文化小说就是在其思维定型前提下的产物。

只要回顾一下林语堂的思想发展过程,我们就会发现这样一个事实,林氏从未甘心自我个性的失落,他一直在矢志追求着出于自由意志的生活,并倔强地在大时代的动乱中保持着自我存在。林语堂前期反儒,是因为宋儒以来礼教对个人天性的束缚、压制;中期与左翼文坛论战,是因为害怕左联借口"大同",为大众,搞"民众专制""众制",压迫特殊的文化与思想;借口社会的平等,以压迫个体的自由。后期居国外,林语堂则看到了西方工业化后,科学与唯物主义的崛起带来的种种负面现象,特别是辉煌的物质文明对人性的异化。物欲横流;社会憔悴,进步已停;人的性灵之光,愈益黯淡;宗教观念模糊,人类精神世界处于荒原状态。他认为,人类正处于一个"野蛮行为加以机械化"的超野蛮时代,唯有走神秘主义一途——道教,方能拯救人类灵魂,因为"'道'的含义之广足以包括近代与将来最前进的宇宙论,它既神秘而且切合实际",而且"道家对于唯物主义采宽容的态度"②。所以,林语堂的倡道思想虽不无局限,但其进步意义也是不容抹杀的。

---

① 林语堂. 瞬息京华 [M]. 郁飞, 译. 长沙:湖南文艺出版社, 1991:797.
② 林语堂. 我的信仰 [M]//林太乙. 林语堂传. 太原:北岳文艺出版社, 1994.

另外，西方世界紧张、喧嚣的社会生活，机器控制、战争威胁的社会环境，使本来有着自由传统的西方人，从个性解放升华到"返归自然"。这时，娴熟于东西文化的林语堂惊喜地发现，中国的道家思想和道教传统本来就是彻头彻尾的归本于自然，使人与自然融成一体的自由王国。因此，《瞬息京华》有意取材于清末民初这一动荡的岁月，因为只有在时代大变革的洪流中，道家才较之儒家表现出更广大的包容性，有着开阔的襟怀，更能适应西方思潮（已传入中国并成为主流），有着强大的生存优势。道家文化也有着顺应天道、自然、发展个性一面，这与"五四"时期的发展个性的思潮正好合拍。况且，腐儒文化正是林氏在"五四"时期竭力反对的，因此林氏由"倡西反中"转向"倡道反儒"，并非纯为生活功利计，而是有其思想逻辑的延续性的。

也正因为如此，林语堂在《瞬息京华》中张扬的道家文化，并非纯然传统意义上的道家。他对道家的养生、知足、无为等消极面，以及由此产生的老猾、散漫等国民劣根性和和平哲学、对改革的麻木冷漠等都有所扬弃。从《瞬息京华》中看到的道家文化，实质是一种经过西方文化过滤了的道家文化，是以资产阶级人道主义为内核的。譬如，木兰爱女阿满死于"三一八"惨案，她对于一般杀害阿满的人并不感觉痛恨，她感觉到的是她爱女的死，这是她唯一关心的，其余的事是没有什么关系的。① 这里绝没有庄子丧妻"鼓盆而歌"的洒脱，倒体现出一种人之常情的自然。沪杭相继沦陷后，木兰一家离杭西撤。西行途中，木兰收留了三个孤儿和一个刚出生的婴儿。这种行为固然可以解释为童年离散的人生经历与痛苦体验的唤醒、促动，但我们也决不能否认，她在新式学堂接受的朴素的人道主义和博爱精神的影响。木兰是林语堂理想的化身。我们怎能忘记这位作家生活过的基督教牧师家庭和就读过教会学校的经历呢？

总之，林语堂在《瞬息京华》中表现的"倡道反儒"并不是思想上的复古，而是对西方人文主义思想的发展。

（原载于《新疆大学学报》1995年第23卷第4期）

---

① 林语堂. 瞬息京华 [M]. 郁飞，译. 长沙：湖南文艺出版社，1991：575.

论林语堂小说创作中的文化选择与审美追寻

一

林语堂对人类文化的思考，在其"文化小说"中，基本上呈现出四个阶段：（一）在对中国传统文化的思考中，通过儒道对比，倡导道家文化；（二）通过中西比较，情感的天平倾向中国优秀文化；（三）站在全人类的高度来审视世界文化时，发现中西文化各有利弊，于是设计了属于未来世界的人类文化前景——中西合璧；（四）中西文化融合的无奈与对山地文化的追寻。

《瞬息京华》属于作家对文化思考的第一阶段的产物。

《瞬息京华》以道家哲学为脉络，以道家女儿姚木兰的半生经历为线索，描写了姚、曾、牛三大家族的兴衰史和三代人的悲欢离合。小说展示了中国广阔的社会人生，通过儒、道两种不同文化形态的人生方式在风云变幻的同一时代背景下的对比，得出道家总是比儒家胸襟开阔的结论。

从作品对主要人物的刻画中，我们是不难看出作家这一创作意图的。处于全书中心位置的是道家的姚思安及其长女姚木兰、二女婿孔立夫，他们都信奉道家自然主义，崇尚自然人生。在人生方式上，遵循道的必然，自在地舒展自身的性灵，自己主宰着自身而不为他物所役。豪放豁达，淡泊名利，以国家民族利益为重，顺应时代潮流，这三位道家人物的人生方式是作家的理想人生方式。林氏在结束这部小说的写作时曾道："若为女儿身，必为木兰也。"道出了作家对这三位道家人物的钟爱。

林氏在刻画儒家人物时，主观厌恶情绪的介入就特别明显。他们或保守，或愚蠢，或丑陋，或可笑，甚至连同其子女也俗不可耐。曾文伯就是死抱着祖宗传统不放而最终被时代所抛弃的可怜虫，牛思道则是一位贪婪、庸碌而又愚蠢的混世魔王、社会蛀虫。尽管如此，林氏对曾文伯仍怀有一丝同情与怜悯，对牛思道进行评论时也认为他"并非坏人"[①]，甚至借他女儿黛云之口说他"心

---

① 林语堂. 瞬息京华[M]. 郁飞, 译. 长沙：湖南文艺出版社, 1991：149.

地单纯"①。这样，我们就找到了林氏安排这两个儒家形象的真正动机：他真正要枪挑的是牛思道与曾文伯赖以生存的社会环境——封建官场及整个封建制度，而这一切正是儒家文化繁衍的产物。

小说中，还有一位儒家人物即曾家的大媳妇孙曼妮值得重视，她是一位充分体现着儒家传统妇德的女性形象。如果说曾、牛二人的塑造是为了正面批儒，那么曼妮的塑造则是向人们展示一份儒家文化的祭品。

孙曼妮原是一小镇上纯朴美丽的姑娘，从小由父亲抚养长大，受过完备的旧式女子教育，接受了儒家礼教给女性规定的一切：妇德、妇言、妇容、妇功。曾家为了替病魔缠身的大儿子亚平"冲喜"，把年少的曼妮娶了过来，随即亚平夭折，而曼妮却心甘情愿地过着漫漫无期、形同枯槁的孀居生活。人性在这里受到戕害，人情在这里遭到虐杀。曼妮的人生历程甚为简单，从一个儒家家庭进入另一个儒家家庭。从她诞生的那一刻开始，儒家礼教的魔爪就伸向她那幼小的心灵。当她思维成形时，她就知道，她不属于自己，她的行为为礼法所制约，她是为未来的夫君生活的。在丈夫死后，她尚是一纯洁少女，但她认为，她的身心今生和来世都应以曾家为栖息之地。一名如此善良、美丽、纯洁、温驯的少女就这样被儒家礼法以不流血的形式虐杀了。儒家礼法塑造的悲剧主人公又何止孙曼妮呢？

小说贬儒倡道的立意是非常明显的，作家站在人生方式的选择角度，赞扬了姚家顺从天道、超脱名利、超脱是非、超脱生死、追求精神绝对自由的人生观。对曾家一切都因循守旧，满足于做封建统治者的附庸和工具的"雅人之俗"做了揶揄；对牛家崇拜金钱和权势，为了满足自己的那种市侩式的庸俗追求，可以遗弃自己的良心与人格的"常人之俗"进行了批判。

但是，林氏在小说中张扬的道家文化并不纯然是传统意义上的道家文化，而是经过了西方文化过滤的道家文化。这种文化以资产阶级人文主义为内核。

道家的理论基石是："道是天地万物的根源，是实在的，永恒的。道生长万物，养育万物，使万物各得所需，各适其性，而丝毫不加主宰。"② 林语堂认同道家文化顺应天道、自然和发展个性的一面，在《瞬息京华》中表现出这样一种思想：人也应顺从天道，让人的自然之性获得自由发展，而不应受到社会伦理道德的束缚，达到人与自然的和谐，而剥离了传统道家的养生、知足、无为

---

① 林语堂. 瞬息京华 [M]. 郁飞, 译. 长沙：湖南文艺出版社, 1991: 541.
② 参见陈鼓应. 庄子论"道"——兼评庄老"道"论异同 [C]//张松如. 老庄论集. 济南：齐鲁出版社, 1987.

等消极因素，以及由此而产生的老猾、散漫等国民劣根性和和平哲学，对改革麻木冷漠等。小说中的几位道家代表人物，都是以这种观点认识人生、观察人生、实践人生的。他们虽然生活在古老的儒家文化中心——北京，但他们都拥有一种潜在的自由、平等、民主意识。当西方资产阶级人文主义思想传入时，这两种思想的共鸣与融汇就成为必然。可以说，小说主要在探寻"自由""民主""科学"的时代精神与中国道家哲学的相通性。孔立夫致力于道家文化与现代科学的糅合，并写出过《科学与道家思想》《〈庄子〉科学评注》等学术文章的行为便有力地证明了这一点。

我们看到，《剪拂集》时期的林语堂，高举浮躁凌厉的笔投入"五四"新文化运动中，以西方文化为准绳，对传统旧文化进行大扫荡，这与十年后他在《瞬息京华》中的倡道反儒行为，是有着内在思维承续性的。

林语堂独特的"双料"语言优势和"五四"新文化运动的启蒙，使他毕生的视点都凝聚在中西文化比较研究上。时至1948年，林语堂创作第三部长篇小说《唐人街》时，对中西文化的思考进入了第二阶段：通过中西比较，情感的天平倾向中国优秀文化。

《唐人街》描写了纽约一华人家庭的一段日常生活经历。这是唐人街一个普通洗衣工人家庭，家庭成员较为复杂，既有纯正的中国人，又有纯正的西方人；既有早期赴美的老一代，又有较晚才来美的新一代。他们基本上分别属于中、西文化两大阵营。作者通过对他们不同生活方式、价值观念的展示及其交会、冲突的描述，对两种文化的优劣进行了对比，从而得出中国文化的精髓是一种智者的文化的结论。这种文化，不仅能适应中国人，也能指导西方人的生活，并且能给西方工业文明带来的人性异化以弥补，给他们商业社会重压下的心灵以慰藉。

道家的智慧曾使老一代的老杜格与冯老二等，在处于开发时期充满险恶的美洲大陆上顽强生存下来，并开创出自己的生存空间。儒家文化则使年青一代戴可夫妇、汤姆夫妇享受到家庭的甜蜜。特别是，戴可妻子佛罗拉，意大利人，成长于西方文化氛围中，笃信基督教，热情而坦率，最初也希望像其他美国人一样，过着脱离父母独立自主的小家庭生活，但在中国大家庭共同生活一段时间后，她终于体会到中国式大家庭的温暖与人情味，和谐地成为中国家庭中的一员。而同样是中西结合的义可夫妇，则完全以西方文化中的性爱观来构筑他们爱的小窝。特别是义可，本为一个地地道道的中国人，却刻意沉醉在西方市侩式的婚姻生活中。结果不久，家庭破碎，各自留下一颗带伤的心。小说暗示着这样一个事实，西方世界拥有发达的物质文明，但物质文明并不能解决人类的一切问题,特别是精神上的沟壑。

创作于1955年的《奇岛》(又译《远景》),是一部描绘人类未来的小说。从小说的题目我们也可以看出,林语堂对文化的思考,已跨出了20世纪40年代通过中西文化对比而判定孰优孰劣的局限,他已站在整个世界利益的高度,审视着整个人类文化,为人们构想未来世界的文化蓝图。

人们对世界文化需要变革的思考,与两次世界大战和现代物质文明带来的人类某些退化与困惑不无关系。20世纪50年代,以美国为首的少数资本主义国家,早已完成其自由发展时期,并完成了工业化的进程。秉承人们在20世纪40年代对西方工业文明带来的人性异化的思考,林语堂认识到,世界各地的区域文化虽然各有优点,但他们各自的缺陷同样是令人难以接受的。中国传统文化的合情与合理,令林氏甚为兴奋与自豪,但拖在这一文化后面的落后的物质文明尾巴,又使林氏甚为尴尬。西方发达的物质文明令林语堂不无欣羡,但工业化带来的人性失落又叫他甚为睥睨。于是,他对人类文化的思考走上了中西合璧的轨道,并展现在《奇岛》中。

小说着重指出:由于工业化,"人性不再完整,人类原始而丰盈的人性被禁锢、压榨、脱水,在角落里绉缩成一团"[1]。"物质研究越来越进步,人类受到的注意就越来越少。人类个性改变了;他的信仰也就改变了;人类与大自然的关系也改变了;人类自我在社会上扮演的角色也不同了,自精神角度而言,人类越来越贫乏,他渐渐失去自我。"[2] 为了找回人类失去的,使人类"更多一点生命,更多一些想象,更多一些诗歌、阳光、固有的自由和个性"[3],应该从哲学、宗教、艺术、社会制度等诸多方面入手,对"旧世界"进行全面检讨,建立一套新的文明体系。要求哲学勇敢地研究生活的艺术,以希腊哲学为楷模,热爱智慧,执着于对美善生活的探讨;用神话等象征性的语言来解释宇宙的力量;用令人愉快的故事来记录人类瞥见的某种真理的瞬间印象,以找回现代人已失去的想象和虚构的天才,恢复人与自然的亲密接触。要求宗教不再束缚人类心灵的自由舒展,与艺术携手,使美感与虔诚结合。它不应是为活着而道歉,而应是感谢生活的赐予。要求艺术回到希腊古典艺术时代,去虚伪,重新主宰心灵和快乐,恢复人们对美与善的感觉。要求教育也应以古希腊为榜样,加强身心优美与力量的训练;还应仿照孔子制礼,培养人们健康的德行。

---

[1] 林语堂. 奇岛 [M]. 张振玉,译. 上海:上海书店,1989:50.
[2] 林语堂. 林语堂名著全集:第7卷 [M]. 长春:东北师范大学,1994:147.
[3] 林语堂. 奇岛 [M]. 张振玉,译. 上海:上海书店,1989:50.

显然,"中西合璧",是林语堂通过小说《奇岛》为西方工业化带来的人性异化这一弊病而开具的药方,实质上是古希腊与中国先秦文化的结合。这一带有复古主义梦想色彩的构想,又是在为他的"生活艺术化"的人生观进行文化寻根,是其幽默观由文艺观上升到人生观层面的结果。小说对西方工业社会里物欲横流,人性失落的认识是合理的,揭露是深刻的。他对世界文化进行思考所站立的高度也是令人钦佩的,但其可行性也是不言而喻的。

林语堂在《奇岛》中对中西文化合璧的构想是轻松的,但在1963年创作的《赖柏英》中,林氏则明显地表露出对这种调和论的失望。在《奇岛》中,林语堂的代言人劳思,在伯爵夫人的餐桌上关于中西文化合璧的演说虽然眉飞色舞,但终究只能给人们以画饼充饥的感觉。在《赖柏英》中,潭新洛与欧亚混血儿韩沁的恋爱婚姻过程则远没有这么罗曼蒂克。在这场恋爱中,他们都没有感受到爱的甜蜜,家的温馨。他们感受到的是这种中西文化冲撞时的苦痛与面对这种苦痛的无奈。最后,他们带着一种惆怅的情怀退回到各自的文化城堡,显示了中西文化融汇的艰难。

小说中的潭新洛具有中国文化的一切优秀成分。他既秉承了儒家的正直、善良与唯义是守,又保持着一颗浪漫的童心,追求人世间纯真的美与爱,有着道家超脱享世的品质。但他却在新加坡这块中西文化交汇的前沿地带,遭到了势利与市侩的包围。他虽然在韩沁身上寻找到了西方文化的另一种新的异质:美与真,但最终双方都难以跨越由中西两种文化带来的两种不同人生方式构成的沟壑。最后,潭新洛回到了故乡的山、故乡的水、故乡的人构成的纯真与美丽的世界里才找到了自己的归宿,从而宣告了林语堂文化调和实验的失败。但他是一位负责的试验员,也具有作为一位有修养的作家应有的品格——尊重事实,不护短。他没有去巧编故事以印证他那些玄妙构想的可能性,而是如实地描绘了这种"调和"的艰难,这也正是《赖柏英》比其他文化小说更成功的地方。

二

如果说"爱情是永恒的主题"在文艺理论中尚是一个有争议的课题,那么在林语堂的小说世界里,情爱主题的恒定性则是毋庸置疑的。七部小说中部部有情爱。除《奇岛》以外,其余六部都是以男女主人公的恋爱、婚姻为主旋律,而且都是上承中国传统文学的主题原型——才子佳人的爱情模式。

林语堂在请求郁达夫为他翻译《瞬息京华》时,就曾披露自己采用"才子佳人"模式的动机:"弟客居海外,岂真有闲情谈说才子佳人故事,以消磨岁月？但欲使读者因爱佳人之才，必窥其究竟。"① 这大概也是其六部小说所以描写才子佳人的动机吧。

林语堂在从事小说创作之前，对中国传统戏剧、小说，如《西厢记》《牡丹亭》《桃花扇》《浮生六记》《红楼梦》等进行过系统研究，特别是对《红楼梦》的研究，能独抒己见，颇有造诣。他认识到，中国传统文学中才子佳人式的爱情，绝不是现代性爱意义上的爱情，总是在爱情描写之外，寄寓了深厚的思想情感和社会内容。而且"才子"往往是作为一种社会价值和人生理想的象征，女性则往往是作为一种"价值尺度"或"表现工具"而出现。佳人爱才子也就意味着对某种社会价值和人生理想的肯定。长期生活在西方社会的林语堂，面对西方社会的文化缺陷，在民族自尊感及抗日爱国热潮的驱使下，找到了独特的表达方式——才子佳人小说，既投读者所好，可读性强，又能传达其爱国情感和对东西方文化思考等重大而严肃的主题。

爱情题材的采用也是他"生活艺术化"理论的实践。小说《红牡丹》中，作者就曾借白薇之口道及爱情的功用。她说："生活里似乎有许多丑的、痛苦的事。你看有多少渴求的眼光，多少因饥饿而张着嘴，他们都需要满足。那么多的杀害，大屠杀，互相仇恨，在自然界如此，在社会上也是如此。"② "我想，能使生活美满的，只有爱情，感情由内心发出，就影响了我们的生活。"③ 这虽然是作品中人物的话语，没有充分理由来把它作为论证林语堂思维方式的依据，但从林语堂小说创作中一贯的创作主体前置，甚至与人物主体合二为一的特点来看，还是能找出林氏思维中的某些端倪来。恋爱是富于想象的行动，最富有情感的行动，因此，人们总是能够以恋爱为引导，通过想象对生活重新塑造。林氏认为，只有这样，才能把人们拖出丑陋、灾难的现实人生，走进主观虚幻的"象牙塔"，从而达到"享受人生"的目的。其消极因素，无须笔者指出，已跃然于纸上了。

在林语堂的小说作品中，我们还不难发现这样一种才子佳人模式，那就是才子几乎都是林语堂的化身在不同的生活环境中的出现。他们虽然情况不同，但几乎都会碰上一个美丽的女人，并和他们相爱。作者所要否定的男人，或者让他娶上一个品格低下且卑劣的女人，让其丢尽脸面；或者让佳人从他身边走开。在《瞬息京华》中，才子是孔立夫，虽然出身贫寒，但他是道家文化的继

---

① 林语堂. 关于《瞬息京华》：给郁达夫的信 [M] //林语堂. 瞬息京华. 郁飞, 译. 长沙：湖南文艺出版社, 1991.
② 林语堂. 红牡丹 [M]. 张振玉, 译. 上海：上海书店, 1989：140.
③ 林语堂. 红牡丹 [M]. 张振玉, 译. 上海：上海书店, 1989：140.

承人与发展者。在姚思安的影响下，从事道家文化与现代科学发展之关系的研究，代表着林语堂构想中的传统道家文化与现代意识接轨的人物，于是迎来了"姚府"两位佳人姚木兰、姚莫愁姐妹的爱慕。甚至当立夫与莫愁结合以后，美若天仙的木兰对立夫的恋情仍然藕断丝连，仍是那么一往情深。相反，出卖灵魂与良知，投靠日寇的牛环玉，则娶的是放浪形骸为娼为妓的莺莺。

《风声鹤唳》中，老彭是一位善良、好施、乐于助人的人道主义者，虽身为佛教徒，但仍得到了年轻美貌的丹妮的倾心相恋。《朱门》中的李飞，出身贫寒，但为人正直、人道、爱国，在声援"一·二八"战争的游行中，遇到了美丽、善良、勇敢，出身朱门的杜柔安；而为富不仁、虚伪自私的杜范林父子，虽一时得到过美丽而又大方的春梅与香华，但他们最后均多行不义而自毙，佳人们也随即他去。春梅这朵插在牛粪上的鲜花，终于得其所归，与交游广阔、富于侠义情怀的方文博结合；香华也投向了一直在追求纯真爱情而又敦厚善良的蓝如水的怀抱。在《唐人街》中，汤姆是一位勤奋吸取西方文化而又具有中国道家文化特征的华侨青年，也是一位有中西文化合璧雏形的新型文化人。即使他生活在遥远的太平洋彼岸，也终于迎来了东方古典美人艾丝的青睐。《红牡丹》中学识渊博而富有现代意识的梁翰林，狂放洒脱蔑俗的诗人安德年，以及具有魁梧伟岸身躯的拳师傅南涛，都具有作家臆想中现代人品格的一面。于是，他们都得到过"人间仙子"般美丽的梁牡丹的爱恋。他们的人格价值都在恋爱中得到了肯定，而他们的人格缺陷也在他们各自的失恋中遭到否定。在《赖柏英》中，潭新洛是一个不顾一切地追求纯贞的美与爱的青年知识分子。他甚至提出了这样的问题："人能不能在历经成年的世界时，永保童心？"并为此做出过不懈的努力，哪怕被弄得焦头烂额。最后他那颗疲倦的心，终于在健美、纯朴、无私的赖柏英的怀抱里得到了慰藉。唯有《奇岛》，虽有恋情描写，也有佳人芭芭拉·梅瑞克，但她所恋诗人阿席白地·里格尚难以构成"才子"，但小说通过描述梅瑞克由对"理想王国"的恐惧到难舍难分的留恋的情绪变化，肯定了这一"理想王国"的文化构想。"才子佳人"模式小说是有些变形，但其精神血脉，与其他才子佳人模式小说仍是相通的。

总而言之，林语堂的爱情小说是中国传统文学中才子佳人模式的承续，而非外国文学技巧的借鉴。也就是说，林氏在小说创作上的艺术修养主要是来源于中国。甚至说他的小说创作是"旧瓶装新酒"，也并不为过。

爱情题材的采用，无疑为林语堂的小说带来了预期的效果——可读性强。特别是"林语堂三部曲"，在描写上层社会少妇生活方面有一定的开拓性，填补了其他现代作家视野中的盲点，但是与开拓性随之而来的题材狭隘性，大概也是作家自己没有想到的。小说负载的社会时代信息太小，局限于"几个女子"的爱情婚姻的悲欢离合。我们不难发现，表面看来，描写的笔涉及古今中外，包罗万象，实际上，作家生活的天地并没有跳出他的书斋，对复杂多变的社会生活异常隔膜。对抗日战争，林氏也给予过充分关注，写出了《瞬息京华》与《风声鹤唳》。但作者毕竟生活在远隔重洋的纽约公寓里，缺少生活体验，只能凭借他的主观臆想与道听途说去虚构其艺术世界，描写的重心也只能放在情郎艳女的恩恩怨怨上。与同时代作家老舍的《四世同堂》，端木蕻良的《科尔沁旗草原》等小说相比，林氏的小说给人以生活源泉枯竭之感，一种单薄感。

三

"才子佳人"模式的采用，使林语堂塑造了不少的"才子"与"佳人"，特别是"佳人"的描写最富有感染力。在林语堂的小说里，一般都是以青年女性为主人公。《瞬息京华》是《红楼梦》的摹写，但取消了贾宝玉形象，主写了道家的女儿姚木兰；《风声鹤唳》展示了崔梅玲变幻升华的情感世界；《朱门》则以杜柔安的爱情追求贯穿始终；《红牡丹》中的梁牡丹则是全书的核心人物。由此看来，写出一批女儿的美好形象，无疑是作者创作的一个重要愿望。林氏也成功地再现了东方女性的风采与神韵。既有古代女儿的仪容，如孙曼妮，又有当代少女的风韵，如梁牡丹；既有乡村少妇的质朴，如赖柏英，更有上层社会少奶奶的高贵，如姚木兰。

必须指出，林氏决不像一般的才子佳人小说作者，庸俗地宣扬色相，以一个风流公子，两个绝代佳人，敷演出一段三角恋爱故事来。在林氏的笔下，这些中国少女的形象，不光是有着一般生理形态上的自然美，她们更透露着一定的社会历史内涵，是中华民族文化积淀的理性审美观。

而且，林语堂小说的女性形象系列中，蕴藏着一个来自《红楼梦》的基本原型——钗黛对补。所谓对补，可细分为对立、对照和补充（衬映）。对立者少，对照者多。对立不是指利益的对立，而是指思想道路、人生志趣上的对立。关于宝钗与黛玉相对补，林语堂是有过明确态度的。他说："宝钗与黛玉相对的典型，或者依个人的好恶，认为真伪之别，但不是真伪二字可了。飘逸与世故，闲适与谨伤，自在与拘束，守礼与放逸，本是生活的两方面，也是儒道二教要点不同所在。人生也本应有此二者相调剂，不然，三千年鞠躬，这民族就完了，讲究礼法，待人接物，宝钗得之，袭人也得之。任性孤行，归真返外，黛玉得之，晴雯也得之。反对礼法，反对文化，反对拘束，赞成存真。失德然后仁，失仁然后义——这些话不能说全无道理。但是人生在世，一味任性天真，无所顾忌，也是不行的……我想思想本老、庄，行为崇孔、孟，差为'得之'。"①

　　林氏秉着对钗黛对补的思考，进而对儒道文化互补的觉悟，使得其小说中的青年女性形象呈现出两大系列。为了张扬个性自由，人性的解放，反对封建纲常，礼教束缚，使人们的心灵朝着自然本性的方向舒展，林氏在作品中把一切性灵、人性得到自由舒展的形象，都塑造得那么纯真而活泼，那么惹人怜爱，如木兰、丹妮、牡丹、柏英。同时，他又丢不下中国传统美学和传统伦理留给他的审美趣味，塑造了一系列讲究礼法的古典美人，如曼妮、莫愁、素馨、艾丝等。前者如灿烂牡丹，尽呈其艳；后者如空谷幽兰，回味无穷。红花与绿叶，各得风流。这种古典的优雅与现代的强劲糅合，透露出林语堂的审美趣味，也构成了林语堂小说的主体风格。

　　唐弢先生曾用周作人的"两个鬼"理论来概括林语堂的精神世界，说林语堂是"绅士鬼和流氓鬼萃于一身"②（这里的"流氓"是指爱抱不平，多少有点江湖侠义意气的人），指出了林语堂的双重人格。这双重人格是"五四"时期中西文化冲撞的产物。正是他身上那些旧的、封建的东西构成了"绅士鬼"，由此而牵出了一系列以宝钗为原型的古典儒家美人；也正是那些来自西方社会的文化素养形成了他的"流氓鬼"，于是有了以黛玉为原型的"道家的女儿"系列。

四

　　关于林语堂小说中的人物塑造，众多研究者都有所论及，但权威性结论仍属唐弢先生的《林语堂论》。唐弢先生在评《瞬息京华》时说："人物是不真实的，不是来自生活，而是林先生个人的概念的演绎，因此没有一个人物有血有肉，能够在故事里真正站起来。"应该指出，这不仅仅是《瞬息京华》的缺陷，也是他所有小说的共同特征。而且，唐弢先生把小说中人物的扁平现象，归结于作家的脱离生活，这也只是找出了其中的一个症结。

　　我们不应该忘记林语堂乃性灵文学的倡导者。性灵文学实质上是抒情文学的一种，"主张自抒胸臆，发挥己见，有真善，有真恶，有奇嗜，有奇忌，悉数出之，即使瑕瑜并见亦所不顾，即使为世俗所笑，亦所不顾，即使触犯先哲，亦所不顾"，"于写景写情写事，取其自己见到之景，自己心头之情，自己领会之事"。③ 它与叙事文学不同，叙事文学以人物塑造为创作中心，追求以塑造典

---

① 林语堂. 无所不谈合集 [M]. 台北：开明书店，1974.
② 唐弢. 林语堂论 [J]. 鲁迅研究动态，1988 (7)：44-48.
③ 林语堂. 生活的艺术（自序） [M] // 林太乙. 林语堂传. 太原：北岳文艺出版社，1994：148.

型环境中的典型人物为最高美学品格；而性灵文学以创作主体为中心，重在表现创作主体的所思所想，追求作家独立自主的个性弘扬。性灵文学理念曾主导了林语堂前期的小品文创作，于他出国后的小说创作仍然影响颇大。在长篇小说创作里，林语堂仍没有也无意展示人物性格的丰富性与发展变化，而是在专一地传达他本人对文化的思考，使小说成了他的自供状。林氏曾直言不讳："供认我自己的思想和生活所得的经验。我不想发表客观意见，也不想创立不朽真理，更实在瞧不起自许的客观哲学；我只想表现我个人的观点。"[1] 林语堂就是这样无视身外的一切艺术成规，而执拗地在小说中书写着他个人的思考与体验。而且，为了他的文化哲学思考的逻辑性，小说中的人物呈现出单纯静止的凝定性，成为一个个简单的文化意符，被贴上标签：或儒家人物，或道家人物；或中方文化代表，或西方文化代表。为了展示这些人物在各自不同文化观念影响下独特的人生方式，作家总是以最单纯的行为方式，来表现人物单一的性格特征，而不愿为人物性格多加一点因素。而且，在《瞬息京华》和《赖柏英》中，作家还运用抒情散文的笔法展开了大量的自然风景和民俗风情描写。比如，描绘了古老儒雅的北京，幽静秀丽的苏杭和质朴恬淡的闽南山区等一个个画面；人物则成了静态画面中的一个组成部分，丧失了长篇小说描写人物性格发展与变化的特长。

由此看来，在小说创作中，除了要发挥作家的主体性外，更重要的是要发挥人物的主体性，而后者恰恰被林语堂忽略了。林氏曾倡导性灵文学，要求作家以居高临下、超然物外的姿态发表真情实感。他是那样执着，直到出国后的小说创作都仍未沉潜"物"中，超然于人物精神世界外。他虽然把笔触探入了人物的生活、思想、情绪领域，但这种思想情绪缺乏主体性、指向性和选择性，不是人物自身的，而是作家强行安排的，故人物缺乏活力，少了点"神韵"。

从小说的传达对象——文化思考的角度来看，人物扁平化现象是林语堂主观选择的结果。在国内，作家深感封建儒学礼教对人情的压榨，对人性的挤压；在国外，也有感于西方工业文明中的人为物役，人性异化，企图从历来文化环境中寻找人性失落的原因。在小说创作中，以人格设计的方式对中西文化进行全面的清理盘底；从理想人格角度对中西文化进行研究、选择、整合，建立一种合乎人性的文化，从根本上解放人性的沦落。为此，林氏运用简单化的原则，将小说中人物的血肉、情感榨干，抽象为扁平型的文化人格，归纳出多种文化人格模式——道家的智慧自由人格，儒家典雅守旧但仍唯义是守人格，佛家的

---

[1] 林语堂. 记性灵 [M] //林语堂. 林语堂散文：上. 石家庄：河北人民出版社，1991.

慈悲人格、儒道互补人格、纯真人格、市侩人格等。在这里，我们不能不肯定林语堂对传统文学观念超越的胆识。

　　林语堂在利用小说传达其文化思考时，塑造了一批抽象的具有类本质的"文化人"。这是一种新型小说观念，突破了以人为主体的审美对象、以伦理道德的价值判断为审美目的的中国传统小说美学观念。这种"文化人"同样具有一定的思想容量与艺术张力。他们是生活在林语堂精神王国里的人，缺少了些真实性与现实性；也正因为如此，他们缺少了些世俗气。特别是，那些道德高尚、人性纯洁的人物，如赖柏英、姚木兰、梁牡丹，甚至使我们这些持怀疑主义的现实主义者都难以抗拒，而为他们的精神所吸引，有着高度唤起性的艺术本质。

　　文学，除了追求塑造典型人物这一美学品格之外，还应有另外一种永恒，那就是为人们提供反映人的某些抽象的类本质的、具有高度唤起性的艺术造型。林语堂的小说，特别是《瞬息京华》具有长久艺术魅力的根源也正在于此。

（原载于《嘉应大学学报》1996年第2期）

对"五四"新文学观念的历史反思与理论考察

一

"五四"新文学观的建立，不是建基于传统文学观的孕育，甚至不是来源于对文学自身的思考，而是来自一种外在的社会心理需求——建立西方式的民主政治。"五四"新文学作家不是以纯然的文学家的身份出现，而主要是以忧国忧民的社会思想家的身份出现。这一角色也并非为他们所独有，而是上承近代文学的作家们。可以说，近代思想家、文学家的政治意识，已作为一种文化积淀流淌在新文学作家的血液里，支配着他们的思维方式和行为方式。

因此，要弄清楚文学改良的动机是什么，首先必须从现代文学的史前期（近代文学）说起。

从 1840 年鸦片战争中外国资本主义冲破了中国封建闭关锁国的状态后，统治者中的开化分子发现，凭手中的家什，即使能砍服国中的老百姓，也砍不倒拿洋枪的洋人，自己再也成不了绝对的君主，再怎样努力也只能成为一个上等的奴才。要改变奴才的地位就要有与洋枪、洋炮相抗衡的先进武器。于是，官僚、地主阶层中一部分先进分子开始研究西洋的科学技术与经济。可是，1984 年的中日甲午海战再次教训了当政的中国封建统治阶级。尽管他们拥有在当时几乎是"现代化"的战舰，可还是逃不过挨打的命运。人们这时才发现，决定国家和民族命运的绝不单纯是现代化武器，便进而转向研究西方的政治、思想、文化。人们终于认识到，只有建立西方式的政治体制才能根本地改变这一被动挨打的局面。而实行这种政治体制的后果，又是封建君主不敢想象的，戊戌变法也被扼杀在摇篮里。于是，他们不再想下去。

但幕布既已拉开，戏就不得不演下去。正如马克思所说："与外界完全隔绝曾是保存旧中国的首要条件，而当这种隔绝状态在英国的努力之下被暴力所打破的时候，接踵而来的必然是解体的过程，正如小心保存在密闭棺木里的木乃伊一接触新鲜空气便必然要解体一样。"① 传播这一"新鲜空气"的主角,轮到了中国上层资产阶级。他们需要一种传播媒介来宣扬西洋民主政治思想和新的文化,以鼓动、组织民众,壮大力量。在当时,诗是主要文体,也是通用文体,诗便成了主要媒介,这便纯然地成了"旧瓶装新酒"。"诗界革命"就是用旧风格写新意境。由于僵化的旧体诗在表达上的局限性和影响面的狭隘性,近代改良主义者便发现白话的通俗性与大众性。陈荣衮、裘廷梁曾主张"崇白话而废文言""报章宜改用浅说"。在散文创作中,梁启超试用"新文体","务为平易畅达,时杂以俚语、韵语及外国语法,纵笔所至不检束",并重新发现历来白话小说的价值,极力倡导白话小说。以严复与林纾翻译的西方文学作品(主要为小说)的输入(当初主要是为了输入西方的社会科学)为契机,改良主义者发现了西方近现代小说具有写实性及明白易懂的特点,既传播了新思想、新文化,又具有揭露政治黑暗的作用,起着信息传递与反馈的作用。梁启超的文学理论及晚清的李伯元、吴研人的谴责小说,就是基于这一认识产生的,具有明显的工具论色彩。从此,政治的重负便沉重地压在文学的肩头上,现代政治意识开始渗进作家的心灵。在20世纪初的资产阶级民主革命运动中,以中国同盟会会员为主体的南社,同样坚持着梁启超等人的文学观,文学正式成为社会的喉舌、政治的喉舌。改良京剧运动及话剧的引入,同样是这一文学观念的产物。

由于封建势力的强大及复辟,资产阶级革命走向失败。一些革命进步作家走向悲观、颓唐,甚至堕落。但他们的学生——"五四"新文学作家,仍在继续着民主革命的事业,传播着民主思想。他们已不满足于对西方民主政治的考察,而是针对资产阶级民主政治的失败、新文明诞生之艰难,进而探索、考察欧洲历史进程与思想、文明进步之关系,发现新的政治的产生,必有新的文明为之先导,而"新文明的诞生,必有新的文艺为之先声"。辛亥革命的失败,就在于新文化的基根不稳,准备不足,民众仍处于蒙昧状态。这一点在鲁迅的小说里有着充分的写照与揭示。于是产生了进一步进行文学革命的切实要求,胡适、陈独秀倡导的"文学革命"便呼之欲出了。由此看来,以"科学""民主"为中心内容的新文化并非起源于"五四"时期。新文化中的"科学"意识,在洋务运动中便能找寻到它的萌芽;"民主"意识在戊戌变法中则已萌生。新文化在辛亥革命前后已成为一种社会性的运动了。这在思想界、文学界及政治斗争中得到了充分展示,只是到"五四"时期变得更为波澜壮阔了。

---

① 马克思. 中国革命和欧洲革命[M]//马克思恩格斯选集:第2卷. 北京:人民出版社,1972:3.

"文学改良"意识也并非起于"五四"时期,它比新文化意识的产生要晚些,但它在黄遵宪、梁启超等提倡的"诗界革命""小说界革命"里已初现端倪,而且梁任公的"新文体"散文的创作,已初步显示了文学改良观念指导下的实绩。钱玄同甚至认为:"鄙意论现代文学之革新,必数梁君。"[①] 1924年5月,沈雁冰在《进一步退两步》中总结新文学运动初期的成绩时说:新文学运动已做成了三件大事。(一)用白话"说什么,写什么";(二)把词曲、歌谣、白话、小说升作文学正宗,改正了中国数千年"文以载道"的观念;(三)介绍西洋文艺思潮,研究西洋文艺作品。我们且以新文学初期的内容与黄、梁的文学观念及创作状况做一番对照,就会看到,新文学运动中显示的文学观念,实在只能说是黄、梁基础上的深化与发展。只是在黄、梁时期,白话、小说、戏剧虽然得到了认识与重视,但仍处于陪衬地位,取得正宗地位是在"五四"时期及其以后的事。

应该说,"五四"时期新文学运动的重心,不在于对白话、小说、戏剧的价值认识上(这一认识已在黄、梁时期得到完成),而在于如何创造白话文学;"五四"时期的文学论争,其焦点也不在于白话、小说、戏剧应不应该存在上,而在于白话能不能创造出优美的文学。这就是"文学革命"口号提出初期,没有立即遭到旧文人激烈反抗的原因,以致钱玄同、刘半农不得不串通起来合演一场"双簧"戏才引起一场纷争。及至鲁迅的小说、周作人的散文、郭沫若的诗争相竞发,这场纷争便销声匿迹了。可以说,如果没有黄、梁这支先遣部队,白话文学要对付有着几千年历史的旧文学,恐怕不会赢得这么轻松。

经过"五四"文学革命运动,对白话、小说、戏剧、歌谣价值的认识与重视这一新的文学观念,已不再局限于少数上层知识分子,而是得到了知识界的普遍认同。最主要的是,文言在根本上得到废弃,白话文得到了普遍使用,中国文学史从此写出了崭新的一页——进入白话文学史阶段。

二

对"五四"文学运动中文学观念的考察,应当把重点放在如何建设新文学的理论研究及创作上。否则,我们是很难看到文学观念在"五四"时期的发展轨迹的。

应该指出,梁启超等虽然觉悟到了白话的一些价值,但其认识局限性颇大。他们对白话的表达能力也有所怀疑,白话能够全盘取代文言的结果,也是他们

---

① 钱玄同. 寄陈独秀 [J]. 新青年, 1917, B (1).

始料不及的。梁氏的"新文体"代表作《少年中国说》中文白夹杂的现象，就说明他对此信心不足。这历史性的一步，最终还是由长期生活于西方并对西方文学烂熟于心的胡适这一代人跨出的。胡适通过对欧洲文学发展史的研究，敏感而准确地把握到这样一条规律：欧洲近现代文学的勃兴，其活力源泉就是各国白话的采用。他说："欧洲中古时，各国皆有俚语，而以拉丁文为文言，凡著作书籍皆用之，如吾国之以文言著书也。其后意大利有但丁（Dante）诸文豪，始以其国俚语著作。诸国踵兴，国语亦代起。路得（Luther）创新教始以德文译旧约新约，遂开德文学之先。英法诸国亦复如是……故今日欧洲诸国文学，在当时皆为俚语。迨诸文豪兴，始以'活文学'代拉丁之死文学。"[①] 他在《文学改良刍议》中提出的"八事"，如果说"不避俗字俗语"已为黄、梁做到的话，"不模仿古人""须讲求文法""务去滥调套语""不用典""不讲对仗"实对纯白话文学的建立，具有方法论的指导意义，构筑了一道旧文学与白话文学的分水岭。唯"须言之有物""不做无病之呻吟"两条，语焉不详，未做出明确的界定。到底写些什么"思想"、什么"感情"，不是三言两语能解决得了的问题，正如胡适所言："此殊未易言也。"这是一个重大的文艺理论问题，它涉及建立什么样的白话文学问题，也是关乎中国文学走向的问题，需要集中整整一代知识分子的才华与智慧。不过，胡适"八事"的提出，为白话文学的建立完成了舆论准备。

为了现代文学的建成，在"五四"时期形成了群策群力的场面，几乎没有哪位作家没有投入如何建设新文学的讨论中来，代表性的论文有《我之文学改良观》（刘半农）、《建设的文学革命论》（胡适）、《什么是新文学》（李大钊）、《人的文学》（周作人）、《平民的文学》（周作人）、《新文学的要求》（周作人）、《新文学观的建设》（郑振铎）、《文学与人生》（沈雁冰）、《新文学之使命》（成仿吾）。其中，以周作人的研究最为彻底，最有系统性、针对性。可以这样认为，中国新文学运动初期的一切理论，都可以包括在其"人的文学"理论里。他通过对西方文学系统的研究，找到了西欧宗教改革和文艺复兴以来一切伟大艺术的终极主题：审视人、描写人、研究人、塑造人。"人的文学"的提出"有如在新文学的天空升起一颗太阳，它照亮了一切，激活了一切，也根本上标志了新文学观的本质及新文学观与传统文学观的分道扬镳"[②]。它轰动了当

---

① 胡适. 文学改良刍议［J］. 新青年，1917，2（5）.
② 许祖华. 先驱的智慧与五四新文学观［J］. 华中师范大学学报（哲学社会科学版），1992（4）：36-41.

时的文坛。胡适在《中国新文学大系·建设理论集·导言》里称，周作人的《人的文学》是"当时关于改革文学内容的一篇最重要的宣言"。

周作人"人的文学"理论，解决了新文学"写什么"的问题。其准确性含义全在于，作者充分认识到"人"不仅是文学创作实践的主体，也是在文学作品中应该得到反映的客体。传统文学描绘的是"非礼勿视，非礼勿听，非礼勿言，非礼勿动"的人，人的思想行为都被纳入了固定的模式，成为消解了个性血肉的人的符号，成了"非人"。周作人正是针对这种"非人"的文学（在《人的文学》里列举了10种，此处略），希望来一次"拨乱反正"，建立真正的人的文学。而"人的文学"观念则是来源于人学领域对人的重新认识。

19世纪末的生命学说和生物进化论，使人们认识到人并不是世间所谓"天地之性最贵"或"圆颅方趾"的人，乃是"从动物进化的人类"，是具有自然生命本能与冲动的生物。同时，也进一步深化了对人的社会本质的认识，从更深的层次上看清了人具有的生物性本能外，其内在生活（精神生活），比其他动物更为复杂而深邃，而且在沿着进化之路，与其他动物产生质的变异，成为有能力去改造生活的高级动物。这是科学的时代精神导致的对"现代人"的认识。有了这一科学的认识，周作人便产生了要把中国人"从非人的生活里救出，使之成为完全的人"的梦想。他希冀通过文学倡导人道主义——个人主义的人间本位主义（非世间所谓"悲天悯人"或"博施济众"的慈善主义），使每个人从自己做起，使自己拥有人的资格，占得人的位置，而后讲人道，爱人类，"利己而又利他"；要求文学既从侧面写人的平常生活或非人的生活，又从正面写人的理想生活或人间上达的可能；抨击封建伦理道德、制度习俗对人性的压抑，使人的个性得到解放，生命的活力得到发展。

时至今日，重新审视现代文学的主要思想内容，不难发现，三十年的文学历程正是沿着这条思路发展、前进的。鲁迅没有在文学理论界明确提出"人的文学"理论，但他在《我之节烈观》《我们现在怎样做父亲》等关于社会问题的论文中，给非人性的封建伦理以猛烈的轰击，对妇女与儿童的独立人格要求给予充分的肯定。他开创的现代白话小说更是建立在对"非人"的文学的反叛上，狂人、孔乙己、阿Q、祥林嫂等被封建社会扭曲的平民，第一次担当文学"舞台"上的主角。扼杀人性的封建礼教、科举制度的黑暗与丑恶，也第一次在文学世界中曝光。

作为一种历史文化现象，"人的文学"理论的诞生，当然不能仅仅归之于周作人个人，它也是对西方文艺理论的积极吸收与借鉴，是时代的选择。周作人只不过是对封建传统文学中的非人性道德感受更深彻、更全面。特别是，他对传统文学、教育蕴含的对儿童、妇女的非人的摧残思想早就有过研究，所以对西方人文思想最为敏感。早在日本留学时期，周作人就对儿童学及儿童文学表现出浓厚的兴趣。1913年，他在浙江省立第五中学任教时就发表了《儿童问题之初解》一文，把批判的锋芒直指以儒学为中心的封建文化观及儿童观，要求把儿童作为一个独立的人来看待，"顺应自然本性"，尊重其独立个性。1918年5月，他又发表了译作《贞操论》，显示了他对性道德问题与妇女问题的兴趣和理解，表达了他对中国传统婚姻的认识——"没有爱情"的婚姻是不道德的婚姻。要求确立"结婚与离婚自由"的原则，这也是被压抑的、渴求解放的中国妇女的福音。这些儿童问题与妇女问题的研究是"五四"人学理论嬗变发展的前奏，为"人的文学"的本体提供了心理基础和思想基础。

新文学先驱在西方文学的海洋中遨游时，并没有忘记时代交付他们的重任——反封建，求民主。他们在寻求西方发达的科学技术与经济时，也并非盲目地崇洋媚外，拜倒在西方文学的脚下，或者"兼收并蓄"全盘接受，"他们要的是反封建的东西，其余的东西他们不愿接受也来不及接受"[①]。他们对西方古典文学不太感兴趣，至于西方中世纪文学则是宣扬等级与专制的文学，属于非人的文学，与中国传统文学中的消极一面是同质的事物在东、西两地不同的表现形式，恰恰是他们厌恶而要弃绝的东西。西方近现代文学是在与欧洲封建社会非人的文学的反叛与激战中建立起来的，是人文主义的传播工具，于是很自然地成为我国新文学的蓝本。以人道主义为核心的人间本位主义，便被吸收成为现代作家与封建等级、专制思想进行搏击的利器。其目的是要把中国大多数"平民"从封建专制主义统治下的奴隶地位中解脱出来，过上"自由""民主"的"人"的理想生活。对于这种理想生活，周作人在《人的文学》中有着具体的描绘："第一，关于物质生活，应该各尽人力所及，取人事所需。换一句话，便是各人以心力劳作，换得适当的衣食住与医药，能保持健康的生存。第二，关于道德的生活，应该以爱、智、信、勇四事为基本道德，革除一切人道以下或人力以上的因袭礼法，使人人能享自由真实的幸福生活。"可见"五四"前期"人的文学"命题本质上是基于改良封建社会里"人类的关系"的社会—政治需要而提出的。

"人的文学"观念的形成，与社会进化论这一世界观的广泛传播也是不无关系的。从严复翻译赫胥黎的《天演论》到"五四"时期，进化论在中国思想界

---

① 王富仁. 在广泛的世界性联系中开辟民族文学发展的新道路 [J]. 中国现代文学研究丛刊，1985 (1)：1-25.

有着广泛的影响，带着优胜劣败、优存劣汰这种观念的新文学作家，毫不迟疑地承认西方近现代文学存在的合理性，并认为在中国创造一种类似于西方近现代的文学来对抗非人的封建传统文学也是当然的。可以说，从1840年鸦片战争到"五四"时期，从新文化的萌生到新文学理论的建成，我国先进知识分子拥有着这样的思想轨迹：先是由于社会而去认识文学，后通过文学而认识了"人"，进而认识了文学本身。

三

"人的文学"的提出，为新文学大厦绘出了理想中的蓝图，但究竟采用何种"施工"方式，面对流派纷呈的西方现代文坛，新文学作家是颇费了一番斟酌的。审视现代文学艺术长廊，我们会发现，新文学作家对写实主义（现实主义）创作方法是独有钟情的。即使是为表现"时代的郁结"和"民族的郁结"的喷发而采用浪漫主义手法的创造社，到后期也"浪漫"不起来了，它的翅膀为历史与现实的苦痛绳索牵系着。

周作人在《新文学的要求》中说："背着过去的历史，生在现今的境地，自然与唯美及快乐主义不能多有同情"，"我相信人生的文学实在是现今中国唯一的需要"。这一语道破了当代知识分子内心世界的社会良知与时代责任感。这里的"人生的文学"就是指充满了人道主义精神的写实主义文学，它担负着与神性、魔性、奴性进行斗争并建设人性的历史重任。由此看来，写实主义手法实在是社会历史的选择、时代的选择。文学研究会的作家明确提出："将文艺当作高兴时的游戏或失意时的消遣的时候，现在已过去了"。要对人生诸问题加以记录并研究。连以"为艺术而艺术"为旗帜的创造社大将成仿吾也认为，文学的首要"使命"是对于时代的。他说："文学是时代的良心，文学家便应当是良心的战士，在我们这种良心病了的社会，文学家尤其是任重而道远。""我们要取严肃的态度，对现代的生活，它的样式，它的内容，加以精密的观察与公正的批评，对于它不公的组织与因袭的罪恶，我们要加以严厉的声讨。"[①] 在新文学作家中，鲁迅被公认为是最有思想深度的作家。他的写实主义手法的运用就是源于他对中国传统文学中瞒和骗的伎俩的清醒认识。他说："中国人向来因为不敢正视人生，只好瞒和骗，由此也生出瞒和骗的文艺来，由这文艺，更令中国人更深地陷入瞒和骗的大泽中，甚而至于已经自己不觉得。世界日日改变，我们的作家取下假面，真诚地、深入地、大胆地看取人生并且写出他的血和肉的

---

① 成仿吾：新文学之使命［J］．创造周报，1923（2）．

时候早到了。"①

写实主义写作方法的广泛采用，除了作家心中的时代责任感这一根本原因外，"五四"时代精神——科学精神的影响是不可低估的。沈雁冰曾在《文学与人生》中做过精辟的分析。他认为，什么样的时代精神，产生什么样的文学；不同时代拥有不同的文学，时代精神使之然。"近代西洋的文学是写实的，就因为近代的时代精神是科学的。科学的精神重在求真，故文艺亦以求真为唯一目的。科学家的态度重客观的观察，故文学也重客观描写。"②茅盾作为新文学运动的直接参与者，这就排除了一般研究者的主观臆测成分，道出了新文学作家对写实主义写作方法偏爱的心理基础——写实主义是最合乎科学精神的。而"科学"是"五四"时代的一面光辉旗帜，是新文化先驱不惜以生命加以维护的，是最不容亵渎的。

写实主义的广泛采用，也是新文学作家以进化论的观点宏观审视世界文学发展进程的结果。进化论是讲变化发展的学说，这就为新文学作家在封建传统文学的废墟上建立"人的文学"，提供了基本的精神支柱，也为写实主义写作手法的采用提供了理论依据。随着新文学作家对欧美文学的深入研究，他们已摸清了欧美文学在写作方法上的基本发展脉络——由古典主义、浪漫主义到写实主义、象征主义的依次递进变化；并从进化论角度认识到，这是一个由低级到高级、由简单走向繁荣的过程，也是文学发展的必然走向。他们还发现这样一条规律："文学只是社会的反映，文学家只是社会的喉舌。只有因社会的变动，而后影响于思想，因思想的变化，而后影响于文学。"③因此，欧美文学这一发展走向是由其社会发展进程决定的。当时中国社会状况及思想界处于急剧变化的阶段，所以"中国的社会使我们不得不创造新文学"。而中国传统文学尚处于古典主义、浪漫主义阶段，对照欧美文学发展这一参照系，写实主义便成为中国新文学作家的必然选择。④

面对西欧各国各具特色的现实主义，新文学作家又特别推崇"苦苦追求人生意义"的俄国现实主义文学。究其原因，一方面是由于"俄国布尔什维克的赤色革命在政治上、经济上、社会上生出极大的变动，掀天动地，使全世界的

---

① 鲁迅. 论睁了眼看 [M] //鲁迅作品选. 北京：中华书局，2022.
② 沈雁冰. 文学与人生 [J]. 文学周报，1923.
③ 俄罗斯文学丛书：托尔斯泰短篇小说集 [M]. 瞿秋白，耿济之，译. 北京：共学社，1934.
④ 俄罗斯文学丛书：托尔斯泰短篇小说集 [M]. 瞿秋白，耿济之，译. 北京：共学社，1934.

思想都受他的影响。大家要追溯他的原因，考察他的文化，所以不知不觉全世界的视线都集于俄国，都集于俄国的文学"，而且"俄国的国情，很有与中国相似的地方"，"于是俄国文学就成了中国文学家的目标"。另一方面则缘于他们对俄国现实主义文学特点的透彻把握。茅盾就曾对英、法、俄三国的现实主义做了一番比较研究。他看到，英国文学家虽"极文学之美事，但其思想不敢越普通所谓道德者一步"；法国文学家"关于道德之论调，已略自由"，但"犹不敢以举世所斥为无理无笑者形之笔墨"；唯独俄国文学家"决不惜意于此，决不困众人之指斥，而委曲其良心上之直观"，能直面人生。他还看到，英国作家狄更斯虽然"描写下流社会的苦况，但我们看了显然觉得这是上流人代下流人写的"；而俄国作家的作品则使人们听到了"压在最下层的悲声透上来"，"如同亲听到污泥里人说的话一般"。这种平民的呼吁和人道主义鼓吹，正与"五四"新文学中"平民的文学"和"人的文学"有着本质上的相通之处。

当然，外国文学观念的引进绝不可能是去提取蒸馏水，而势必是泥沙俱下的。在20世纪20年代就风行过颓废的唯美主义思潮，甚至于"'唯美的'作品多至车载斗量"①。其原因正如茅盾分析的，政治愈趋黑暗，民气日益消沉，愿鼓动民众向前的青年们多意气颓唐，想在唯美主义文学里求得精神上的慰藉，灵魂的归宿，自欺欺人。不久，唯美主义成为众矢之的，成为"不识时务的货色"而走向绝途。这大约也是"适者生存"的原则吧。但我们至今仍能感觉得到，他们对民众有着过高的期待值。唯美主义是一种对民主革命进程中的困难估计不足而产生的失望心理造成的。

三十年，在这历史的瞬间里，虽然新文学作家依然没有为我们筑造出众多的，为世界文坛所瞩目的金碧辉煌的艺术宫殿，但他们的业绩足以成为我们的骄傲。我们可以怀疑一切，但我们绝不能怀疑他们对文学价值的思考与选择，以及他们赤诚的忧国忧民之心。

(原载于《新疆社科论坛》1993年第1期)

---

① 茅盾."大转变时期"何时来呢？[J].文学周报，1923（103）.

论"五四"文学的性质及其对现代叙事精神的确立

一、"五四"文学：启蒙的还是浪漫的？

自从经历了"重返自身的文学"运动以来，学术界有意抛开政治意识形态的眼睛，开始认定"五四"新文学（中国现当代文学的源头）的性质是一种启蒙文学，一种清醒的现实主义文学。也正是这种名分的界定，便不言自明地把"五四"新文化运动以前的传统文学定位于蒙昧文学，也暗合鲁迅所说的"瞒和骗的文学"。从而为中国现代文学设立了似乎十分坚实的起始点，也为中国现代文学的"现代性"设置了第一项意义——"启蒙""新人"。当然，这种学术论证或认知是建立在充分的文学史料基础上的。从文学是文化的重要表现形式这一判断来看，新文学也确实传达着新的思想与文化，也确实能够解说"新文学"为什么"新"。但是细一想来，做出这种认知与判断的方法和前提，仍然有一些值得疑心的地方：一是用一种宏大学术叙事的方式，把文学仍然放在一个外在于文学的功能主义认知体系里，只是用文化评判体系置换了政治评价体系，而忽视了对文学自身书写材质与叙事方式的细致考察；二是有意为预先设定的"现代文学"学科概念说项，有着明显的学术"意图伦理"的嫌疑。

其实，关于"五四"新文学性质的认识，学术界历来有另一种认定，那便是"浪漫主义文学"。从20世纪20年代后期（也是新文学潮流勃发后不到10年）开始，周作人、穆木天、梁实秋、张竞生、朱自清等都持这样一种看法；直到当今，海外华裔学者李欧梵仍然持这种看法。如果说李先生的结论，按照他自己的说法是要"对大陆上的现代文学研究方法，我往往故意唱反调"[1]，那么周作人等就实在是在没有唱反调的对象的学术状态下做出的认知与判断，是比照着欧洲文学衍变形态的发展进程而下的定义，而且目的单纯得多，那便是

---

[1] 李欧梵. 现代性的追求 [M]. 北京：生活·读书·新知三联书店，2000：2.

认清当时新文学的创造形态，寻找它未来发展的可能性。

本来，对任何一个事物的认识与判断，可以有多个，因为认识的角度与方法各有不同，对一段复杂的文学史的学术认知更是如此。也就是说，两个乃至多个结论完全可以同时并存，既可以说"五四"新文学在艺术形态上是浪漫主义的文学，而在功能上则发挥着思想启蒙的作用。但问题在于，把"五四"新文学的基本性质认定为"启蒙文学"的学术行为背后凸显的认识立场，仍然没有真正回到文学的立场上，而是在比原来的政治立场更暧昧更宏大的文化立场上。这大约也是李欧梵先生故意唱反调的原因。

"启蒙"并不为我国"五四"这一时段独有。更何况，这一结论的得出原本还带有文化功能论的痕迹。如果时过境迁，将来的人们又发现了"五四"文学还有别的什么文化功能，岂不又可以贴上别的标签？现在学术界有一种否定中国现代文学具有现代性的趋势，从而使中国现代文学显得有名无实，而根源就在于把"五四"文学定位于启蒙主义文学，使他们得出"五四"新文学是一种相当于欧洲前现代性文学的结论。① 本来，现代文学因其启蒙性而获得现代性，最终却在逻辑上不能自圆其说，这大约也是启蒙论者没有预想到的另一个学术后果。

由此可见，回到文学自身的尺度上来，严格来说是回到对文学的艺术精神及其相对应的叙事特征解读上来，人们才能触摸到中国现代文学的现代性底蕴。20世纪20年代后期，学界普遍认定新生的"五四"文学是一种浪漫主义文学，就是立足于文学的立场做出的判断。但是，由于人们无法破除长期以来对"浪漫主义"偏颇与狭隘的认识成见，而认为浪漫主义文学是一种不负责任的，只重个人自由联想与自我抒情的文学，因而不能够"继承""五四"文学是一种浪漫主义文学的学术结论，从而也就无法得出"五四"文学的浪漫性就是中国文学现代性的学术认识。

因此，我们并不是要刻意否决"启蒙文学"的定义而"复活"对"五四"文学的"浪漫性"命名，而是要求从尊重文学出发，沿着这条曾经被否决的认知思路，以呈现"五四"新文学作家对文学的现代性追求的心路历程，并进而探寻他们的艺术创新精神。

---

① 杨春时．"文学现代性"讨论没有意义吗？——对《现代性言语在中国》的质疑 [J]．文艺争鸣，2001（2）：74-76；姚新勇．现代性言说在中国——1990年代中国现代性话题的扫描与透视 [J]．文艺争鸣，2000（4）：4-13.

二、现代叙事的触发：白话文运动的意外收获

显然，总结历史上任何一种文学现象，都是从表现形式与传达的内容两方面来进行的；但无论是文学叙事手段方面的"新"还是叙事内容方面的"新"，归根结底都是取度于时代文学观念之"新"。因此，对"五四"新文学的定性，还是应该回到对它如何书写历史的艺术精神捕捉上。

应该肯定，"五四"新文学运动产生的文化背景是"启蒙"，在当时叫"新人"。整个知识界中的先进分子都在为"新人"着手于"新学"，文学界的先进分子则自然而然地将"新"文学作为了己任。然而，"新"文学不可能像"新"军事学、"新"医学那样，能够凭立竿见影的事实，在人们的头脑中轻而易举地建立"新知"的合法性根基，因此，它只能在"五四"时期宏大而激进的、打破旧知识和旧习俗的文化潮流中，以所谓"解放主义"（林毓生语）[①]姿态全力完成对传统的文学书写习惯的打击与摧毁。

在书写材料的采用上，要求以白话文形态取代文言文形态，这是非常坚决的；然而在表达内容与书写方式等方面的要求上，则实在是"法"（相当于后来的"主义"——周作人语）出多门，没有一定之规。胡适在《文学改良刍议》中，只是笼统地要求文学叙事者做到以真情实感为表达内容，用他自己的话讲，就是"语语须有个我在"，"不做无病之呻吟，须言之有物"。

陈独秀在《文学革命论》一文中，竖起的三面旗帜或称为"三大主义"（"平易的抒情的国民文学""新鲜的立诚的写实文学""明了的通俗的社会文学"），包括其后不久周作人提出的"人的文学"和"平民的文学"，虽然想象了新文学应该描写的对象与大致内容，但都没有也无法预先设定新文学的书写形态。这些"五四"新文学的"产婆"尽管找到了"制造"新文学的"原材料"，但究竟如何"制艺"还没来得及思考。也就是说，"五四"新文学的叙事方式，不是在某种明确理论指导下获得的，而完全是由新文学作家借鉴欧美近现代文学文本的书写方式而成形的。

十余年之后，这些新文学的发动者或参与者，乃至旁观者，回过头来看这段轰轰烈烈的文学创作事实时，都一致发现，"五四"新文学的创作，无论是在通俗语言文字的使用方面还是创作理论的选择方面，都与欧洲19世纪浪漫主义文学有着惊人的趋同性。1927年，周作人在《海外民歌译序》中，就为当时的

---

① 李欧梵. 现代性的追求［M］. 北京：生活·读书·新知三联书店，2000：66.

文学状况贴上了"浪漫时代"的标签。① 随后，穆木天也在《王独清及其诗歌》一文中，就把"五四"至"五卅"这一段文学时期定位为"一个浪漫主义的时代"②。梁实秋和张竞生也相继写下了两篇明显有过系统研究的长文，一致认定"中国现代文学"（或称"新文学"）完全是一种浪漫主义艺术。

无论是周作人、穆木天还是梁实秋、张竞生，他们都是比照着外国文学的叙事形态特征来说话的，而我们今天的研究者往往是根据现代文学作家的文化立场表态来"定性"的。但是，政治立场非常明确的现代文学作家，几乎没有一个人明确宣称乃至承认自己是浪漫主义者，因为"浪漫"一直是一个不名誉的称号。胡适不承认，历来被公认的"浪漫派"创造社作家也都一概不承认。郭沫若直到1958年在写作《现实主义与浪漫主义》一文时，毛泽东以"革命"的名义已为浪漫主义正了名，才敢公开承认自己是个浪漫主义者。出于相同的原因，当代学界对这一异口同声式的结论，特别是梁、张的这两篇关于新文学叙事方式的研究文章一直是漠视的。

梁实秋在1926年的《现代中国文学之浪漫的趋势》一文中开宗明义地说："我这篇文章的主旨即在说明'新文学运动'的几个特点，以证明这全运动之趋向于'浪漫主义'。"③ 梁实秋自己也似乎力图要站在"旁观者"的立场来研究。他还说："在这运动里面的人自己还在莫名其妙。冷静的批评者或可考察这运动的来踪去迹。"那么，在以张、梁为代表的这些留学欧美的理论家眼里，新文学中的浪漫主义趋势到底是一种什么样的状态呢？

梁实秋是从新文学采用的"文字""文体""情感自然的推崇""重独创的印象式写作"等几个方面，来考察"五四"新文学运动，从而印证了现代文学的浪漫性。他说："凡是文学上的重大的变动，起初必定是文字问题。例如但丁之用意大利文、巢塞（今译骚塞，英国浪漫主义诗派湖畔诗派的代表）之用英语、笛伯雷（今译拉伯雷）之拥护法文、华资渥斯（今译华兹华斯，英国湖畔诗派的又一代表）之攻击诗藻，这些人在文学史上都是划分时代的大家，他们着手处却均在文学。我们中国的新文学运动，也是如此，其初步即为白话文运动。"

1931年出版的张竞生的《浪漫派概论》，对"五四"新文学也发表了几乎

---

① 周作人. 谈龙集 [M]. 南昌：百花洲文艺出版社，1993：74.
② 王独清. 王独清诗歌代表作 [M]. 上海：亚东书局，1935：3.
③ 此文首次发表于1926年3月25日、27日、29日、31日北京《晨报副镌》；1927年6月收入《浪漫的与古典的》一书，新月书店出版。

相同的看法。他说:"五四运动以后,我国新文学的倾向完全采用浪漫主义。胡适君的几条新文学应用大纲,完全是抄袭浪漫派的(不幸胡君不肯说出,并不敢揭起浪漫派的大旗)……可是提倡这个新文学运动诸人的胆量太小与不彻底。例如他们主张白话文,但不敢主张任凭作者自己天才去创造文字,有如'象征派'的不守文规与句法,只由作者去制造字句,所以能够于新造的文字中去表现新事物与新感情。"

梁、张两人几乎一致认为,胡适倡导以"白话"这种新的语言替代"文言"这种旧文字创造新文学是浪漫主义的体现,是外国浪漫派的"任性""自由精神""独创"与"个性"精神的一种表现和借鉴。

梁实秋显然还没有认识到"文字"(语言)与文学之间内在的文化关联,而只是从中外历次的文学变更中,看到了文字变更的现象。其实语言与文学之间,在人们的心理层面上有一种相互制约的关系。正如殷国明先生在《语言革新与新血统的产生——关于中国20世纪文学变迁中历史叙事的重构》一文中指出的:"人们的心理结构总是和一定的语言形式具有一定的同构性,会持续受到历史语言及其规则的制约。"也就是说,这其中存在着这样一个潜在的逻辑链:要新文先必须新人,要新人就必须新语言。新文学的独创性首先必须从传统语言(在中国就指文言文)的隐性陈规中摆脱出来。

这一点,新文学的倡导者胡适也确实没有看到。他只是依照英美十分流行的,以罗威尔女士佛莱琪尔等为代表的"印象主义"提出的不用陈腐文字,不表现陈腐思想的主张,依样画葫芦地提出了中国白话文的"八不主义"主张,如"不模仿古人""务去滥调套语""不用典"等。梁实秋还在文章中暗示了胡适的《文学改良刍议》中提出的"八事","照抄"了以美国罗威尔女士为代表的"印象主义"诗派的"六条戒律"。他说:"我想,这一派十年前在美国声势最盛的时候,我们中国留美的学生一定不免要受其影响。试细按照印象主义的宣言,列有六条戒律,主要的如不用典,不用陈腐的套语,几乎条条都与我们中国倡导白话文的主旨吻合。所以我想,白话文运动是由外国影响而起。"① 语言的转换,并非浪漫主义文学取代古典主义文学的专利。14—16世纪,欧洲文艺复兴运动中,德国、意大利、英国、法国等民族国家在建立人文主义文学文本时,都先后掀起过语言的转换运动,以各自的民族语言,取代充满基督教神学霸权的拉丁文字。我国秦始皇统一中国时也进行了统一文字,以自己的文字

---

① 此文首次发表于1926年3月25日、27日、29日、31日北京《晨报副镌》;1927年6月收入《浪漫的与古典的》一书,新月书店出版。

取代其他六国的文字。但我们并不能说欧洲的人文主义文学就都是浪漫主义文学，更不能说我国的秦代就产生过浪漫主义运动。为什么梁、张二人都认为，"五四"时期的这种语言的转换就是新文学的浪漫特征之一呢？

其表层原因，在梁、张二人看来，当然是胡适提倡的新文学的宣言，直接来自欧美浪漫派的启迪。欧美各民族国家自从摆脱了基督教神学的专制后，就是以自己的日常语言来作文的。但更深层的原因，也是胡适和张、梁二人没有看到的，那就是这种语言转换中蕴藏着的话语阐释权的转移。因为语言已不再简单地是一种意义的载体或工具，而有着连带的社会的和历史的文化意义。文言文也不简单是很难令人看懂，学起来耗人时日：它的字、词、句已拥有固定的文化意义；它有着士族门阀式的优越感，拒绝接纳对新事物的解释，排斥新的意义与新的观念；它句法和文法也成了一种封闭式的"家法"，牢牢地维护着这种优越感，维护着对各种知识的阐释权。它就像一个守旧、偏狭而固执的封建家长，以其旧有的知识权威，掩盖着对新事物、新观念的无知，使新的意义和新的观念无法浮出历史的地表。对于留学欧美并接受了新知识、新观念的人来说，夺取发言权的要求也更加迫切。因此，白话文在新的历史条件下，就不仅承担着走出文学古典主义时代的重任，也承担着中国历史走出封建主义时代的重任。

"五四"新文化运动的倡导者和参与者，虽然没有自觉到语言中的这种文化机制，但他们凭借历史进化论思想，便捷地使这种语言转换行为合法化。胡适在其《历史的文学观念论》中就说："吾辈主张'历史的文学观念'，而古文家则反对此观念也。吾辈以为今人当造今人之文学，而古文家则今人作文必法马、班、韩、柳。其不法马班韩柳者，皆非文学之'正宗也'。"张竞生则说："各时代有各时代的思想，也有其代表思想的文字。文字的变迁如海潮的震荡，有时侵入某处，有时放于某地。因此时过境迁，其文字也变成无用。语言文字也如别事一样，每个时候总有新的加入与旧的归于淘汰"①。我国文艺几千年困于古典主义的约束之下，应该沿着欧洲从古典到浪漫的轨迹，提倡浪漫派的自由精神，"将先前抄袭及依附的奴隶思想打退，庶几能产生个性及创造的文艺"②。

因此，梁、张二人一致把"五四"白话文学运动，认定为一种近似于欧洲的浪漫主义的文学运动，主要是感觉到了"白话"这种自然状态的语言，对"文言文"的叛逆性。它毁坏了文言文的字、词、句的范畴，抛弃了它的语法规

---

① 张竞生. 张竞生文集 [M]. 广州：广州出版社，1998：348.
② 张竞生. 张竞生文集 [M]. 广州：广州出版社，1998：351.

则，大大扩大了文学的表达空间和"新知"的话语阐释权；也从人们运用白话的冲动中，看到了"五四"时代涌动着的自由与自主的表达欲望。

由此看来，新文学作家和学者将"五四"文学定性为浪漫主义文学，主要是看到了现代白话文学蕴藏的叙事立场相对于传统文学的叛逆性。实际上，"五四"文学叙事立场的叛逆性背后，已衍生出了文化立场的现代性，并规定了文学叙事方式的新取向。

三、尊崇"自然"：新文学叙事准则的确立

"白话"的使用，初步实现了"五四"文学在叙事材料层面上的革命。其实，对白话的推崇，其革命性意义还不在于表达材料的更替上的。更主要的是，他们认定白话是来自日常生活的一种自然状态的语言。这就使得对白话的推崇就实际上已蕴含了一种新的审美伦理追求：一切自然的事物都是美的，一切合乎自然律度的文学叙事也是美的。因此，"五四"新文学的创造者把"合乎自然"的书写，作为新的文学叙事标准与境界。现代文学作者这一革命性认识的获得，显然不是来源于我国以庄子、阮籍、嵇康、陶潜等为代表的道家哲学与书写美学的启迪，而是直接来源于欧洲浪漫主义的启迪。因此才有周作人等比照着西方文学书写范式，把"五四"新文学定性为"浪漫主义文学时代"的这一行为。

"自然"，在19世纪欧洲浪漫主义者心目中具有十分重要的意义。"自然"概念的文化意义的生成，与西方基督教神学的破产，科学主义的兴起紧密关联。既然上帝已死亡，那么上帝为人制定的规则，也必然随着上帝这一神话的崩溃而成为一堆废纸。科学把"自然"自然而然地推上了前台，取代了上帝并行使着上帝的权力，重新构筑着一种新的解释世界的话语体系。

这一体系建立的肇始者，当推18世纪法国的思想家卢梭。卢梭明确提出了"返回自然"的口号，后来这一口号成了西方浪漫主义的共同纲领。他在《爱弥儿》中全力肯定："无论何物，只要出于自然的创造，都是好的，一经人手就变坏了。""如果自然注定我们是健康的，我就几乎敢于断言，思索的状态就是反自然的状态，沉思的人就是变了质的动物。"[①] 卢梭的"回归自然"的口号，当然是为促进人类生而平等、万物齐一的民主与自由思想，打破基督教神学体系的封建等级秩序提出的。他认识到，基督教文化是人为制造罪恶的文化，是权力操纵的结果。但他的这种思想却在客观上，为后来的人们打破古典主义艺术

[①] 卢梭.人类不平等的起源和基础[M].北京：生活·读书·新知三联书店，1957：28.

戒律提供了有效的思想武器。19世纪的浪漫派作家就是以此为思想基底,拒绝古典主义艺术的语言与陈规陋习,抛弃对古典主义文本模仿,倾向于向自然领悟智慧,以自然山水及其万象为书本,以荒郊旷野为书房,由此写出各种人类热烈的情操和心灵。

德国的浪漫派,向人的内宇宙寻找自然,使其作品开始呈现出洋溢的激情与丰富的想象。这一点,许雷格儿在雅典娜神殿上的演讲就有明确的揭示。歌德则把这种对自然的推崇精神,凝聚为泛神论思想,他说:"必须把宇宙看成是有机的,是差异中的统一体"①,并把宇宙的一切都人格化。如他在诗篇中对自然做了这样的歌唱:

> 自然啊,我对你多么怀念,
> ——我全部的力量,你将使他
> 活跃在我的心中,
> 你将使我有限的生涯
> 绵延至永远无穷。②

英国浪漫派则把这种对自然的推崇演绎到对接近自然、远离正统文明的民间歌谣的珍爱。早期浪漫派华兹华斯与柯尔律治《抒情歌谣集》的产生就是这一思想的结果。后期浪漫派依然悄悄地延续了这一珍爱,雪莱在《天颂》中唱道:

> 太阳和天体
> 只是从自然底心里
> 稍稍溢出的血滴!③

在法国,浪漫派对自然的理解,倾向于对自然人性的公平衡估。无论是在雨果还是在司汤达的作品里,无论是生活在巴黎的人还是生活在外省的人,无论是体面的上层贵族还是龌龊的下层百姓,他们在人性的层面上都是平等的,在他们的灵魂中,善与恶、美与丑都是相伴而存在的,而且恶与丑的根源都来自上层,来自旧式文明的成规。冉阿让与于连的悲剧式人生结局的设置,就是这种自然而朴素平等意识的体现。

特别值得一提的是,欧洲浪漫派艺术对自然的崇拜,最直接地体现在绘画

---

① 罗素. 西方哲学史:下册[M]. 北京:商务印书馆,1976:216,218.
② 歌德. 歌德诗集:下[M]. 钱春绮,译. 上海:上海译文出版社,1982:310.
③ 雪莱. 雪莱抒情诗选[M]. 查良铮,译. 北京:人民文学出版社,1958:68.

艺术的题材选择上。他们抛弃了古典绘画艺术中的静穆庄严的教堂、巍峨气派的宫殿和高贵典雅的贵人，而陶醉于温柔勃发的树叶，活泼依人的小鸟，清澈的溪流，幽静的田家，以及生活于其中的旖旎恬静的人物，甚至刻意地描绘那些神秘古怪的荒原、激流、洞穴和高深莫测的渊谷、雪山、冰坑、峰崖，借此表达他们对自然的神往与崇敬。

"五四"前后的中国知识分子，自从向西方张开了眼睛之后，对他们的一切都充满了好奇与欣羡，包括他们的科学技术，他们近现代流行的思想与艺术。对卢梭提出的"返回自然"的思想也做出普遍积极的回应。

严复在点评《老子》一书时，就有若干处发现了卢梭的自然观与道家的栖隐山水的出世思想的相契之处。王国维在评论《红楼梦》时也表现出类似的思想。鲁迅在《摩罗诗力说》中介绍雪莱对自然的热爱时，说自己也在自然中"自感神闭"。① 陈独秀在翻译《现代文明史》时，对卢梭的自然观大肆宣传，大有要以此来塑造中国新青年之势。他说："卢梭于当时的政教一无所许，彼谓人为之事反乎自然皆恶也"，"归依卢氏门下者，皆所谓'自然之友'"。②

与上述思想先驱的冷静介绍相比，创造社、新月派、湖畔诗派的作家则对欧洲浪漫主义自然观的响应要热烈得多。如果说卢梭的自然观作为一种社会实践的指导原则尚有诸多可疑之处，那么作为一种艺术创作的指导思想则可能更富有可能性，这也正迎合了"五四"新文学的创造者，急于寻找可资模仿的艺术书写蓝本的心理。

田汉在《诗人与劳动问题》一文中就坚定不移地认为："'返于自然'的绝叫，实际上直到今日还支配着世界的人心"。因此，他对歌德提出的泛神论深信不疑，相信人类是自然的儿子，是神之子，"自然父母"给予人类的永远是爱。歌德在《浮士德》中表现的许多的自然崇拜，表达的就是万有神教的神旨。他还在《新罗曼主义及其他》一文中兴奋地欢呼着："啊，伟大的自然哟，我们的父哟！"

郭沫若则是众所周知的中国的泛神论者。在他的诗篇中，充满了对太阳、山岳、海洋、水、火等自然现象的崇拜与歌唱。这些意象在郭沫若的笔下都跃动着"生命的光波"③，但他对这种体现了欧洲浪漫主义自然观的泛神论，不是像田汉一样单纯地欢呼与信奉，而是有其独到的理解。他也发现了这种自然观

---

① 鲁迅. 鲁迅全集：第1卷 [M]. 北京：人民出版社，1973：86.
② 陈独秀. 现代文明史 [J]. 青年杂志，第1卷第1号.
③ 郭沫若. 郭沫若全集：文学编第1卷 [M]. 北京：人民文学出版社，1982：91.

与中国道家的"齐物论"有着惊人的相似之处，都有着"本体即神，神即万汇"的精神①，并从李白的诗篇中得到了印证。但老庄的思想主"清静无为""超尘出世"，与"五四""狂飙突进"的时代精神不相宜。因此，他着重强调的是"自我"也是自然神的表现之一种，并以此为理论依据，强调维护和发展人的自我个性精神。他在《〈少年维特之烦恼〉序引》中，就明确地完成了这一次理论改造。他说："一切自然都是自然的表现，自我也是神的表现。自然即是神，一切自然都是自我的表现。"

新月派的徐志摩也完成了类似的思想改造。他虽然也认可"大自然是一本奇妙的书"，整个宇宙"只是一团活泼的呼吸，一体普遍的精神，一个奥妙灵动的整体"，但他还是认为，自然最大的教训就在于"凡物各有其性"，个人作为自然的一部分"必须尽量实现天赋的个性"，生命可以不成"材"、不成"器"，却不能不成"品"、不成"格"。②

显然，在现代中国，欧洲浪漫主义的自然观，已经演变成了要求人做到心性自然发展、个性自由张扬的现代文化主张。这种自然观也直接被贯彻到"五四"新诗诗艺的探索中。正当人们纷纷谴责"五四"新诗缺乏诗味而要求维护诗艺时，郭沫若就强调，诗歌的节奏与韵律必须以心灵中情感的自然节奏为基底。"诗的创造贵在自然流露。""诗的波澜，有他自然的周期，振幅不容你写诗的人有一毫的造作，一刹的犹豫。"③ 徐志摩也接受了英国浪漫主义诗人济慈的原则："如其诗句的来，不像是叶子那么长在树上，那还不如不来的好。"④ 郁达夫则在其《诗论》中引用白朗宁的话说："诗的旋律韵调，并不是从外面发生的机械的规则，而是内部的真情直接的流露。"⑤

这样，卢梭倡导的"自然"哲学，就成了我国"五四"民主与个性解放思想潮流生发的渊薮，也成了我国新文学追求的书写法则与最高艺术境界。在卢梭的原旨里，"人为"的文明是罪恶的、坏的，"自然"的文明是善良的、好的；那么，在"五四"新文学追求的艺术境界里，"人为"的诗艺是拙劣的，而只有合乎心性"自然"的诗艺才是现代诗的发展方向。

欧洲浪漫主义的自然观，为"五四"新文学叙事准则的确立提供了理论基础。在科学主义和现代人道主义思想的推动下，自然叙事使白话文学不仅获得

---

① 田寿昌，郭沫若，宗白华．三叶集［M］．合肥：安徽教育出版社，2000：20．
② 徐志摩．徐志摩全集：第3卷［M］．北京：商务印书馆，1983：121，127，137．
③ 田寿昌，郭沫若，宗白华．三叶集［M］．合肥：安徽教育出版社，2000：20．
④ 徐志摩．徐志摩全集：第3卷［M］．北京：商务印书馆，1983：121，127，137．
⑤ 郁达夫．郁达夫文集［M］．广州：花城出版社，1991：153，151．

了现代性，更使新文学获得一种强大的超越性，以摆脱旧文学"制艺"理论的羁绊，又为新文学找到了让当时知识界普遍崇尚认可的书写途径。因此，新文学现代性叙事准则的获得，应归功于合乎科学主义的"自然观"在文学领域的运用。"五四"新文学就是用自然状态的语言（日常白话）、自然的文体（如小说的日记体、书信体、自叙传体和诗歌的自然节奏与韵律的运用等），表现人的内在自然（自然情感、自我个性）的现代文学。这大约也是后来沈雁冰称为"自然主义"文学或有的人称为"写实主义"文学的原因。

总之，从叙事精神层面来看，"五四"文学就是在科学主义和人道主义思想的指导下，要求取"遵从自然"的态度，从叙事语言、叙事方式、叙事对象等方面，对业已古典化和腐朽化的旧文学进行全方位的变革，以表现合乎自然的人情、人性与人生实况；或揭露、控诉反自然的社会状况，以达到以文学"新人"或者称为"启蒙"的目的。原本没有被阉割和贬斥的"浪漫主义"一词，则较好地描述了这一文学叙事精神与特征。"五四"文学是以"复活"中国白话文学的姿态出现，确立了合乎自然律令的书写方式和美学标准的，并最终完成了文学现代化的浪漫主义文学。如果不能明确这一点，则不可能真正解说中国现代文学的现代性内涵，更不可能准确把握"五四"文学在中国现代艺术创造方面的开拓性贡献。

（原载于《文艺理论研究》，2008年第1期）

文人趣味千古传
——评"京派"文论的逻辑建构

从写作立足点来看，我国文艺历来存在两种类型：一种为"时事"，也就是以白居易所谓的"为时而著，为事而作"；另一种为"趣味"，或为表达作家某种情趣，或为传达某种理趣（如《世说新语》《警世通言》之类）。用今天比较时髦的话语来表述，前者可能就是"宏大叙事"，后者则为"个人叙事"。为"时事"者往往合时义而失趣，为趣味者往往有味而失义。然而，要求艺文有趣味却一直是千古文人心中难以割舍的一份情愫，在某种程度上是顽固地为自己谋求一份"自留地"，只是一直没有找到理论阐释的路径而无法合理化。

直到20世纪30年代，京派作家凭借其丰富的文学创作实绩提供的自信，并在西方现代文艺思想烛照下，终于完成了对这种艺文趣味的逻辑诠释，初步建构了我国民族文艺理论体系的又一现代性知识体系。他们把这种艺文趣味概括或提升为"艺术性"，而这套关于艺术性产生的知识体系，也一直在私下指导着当今人们对现当代文学的创作和阅读，因此，有必要对京派文艺思想进行重新认识。

一

京派作家对文艺的思考，是从反文学的政治性开始的。

1931年，"自由人"胡秋原高喊"文艺至死也是自由的"；其后，资本家的"走狗"梁实秋反对文艺与革命挂钩。京派文人也同样反对文学和政治的关系太密切。沈从文在1942年写的《小说与社会》一文中说："过去十年新文学运动，和政治关系太密切，在政治不稳定时，就很牺牲了些有希望的作家。又有些作家，因为'思想不同'，就受限制，不能好好地写他的作品。"[①] 为此他还痛惜不已。

[①] 沈从文. 沈从文文集：12卷［M］. 广州：花城出版社，1984：7.

但京派的远离政治，并不等于他们远离时代，远离社会。京派首领周作人就是"文学是为人生"的倡导者；沈从文、萧乾的小说创作，都表现出"从个人的责任感进到为整个民族命运的深深的忧患"①。沈从文还在《小说与社会》中谈到，正是因为小说与社会的关系太复杂、太密切，所以显得小说的"作用"与"价值"异常重大，他要求作家在用一组文字处理人事时庄严慎重，哪怕是做一些琐琐碎碎的记录，也要注意杜绝那些妨碍社会进步的东西，保留那些能使人类向上的理想和人生优美高尚的感情。

但他们与左翼文学切入时代和社会的方式不同。左翼文学是要求以文艺为利器，直接参与革命，并成为革命斗争的一翼，如郭沫若的"文艺要成为政治的留声机"、毛泽东的把文艺视为与军事斗争相媲美的一条"战线"。京派文艺则是要求表现人性，通过对病态、臃肿人性的批判，建设健康的人性与健全的人格，以达到改造社会的目的。林语堂就说过："理想的自由主义者往往相信本国是最坏不过的社会。"② 朱光潜则把这种社会之坏归之于"人心太坏"。因此，他们认为，文学与社会的联结处是在人性，而不是政治。坚持人性论就成了他们基本的文学姿态。林语堂就明确说过："想要逃避的是政治，而不是生活本身。"③

那么，京派讥讽的海派文学的艺术性是怎样失落的呢？京派文人认为，主要是功利主义对艺术性的戕害。"白相文学"受到了商业化的伤害，而革命文学则是受到政治功利的迫害。左翼文学为政治斗争服务，是直接地参与社会的改造，也失落了文艺的审美属性。而京派认为，美是自由的创造，功利主义严重约束了创作的自由，甚至本末倒置，为了他们服务的事业（政治或名利）而牺牲了文艺的艺术性。他们自身表现人性，则是在间接地改造社会，而主要目的还是维护文艺的审美性质。

沈从文甚至认为，文学只有落实在人性的基底上才会牢固，否则，不仅文学的审美特质荡然无存，整个文学也会成为沙基或水面上的"崇楼杰阁"。因此，他固执地宣称："我只想造希腊小庙。选山地作基础，用坚硬石头堆砌它。精致，结实，匀称，形体虽小而不纤巧，是我的理想的建筑。这庙里供奉的是'人性'。"④ 周作人在《〈蛙〉的教训》一文中曾说："有些能够写写小说戏曲

---

① 赵学勇. 沈从文创作的哲学意识和审美选择：文化心理角度的谛视 [J]. 中国文学研究，1989 (4)：89-95, 66.
② 林语堂. 生活的艺术 [M]. 北京：华艺出版社，2001.
③ 林语堂. 生活的艺术 [M]. 北京：华艺出版社，2001.
④ 沈从文. 代序 [M] // 沈从文. 从文小说习作选. 上海：上海书店，1990：9.

的，当初不要名利所以可以自由说话，后来把握住了一种主义，文艺的理论与政策弄得头头是道了，创作便永远再也出不来，这是常见的事实，也是一个很可怕的教训。"① 林语堂也说："艺术是身体的智能力量的充溢，是自由的，不受约束的，是为自身而存在的；如果我们没有认清这一点，那么我们便不能了解艺术和艺术的要素。这就是那备受贬评的'为艺术而艺术'的观念。对这个问题，我认为政治家无权发表什么意见；我觉得这仅是关于一切艺术创造的心理基础的无可置辩的事实……如果商业化的艺术常常伤害了艺术的创造，那么政治化的艺术一定会毁灭了艺术的创造。"②

显然，京派的艺术自由观与功利主义艺术观的分野，与德国康德的文艺观不无关联。康德在《批判力批判》中认为："美是无目的的合目的性的形式，是人类的认识诸能力的自由活动带来的结果。他还把美分成了自由美和附庸美两种，后者是有条件的，不纯粹的；而前者是纯粹的，能自由地自身给人以愉快。"③ 康德关于自由美与附庸美的理论划分，已成了京派作家区分"纯文艺"与功利文艺的知识论基础；也充分反映出京派在既王国维之后，又一次企图利用西方古典哲学知识，来完成中国现代文艺美学的非伦理性知识建构的意图。

二

现实政治或商业的功利主义必然损坏美，毁灭艺术。那么，文艺上的人性论就必然会带来美，创造真正的艺术吗？京派的回答是肯定的。那么纯粹的文艺之美又是如何产生的呢？回答这一长期困扰中国新文学的理论问题的重任主要落在了朱光潜和宗白华的肩上。

1933年，朱光潜出版了他的第一部美学著作《悲剧心理学》。他从康德的纯粹的、无条件的自由美出发，坚决反对文艺中的功利主义，无论是政治的、商业的还是道德的。康德认为，美对于愉快有着必然的关系，而审美判断不同于客观的知识判断，是一种单纯感官的趣味判断。这种判断没有任何原理可探究。它是通过一种具有共通性的情感（共通感）来规定何物令人愉快，何物令人不愉快，总之是一种纯粹的与其他功利目的无关的心理感觉。艺术美就应该是一种排斥道德（善）等概念的规定性的自由美。由此，朱光潜觉得布洛的"距离说"是一条可资利用的美学原则。他认为，为了摆脱功利性的纠缠，避免

---

① 张高明，范桥. 周作人散文 [M]. 北京：中国广播电视出版社，1992：4.
② 林语堂. 生活的艺术 [M]. 北京：华艺出版社，2001.
③ 康德. 批判力批判：上 [M]. 上海：商务印书馆，1956.

艺术走向康德所言的有条件的"附庸美",回到纯粹的"自由美"的轨道上来,在创作主体与审美对象之间应该保持一定的距离,使创作主体能够脱离狭隘地对实际利益的考虑,把注意力集中到塑造审美对象上来,以达到一种审美境界。在此种状态中,审美主体已是"一个纯粹的,无意志、无痛苦、无时间局限的认识主体,客体(即审美对象——引者注)也不再是一个个别事物,而是表象即外在形式"①。这种距离感的保持,能使审美主体"把一瞬间的经验从生活中孤立出来,主体'迷失'在客体中"②,找到令自己愉悦的自由的美感。

1936年,朱光潜又出版了《文艺心理学》。他又"拿来"了意大利克罗齐的"直觉论"。康德认为,审美主体与审美对象(客体)之间不存在"任何原理"可资探寻,也就是说,两者之间不存在任何逻辑联系。但朱光潜还是认为克罗齐的"直觉论"可以放在这两者之间的"距离"中来完成自己的逻辑连接。克罗齐认为"直觉即艺术",因而朱光潜也提出"直觉是突然间心里见到一个形象或意象,其实就是创造,形象便是创造的艺术。因此,我们说美感经验是形象的直觉,就无异于说它是艺术的创造"③。显然,朱光潜看重的是"直觉"没有理性思维中所黏附的功利性价值判断,因而把它引入作家的创作活动中来。

当然,朱光潜通过悲观主义者叔本华认识到,痛苦是人生的本相,也认同左翼文学关于"血与泪"现实的判断的实在性。但对人的生存痛苦,他不主张通过文艺中幻想式的、有组织的斗争来解决,对这种文艺的阅读也完成不了这个任务,相反只能激起人们的复仇欲望,冤冤相报又何时了呢?文艺只能以创造美的方式来改变人的心性,以艺术审美来超脱现实中的苦难人生。因此,"人性"就成了京派文艺寻求艺术性的源泉。

文艺又如何能使人超越现实中的痛苦呢?尼采的"酒神精神和日神精神"理论,完成了朱光潜人性论文艺思想的最后一个注解。尼采认为,人性总是处于酒神精神与日神精神两种状态。酒神在大醉的状态中放纵自己,满足自己生命的冲动;而日神则处于安静的理性状态,在静观梦幻世界的美丽图景中寻求一种强烈而又平静的乐趣。因此,他把悲剧称作"抒情诗的最高表现"。由此,尼采的"日神精神"启示了朱光潜,从而使他认为,人们能够通过对灌注了日神精神的艺术形象的审美而获得自救。

---

① 朱光潜. 悲剧心理学 [M]. 北京:人民文学出版社,1987:136.
② 朱光潜. 悲剧心理学 [M]. 北京:人民文学出版社,1987:247.
③ 朱光潜. 朱光潜文选(1)[M]. 上海:上海文艺出版社,1982:16.

朱光潜对人性与艺术美之关系的认识，在当时的京派文艺理论家中颇为流行。林语堂就说："古典主义及浪漫主义乃人性之正反两面，为自然现象，不限之于任何民族"①，意指文艺乃人性两面的表现，而艺文之美来源于最终代表理性的古典主义必然获得胜利的人性两面的搏斗。后来他又提出"人生的艺术化"。宗白华则说："德国哲学家萧彭浩氏尝有言：世界旁观者则美，身处之则苦，颇具深意。"他认为，"'静观'是一切艺术及审美生活的起点，源头上是一致的。"② 因此，他也主张"诗意人生"：一方面要求创作主体用非功利的自由美眼光来看待世界；另一方面要求人们把人生当艺术品来创造，既达到佛家的"超世"又做到儒家的"入世"的人生态度。超世能使"小己的悲欢烦闷都停止了，心中得着一种安慰，一种宁静，一种精神界的快乐……在一切丑的现象中看出美来，在一切无秩序的现象中看出他的秩序来"③。但光有"超世"而不"入世"，会导致宗教的遁世或寂灭，因此"入世"是诗意人生不可分割的一个部分，要求人们既能超越小己又能仍然具有大悲心，执着主观又能心怀大宇宙。④

一个是"距离说"，一个是"艺术化"，一个是要"静观"，都是要求人们立足于人的心性调整，远离现实中的急功近利思想，进入纯粹的"自由美"的艺术境界，在艺术陶醉中达到"为人生"的目的。只是他们在表述方式上不同而已。朱光潜较西方化，而宗白华更中国化罢了。

总之，在京派文人看来，海派中商业化的"白相文学"和左联的"革命文学"都是非纯粹的文学，是功利主义的"附庸美"文学。它们的美，是伦理层面的价值判断，是外在的道德等伦理因素赋予的，而不是来源于艺术本身。根本原因是，没有把现实世界和艺术世界两者拉开，从而使功利主义文艺在附庸美的追逐中，把作为本体的艺术美遗弃了。

三

京派在完成了"人性"与"艺术性"的逻辑连接之后，朱光潜正式提出了"纯正的文学趣味"口号，以匡正遭篡改的"艺术性"的内涵。他先后写作了《谈趣味》和《谈读诗与趣味的培养》等文章，阐述了"趣味"的重要性与培

---

① 林语堂. 说浪漫 [M]//林语堂批评文集. 珠海：珠海出版社，1998：114.
② 宗白华. 萧彭浩哲学大意 [J]. 丙辰，1917（4）.
③ 宗白华. 青春烦闷的解救法 [M]//宗白华. 美学与意境. 北京：人民文学出版社，1987：22.
④ 宗白华. 说人生观 [M]//宗白华. 美学与意境. 北京：人民出版社，1987：3.

养途径。

本着康德的纯粹自由美理想,朱光潜认为,功利主义的文学不仅遗弃了艺术,而且在人们的心性中滋生出各种恶劣的趣味。革命的左翼文学和反革命的国民党右翼文学孕育的是为了党派意志的争斗趣味,十里洋场的现代派文学中则弥漫着亢奋、突兀、迷惘骚动的现代派情绪。这些趣味都不能完成对人性的修养和人生自救的任务。

那么对于20世纪30年代的中国文坛来说,什么才是"纯正的文学趣味"呢?朱光潜认为是一种与文坛宗派、政治党派的"意识偏见"有别的"主观的、私人的趣味"。它有"广博"的胸襟,能包容一切门户派别,又"不囿于一己之趣味,不拘于一家之言","能凭高俯视一切门户派别者的趣味"。他说:"愈广博,偏见愈减少,趣味亦愈纯正。"① 因此,朱光潜的"纯正的文学趣味",并没有具体地指涉某一具体的美学因素,而是对偏见的反拨,是对功利主义的反动。他是以划分范围的方式,把偏见与功利圈在艺术的范围之外,只要是非偏见的、非功利的都属于纯正的文学。也就是说,只要是非偏见、非功利的旨趣都是纯正的趣味。这"纯"是有感于功利文学而发的,而"正"则是针对左翼文学自命为"正统"而提出的。

京派文人为了抗拒文艺中的政治偏见和现实功利,在其批评文字中使用了大量诸如"和谐""恰当""完美""纯粹""圆融"等字眼,经常被他们用作检测文学作品中艺术趣味的标准。也就是说,他们在努力引导人们在艺术审美中,尽量规避伦理判断中采用的理性规则,而倾向于传统艺术理性规则。

朱光潜认为,艺术与人生是一种同构关系,因此文学与人生应该是一个"相互和谐的整体"②。沈从文则进而要求,作品应富于"组织的美,秩序的美"。文学应该以恰当的技巧组织生命万物,达到一种"没有组织,却有组织……没有技巧,却处处透露匠心"的和谐、圆融境界。③

他们既反对左翼革命文学因其过多悲情宣泄和反叛的呐喊而忽视技巧,也反对早期新月派的"逞才害意""滥用技巧"。针对左翼文学,沈从文写过《论技巧》,萧乾也写过《为技巧申冤》的专文,阐述技巧对于文学的重要性,批评忽视技巧的普遍现象。针对讲究技巧的新月派文学,朱光潜则指出:"诗的最大

---

① 朱光潜.谈趣味[J].益世报·文学副刊,1935(1).
② 朱光潜.慢慢走,欣赏啊!——人生的艺术化[M]//朱光潜.谈美.北京:开明出版社,1994.
③ 沈从文.废邮存底·情绪的体操[M]//沈从文.沈从文文集:11卷.广州:花城出版社,1984:7.

的目的在抒情不在逞才……才多露一分便是情多假一分。作诗与其失之才胜于情,不如失之情胜于才。"① 沈从文也批评新感觉派穆时英的作品,"技巧过量,自然转入了邪僻"②,使作品失去了亲切气味。总之,他们认为,情绪要适量,技巧要恰当,才能达到艺术的"和谐"与"完整"。过量技巧痕迹的显露,意味着功利的创作主体已越过了界限,而成了将要获得独立存在的艺术世界的主人。

如何才能达到"和谐"而"完整"的"纯正文学趣味"?京派文艺的另一位理论家梁宗岱,在法国象征主义者瓦莱里的影响下,也做了进一步的探索。他在《诗与真》中提出了"纯诗"的概念。他说:"所谓纯诗,便是摒除一切客观的写景,叙事,说理以致感伤的情调,而纯粹凭借那构成它底形体的原素——音乐和色彩——产生一种咒符似的暗示力,以唤起我们感官与想象底感应,而超度我们底灵魂到一种神游物表的光明极乐的境域。象音乐一样,它自己成为一个绝对独立,绝对自由,比现在更纯粹,更不朽的宇宙,它本身底音韵和色彩底密切混合便是它底固有的存在理由。"③

大凡留学法国的中国现代文人,都是象征主义的"徒子徒孙",李金发是如此,闻一多、王独清和梁宗岱也是如此。但与其他人把象征主义当成一种创作方法论不同,在梁宗岱的眼里,象征主义成了通往艺术本体世界的通道。

梁宗岱不是简单地在贩卖西方象征主义方法。他像周作人一样,感到中国现代诗歌素淡无味缺乏诗味,而要求以象征主义的审美境界当作艺术的最高境界,来补中国现代诗歌之缺。梁宗岱的象征主义也不是一般意义上的用具体意象,来对诗人内心特定思想与情感进行暗示;也不是西方象征主义者意指的,对广大而普遍的理想世界(现实世界被认为是不完善的表现)的象征。他在《象征主义》一文中说:象征"所赋形的,蕴藏的,不是兴味索然的抽象观念,而是丰富,复杂,深邃,真实的灵境","是藉有形寓无形,藉有限表无限,藉刹那抓住永恒,使我们只能在梦中或出神底瞬间瞥见遥遥宇宙变成近在咫尺的现实世界,正如一个蓓蕾蕴蓄着炫熳芬菲的春信,一张落叶预奏那弥天漫地的秋声一样。"④ 在梁宗岱的"灵境"里,也不单单是一种永恒的人性,而是流淌着作者伟大灵魂的种种内在印象的生命之流。它能如陶渊明的诗歌一般,对人

---

① 朱光潜.诗的隐与显[M]//朱光潜.孟实文钞.上海:良友图书出版公司,1936.
② 沈从文.论穆时英[M]//沈从文.沈从文文集:11卷.广州:花城出版社,1984:7.
③ 梁宗岱.谈诗[M]//梁宗岱.诗与真·诗与真二集.北京:外国文学出版社,1987.
④ 梁宗岱.象征主义[M]//梁宗岱.诗与真·诗与真二集.北京:外国文学出版社,1987.

们产生"形骸俱释的陶醉和一念常醒的彻悟"①。透过对"伟大灵魂"释放的"生命之流"的感悟,"我们开始放弃了动作,放弃了认识,而渐渐沉入一种恍惚非意识,迫于空虚的境界。在那里我们底心灵是这般宁静,连我们自身底存在也不自觉了"②。

透过梁宗岱对"纯诗"中"灵境"的描述,我们仿佛感觉到,他正在从象征入手,通过直觉的思维方式,悄悄接近了德国存在主义哲学鼻祖海德格尔所描绘的"存在的境域",而使中国现代诗学悄然走近了现代存在主义诗学。

海德格尔认为,在这个境域里,存在永远是人的存在。人的存在是自身的存在,它不是别的什么。如果我们认定存在是什么,那么是我们赋予了存在以非本真的意义。而存在的本真意义是虚无的,它不具有实在性,但能被人感知。因此,真正的人(没有被异化的人),应该是诗意地栖居在"无意义化"的"大地"上,而不是生存在"意义化"的"世界"里。而这种"无意义化"的"大地"(存在的境域),往往保存在一个民族的艺术作品里,并影响乃至制约着这民族的生存方式。因此,他说:"艺术作品的本源,即创造者和保存者的本源,一个民族之历史性生存的本源是艺术,之所以如是说,是因为艺术在其本性上是一种本源:一种真凭此而实现,亦即成为历史的特殊方式。"③

之所以海德格尔认为一个民族的艺术是这个民族的本源,并决定了这个民族特殊的历史方式,是因为他认为艺术作品既创立了一个"意义化"的"世界"又展示了"无意义化"的"大地",并表现了"世界"与"大地"的对立与冲突。在世界与大地的冲突中,作品描述的存在者既显示(获得意义)又隐匿(失去意义)地出场,艺术作品也因此而成其所是。④

对照海德格尔的艺术是存在的隐匿地的观点来看,梁宗岱认为艺术透过象征暗示着生命之流的"灵境"的说法,就把艺术与人的生存联系在了一起,不仅为我们描绘了一种"无我"的审美境界,也解释了艺术的起源与艺术之真,使他的文艺思想具有了本体论的意义。梁宗岱把他的一部理论著作命名为《诗与真》,其本意也大约在此。

但海德格尔认为,艺术是一个纯粹物,是一个独立的存在,作家仅仅是艺

---

① 梁宗岱. 象征主义 [M] //梁宗岱. 诗与真·诗与真二集. 北京:外国文学出版社,1987.
② 梁宗岱. 象征主义 [M] //梁宗岱. 诗与真·诗与真二集. 北京:外国文学出版社,1987.
③ 海德格尔. 艺术作品的本源 [M]. 孙周兴,译. 北京:商务印书馆,2022.
④ 朱立元. 当代西方文艺理论 [M]. 上海:华东师范大学出版社,1997.

术创作的中介而已，作家在创作过程中自行消失。他反对传统浪漫主义关于艺术是作家的自我表现的创作观：作品是作家的产物，是作家意志的体现。因此他是一个反浪漫主义者。而梁宗岱则十分看重作家的意志在创作中的作用，不仅因为"纯诗"的创造，靠作家的意志来克服利益的功利与政治的偏见，而且他十分看重艺术中作家对形式的营造，要求作家有"美感的态度"。他认为，"形式是一切文艺作品永生的原理，只有形式能够保存精神的经营，因为只有形式能够抵抗时间底侵蚀"[①]。虽然一个是反对作家意志对艺术世界的侵蚀，以免损坏了作品中的无意义的"大地"的纯粹性，破坏了艺术的真，强调内在的纯；另一个是强调作家的意志对"纯诗"的维护，强调外在的纯，但两者还是有一定的相通性的。

创造社的成员就曾把这种受象征主义等现代派影响的，带有唯美主义倾向的创作流派视为同类，认为他们与自己一样都是属于"为艺术而艺术"的一群；但又很快发现并不完全等同于自己，因而称之为"新罗曼蒂克"。其实，"新""旧"浪漫主义的区别，不简单在于创作方法的不同：一个是主直抒情怀，返璞归真；另一个是主用象征、暗示追求诗意的醇厚。根本的区别还在于，由于其真实观不同和对健康人性内涵的理解不同，因此审美境域不同。旧浪漫主义主张扬自我，造"有我之境"；而"新浪漫主义"主宽容、广博，主超越一己的自我，造"无我之境"。

梁宗岱的"灵境"，就具有了海德格尔存在论中，让艺术的本真存在呈现的"场"的意义。在海德格尔的存在论中，时间失去了传统时间观的，标示历史长度的意义，而是让存在自身来呈现的"地平线"。历来就具有强大的言说能力的进化论遭到了强有力的挑战。京派文学家在考察"灵境"中呈现的本真的生命之流时，也同样表现出这种存在论的时间观念，人性也并不随着时间的流程而完善。当时流行的拜金主义和政治意识形态代表的形而上学，正在异化、扭曲着人性，因此在京派文学的创作中，他们不仅要揭露现代都市文明对人性的异化现象，而且要倡导一种具有本真存在意义的健康的人性——一种远离现实功利与偏见的纯朴，原始的人性。特别是，在以沈从文为代表的京派小说的创作中，表现出的追求"赞美纯朴、原始的人性美、人情美"，就成了他们的又一文学风貌和美学趣味。

严家炎先生曾在《论京派小说的风貌和特征》一文中总结道：京派小说以

---

① 梁宗岱. 新诗的分歧路口 [M] //梁宗岱. 诗与真·诗与真二集. 北京：外国文学出版社，1987.

"简约、古朴、活泼、明净的语言",以"平和、淡远、隽永"的笔调,"熔写实、记'梦'、象征于一炉","赞颂纯朴、原始的人性美、人情美","他们正是以表现美作为文学的最高职能,作为创作的极致的"①。这一描述应该说是基本准确的。因为中国的自由主义者历来都是人性论者,他们跳出功利主义的价值体系,来到了人性之域。这是一个全新的价值体系,人性美和人情美成了他们的审美价值取向。

沈从文就曾经在基督教的启迪下,宣称要以他的文学来创立他心中的"新宗教",这个宗教供奉的"神"便是"美和爱"②。他说:"人是能够重新创造'神'的,而且能够用这个抽象的神,阻止退化现象的扩大,给新的生命一种刺激启迪的。"③ 在他的"湘西世界"里,人物之间的关系无论是亲情、友情还是恋情,虽然不是激情四溢,但都是那般和谐美好,令人神往。湘西人虽然默默无闻,但都是一些舍利为情、为义的人物,如《边城》中的翠翠爷爷、团总、天保、傩送……赵学勇也认为,沈从文的生命哲学中既有儒家的那种积极入世、修身立人的精神,又有庄子哲学中的相对自由观念和豁达向上的人生态度。④

京派文学对"纯朴、原始的人性美、人情美"的礼赞,显然不是主张回到过去,更不是回到18世纪以卢梭为代表的浪漫主义的"自然"。卢梭的"回到自然"是一种反文明的倾向;而沈从文的"原始",是反功利主义前提下对历史文化的聚合与重整。他曾在《时间》一文中表示要做释迦牟尼、孔子、耶稣一类的人。他"想在生前死后使生命发生一点特殊意义和永久价值,心性绝顶聪明,为人却傻头傻脑,历史上的释迦、孔子、耶稣,就是这种人"。

沈从文显然对梁宗岱"灵境"中具有本真意义和永恒的生存价值,做了进一步的辨析和思考。他在《潜渊》一文中,将具有本真存在意义的人性分为两个层次:生活和生命。生活层次的内涵大致是指包括食与性在内的人的自然本能,即"知生";而"生命"则是一种高尚而具有神性意义的精神,它就像一团火焰,引导人们永远向上飞腾,永远是美的象征。人们追求此层次就是"知生存意义"。他说:"因美与'神'近,即与'人'远。生命具有神性,生活在人间,两相对峙,纠纷随来。情感可轻翥高飞,翱翔天外,肉体实呆滞沉重,

---

① 严家炎. 论京派小说的风貌和特征 [J]. 湖北大学学报(哲学社会科学版),1989 (4):1-10.
② 王学富. 沈从文与基督教文化 [J]. 中国现代文学研究丛刊,1996 (1):172-188.
③ 沈从文. 美与爱 [M] //沈从文. 沈从文文集. 广州:花城出版社,1984:7.
④ 赵学勇. 沈从文创作的哲学意识和审美选择:文化心理角度的谛视 [J]. 中国文学研究,1989 (4):89-95,66.

不离泥土。"因此，人的"永久价值"，不可能靠"知生"来提供，而要靠具有神性的、优美的"生命"来赋予，靠"情爱"与"美"来支撑。文学的任务就是要完成对"崇高庄严的感情"和"生命的抽象搜寻"。

在沈从文看来，爱美与追求情感的慰藉，才是人类亘古不变的人性，其他一切价值都不过是过眼云烟。当然这种人性论并不属于沈从文个人，如京派的周作人也表示过相似的观点："肉的一面，是兽性的遗传。灵的一面，是神性的发端……兽性与神性，合起来便是人性。"① 但显然沈从文对人的神性的一面有了更深入的阐发，并有效地贯彻于他的文学实践中，以实现文学的纯粹趣味。

四

从朱光潜"心理距离"说的建立，到林语堂"人生艺术化"、宗白华要以"静观"来"诗意人生"、梁宗岱对"灵境"的寻找，以及沈从文对"生命"与"趣味"的探微，意味着中国现代审美诗学体系的成熟。而京派文艺本身也是既迥异于现实主义，也不同于创造社那种以抒情主义和理想主义为原则的浪漫主义，而是一个有着独特美学风貌和属于它自己的系统美学原则的文学流派。

京派既反对功利主义的急功近利，文学过多地负荷直接参与现实改造的重任，表现出一定的远离现实性，也反对党派文学的组织性，害怕新的组织对个人的自由构成一种新的专制，追求具有纯粹的"自由美"的文学。从其思想基础来说，京派文艺确实具有一定的个人主义和自由主义的倾向。但从文艺美学的角度来看，在创造社"转向"以后，京派文艺及其文艺思想，又是在20世纪唯一我们能够找到的，通过继续完成文学的个性化和独立化而建立自己的美学体系的文学流派。

京派文学立足于对"纯朴、原始的"人性美的表现与赞颂，立足于健康人格的塑造和对永恒艺术价值的追求，具有一定的理想主义倾向。但从美学风貌来看，它没有以左翼革命文学和国民党右翼文学为代表的党派文学的那种偏激与浮躁，而是表现出一种沉静与和谐的美学风格。根本原因在于，党派文学极力贴近现实政治和功利主义者的患得患失，虽然极容易触发创作主体的激情，常常不是在文本中呈现出失意时感伤的悲鸣，就是成功时的狂欢，甚至企图以创作主体生命，替代或填充艺术本体的生命内涵；但创作主体的个性并没有在这种激情中得到舒展，相反，却常常被淹没或裹挟在这种以阶级情怀或民族情绪为内涵的激情中。而京派文学则强调远离功利与偏见，在反对功利主义文学

---

① 周作人. 人的文学［M］//周作人. 周作人经典作品. 北京：当代世界出版社，2002.

的"附庸美",在"距离说"的导引下,以"直觉"的思维方式,在人性领域里体悟一种新的生命状态;在弥漫着"爱与美"的"灵境"中,升华着个体自我的欲望。

从文学的功能角度来说,左翼文学强调要为"第四阶级"的革命服务;而京派文学则强调对美的欣赏,具有"唯美主义"的倾向。但这种"美"不是单纯地指来自形式的美,而更多的是指超越了阶级局限的人性美和人情美。京派作家和批评家也都喜欢采用"直觉"的思维方式。作家往往熔写实、记"梦"、象征于一炉,既重抒情,更重写意,使作品含蓄、隽永、淡远、平和,乃至于晦涩(如俞平伯的散文)。而文学批评则喜融考证、分析、判断与欣赏等多种功能为一体,不单纯是对文学作品进行知识性分析与判断,而是"一直剔爬到作者和作品的灵魂的深处",是一种印象派式的"心灵的探险"[①]。无论是这种有象征主义倾向的创作还是有印象派风格的批评,都说明京派文艺既不是重写实的现实主义流派,也不同于重直抒胸臆的传统浪漫主义,而是一种受西方现代派思想和创作影响,并且秉承了中国传统文人美学趣味的文学流派。

这种写作方式,是以艺术审美为本位,以表现理想人性为旨归;而这种知识体系,是以西方哲学为认识手段,以传统文人趣味传达为建构目的。在政治意识形态成为主流话语的现代中国文坛,在重功利、重写实的文学场中,这套知识体系便注定要处于"沉潜"状态中。但在当今有人提出要"重写文学史""文学要回到自身"理论环境中,我认为,20世纪30年代京派的文艺思想与创作的知识性启示意义是不可沽灭的,因为"文学的自身"到底是什么的问题终究是理论界不容回避的。

(原载于《文艺理论研究》2005年第5期)

[①] 李健吾. 咀华集[M]. 北京:人民文学出版社,2001.

第二卷 02
小说在当下

论世界意识与刘以鬯的小说诗学

在对某一地域文学的研究中，往往呈现出一种独特的现象：本地研究者在辨析"我是谁"的问题时，特别强调他们自己文学的"本土性"或"地域性"，以区别于其他文学；而外地研究者则习惯于在与他们自身文学观的比照中，寻找该地方文学的世界性或普遍性，当然也是为了区别于他们自身的文学。这大约也是世界文化对话与文学交流中的基本思维定式，因为对话或交流的首要前提是，你要接受并认同该地文化与文学存在的合法性和合理性。

这种现象，在学界对"香港文学"的认知中，表现得尤为明显。我们也同样没有摆脱这种思维的窠臼，以香港文学的"他者"身份，而尤其看重其"世界性"。1999 年，香港文学国际研讨会召开。从大会提交的论文来看，中国内地、中国台湾乃至日本的学者，几乎无一例外地"看到"了中国香港文学的"世界性""包容性""开放性"或称为"都市性""现代性"。如中国内地学者刘登翰的论文是《香港文学的文化身份——试论香港文学的"本土性"、民族性和世界性》，施建伟的论文是《香港文学的中国性、世界性和香港性》，袁良俊的论文是《关于香港小说的都市性与乡土性》，王毅的论文是《眼睛的撤退——刘以鬯〈酒徒〉与西方意识流小说之比较》，温儒敏的论文是《刘以鬯小说的形式感》。日本学者西野由希子的论文是《开放的故事——西西作品评析》。中国台湾学者钟玲的论文是《香港文学之包容性：放眼世界与古典传统之再书写》。

尤其是中国台湾学者钟玲对中国香港文学书写的"国际性"看法，值得我们重视，有助于我们厘清中国香港文学作家的"世界意识"及其表现，因为她不仅是站在中国台湾文学的角度，也站在全世界华文文学的角度来看待中国香港文学的。

她认为，中国香港文学"放眼世界"的"包容性"表现在两个方面。一是表现在文学写作手法上，"香港文学对世界前卫文学、新兴文化潮流之吸引力，非常强——五十年代到八十年代的同人文艺杂志，很多效力于世界新兴文学，如《文艺新潮》《新思想》《好望角》《中国学生周报》《盘古》《七〇年代双周刊》等,且许多作家吸收了这些新文化思潮"。就是刘以鬯的《寺内》《蛇》《蜘蛛精》等一批,以中国传统历史故事或传说为题材的旧小说,也在以新的写法与眼光给予改写。二是在题材上,"香港作家之作品更有其不可望其脊背之国际性。小说中的主角常常非香港人,也非华人,而是他国他族之人,且作品不一定影射香港处境……我想这与香港本身之国际性有关。许多欧美人士以香港为家,为永久居留地。香港有英文报、英文电视台、英国的法制,其本身就是一个地球村。作家感受到这种气氛,则不但自认为地球村的一分子,且能为第三世界之边缘国族设身处境。对其他民族的思想与生活方式也有强烈的好奇心"[1]。

作为香港"文学之父"的刘以鬯(1918—2018),就是一个对其他民族的思想与文学表达方式,一贯有着强烈好奇心的作家。1974 年,他翻译并出版了(美国)乔也斯·卡洛儿·奥茨(Joyce Carol Oates)著的小说《人间乐园》;1980 年他翻译出版了(美国)积琦莲·苏珊(Jacqueline Susane)著的《娃娃谷》;1982 年,他翻译出版了以撒·辛格(Isaac Bashevis Singer,美籍波兰作家)著的《庄园》。

在小说创作上,刘以鬯也是当代中国文坛上最早接受西方存在主义思想和意识流小说结构的作家,并形成了他自己的写作路线——走向对人的"内在写实"的严肃文学。1962 年,他发表的《酒徒》,是被公认的当代华文文学中有意识地制造的第一篇"意识流小说"。1969 年,他在《明报晚报》上连载的长篇小说《镜子里的镜子》,在书写小市民林澄的人生烦恼时,也多处引用萨特、加缪及福克纳等关于时间、孤独、荒谬人生的个人化理解。《寺内》则完全是一篇超现实主义的诗体小说。

应该说,刘以鬯小说中呈现的"内在写实"的文学叙事,是在中国南方文学传统的"性灵"叙事、中国现代文学的"责任"书写与西方现代个人主义的认识论思维相结合的产物。如实地呈现出香港市民社会的现实生存与精神苦痛,既是刘以鬯也是香港作家自觉地"文学香港"的选择。

一、世界文学发展趋势的启迪

1979 年,刘以鬯发表了《小说会不会死亡?》一文。该文是一篇对世界小

---

[1] 钟玲.香港文学之包容性:放眼世界与古典传统之再书写[C]//黄维樑.活泼纷繁的香港文学:1999 年香港文学国际讨论会论文集:下册.香港:香港中文大学出版社,香港中文大学新亚书院,2000.

说发展状况进行了全面反思与总结的检查报告。他认为,从笛福到海明威,现实主义小说一直是辉煌的小说王国的统治者。但随着心理学、历史学和社会学知识的增进,动摇了人们对"忠实地反映现实世界"的信心。人们开始质疑"反映事物表面所得的'真实'究竟是不是真正的'真实'"。现代小说家正在从不同方向远离现实主义:

> 象 J. 乔伊斯这样的小说家开始在小说中探讨内在世界;像 W. 福克纳这样的小说家就倾力刻画"人"的灵魂与人类的内心冲突。
>
> …… ……
>
> 有的脱离现实进入幻想,如鲍赫士(Borges,今译博尔赫斯);有的将幻想与历史结合在一起,如加西亚·马尔克斯(Garcia Marquez);有的将小说与寓言结合在一起,如格拉斯(Grass);有的用小说探索内在真实,如史托雷(Storey);有的用不规则的叙述法作为一种实验,如褒格(Berger);有的用两种方法写一部小说,一方面是有规则的叙述,一方面是不规则的叙述,如葛蒂莎(Cortazar);有的将小说和诗结合在一起,如贝克特(Becket);有的透过哈哈镜来表现现实,如芭莎姆(Barthelme);有的甚至要求更真的真实,删除了小说的虚构成分,如目前颇为普遍的"非虚构小说"或"非小说小说"(Non-Fiction Novel)。①

尽管刘以鬯也反感"非虚构小说",他说:"Fiction 的另一意义是虚构;而 Non-Fiction 则是'非虚构',当然不是 Fiction(小说——引者注)了。"② 但是,他更反感"垂死中的现实主义小说"。他还分析了当时内地两部代表性作品——姚雪垠的《李自成》与端木蕻良的《曹雪芹》③。他认为:从表面上看,他俩正努力将中国小说推入新境界,加强作品中的民族风格与民族气派;实质上,他们是在陶醉于 19 世纪西方小说具有的特性,所谓真实的美学。也就是说,内地的小说创作,正走上一条新古典主义的道路。

对现实主义创作方法的反感与怀疑,让刘以鬯走上了一条新的小说美学道路:(1)小说应该加浓虚构,减少对写实的追求;(2)在叙述时,可转为不规则叙述,甚至可以像贝克特的《这是怎样的》一样,变成诗体小说;(3)构

---

① 刘以鬯. 小说会不会死亡 [A] //刘以鬯. 天堂与地狱. 广州:花城出版社,1981:194-195.
② 刘以鬯. 小说会不会死亡 [A] //刘以鬯. 天堂与地狱. 广州:花城出版社,1981:194-195.
③ 刘以鬯认为,台湾以现实主义为本质的"乡土文学"不值一提。

架、背景与主题内容等，不应该成为小说的追求目标，文字才是最重要的，因为小说的信息不在内容而在文字。

总之，给作家松绑，给作家最大的叙述自由，是刘以鬯拯救垂死的现实主义小说开具的药方："文学是一种艺术。艺术是作家创造形象的手段。所以，文学作品必须具备应有的艺术性。文学作品不应单以表现外在世界的生活为满意，更应表现内在世界的冲突。"①

二、小说叙事中的个体哲学

其实，早在1962年，刘以鬯就在其著名小说《酒徒》中，通过主人公为新办的文学杂志写的发刊词，提出了改革小说写法的主张，并践行于他的小说实践：

> 我认为，下列诸点是值得提出的：首先，必须指出表现错综复杂的现代社会应该用新技巧；其次，有系统地译介近代域外优秀作品，使有心从事文艺工作者得以洞晓世界文学的趋势；第三，主张作家探求内在真实，并描绘自我与客观世界的斗争；第四，鼓励任何具有独创性的、摒弃传统文体的、打破传统规则的新锐作品出现；第五，吸收传统的精髓，然后跳出传统；第六，在"取人之长"的原则下，接受并消化域外文学的果实，然后建立合乎现代要求而能保持民族作风民族气派的新文学。②

显然，这是刘以鬯在文学领域开始的一个人的又一次"西学东渐"。这不仅与当代内地的主流文学观念和台湾文学的观念相抵触，也与中国传统文学观念相冲突。

中国文学，从儒家起就讲究文的质，即内容。也就是，讲究文学的功用——叙情志，淳风俗，重"正人"之功；讲究要养人之浩然之气。然而，文章重功用，不重如何言说（轻形式），势必导致作家重情绪与立场；只讲诗性精神，而不讲学理，不重认知逻辑。

就是在20世纪的中国文学叙事，也是主要立足于民族、国家乃至某种阶级等情感与立场，而建立起来的抽象想象与象征体系叙事。这种空洞的宏大叙事，往往在高度抽象中走向美学理念和思想主题上的同一性。因此，作家世界观与政治思想上的激进或前卫，并不必然指向文学叙事上的前卫和先锋。

---

① 梅子，易明善. 刘以鬯答客问［M］//梅子，易明善. 刘以鬯研究专集. 成都：四川大学出版社，1987：23.
② 刘以鬯. 酒徒［M］. 北京：人民文学出版社，2017：150.

当然，这种状态的改变，在内地，发生在20世纪80年代中后期。这当然要归功于那场著名的对外开放运动和思想解放运动，让内地作家也能够像刘以鬯一样，通过借鉴世界文学的各种创作方法，以实现作家个人的叙事意志，接受了新的认知论哲学及其人文精神——存在主义①。

萨特在《存在主义是一种人文主义》一文中曾说："存在主义的中心意旨就是自由行动的绝对性质。"② 台湾学者邬昆如也指出："每一位存在主义者都认定人生的荒谬，对人类过去的命运都感到失望。但是，他们更知道，真实的人生不但有过去和现在，它还有将来。因此，存在主义的可贵处和值得自豪处，就是对人类提供了宝贵的意见，使人面对现实，创造未来，现实可以是悲惨的，但是，未来却可能是快乐的。"③

以存在主义时间观为内在精神的文学叙事，有如下两个显著的特点。

（1）从事个体存在感的写实叙事，是叙述者的个人叙事。在叙述时间上，它是静止的，而非物理学上的线性流动。所以，叙述的内容，着重点在"场景"，而且是一种心理场景，而非情节。（2）以人物无法躲避的现实失败感作为叙述起点，不断推动着他走向自身幽暗的内心世界，以完成对人性的丰富性探索。

显然，以个体存在感的表达为中心的文学叙事，表达的是另一种现实——心理事实。它是立足于个体的（特别是肉身的）体验，而非宏大叙事中的对社会事实的客观认知。尽管它无法像宏大叙事中书写的人生经验一样可以分享，也无法直接纳入国家、民族乃至阶级范畴；但它具备突破现实主义的典型论，和集体理性主义导致的形而上学等理论禁锢的威力——真实。

然而，刘以鬯小说这种对"内在真实性"的书写，无论是在台湾还是在内地，在长达四十余年的历史里，是不为人所接受的。他在中国当代文坛"享受"着其笔下人物一般的"孤寂"。1981年，内地学者许翼心在为刘以鬯的小说作评时（《论刘以鬯在小说艺术上的探索与创新》，附录于刘以鬯小说集《天堂与地狱》），引用丁玲的话说：

> 丁玲在为留美台湾女作家李黎的《西江月》所作的序中说："她的作品所表现的一些人物，好像还沉浸在半封建、半殖民地的旧中国土地上，还是那些封建余孽而又沾满了资本主义颓废享乐的可怜虫。从这里我们看见

---

① 香港学者邝锐强在《存在主义对刘以鬯〈对倒〉的影响》一文中，指出了刘以鬯小说叙事的哲学基础——存在主义。
② W. 考夫曼. 存在主义 [M]. 陈鼓应，等译. 北京：商务印书馆，1987：348.
③ 邬昆如. 存在主义真象 [M]. 台北：幼狮文化事业公司，1975：4.

了一些生活在台湾的人和他们的生活，一些在美国的中国人和他们的生活，使我们为隔海相望而生活情趣都无法比拟的异乡同胞难过，什么时候能让他们也呼吸到真正新鲜健康的空气呢？"对刘以鬯的小说及其所反映的在香港的人和他们的生活，也可以作如是观。

三十余年过去，谁是"可怜虫"？谁替谁"难过"？谁在"呼吸真正的新鲜空气"？已一目了然。那么谁的文学更真实，也就不言自明了。

三、叙事的内倾化与人性探索

在中国，现代小说自其产生以来，就被当成了思想表达的工具。小说往往是通过印证思想的真理性，而获得它对现实反映的"真实性"。小说成了思想的"注脚"。现实主义文学就是这种逻辑的体现与宿命。

香港市民社会的独特语境，不仅让香港市民关注自我，也使刘以鬯的小说能够摆脱对思想表达的重负，转而专注于人性探索的艺术表达。因为现代市民社会的形成，使每一个香港市民都转入了物质与精神、旧道德与新伦理的内在搏斗洪流中。当他们将一个变化的世界，纳入自己的个人意识中时，"放纵"和"幻想"并列成了人们精神世界活动舞台的主角，"社会现实"也就解体为一种散乱的印象。他们在幻想中可怜自己的同时也在抗争着社会。刘以鬯的小说完成的是，对这物质化社会导致的人性异化与人格分裂的现代性批判和感伤。

刘以鬯的《酒徒》（1963）是一篇多角度揭示香港文化人内心分裂的、带有"自叙传"色彩的小说。"酒徒"是一个职业作家，本能与爱恋、生存与责任，一直纠结于其内心，分裂其人格。他只好沉溺于酒中，用酒精麻醉自己内心深处的痛苦。

评论界一般都着眼于《酒徒》是中国当代第一部意识流小说的定位。实质上，"酒徒"总是处于"醉"与"醒"的双重精神状态交叉转换中，而小说文本也呈现出"醉"与"醒"的双重叙事结构。

酒醒时，主人公是良知未泯的文人。在一夜酒醒后，他出于对早已年老色衰而仍操此业的妓女的同情，而自省道："我的稿费并不多，但是我竟如此的慷慨。我是常常在清醒时怜悯自己的；现在我却觉得她比我更可怜。"[①] 而在醉酒时，他又是一个放纵自己的欲望之鬼：

——我打算写黄色文字。
——你是一个文艺工作者，怎么可以贩卖毒素？

---

① 刘以鬯.酒徒[M].北京：人民文学出版社，2017：7.

——只有毒素才可以换取生存的条件！

——如果必需凭借散布文字毒素才可生存的话，生存就毫无意义了！

——人有活下去的义务。

——必须活得像一个人！

——像一个人？我现在连做鬼都没有资格了！①

这是"酒徒"在醉酒时，与麦荷门的一段对话。

他在酒醒时，又自责道："我是两个动物，一个是我，一个是兽。"

刘以鬯在叙写"酒徒"的"醒"与"醉"这两种精神状态时，将主人公放置在"人与兽""本能与理智"的人格结构中，让"身体叙事"与"精神叙事"第一次完整地呈现在"人的文学"中。人的理性与非理性，文本叙事的逻辑性与非逻辑性，如鲁迅的《狂人日记》一般，合乎情理地统一在人性的"真实性"里。让人们在阅读小说的过程中，参照"酒徒"的自我省察，学会在关注自己同时也关照他人。这才是小说要呈现的新市民意识。1963年，读者舒奈就有这样的感受："我只欢喜《酒徒》，因它揭示了众生真实，肆无忌惮的胡乱写成（乱了一切规章）。读完后，深觉酒徒还没有完，这感觉似乎不限定是来自书中，而是更为真确的来自现实，现实得连自己也包括在内。"②

显然，与同时期提倡的白求恩的国际共产主义精神——"毫不利己专门利人"相比，这种意识似乎既不"国际"，也不"英雄"。但从小说的叙事学角度来看，它有着内地"革命现实主义文学""典型论"无可比拟的真实性，更合乎"五四"新文学的写实主义传统。因为，刘以鬯看重的，恰恰是如何通过小说叙事革新，来赓续这种传统。

杨义曾经指出："刘以鬯小说哲学的核心问题，是'内在真实'。追求内在真实不仅关涉到小说的前途和命运，而且关涉到小说的体制和形式。"③ 正因为探索人物个体内在精神世界的"真实"，已成了刘以鬯坚定不移的艺术哲学，因此，人物意识的流动，在其小说文本中得到了广泛的横溢和扩散。他甚至将意识流写实化和世俗化。他不仅出入于写实与现代，诗体小说、哲理小说、心理小说和社会小说之间，也出入于现实题材与历史题材之间。总之，在刘以鬯看来，恢复被现实主义文学"删除"的人物内心世界中深远而微妙的记忆，才是复活小说艺术的生命之途。

《第二天的事》，从题目上看，小说应该提供一些动人心曲的事件。但实际

---

① 刘以鬯. 酒徒[M]. 北京：人民文学出版社，2017：169.

② 舒奈. 读《酒徒》[N]. 香港时报·快活谷，1963-04-13.

③ 杨义. 刘以鬯小说艺术综论[J]. 文学评论，1993（4）：139-147.

上，什么事件也没发生。在一次舞会派对后的第二天，一个青年难耐想入非非，精心打扮后，按照地址去寻找他邂逅的欢场女子：

> 既然来了，何必害怕？这不是一件值得害怕的事。欧阳妮妮要是不希望我去找她的话，也不会将地址告诉我了。我一向不是一个胆小的人，现在怎会变得这样胆小？应该拿些勇气出来。她要是肯陪我去看电影的话，我们就可以常常在一起了。她很美。她有一对美丽的大眼睛，跟她在一起，我会非常快乐。……看电影，吃晚饭到公园去散步……①

然而，他得到的结果是："姓欧阳的人家去年就搬走了！"他对欧阳小姐身体的性幻想和他内心的忐忑不安，是其第二天发生的全部事件。建基于肉体上的"快乐"想象，往往会如泡沫一般，瞬间为尖锐现实的棱角所撞碎。

历史小说《除夕》，则是对小说大师曹雪芹临终前意念世界的探寻。大师丧子、穷迫、暴饮，冬夜回寓，跌倒在石径上：

> 他眼前的景物出现蓦然的转变，荒郊变成了梦境：亭台楼阁间有绣花鞋的轻盈。上房传出老人的打嚏。游廊仍有熟悉的笑声……（不应该喝那么多酒，他想）难道走进了梦境？他常常企图将梦当作一种工具，捉拿失去的快乐。纵目尽是现实，这现实并不属于现在。他是回忆的奴隶，常常做梦，以为多少可以获得一些安慰，其实并无好处。说起来，倒是相当矛盾的，在只能吃粥的日子，居然将酒当作不可或缺的享受。
>
> 紧闭眼睛，想给梦与现实划分一个界限。
>
> 再一次睁开眼来，依旧是亭台楼阁……②

在除夕之夜，鲁迅《祝福》中祥林嫂死亡的悲惨，与大师之死的悲惨是同一的。但是，大师在穷迫处，心灵依然高远——惦记着红楼里的绣花鞋是否仍然轻盈，恰恰是《除夕》要揭示的。

四、叙述者的主体回归

刘以鬯绝对服膺福克纳的人学观："人类之所以能够不灭，并不因为他是唯一具有讲话能力的动物，而是因为他有灵魂，一种使他能够同情、牺牲与忍耐的精神。诗人与作家的责任，就是写这些事情。"③ 既然人的生命系于其灵魂，

---

① 刘以鬯. 第二天的事［M］//刘以鬯. 寺内. 北京：人民文学出版社，2018：73-74.
② 刘以鬯. 除夕［M］//刘以鬯. 寺内. 北京：人民文学出版社，2018：26-27.
③ 福克纳在斯德哥尔摩接受诺贝尔文学奖时发表的演说词。引自《刘以鬯一席话》，1979年5月《香港文学》双月刊创刊号。

那么文学艺术的生命就在于，作家只能用语言去揭示人类的内心冲突与深层意识。其实，历代作家都是在真幻问题上做文章。他们在幻中求真、真中出幻，由神话回归世俗，又由世俗返归内心中，寻求艺术的真谛。曹雪芹大师就是最近的范例。

对于要拯救小说艺术生命的刘以鬯来说，如何通过自己的小说叙事，去打捞自我国"五四"以来，刚冒出头，便被民族、国家、阶级乃至革命等实用理性观念所压制的个人生命意识，解释人类灵魂所共有的骚动不安的隐秘本质，就成为他拯救活动能否走向成功的关键。

上帝拯救着人类，作家拯救着艺术。刘以鬯在小说中，在用叙述语言打捞着笔下人物的内在隐秘的生命意识时，呈现出上帝般的控制力。他把作家自己的主体精神，灌注到小说的叙事结构中，或者有意编排一种叙述文体结构。发挥小说结构的能动作用，让人物缥缈错综的内在意识，按照作家安排好的叙述框架，有序地流淌出来。故事情节乃至人物刻画，已退到了叙述的边缘乃至叙述框架之外。人们面对这种非情节叙事，如同面对一张抽象派画一般，只能从小说的叙述构成中，去感知作家对世俗社会各色人等内心世界的体验与认知。

对此，杨义先生也有相同的感受：

> 假若比较阅读刘以鬯多篇实验小说，就不能不惊异于他对小说结构思维，具有异常敏感新锐的才分。他不属于那种认为内容可以自发地决定结构，面对结构用心不多的作家，而是高度重视结构的能动作用，极力发掘结构在小说审美体制中的潜在能量和特殊价值的作家。在他的小说动力体系中，结构不是消极的受动者，而是充满活力的施动者，从他的一些作品如《对倒》《链》，甚至以结构方式命题来看，他的部分小说灵感不妨认为是在结构上触动的。[1]

《对倒》是一篇典型的结构主义意识流小说。小说要呈现的是，个人主义盛行的市民社会，一个小人物一生的两种"心迹"形态的转换：年少时，心比天高，却抱怨命比纸薄；年老时，庆幸自己比上不足，却比下有余。

淳于白象征着人生的老年阶段，亚杏代表着人生的年少阶段。淳于白"是个将回忆当作养料的人。他的生活的动力依靠回忆来推动"。他"睁着眼睛走入旧日的岁月里去"，然而，"属于哪个时代的一切都不存在了。他只能在回忆中寻找失去的欢乐。但是，回忆中的欢乐，犹如一帧褪色的照片，迷迷糊糊，缺乏真实感"。亚杏，"她就是这样一个少女，每次想到自己的将来，总被一些古

---

[1] 杨义. 刘以鬯小说艺术综论[J]. 文学评论, 1993 (4): 139-147.

怪的念头追逐着，睁大眼睛做梦"。她觉得自己"脸型很美，值得骄傲"，没有理由不成为电影明星或红歌星，也梦想着找到电影明星般的白马王子。

一老一少从不同的方向，游街到香港的旺角商业区。相同的街景、车祸、劫案、争吵等，戏剧性地激发了他们各自不同的回忆与幻想。最后他们邂逅于电影院：

> 淳于白转过脸来望望她。
> 亚杏也转过脸去望望他。
> 淳于白想："长得不算难看，有点像我中学里的一个女同学。那女同学姓俞，名字我已忘记。"
> 亚杏想："原来是个老头子，毫无意思。如果是个像柯俊雄那样的男人坐在我旁边，那就好了。"①

电影散场后，一个往南，一个往北，各自回家做梦。淳于白梦见自己与亚杏并排坐在公园的长椅上，亚杏则梦见自己与电影明星式的青年同床。

两个人在梦中无限自恋着，在现实中又无奈地埋怨着。这实际上是作家将一个人一生老少两段的人生心态，幻化为一老一少的两个人物，同时出现在同一空间平面上，让他自我照面，自我反思。

如果说，《对倒》是将传统现实主义的在时间上的纵向叙事，横向假借为空间上的平面展示，让小说这种传统观念中的时间艺术，拓展了一种向空间艺术发展的可能。那么，《天堂与地狱》和《链》等小说，则展示了向多种空间结构叙事发展的可能性。这种横向叙事，不仅适用于心理展示，也适用于社会世情的书写。

《天堂与地狱》是一种循环叙事结构。小说以一只人见人恶的苍蝇为叙述视角，描绘一幕连它也感到龌龊的人间丑剧。生存在垃圾桶这一"地狱"中的小苍蝇，在叔爷的带领下去见识"人间天堂"——咖啡馆：小白脸谎称炒金蚀本，骗取包养他的半老徐娘三千元。他转背将钱送给他所渔色的媚媚。媚媚把钱交给了与她合伙诈骗的大胖子。原来半老徐娘是大胖子的妻室，她回咖啡馆时恰巧碰见大胖子与媚媚在一起。大胖子只好将刚到手的钞票，转为"购买"妻子的饶恕。苍蝇感叹道：

> 我觉得这"天堂"里的人，外表干净，心里比垃圾还龌龊。我宁愿回到垃圾桶去过"地狱"的日子，这个"天堂"，实在龌龊得连苍蝇都不愿

---

① 刘以鬯. 对倒 [A]. 刘以鬯小说自选集 [M]. 天津：百花文艺出版社，2007：26.

多留一刻。①

《链》则是一种链条式的"顶真"结构。家境殷实的陈可期,去澳门赌狗、看赛车,在码头遇到穿着迷你裙的年轻女子姬莉斯汀娜。姬莉斯汀娜在一家公司的门口,与商行经理欧阳展明打招呼。如此起讫相接,引出自卑的会计主任霍伟俭、既是好经纪又是坏青年的史杏佛、关心金价的纱厂老板陶爱南、不务正业的扒手孔林,以及烟果贩、生果佬等众生人等。因而,《链》的叙事结构,被评论界仿照"意识流",称为"生活流"或"众生流"②。

实际上,刘以鬯通过这些横向叙事的小说,所要诉说的是:生活在这同一时空内的诸色人等,有着各自不同的内心世界。而且,这些有着不同心灵的人在一个开放的公共社会里,或明或暗地"联结"在一起,从而组成了我们朝夕相处的社会。显然,摆脱阶级论社会学和伦理学视野,是刘以鬯小说叙事的核心目的。

五、叙述语言的诗化与写实

刘以鬯对现实主义小说的语言写实能力,满怀狐疑。他说,"不说别的,就是小说中的对话,无论写的怎样'白',也无法做到'真实'的。刘西渭在批评《八月乡村》时,就指出萧军笔下人物讲的话是'读书人'的白话文章。其实,即使老舍这样善于运用口语的小说家,写出来的对话,也只是一种'文字语言',与我们日常的言语并不相同"③。

刘以鬯的质疑是有道理的,也是有前车之鉴的。他没有提到20世纪50年代周立波的《暴风骤雨》。这部小说就是在文艺大众化的运动中,希望能展示"中国作风与中国气派",因大规模采用东北方言土语,以致刚出版不久就要反复注释才能读懂的失败之作。因此,他主张:"传统的现实主义并不能做到'写实'。既然做不到,像J. 乔伊斯这样的小说家开始在小说中探讨内在世界;像W. 福克纳这样的小说家就倾力刻画'人'的灵魂与人类的内心冲突。"④

可以看出,刘以鬯小说语言的诗化,既是他选定的叙述对象——人的内在世界和内心冲突的需要,也是他背离本土文学观念而主动走向世界的选择。

---

① 刘以鬯. 天堂与地狱 [M] //刘以鬯. 刘以鬯小说自选集. 天津:百花文艺出版社,2007:124.
② 许翼心称之为"生活流",杨义称之为"众生流"。
③ 刘以鬯. 小说会不会死亡 [M] //刘以鬯. 天堂与地狱. 广州:花城出版社,1981:194-195.
④ 刘以鬯. 小说会不会死亡 [M] //刘以鬯. 天堂与地狱. 广州:花城出版社,1981:194-195.

刘以鬯在小说中很少植入人物对话。当不得不有时，也非常简捷。这一点，跟鲁迅有着完全相同的艺术趣味。因此，刘以鬯小说语言的诗化，往往大面积地出现在独白体式的叙述语言中。在《酒徒》中，为了表现"酒徒"在醉酒时想象的蒙眬，"回忆可以是'潮湿'的；风拂过，海水可以'作久别重逢的寒暄'；而且在迷茫的精神状态中，'生锈的感情又逢落雨天，思想在烟圈里捉迷藏'"①。

当杨义先生看到，《蛇》中写白素贞与许仙初遇西子湖一节时，大呼刘以鬯"开创了东方诗化的意识流"，是"最引人注目的艺术手法"。他也竟不自已地采用了富于诗化色彩的评点：

> 白素贞和许仙的清明西湖初遇，就能够与山光水色的神韵节奏合拍共鸣，呼唤出湖山深处的诗魂。这里写景笔墨滋润明丽，带有雨打荷叶的跳跃感，是以诗情默契贴合着西子湖清明雨的神韵和节奏的。它带有中国写意画的清新、飘逸和浸润感，景是心中之景，是被意识流动和诗人直觉的剪刀裁剪出来的带有灵气之景。有时以默默不语来代替脉脉心语，即便二人说雨，在语句重复中心心相印，也有顾左右而言他的弦外之韵。景是被心灵剪碎了，往往以部分代整体，如柳指、靴泥之类，却把人的柔婉和真诚的心情融合到叶片泥点之中了。突然来一句问讯："碎月会在三潭下重圆？"潜意识随神来之笔跃出纸面，成了这段文字的"诗眼"。这种以风景流动作为意识流动的表层意向的写法，使这篇以写人物恐惧情结及其诱发的幻影而别开生面的"故事新编"，在嘲讽之余也带上几分深婉的抒情诗风采了。②

有抒情诗风采的，又何止上述所示的片段？通过将传统戏剧名曲《西厢记》改写的《寺内》，整个儿就是一篇诗体抒情小说。

小说的开头，交代故事发生的地点和人物的出场，就是以一首散文诗出现的：

> 那顽皮的小飞虫，永不疲倦，先在"普"字上踱步，不能拒绝香气的侵袭，振翅而飞，又在"救"字上兜圈，然后停在"寺"字上。
> "庙门八字开，"故事因弦线的抖动而开始。"微风游戏于树枝的抖动中，唯寺内的春色始于突然。短暂的'——'，藐视轨道的束缚。"
> 下午。金黄色的。

---

① 杨义. 刘以鬯小说艺术综论 [J]. 文学评论, 1993 (3).
② 杨义. 刘以鬯小说艺术综论 [J]. 文学评论, 1993 (3).

檐铃遭东风调戏而玎玲,抑或檐铃调戏于玎玲中?

和尚打了个呵欠,冉冉走到门外,将六根放在寺院的围墙边,让下午的阳光晒干。这时候,有人想到一个问题:金面的如来佛也有甜梦不?

跨过高高的门槛。

那个踱着方步的年轻人,名叫张君瑞。①

第二卷,写书生张君瑞偶遇崔莺莺后的心迹:

美丽的东西必具侵略性。那对亮晶晶的眼睛,那张小嘴。喜悦似浪潮一般,滚滚而来;隐隐退去。

寂寞凝结成固体,经不起狂热的熏烤,遽尔溶(熔)化。普救寺的长老喜欢读书人,明知书生已失落毛笔,却不能抵受白银的诱惑,拔去西边厢房的铁闩。——这是几天前的事,固体早已溶(熔)化。那个名叫张君瑞的年轻人必须对羞涩宣战,以期克服内心的震颤。

将一颗心折成四方形,交给红娘。②

尤其是在第七卷,当写到因崔母赖婚,而要铺成崔、张二人的内在心曲时,作者先后十五次以"墙是一把刀,将一个甜梦切成两份忧郁"一语,既作为提示语又作为串联线,把一对年轻人的苦思与无奈写得痛彻肺腑而又情意绵绵。这又岂是一句"系春心情短柳丝长,隔花阴人远天涯近"的唱词能诉说得了的?!

至于在刘以鬯的小说语言中,"回忆"为什么会是"潮湿的","情感"为什么会"生锈",小飞虫为什么会在"普救寺"三个字上逗留,"墙"为什么会变成"一把刀"?他在《寺内》道出了这种诗化语言的内在思维方式:"咀嚼忧郁的薄片,不知是酸抑苦。当墙壁的颜色变更时,形状也不同。一切都不能用纯粹的理性解释。"③当作家摆脱现实主义的理性思维,全身心地拥抱人物的内心情感世界时,他便处于刘勰所言的"登山则情满于山,观海则意溢于海"的"神思"状态。这种思维状态,既是最原始的"万物有灵"思维和"齐物我"的生命意识,也是现代心理学中的"移情现象"。

也正是这种万物生命平等的非理性思维,让刘以鬯能够突破现实主义的束缚,大胆地以诗意的笔触,捕捉并呈现人物转瞬即逝的内在真实。在第九卷中写到了长期寡居的崔老夫人一个荒唐的梦:

---

① 刘以鬯. 寺内 [M] //刘以鬯. 刘以鬯小说自选集. 天津:百花文艺出版社,2007:163.

② 刘以鬯. 寺内 [M] //刘以鬯. 刘以鬯小说自选集. 天津:百花文艺出版社,2007:166.

③ 刘以鬯. 寺内 [M] //刘以鬯. 天堂与地狱. 广州:花城出版社,1981:160.

一个十七八岁的小伙子，借月光辨认方向，不知是故意的错误，或是想猎取好奇，竟然走入她的房间。这必然是故意惊诧的事，在梦中，她有了前所未有的喜悦。然后，她梦见自己的衣服给小伙子脱去，并不感到羞惭，因为相国在世时也常有这种动作。然后床变成了池塘，出现了鸳鸯的缠绵……于是小伙子做了许多的预言，说将来的人类可以有电灯，有飞船，有走路的机器，有老年的妇人出钱向年轻男人购买爱情。

　　……………

　　觉醒来自荒唐。没有翼。唯阳光是最公正的裁判者。两颊绯红，不敢让檐上麻雀偷窥久藏的真实。

　　"你是有罪的。"麻雀说。

　　"我一直保持着清白。"她说。

　　"你有两栖的感情，你有罪。"麻雀说。

　　"我没有罪！"

　　"你应该跪在菩萨面前坦白说出你梦见的一切。"①

这段梦的书写，不仅将老夫人从礼教的工具拉回到了一个正常的女人，也为其后老夫人对崔、张婚恋态度的转变，提供了人性化的解释。而梦中的人与人、人与物的对话，实质上既是作家与人物的对话，也是现代与历史的对话。在这种相互反诘中，唯有生命意识是永恒的人性论主张，在这种诗性化的文学叙事中，才得到了看似荒诞，实则合理的表达。

　　因此，小说的叙述语言，作为作家的发言，就必须遵循他的文学立场规定的思维方式。刘以鬯小说的诗化叙事，是其摆脱外在的客观现实理性而回归叙事主体的艺术思维的结果。

　　（原载于《文艺论坛》2021年第3期，原题为《"跨文化"视野里的叛逆者与先行者——重评刘以鬯的小说诗学及其文化立场》）

---

① 刘以鬯. 寺内 [M] // 刘以鬯. 刘以鬯小说自选集. 天津：百花文艺出版社，2007：193-195.

哲思小说的南方支脉
——薛忆沩小说的叙事姿态

一、双重的"遗弃"姿态

自 20 世纪 50—80 年代，长达三十余年的政治意识形态驯化，特别是后期的"文化大革命"，中国人的精神世界产生了两种危机，一种是情感危机，另一种是个体意志危机。

情感危机，导致人伦道德崩溃，故文学中充斥的是对人性与人情的呼唤，乃至大面积性描写的反弹式报复。而在思想领域，呼唤国学与民族传统文化，在文学中则通过以"故乡""母亲"为中心意象的诗性书写，寻找中国人自我的精神家园。个体意志的危机，则导致了自 20 世纪 80 年代中后期开始，存在主义在中国大行其道。个体理性的寻找，成了中国大陆知识界冲破精神迷惘、填补信仰危机的思想利器。在文学书写中则表现为，作家们借助西方现代派人文思潮和文学书写样式，并以之为思想武器，张扬自我个性，寻找属于自己的记忆，重新书写和评估民族自身的历史，乃至自身人生的生存意义，如新历史主义小说、先锋文学和以王小波、薛忆沩等为代表的在 90 年代初期才在中国当代文坛出现的哲理性小说。

心满意足地"立足本土"，心旷神怡地"放眼世界"，是中国当代文坛从事个体意志书写的作家们的共同心态。他们共同的写作目的是：既要书写中国，又要"回到文学，回到史学，回到哲学，让语言拥有'经典'的居所，让语言拥有'高尚'的居所，而不仅仅是时髦地居住于语言或者粗俗地靠语言而居住。这确实是一种高洁的境界"[①]。每个作家都在寻找自身言说中国的文学方式。

不过这里必须指出，与南方作家走进语言的"高洁境界"不同，北方的现

---

① 薛忆沩. 西方的星星 [M] // 薛忆沩. 一个年代的副本. 北京：生活·读书·新知三联书店，2012：113.

代派作家无法或不愿摆脱传统现实主义文学观对历史与现实的干预责任,而走向对"务虚"的人的理想或"纯洁精神"追求性的书写。因而,以薛忆沩为代表的南方作家,他们的文学叙事更贴近当下市民的精神写实,以追求文学语言与形式的"经典性"为价值目的。香港作家刘以鬯最早抛开了现实主义文学叙事,从事文本实验,叙述语言的诗化是其主要追求;而年轻的薛忆沩则在21世纪初,几乎将他20世纪80—90年代的作品重新改写了一遍,叙述者哲人式的冥想与反叛式的思辨几乎贯穿其全部小说中。

薛忆沩甚至在其自以为傲的长篇小说《遗弃》中,借业余哲学家和小说家铁林的嘴,道出了自己的文学观:"我写作是我的心与纸张进行冲动的摩擦。"① 因为"长篇小说《遗弃》的主人公(指铁林——引者注)是一个与我水平相当的写作者。我写过的一些作品后来作为他的'写作'散布在那部小说之中。对那些作品我其实一直恋恋不舍,一直都想据为己有。"② 后来,他果然将铁林的四篇作品改写后,收入了自己的作品集《不肯离去的海豚》中。

因此,《遗弃》也是一部属于铁林的长篇"独白体"小说。因为他是一个哲学家,所以思考和诉说的,不是自己的油盐酱醋茶,更不是自己的功名得失造成的烦恼,而是关于"我"活着的意义。

铁林本是机关里的一个公务员,每天过着喝茶、聊天、看报纸和说黄色笑话的"愉快生活"。

> 但我是不会留恋这种愉快的,因为我从不去留恋只能再现于心灵中的过去,无序的过去。更重要的是我置身于这种愉快之中时,根本没有放弃过对应该做什么或者应该怎么做等一类问题的思想。我永远也不可能停止这种思想,因为我是个战战兢兢、生存在混乱世界之中、狂热地渴望获得意义的人。③

他"不可理喻"地辞职回了家,靠变卖自己的书籍和跟朋友借款度日。可是在家里陪伴他的外婆、母亲等亲友,也同样过的是无聊而无意义的生活;而且他们过得"理所当然",故而十分认真。以至于与他有着肌肤之亲的女朋友Z,在他的恍惚之中也被看成了A,因为她们之间没有任何差别。而A则是他在前线作战的弟弟的女朋友,也是一个每天过按部就班生活的图书管理员。他实在地

---

① 薛忆沩. 遗弃 [M]. 长沙:湖南文艺出版社,1989:244.
② 薛忆沩. 后记 [M]//薛忆沩. 不肯离去的海豚. 上海:上海文艺出版社,2012.
③ 薛忆沩. 遗弃 [M]. 长沙:湖南文艺出版社,1989.3,78—79.

体会到:"在我寂寞的时候,我进而感到自己是唯一的实在。"①

其实,他还在进一步认为,之所以在他心目中造成"这世界是混乱的、没有意义的世界"的印象,是因为衡量自己的和别人的生活的"尺子"出了问题。这"尺子"就是我们通行的主流哲学和文学。

原有的哲学,都是伪哲学,只是装饰"SYSTEM 中人的生存"的工具,连哲学家(I-See)自己工作调动中所生的烦恼都解释不了。因为这个体制,把人看成了"国家的不动产",每个人都是"自己不能擅自挪用自己"的。他也曾希望海德格尔和克尔凯戈尔的哲学,能解释父亲的死亡,但"死亡"作为生命的终结,已不构成生命的一部分,因而也就被抛弃了。唯有总是被误解的孤独的哲学家维特根斯坦,才有可能帮助自己"分析"这世界与人生的意义。用日记体写出《维特根斯坦的朋友》,也就成了铁林最"有意义"的追求。

铁林最终写成了维特根斯坦式的哲学书没有?我们不知道,但小说是写出来了。由此我们知道,维特根斯坦式的语言分析哲学,也就成了《遗弃》这部"独白"小说的言说支点。在小说中写小说,建立起来的"互文性",也成了《遗弃》的基本言说方式。也就是说,小说《遗弃》中的叙述语言,就是小说中主人公铁林的内心独白;叙述者与人物构成了一种同一关系。他们两者发出的是同一种声音:他们既决绝地遗弃了这了无意义的体制生活,也坚决地遗弃了已让作家们丧失了自我表达能力的现实主义叙事模式。

铁林在他的"独白"中,抄录了塞林格的《他是谁》《时间》两篇小说作为自己的日记。原本他还准备抄录卡尔维诺的《一个分成两半的子爵》。尽管他觉得该小说"有趣",但"多少有些肤浅",更主要是,他觉得卡尔维诺这些浪漫主义者,虽然诉说着自己的"寂寞",却不能正视这"混乱的世界",因而没有收入自己的日记中。于是,他自己又写出了《铁匣子》《老兵》《人狗》《人事处老》和《父亲》等小说。显然,这是铁林以小说的形式,来言说自己的"哲学",从而使他自己的独白,避免沦为其他浪漫主义者式的、对孤独的咀嚼和对人生的感伤。

无论是铁林的小说还是薛忆沩的《遗弃》或其他小说,都有一个共同的特点,都使用 X、Z、C 等英文字母或甲、乙、丁等符号,来给小说中的人物命名。在《遗弃》中,除了他的父亲、母亲、弟弟和他原来单位里的处长,在这种独白体小说中,无须单独命名;而只有借给他"流动性"的,跟他同气相求的朋友,才吝啬地给予了"韦之"的名字。就是铁林本人的名字,也是在小说最后

---

① 薛忆沩. 遗弃[M]. 长沙:湖南文艺出版社,1989:73.

才呈露出来，此前一直是以第一人称"我"出现的。

铁林的哲学观揭示了这一秘密：

> 在历史中，我们不可能找到自己的位置，人从来就不可能具体地出现在那里，出现的只有一些符号。有些人可以变成符号，象（像）那头石像。并不是每个人都存在于历史之中。①

显然，薛忆沩与他笔下的铁林一样，都是在抵抗庸俗。如果说铁林与庸俗的抗争，是为追求自我的存在意义，那么薛忆沩的抗拒平庸，则是为有意抵抗主流的文学观——塑造典型环境中的典型人物。他的全部目的在于，希望读者在阅读他的小说时，不要被他笔下的人物性格或命运吸引，而应该关注他这种"重'言'轻'文'"的"倒行逆施"行为造就的"高洁的境界"。因为铁林的潦倒，是他的自我选择。我选择，我承受，恰恰是铁林这样一个真正的存在主义者的生存境界，也是薛忆沩反主流文学叙事追求的另类文学意义之所在。

薛忆沩在《"西方的星星"》一文中曾直言："一个时代如果多一点罕见的'倒行逆施'，少一点常见的急功近利，他可能会晚一点从时间里消失。它会为现在留下更多的'遗产'。它会令未来受益。"②

《遗弃》中的铁林也说："我们的生存意味着我们都被卷入了一场极端残酷又无休无止的大战争中……"③

于是，这部互文性叙事特征十分明显的小说《遗弃》，其叙述者的声音也让我们听得很清楚：一是要"遗弃"世俗功利的无意义的生存，二是要"遗弃""重'文'轻'言'"的现实主义文学观。

二、寻找外在意义的徒劳

其实，所有的"意义"，都是人的自我赋予，无论是"生活"还是"文学"。如果一定要说有一个客观存在的"意义"，那也是"他们"的，"我"什么都没有。如果要说人活着一定要有意义，无意义的人生怎么是人生呢？那么，薛忆沩告诉你，那也是人们自我虚构的"界限"，是在画地为牢。文学呢？文学的土壤是语言，语言才是其唯一的界限。

他在小说《一九九九年十二月三十一日》中，借用 X 的"独白"有一段这样的反思：

---

① 薛忆沩. 遗弃 [M]. 长沙：湖南文艺出版社，1989：136.
② 薛忆沩. 一个年代的副本 [M]. 北京：生活·读书·新知三联书店，2012：113.
③ 薛忆沩. 遗弃 [M]. 长沙：湖南文艺出版社，1989：179.

还记得乔姆斯基的语言学模型吗？语言除了表层结构以外，还有深层结构。区别往往只存在于表层结构中。生活也是这样。地点不能改变生活，生活在这里和生活在那里在深层结构上没有什么不同。时间也不能改变生活，生活在现代与生活在古代在深层结构上也没有什么不同。一九九九年十二月三十一日可能就是一九八九年十二月三十一日。新闻变了，但是生活没变，生活的深层结构没变。还能做一些其他的解释吗？——也是这突然离开正好就是生活的奥秘。①

薛忆沩正是以"一九九八年十二月三十一日"和"一九九九年十二月三十一日"，这两个在人们看来非常重要的时间"节点"，创作了两部他为数不多的中篇小说。不仅这两部小说的主人公 X 没变，而且小说的叙述内容也没变，都是在寻找因厌倦平庸的婚姻生活而出走的妻子或情人，也都在小说的题记中引用了他自己的同一首诗《界限》：

不知道哪里飘来的那些白帆

被撕成碎片　像草地尽头的雪

鸟儿的食物　那些鸟

将飞向哪里

"鸟为食亡。"觅食，限定了鸟儿的生存内涵。因此，鸟儿为食物而飞翔的界限，就是它们生存意义的边界。人又何尝不是如此呢？

可是，X 的妻子、情人、朋友，包括他的导师及社会上的一切人等，在 20 世纪 80 年代的最后一天和进入 90 年代的前夜、在 20 世纪的最后一天和进入 21 世纪的前夕，都希望在这两个"时间节点"上，去旧迎新，开始新的生活，寻求新的人生意义。他们把过去糟糕的人生归结于那"夏天的事件"上，把无趣的人生归咎于一成不变的婚恋生活上。他们都选择在这两个时间节点上的"变动"生活——出走，把新的生活意义寄托于未来。他们似乎都"关注这一天的重要性"，仿佛有一个特殊存在的时间所赋予的新的生存，在未来向他们召唤，因而总想要做点什么，成就"瞬间的英雄行为"。②

---

① 薛忆沩. 一九九九年十二月三十一日[M]//薛忆沩. 流动的房间. 广州：花城出版社，2006：262.

② 薛忆沩. 一九九九年十二月三十一日[M]//薛忆沩. 流动的房间. 广州：花城出版社，2006：282.

可是，"在整个九十年代，X完全失去了他在八十年代的热情"①。在《一九八九年十二月三十一日》中，X还会去追寻他幻想中的情人Z，也幻想Z会悔悟地回到他家楼下。而在《一九九九年十二月三十一日》里，X则完全只有等待，在迎接21世纪的喧闹中，等待妻子的归来。但是他知道，这种等待是徒劳的。或许，等待和期待就是生活意义的本身，而所谓"新时代"和"新世纪"是人们自己虚构的聊以自娱的空洞形式而已。

在《出租车司机》中，这位人到中年的当代"祥子"，就是在期待中度过了自己最辉煌的年华。他离开农村的父母来到城里打工，奋斗十五年，在城里建立了自己的家。在一次突如其来的车祸中，妻子和女儿丧生了。从此，他自己也突然变成了一个非常"细心"的人，用心地去倾听后座上每一对夫妻或情侣们的争吵，甚至觉得他们的争吵也是"有意义"的。而自己连获取这份争吵的机会都没了。于是他打算辞职回家，回到宁静乡村里的父母身边去。他十五年城市生存的奋斗历程，就像一只苍蝇一样飞了一圈又回到了原点。只是他这只苍蝇飞了十五年。

三、只为个体记忆的书写

对于那位出租车司机，生活了十五年的城市，只是他人生中的一个房间而已。而在薛忆沩的记忆和对这些记忆的书写里，不仅每个市民的人生意义既让人纠结难弃，又让人难以捉摸。就是人们生存的每一座城市，对他们来说，也只是一个个"流动的房间"，也同样使人感到神秘莫测，难以捉摸。

> 我们每个人的记忆中都有可能有一座对我们的生命来说神秘莫测的城市。当我们远离了那座城市之后，我们对生命的看法可能会发生巨大的变化。也许我们依然激动于激情对自己的满足或者伤害。也许我们对岁月的流逝已变得无动于衷。也许欲望正在邀请我们重返城市，而同时惶惑又在阻挠我们的重返。那座城市很可能是我们记忆之中最后的堡垒。经过漫长的生活，也许我们已能够更清楚地感觉到，下一轮进攻将来得更加疯狂。现在，坚守住记忆中这最后的堡垒渐渐已变成了幻想。在这种情况下，我们更应该依赖理性呢，还是应该依赖狂热？我们是应该选择放弃呢，还是选择固守？也许我们更忧伤地意识到，无论是放弃还是固守，其实都同样

---

① 薛忆沩.一九九九年十二月三十一日［M］//薛忆沩.流动的房间.广州：花城出版社，2006：282.

只不过是死亡的一种注解。事实上，我们在经历了那座城市之后，就已无法选择了。这也许是那座神秘莫测的城市对于我们的最神秘莫测的意义。①

既然每个人的生存记忆，都是对"死亡"的注解，那么对多样化的城市生存方式的记忆，就只是这无数"注解"中的一个。而对于每一个市民来说，城市只是几个"流动的房间"②：或是"堆满书的房间"，或是"没有家具的房间"，或是"没有窗户的房间"，或是"浓缩了历史的房间"。在薛忆沩的小说里，尽管这些房间的主人都是别人，而且是女主人，但是我们不可能对这些房间有一点陌生感，因为我们每个人的城市生活，都是在不同的房间里穿行，在亲密与陌生之间的重叠感中游走。这些"房间"对我们有着一个共同的人生"意义"：既"养育"了我们的欲望或激情，又让我们惶惑或焦虑。

显然，薛忆沩写出了目下中国人对城市生存的理解——它既是房间里那个充满诱惑的女人，又是一个让人感到神秘莫测乃至充满阴谋感的房间。在《深圳的阴谋》里，"我"为了摆脱与情人分手后导致的不安，独自一人来到了另一个城市——深圳。可阴差阳错，"我"在公交车上的一张报纸里发现，"他"似乎已成了这座城里如雷贯耳的名人。"不管怎样，这篇报道给了我一种很强大的现实感。我十分讨厌现实的感觉。因为它总是给我带来恐惧和诱惑。而这种交织在一起的恐惧和诱惑又总是将我引向毫无意义的终点。在生命中我无数次抵达过那样的终点。"③

为了平复这种新的"不安"，"我"费尽周折与委屈，寻找"他"的电话号码。可当"我"心灰意懒而毫无兴致时，"他"不仅接了我的电话，而且来到了"我"的门口。本来，"我"是在暗处，"他"是在明处。"我"完全掌控着"找"或"不找"的主动权，然而"我"似乎莫名其妙地被操控在一场场"阴谋"之中。"我的眼睛死死地盯着门锁。我把手吃力地伸了过去。我感到我的手是在伸向那僵硬的过去。我的手几乎就要触到我的门锁了。我的手就要触到我们共同的生活……突然，我的手迅速缩了回来。它紧紧地捂住了我颤抖的嘴唇和我酸楚的鼻子。"④

---

① 薛忆沩. 流动的房间 [J]. 芙蓉, 2000 (5).
② 薛忆沩. 一九九九年十二月三十一日 [M] //薛忆沩. 流动的房间. 广州：花城出版社, 2006：282.
③ 薛忆沩. 深圳的阴谋 [M] //薛忆沩. 流动的房间. 广州：花城出版社, 2006：119.
④ 薛忆沩. 深圳的阴谋 [J]. 人民文学, 2000 (3)：69-72.

四、"复活"个体生命的实在

> 呵,多么悲惨!我们的生命如此虚飘,它不过是记忆的幻影。

这是夏多布里昂的《墓外回忆录》第二卷第一章中的一段话。这段话,也成了薛忆沩的小说《通往天堂的最后那一段路程》的题记。薛忆沩对当下中国人的城市生存,有着不那么友好的记忆。尽管他认识到,人的记忆,特别是个体的记忆可能是"虚飘"的,但人不可能是无意义的存在,人总是要为某一"意义"而活着。

然而,他又认为,既然人们在城市化的生存中,"复活"了个体生命的实在,那么生命的意义就不应该在放置在民族、国家乃至阶级等"宏大历史"记忆的"幻影"式叙事中寻找,而应该在个体自身最"坚硬"的生存记忆中寻找。因此,薛忆沩的小说总是在个体记忆与集体记忆、个体叙事与集体叙事之间的对话与驳诘中,完成对历史错位的思辨和对个体生命的精神世界的解读。用薛忆沩自己的话来说:他要诉说"历史外面的历史"[①]。用薛忆沩的评论者怀素的话来说:"这是在对历史的颠覆,同时是对历史的重建。"[②]

围绕着我们20世纪50—60年代出生的这一代中国人,耳熟能详的"国际共产主义战士——白求恩同志",薛忆沩创作了两篇小说:一篇是《通往天堂的最后一段路程》(后简称为《路程》),另一篇是长篇小说《白求恩的孩子们》。[③] 只是前者的主人公,用的是"怀特大夫"的化名,而后者用的是其本名。

在《路程》中,怀特大夫以"遗书"——写给其前妻最后一封信的方式,表面上是在抒发他对前妻的思念与爱,实际上是在讨论他们这支具有国际和平主义性质的抗日医疗小分队,在面临随时可能到来的死神时,他们各自的信仰问题。

虔诚的基督徒布朗医生,坚定地认为上帝的居所就是他的"天堂",因此"他服务于所有的人:国民党人、共产党人、普通民众甚至日本军人"[④]。小分

---

① 薛忆沩小说集《流动的房间》第二卷的标题。
② 怀素.重建历史:薛忆沩与《白求恩的孩子们》[J].南山文艺,2014(春季号).
③ 薛忆沩.通往天堂的那最后一段路程[M]//薛忆沩.流动的房间.广州:花城出版社,2006:338.
④ 薛忆沩.通往天堂的那最后一段路程[M]//薛忆沩.流动的房间.广州:花城出版社,2006:338.

队的中国领队说:"他的'天堂'非常具体:革命的领导机关在哪里,他的'天堂'就在哪里。"另一名死在"我"怀里的女性成员弗兰西斯,她的"'天堂'却不是一个'地名'。它也不是唯一的和恒定的。它像是流动的盛宴。它点缀着她的记忆又充实着她的向往。它是她心灵或者身体的感觉。——也许那荒弃的村庄里的那间土屋就是她的'天堂'。在那里,她的眼泪和我的怀抱驱散了她的恐惧,将她从下午的地狱之中拯救出来"①。

"我",怀特呢?虽然从基督徒走向了无神论,又从无政府主义走向了共产主义,但"我从来没有将'天堂'这个词从我个人的词典中删除过"。"我是因为你,因为我对你的爱,因为这种爱的希望和绝望,因为这种爱的抚慰和折磨,因为这种爱的幸福和痛苦,才去选择动荡不安的生活的……我只想成为你一个人的英雄。"② 你的爱,才是"我"的天堂。至于这个国家将会在"我"死后,以纯粹和高尚的名义,定义"我"为"毫不利己专门利人"的国际共产主义战士,那是用误解写成的历史。

在《白求恩的孩子们》中,"中国版白求恩的毫不利己专门利人,与西方版中骄傲任性,追求个人价值,把战争当作生命的内驱力的白求恩,作为同一个人在不同价值体系中被塑造的不同形象,在作者笔下有极富含义的注解"。

尽管在精神上,我、杨扬和茵茵都是白求恩的孩子,在白求恩精神中长大;但是,这"三个形象在不同时期对白求恩精神提出质疑,而这种质疑都在对利己和利人的定义上"③。杨扬这个十三岁时死去的孩子,在遗书中说:"为什么我的身边没有高尚的人?""我要去找白求恩,他会好好照顾我的。"而茵茵也说:"我的生活像假的一样。""我"则是带着生命的重负来到白求恩的故乡,来还原那段错位的历史。他给白求恩写下了三十三封信,以儿子的身份反思和诘问着中国人的历史书写和精神传承。④ 其实,所有规定的所谓客观存在的人生意义,都是权威们的虚构。这种虚构是解释不了我们的社会与人生的。只有由人的自我意志赋予的意义,这意义哪怕是自我缔造的一个幻影,也会让我们心甘情愿遵循一辈子。

在《两个人的车站》里,"我"是一个在巴黎流浪的蹩脚的中国小说家,

---

① 薛忆沩. 通往天堂的那最后一段路程 [M] //薛忆沩. 流动的房间. 广州:花城出版社,2006:340.
② 薛忆沩. 通往天堂的那最后一段路程 [M] //薛忆沩. 流动的房间. 广州:花城出版社,2006:339.
③ 怀素. 重建历史:薛忆沩与《白求恩的孩子们》[J]. 南山文艺,2014(春季号).
④ 薛忆沩现定居于白求恩的故乡——加拿大蒙特利尔市。

就是不愿接受父亲的断言：他在文学上将一事无成。他只接受那些子虚乌有的电话里的忠告："一种动词没有时态变化的语言怎么能够用来创作小说呢？它只能用来写教义或者做动员。"那个虔诚的意大利传教士，将自己的一辈子都交给了"天主"，却将最新的科技交给了中国。他的墓地也留在了北京。就在他父亲二十年前做红卫兵时践踏过的简陋墓地上，"我"这个地地道道的中国青年，却虔诚地拜谒了整整四十分钟。"我"也无法忘记，一位伦敦老太太，整整五十年在虚构中与她思念着的东方老同学的相遇。直到这位东方老同学的传记出世，她才心安理得地死去。"我"还无法忘记，那位已回到东京的日本少女，一直在痴痴地等待着她自己小说中虚构的上海恋人的来信。连陪伴她的在东京的美术老师，在知道了她的内情之后，也无不动情地说："现在我认为，你应该继续虚构，而我……我应该消失。"①

这些来自法国巴黎、意大利、英国伦敦和日本东京的"隐喻"，无不"暗示"着"我"：只有遵循自我心灵的呼唤，这信念才能得到矢志不渝的坚守；只有实现自我的个人意志，我们的生命才会感觉到丰腴与充实。世界各地成熟的市民意识，都无不昭示着这一点。

正如怀素对薛忆沩小说的断语："把中国的命运作为世界的一部分，让小说的主题具有了终极关怀的意义。作者制造了一个个思辨的迷宫，在大格局上，我们可以看到作者开阔的思想，而从每一个细节的描写上，作者都站在时代与历史的高度思辨和质疑，思辨无处不在，质疑亦然。"② 自觉地立足于普遍人性的立场，以当代世界意识（如存在主义、语言符号学、结构主义）反思当代中国人的精神构成，重建当代中国新兴市民社会的生存意义，既是薛忆沩小说创作的核心任务，也是他小说的一贯特色。

（本文原载于《创作评谭》2015 年第 6 期）

---

① 薛忆沩. 两个人的车站 [M] //薛忆沩. 流动的房间. 广州：花城出版社，2006：218.
② 怀素. 重建历史：薛忆沩与《白求恩的孩子们》[J]. 南山文艺，2014（春季号）.

何谓"先锋"？为何"小说"？
——先锋文学的启示

古巴卡彭铁尔曾说：当小说不再像小说的时候，它就可能成为伟大的作品了。尽管这老头说话有点偏激，但确实说出了文学的部分真谛。作家通过对"普通语言"的创造性使用，使读者产生"陌生化"效果，从而创造性地损坏人们已习以为常的、标准的东西，使我们"感觉到"，我们生活于其中的现实的复杂性及其独特性，能够让我们感到一种新的、童稚的、生机盎然的情景。这样的文学，至少能够为我们"设计"出新的现实，而非让我们"看到"那既定的现实，并稀里糊涂地承认它。一句话，现代小说至少应该承担起两个方面的功能：一是复活人们对艺术的感觉；二是激活人们对现实的感知，以避免人们踏入双重异化的陷阱。

20世纪80年代，我国文坛开始出现这样一批让人颇感"陌生"的现代小说。由于这种小说具有上述双重现代性功能，评论界将之命名为"先锋文学"。尽管这种小说潮流，由于遭遇阅读市场的尴尬而似乎变成了昙花一现式的文学现象，但这种叙事方式及其人文思想立场的影响力并没有消失，而是大规模隐性地启发了其后的"新写实小说"和"女性主义文学"书写潮流。面对这几十年难得一遇的文学书写大变局的起始点，不是简单一句"叙事形式创新"就能了结的。我们应该继续追问，先锋小说叙事形式的创新何以成为可能？这种一反作为"客观现实"窗口的小说，究竟要向我们表达些什么？先锋小说的文学意义何在？

一、以叙事革命颠覆经验主义"神话"

现代语言学说得很明白，小说的结构核心是事件的"叙述"，人物只是不同叙述的功能性呈现。而叙述是时间的运动承担的责任，所以，小说中叙述最重要的原则在于，把一种适合在短时间内迅速发挥作用的事件"序列"提供给小说。因此，作家对"叙事"的主观选择的力度，就决定了小说"陌生化"的可能程度。

要具体了解先锋作家为什么会如此大规模地放弃以人物刻画为核心的叙事形式,而形成了叙事形式探索的先锋大潮,就必须回到对先锋小说的文本解读上来。我们姑且以马原、余华和格非三位代表性先锋作家的作品为个案,进行细部的解读,以解密其叙事策略及动机。

马原的《冈底斯的诱惑》发表于1985年。此小说写了三个基本上互不关联的"半吊子"故事。之所以说是三个"半吊子"故事,是因为这三个故事都是残缺的,都无意提供让人们追问"后来呢?"的发问空间。一群人(陆高、姚亮和一个老作家)由于受到藏族猎户穷布讲述的他家碰到的关于猎熊(也有可能是野人)的离奇故事的诱惑,组成了"探险队"去猎奇。他们碰到的第一件事是他们随陆高要去看一名叫央金的漂亮姑娘,结果打听到央金姑娘已死去;第二件事是他们想要去看西藏的天葬,因为央金也可能被天葬。他们来到天葬地,发现这是藏民的神圣禁地,不让参观,最终也没有参观成;第三件事是他们打听到顿月、顿珠兄弟与尼姆之间似乎有一个三角恋爱故事。尼姆生下了顿月的儿子,但儿子长大后越看越像顿珠。人们期待他们三人之间有什么情感的波澜与冲突,但作者似乎有意再次令人失望,拆解了冲突的可能性。顿月参军去了,不久便死了;顿珠则成了流浪诗人,在各地传唱《格萨尔王传》;尼姆也表现得非常平静。不仅这三个故事没有什么关联,而且为了吊起读者想要看看故事最后有什么离奇结果的胃口,作者有意采取交错叙述的手法,以获得对读者想象的间离效果。这就是学术界所谓的马原的"叙事圈套"[①]。

显然,并不是马原编造不出一个完整的传奇故事,而是马原有意不提供这些故事的结尾,以防止读者对小说意义的探求,滑向对故事本身意义的探寻。作家的意图相当明白,就是要把读者的注意力,停留在人们追逐诱惑的这一过程本身。小说文本也在暗示着人们,追逐者——人与诱惑物之间,本来都不互相关联,两者之间也就无所谓意义;人只有在对某些诱惑的追逐中,人生才会产生意义,否则人生是没有意义的。马原甚至"恶毒"地在小说文本中跳出来说:"我就是那写小说的汉人马原。"这些令人失望的故事,都是"我"有意编排的。

余华小说里的故事,倒是有头有尾,但似乎并不是一个刻意暴露叙事技巧的作家,而是像一个追求叙述残酷真实性的作家。写于1986年的《现实一种》是一个非常简明的故事。山岗的儿子皮皮因为在家甚感孤独、无聊,在抱着尚

---

① 陈晓明. 中国先锋小说精选[M]. 兰州:甘肃人民出版社,1993(5).

躺在摇篮里的堂弟出来"看"太阳时，由于想喝水而松开了双手，堂弟因跌落在地而死亡。皮皮的叔叔、堂弟的父亲山峰，本能地觉得要一命还一命，也一脚踢死了皮皮。山岗也从容地从外面牵回来一条狗，并买回来一些骨头并熬成汤，把弟弟山峰绑在一棵树上，将骨头汤涂抹在他的脚底板上，引得狗去舔食而笑死了山峰。山岗也被公安局逮捕，最后在法场上被枪毙。但小说仍未结束，最后的第七节还在详细地描述着医院各科的医生，如何专业而嬉笑怒骂地取走了山岗尸体上皮肤、骨架、五脏六腑和眼睛等器官，以便移植到别的患者身上。

显然，这不是一部对我们相处其中的现实人生进行摹写的小说。小说中的人物也并不处于具有家庭温情与社会伦理的现实环境中，而是处在一个虚无的生存空间里。正因如此，现实中的社会文化观念，无法构成小说人物行为的动力元素。一个家庭所有成员之间的关系也显得非常冷漠。孤独的皮皮可以凭借听觉分辨出四种雨声。正因为孤独无聊，他才觉得雨声是有趣的，堂弟的哭声也是有趣的。当发现自己抱堂弟抱得越紧，堂弟便哭声越响时，他便越发觉得有趣。而当堂弟遭到窒息而休克时，他便觉得了然无趣而松开了自己的手，从而导致了堂弟的死亡。一直在家的皮皮奶奶，平常总是自言自语地唠叨着自己的骨头可能发霉了，自己的胃可能长青苔了。在看到孙儿被摔死并流了一地的血时，她仍然在喋喋不休地抱怨"我看到血了""我身体里全是骨头断的声音"。

很明显，余华想在小说中为我们描摹一种非实在的人生。在余华看来，这种虚构的人生却是每个人实在人生生成的原点。这两种状态是任何一个人的人生互为表里的两个侧面。尽管虚构的人生是无意义的，像道家思想中的逻辑起点——"道"一样，却是人们有着多种复杂意义的现实人生的本真"过去"。只有揭示这种"过去"，才能比对出传统历史书写和现实书写的荒诞性。为了描述这种"过去"，余华只能像屠夫剔骨头一般，干脆利落地把他小说中人物身上附着的社会伦理观念与亲情全部剥离开来。因此，小说中人物的每一个动作，都没有任何具有社会意义的动因。皮皮摔死堂弟是没有任何动机的。皮皮奶奶面对孙子的死亡，面对山峰的逼问，也只是如实地陈述一句"我看到血了"，其后便在小说中引退了，因为她也确实只感到地上新添的一摊血"丰富"了她的世界。山岗、山峰兄弟之间的机械性相互报复与仇杀，也完全是一命还一命的等价交换，并没有对其他价值与意义的考量。

余华之所以对人物与故事做出如此谨慎处理，完全是因为他对传统小说书写有着颠覆性的认识。历来人们认定，小说是对作家人生记忆的书写。但余华发现，"回忆无法还原过去的生活，它只是偶然提醒我们：过去曾经拥有什么？

而且这样的提醒时常以篡改为荣，不过人们也需要偷梁换柱的回忆来满足内心的虚荣，使过去的人生变得丰富和饱满……十多年之后，我发现自己的写作已建立了现实经历之外的一条人生道路，它和我现实的人生之路同时出发，并肩而行，有时交叉到了一起，有时又天各一方。因此，我现在越来越相信这样的话——写作有益于身心健康，因为我感到自己的人生正在完整起来。写作使我拥有了两个人生，现实的和虚构的，它们的关系就像是健康和疾病，当一个强大起来时，另一个必然会衰落下去。当我现实的人生越来越贫乏时，我的虚构的人生已异常丰富了"①。正因为人们的记忆时常被篡改，多数历史被虚荣心所"丰富"，所以，大量的意义都是人们自造的虚妄。人们必须警惕这种意义的虚妄，以及由这种意义虚妄带来的现实人生的精神贫弱，就是余华《现实一种》要言说的主要意图。

抛开那些虚妄的意义，在"虚构"人生与现实人生之间，唯有人的"活着"是亘古不变的。这大约也是余华后来写作《活着》的起点。只不过，《活着》以及其后的《许三观卖血记》《兄弟》，都是在书写有意义的现实人生。无论是对福贵前期的荣华富贵和兄弟之间的温情这种正面意义的书写，还是对死亡与苦难中呈现的负面意义书写，他对现实人生中意义的虚妄性的认识一直没有改变。这才使得这些被称为"新写实"小说中的福贵和许三观等人物，有如此"达观"的人生态度。

与马原和余华相比，格非小说在叙事对象的选择和叙事技巧的运用上表现的先锋性，则有过之而无不及。他的小说似乎有集两者之大成的特点。马原在小说中制造"叙事圈套"，格非则在小说中制造"叙事空缺"②；余华写无意义的本原的"过去人生"，格非则通过人物的"记忆"这条轨道来写人的"没有实在本质的虚妄存在"③。也就是说，格非是为了揭示人那原本"没有实在本质的虚妄存在"而被迫采用"叙事空缺"技术。

《追忆乌攸先生》是格非最早的一部小说。正如张闳所说："从表面上看，这似乎是一个有关谋杀的侦破故事，但在叙事中起作用的却并非侦查行动。随着故事的进展，案件及其相关内容部分渐渐消失，化为乌有。遗留下来的只有在侦查过程中，人们尽力追忆往事的一些记忆残迹。时间像流水一样冲刷着人们的意识空间，记忆即是冲刷过后的遗迹。"④ 实际上，格非在这部小说中要书

---

① 余华. 自序 [M] //余华. 现实一种. 北京：新世界出版社，1999：2.
② 陈晓明. 中国先锋小说精选 [M]. 兰州：甘肃人民出版社，1993：105-106.
③ 张闳. 时间炼金术：格非小说的几个主题 [J]. 当代作家评论，1997（5）：54-61.
④ 张闳. 时间炼金术：格非小说的几个主题 [J]. 当代作家评论，1997（5）：54-61.

写的重点，不是关于乌攸先生是如何死的和为什么要死，而是要检索面向乌攸先生之死的人们"追忆"的内容有多少，以他们追忆内容的多寡来衡量他们各自拥有的时间长度。因为人们只有在拥有自我存在时才有记忆，否则只能走向遗忘，丧失时间经验，从而丧失对自身存在的感知而走向虚妄。

"回忆就是力量。"这是格非《褐色鸟群》中"我"与"棋"共同信奉的一句格言。这也可以完全看成格非小说的书写信条。通过对小说中人物残破回忆的书写，以呈现人现实存在的虚妄，已成为格非创作的一贯主题，并体现在他的《青黄》《褐色鸟群》《陷阱》《迷舟》《唿哨》等一系列小说中。

　　一个黄昏接着一个黄昏，时间很快地流走了，在村落顶上平坦而又倾斜的天空中，在栅栏和窗外延伸的山脉和荒原中没有留下一丝痕迹。我整日整夜被那个可怜的人谜一般的命运所困扰，当我决定离开这里的时候，我突然有了一种不真实的感觉。①

这是小说《青黄》里的一段关于"我"的感觉的描写。"我"到一个叫"麦村"的地方调查"青黄"一词的本义。尽管一个又一个的被调查者，都竭力回忆着往事，企图还原事物存在的本来面目，但他们的记忆跟"我"一样，不是突然中断，就是出现了偏差，偏离到另外一些事物上去了。他们记忆的混乱，不仅意味着他们在漫长的一生中，实际拥有时间的可怜性，更是意指他们现实生存的虚无状态。他们永远也找不到自身在历史长河中留下的印痕，因为他们压根儿就没有留下自身意志的印痕。

记忆行为发生的时刻，就是人们自身时间意识萌生的时刻。而且，只有当人们与死亡照面时，人们才会真正反省自身的整个生存轨迹，才会在脑海中真正呈现自己全部的时间流程——起点与终点；否则，便会在依附于他物的生存中遗忘了自己的存在时间。因此，在格非的小说中，人物总是被设置在直面死亡的情境中，或被带到一个充满死亡阴影的阴谋或陷阱中。

　　面对那管深不可测的枪口，萧的眼前闪现的种种往事像散落在河面上的花瓣一样流动、消失了。他又一次沉浸在对突如其来的死亡深深的恐惧和茫然的遐想中……他看见母亲在离他不远的鸡埘旁吃惊地望着他。她已经抓住了那只母鸡。萧望着母亲矮小的身影——在抓鸡的时候她打皱的裤子上沾满了鸡毛和泥土，突然涌起了强烈的、想要拥抱她的欲望。②

---

① 格非.青黄[A].锦瑟[M].杭州：浙江文艺出版社，2020.6：23.
② 格非.迷舟[A].迷舟[M].杭州：浙江文艺出版社，2020.6：39.

这是《迷舟》中军官萧在直面死亡时的瞬间感受。萧的时间起点与终点，就在母亲的鸡埘与那管深不可测的枪口之间。萧也只有在面对枪口，面对生命的终点时，才发现自己生命的本真意义。而在漫长的军旅生活中，个人意志的丧失，使他犹如迷失了方向的一叶小舟，在各种意义的牵引下任意西东。因为个体生命之所以如此脆弱，之所以如此普遍地容易获得直面死亡的机会，恰恰是由于他们的生命一如草芥，无力也不愿去应对与他们如影随形的恐怖处境。而"现实生存处境如同一张巨大的阴谋之网，人物则是猎物。格非的许多故事背后，都隐藏着这样一场阴谋。比如，《追忆乌攸先生》中的谋杀，《敌人》中的复仇阴谋，《湮灭》中的有预谋的自杀行动，《大年》中的豹子的命运，等等"①。实际上，格非对死亡的设置模式，一直沿袭到了 20 世纪 90 年代，如《欲望的旗帜》中设置了哲学系元老贾兰坡的死，然后再展开他周围的关系人各自对他的追忆。

从对上述小说文本的分析我们可以看到，从马原到余华再到格非，先锋小说有着两个共同的特点：一是拒绝读者把注意力滑向对文本中事件意义的探寻，因而马原使用"叙事圈套"，格非使用"叙事空缺"，余华则有意使人物摆脱现实性与社会性；二是通过对现实人生的"边缘"描述，来呈现非实在的人生，把读者引导到对人的本原存在状态的感悟上来，以摆脱各种意识形态对人生的意义强加，从而瓦解各种所谓实在的人生意义。

二、存在论哲学的启示

为什么马原会在《冈底斯的诱惑》中着重书写人们追逐诱惑的过程，而不去写"诱惑"本身的意义与价值；为什么余华会想到要在《现实一种》等小说中去表现"过去"的"非实在的人生"；为什么格非会想到要在其一系列的小说中，去呈现人本原存在的虚无？打个比方，如果说传统小说重在描述一只碗的形状、材质和纹饰，而先锋小说则是重在通过描述碗的外缘来呈现碗内的空无状态。为什么会发生这种小说描述对象的转移？

曾经作为先锋小说重要参与者的潘军，在一次接受学术访谈中坦陈：几乎每一个先锋作家都是存在主义思想的接受者。这就一语道破了先锋小说采用如此"陌生化"叙事的文化缘由。如果说"文学是人学"的观念，在 20 世纪 80 年代已深入人心；那么是此时来到中国的存在主义思想，给了一批年轻的中国文学作者以观察人的新眼睛，也给了一部分正处于价值迷惘中的人文知识分子

---

① 张闳. 时间炼金术：格非小说的几个主题 [J]. 当代作家评论，1997 (5): 54-61.

以重新思考人生意义的视角。① 这一点，也得到了格非本人的印证。在与笔者的通信中，他说："西方结构主义和结构主义诸学说实际不过是在打破传统经验主义神话后，另建立了一套科学主义神话。与这套话语有关的，我较认同海德格尔和福柯，因为他们在有限制的意义上使用相应概念。"

德国海德格尔（1889—1976）开创的"存在论哲学"② 是一种批判哲学。他以深厚的人文关怀精神敏锐地捕捉到了西方近代哲学给人类思维带来的认识盲点：传统哲学中的形而上学，过多地关注人与外在世界的关系，从而导致主客体的严重对立，人的主体性在恶性膨胀，使人在任意赋予对象世界及自身的人生以意义。同时，人们又以自身创造的丰富复杂意义世界来指导和规划人类自身的生存行为（to be），唯独遗忘了人自身的本原"存在"（being），从而导致了人类"精神"的萎缩，人性的异化。③

正因如此，海德格尔认为，人的生存世界有两个：一个是有意义的现象世界，也就是余华指认的现实经验人生；另一个是无意义的本原世界，即余华作品中要尽力描述的"过去"人生。本来两个世界互为依存，而且有意义的世界是通过人自身主观意志的选择，从无意义的世界中生发出来的；但是现在，由于人们沉迷于有意义的现象世界，而遗忘了自身出发的地方——无意义的世界，亦即"本真"的存在世界。因此，运用现象学"还原"的方法，帮助人们回到本原的存在状态，回到原点，以重新认识人的生存意义与价值，重新认识"我是谁？"就是存在论哲学的意旨所在。④

不管以余华和格非等为代表的先锋作家到底对存在论哲学消化了多少，至少存在论哲学的思维方式使他们开始意识到：文学既然是人学，而人又有两个生存世界，那么隐藏在有意义的世界背后的另一个无意义的世界，也应该可以得到记忆与还原，从而使他们找到了另一个书写领域。既然有意义的流俗世界呈现的意义（如各种真善美与假丑恶等观念）纠缠难清而且相互矛盾，使人生呈现一定的荒诞性，更主要的是还会使人失去自我，丧失本性，失去人道。那么，有意避开对有意义的经验人生的书写，就使他们能够规避传统作家遭遇的

---

① 20世纪90年代发生的关于人文精神大讨论就不是一个孤立的事件，与80年代中后期的价值虚无状态和广泛的怀疑主义情绪有着紧密的联系。
② 之所以此处不用"存在主义"之名，是因为海德格尔本人不愿使用此名称，以区别他反对的有意义的哲学体系。
③ 万兰芬. 海德格尔哲学对现代人生存状态的批判［J］. 嘉应大学学报，1999（2）：14-17.
④ 万兰芬. 海德格尔哲学对现代人生存状态的批判［J］. 嘉应大学学报，1999（2）：14-17.

对历史摹写的荒诞性,从而保障了自身书写的真实性。这大约也是余华要将他小说文本中描述的人生状态命名为"现实一种"的理由。他们可以不按所谓历史的意志去摹写现实人生,而是按照自己的意志去书写人可能的存在方式与状态。在这一点上,他们表现出比传统作家拥有更强大的精神力量。格非说,"回忆就是力量",其实用回忆的方式把人们从有意义的世界还原,并拉回到本真存在无意义的世界面前,也是需要力量的。

那么,如何帮助人们从思想意识上"还原"到本真的存在状态呢?海德格尔认为,"时间是存在的地平线"。人们必须依托"时间"这一坐标轴来"领会"本真的存在。但是,这里的"时间",不是传统的物理学时间或形而上学时间,而是你作为一个"本真"的人而存在的时间。用传统的时间坐标来考察人,仍然会把人当成"存在者",当成"物"。因而,当你在传统时间里,回忆过去而展现你过去的生存状态时,所展示的仍然是一个有意义的世界,只不过是另一种意义的世界。而所谓本真时间,就是指人在有意义的"忧烦"世界(叔本华对人生的悲剧性认识)生存时,听从了"良知的呼唤",产生了一种罪责感,于是人们会扪心自问,设身处地,跳出与外在存在者的一切关联与利害关系,回到自身,回到本真存在,此时真正属于人的存在时间才会呈现出来。当然,要让人们听到良知的呼唤,就不是在人们"忧烦"于声色犬马与功名货利等人生价值与意义时能够做到的,而往往是在面向死亡时,才能看开这一切原以为十分重要的人生意义。[1] 因此,正如万兰芬指出的,"本真时间""是以存在为前提的,时间必须以存在的显示或放出(Ekstase)而到时。而此在的存在是面向死亡的存在,因而是有终结的存在。"[2]

尽管海氏的言说有点"弯弯绕",他的哲学同样充满了陌生化色彩,但我们还是可以大致地弄明白,为什么余华和格非的小说那么热衷于写人物的"回忆",特别是面向死亡时冷静的"回忆"。因为只有在"此时",人物才真正"还原"出他自身的生存本相。也只有在"此时",他们才是不为那些外在的"意义"而生存,而是按照自己的自由意志而存在。评论界一般把这种异常冷静的回忆和对死亡梦魇的疯狂叙述,解读为作者放弃了情感立场倾向的"零度叙事",一种"陌生化"叙事;甚至有人认为,在余华的早期作品中,流淌的不是作者血管里的血,而是"冰碴子"[3]。其实,这是站在钟情于传统小说叙事的立

---

[1] 海德格尔. 存在与时间 [M]. 陈嘉映,王庆节,译. 北京: 生活·读书·新知三联书店,1987.
[2] 万兰芬. 论海德格尔的时间观 [J]. 嘉应大学学报,1999(4): 9-13.
[3] 余华. 自序 [M] //余华. 现实一种. 北京: 新世界出版社,1997: 3.

场上对先锋小说叙事的误读,恰恰是由于先锋作家太反感传统历史叙事对"意义世界"滔滔不绝的言说,而改换了叙事对象(描述一个人在良知出现时呈现的无意义的本真存在世界),并不得不谨慎地选择叙事方式(主写人物面向死亡时的冷静追忆、想象与感觉),以规避流俗的意义世界在文本中的重现。

现在我们也可以解读,为什么格非的小说中,会出现如此繁多对"时间"主题的叙述。因为在存在主义看来,时间是存在自在呈现的地平线。而存在,总是作为一个人的存在,如果一个人能拥有自我控制、自我支配的自由意志,并在他生存的世界里打下其自我意志的烙印,他就能够在时间的地平线上呈现出自我的"本相",便拥有存在,并拥有时间;否则他便沉寂在时间的地平线下,失去存在,也失去了时间。正是基于这样一种对"时间—存在—自我意志"之间关系的理解,在"回忆"中书写人物的时间经验,便构成了格非小说的基本内容。

在《欲望的旗帜》中,"河流总是作为时间的换喻而出现的。比如,在曾山(哲学教师)的生存活动中,那条小河几乎是无处不在,它既是曾山的存在背景,又是对于时间(以及与此相关的'记忆')的揭示物。而在《欲望的旗帜》中的另一个主要人物女主角张末那里,这条河流甚至还是她的无意识领域里的重要部分。她的一个情欲之梦,即是一次发生在小河边的经历"[1]。因为人的无意识领域内的本真情欲,本来就构成了人的自我意识的核心,而张末的情欲之梦栖息在"小河边",而不是在某种社会情势下的婚姻中,因而更能体现张末(也包括曾山)的时间经验。此时,也只有此时,张末和曾山是绝对"存在"的。因为对个体生命存在来说,暂时摆脱了社会化意义的情爱(不是爱情),尽管它包藏在普遍的世俗的爱情中,并以本能中的欲望因素——性为主体,但它恰恰是取下了人格面具而真诚面对的时刻,也是男女双方能够贯彻自己意志的时刻。因此,在格非的小说里,人物对自身情爱经历的追忆,就演变成一种普遍的对个体自身把捉时间的最极端的方式。

由此看来,在先锋小说作家群体里,格非是理解存在论哲学最深入的一个,也是在小说文本中贯彻存在主义美学原则最彻底、最自如的一个。这也能解释为什么格非成了当代先锋小说叙事最坚定的守望者。

三、重新确立小说的现实针对性

海德格尔还曾在其存在论哲学名著《形而上学导论》中开宗明义:哲学,

---

[1] 张闳. 时间炼金术:格非小说的几个主题 [J]. 当代作家评论, 1997 (5):54-61.

"这种无用的东西,却恰恰拥有真正的威力。这种不承认在日常生活中有直接反响的东西,却与民族历史的本真历程发生内在的共振谐响。它甚至可能是这种共振谐响的先声"①。任何哲学,对人们的日常生活是不会直接产生影响的,也是没有实用价值与意义的。它只可能对一个民族的精神发展起着"先声"式的警醒与提示意义;而真正伟大的哲学还必须让人们意识到,我们人之所以成为人,是因为能够保持自身精神世界的伟大、宽广和原始性,而且任何时候都必须保持这种强大的生命力。因此,人们要从以"无用"的存在论哲学为指导的,我国先锋小说文本中,寻找它对现实人生的某种直接的教育或意义,也是不可能的。

况且,先锋小说文本是以对人们所处的有意义的实在世界的源头——无意义的本真存在世界为书写对象的,它的书写重点是人如何应该从"有"走向"无"的反省过程。因此,这注定了我们不能用传统的文学理论范式去解读或评价这种小说文本。如果人们执意要这样做,最终就只能把它们解读为"陌生化"小说,或者甚至说是一种"反小说"文本。既然它是"反小说"的,那么它就是反艺术的,不是艺术而又要做出艺术审美评价,其结论要么是彻底的否定,要么这一评价行为本身就是荒诞的。但必须说明的是,他们反感的是我们既定的"小说"与"艺术"概念。

那么,我们到底该如何评价这种大规模的文学现象?评价活动总是在被评价的对象与评价者自身有着某种关联并产生意义时才会发生。由此看来,我们仍然只能遵循海德格尔的看法,从先锋小说文本可能给人们的精神世界带来的"间接"影响来进行评估。

先锋小说对人们最大的间接影响是,让人们意识到,过分地沉迷于对某种现实意义与价值的追逐是病态的。如果人被传统经验主义认定的意义与价值牵着鼻子走,就会导致人们丧失自身生命意志的决断能力和原本强大而原始的生命力,使人们永远失去"诗意地栖居"的生存状态,也就是西方后现代哲学"惊呼"的"人死了"的状态。要拯救这种病态的生存行为,让人们恢复健康的生存状态。人们首先要做的是省察和对照自身生存的起点,以警醒人自身的自由意志("主体")被外在意识形态与流俗价值观念吞没的危险。先锋文学正是在这一点上寻求它的意义与现实针对性。

因此,以存在论哲学为基底的先锋小说,贯注了对人道主义的新理解,贯注了这种新的人文关怀。它们使用了叙事"空缺","悬置"了"意义",但并

---

① 海德格尔. 导论 [M] //海德格尔. 形而上学导论. 北京:商务印书馆,1996:10.

不是一种只注重形式创新的"无用"文本。先锋派不仅仅是一个在形式上制造古怪小说的"前卫""时尚"的流派，也不仅仅是西方现代或后现代文化思想的在中国文学领域里的表意符号；先锋派小说作为一种潮流的出现，是标志着中国人认知与书写人及人的生存史，在立场和方法论上的一次大转变。这种全新的小说叙事，蕴含着一种全新的现实观和历史观，那便是摆脱了所谓社会必然性支配，转而对作为个体的人的"本真"存在状态的感知与书写。这种小说体现了当代文学对一种新的文学意义的追求：一是通过叙事方式的主观设计，体现着另一种审美观念——反叛现实主义美学传统；二是通过对叙事对象的重新选择，表现出另一种人文情怀——唤起人们对个体生存意义的感知与反思。因此，先锋派小说的滥觞，不仅仅意味着一种新的小说美学在当代文坛的崛起，更意味着一种新的人文思想在当代知识界的崛起。

小说从来就是一种"微言"，是为对抗"宏大叙事"而生成的一种小叙事，它的存在价值与言说形态也全立足于此。这一点，从我国小说的源头——唐宋传奇与话本，就已体现出来。因此，从这一意义上来说，先锋小说的书写就不是什么反叛传统现实主义小说叙事的"前卫"行为，而是一种"回归"，让小说回到了自己"本真"的存在地，恢复它本身应有的功能——反抗精神麻醉。所以，我们完全可以说，先锋文学的滥觞是一种文学的自觉行为，只是这种自觉行为是在西方现代哲学的烛光映照下完成的。

人们可能还有这样一个疑问：存在论哲学是一种西方后现代哲学，它对人的精神状态的考量与判断，是立足于人们对西方后工业时代人文精神状态的诊断。那么，先锋小说使用的这只"眼睛"，是否适宜对我国正在进入工业化或现代化时代的人文精神状态的判断；这种眼光是不是太靠前了、太"先锋"了呢？

在人们提出这一质疑时就已说明，人们还是在以一种传统的流俗时间观来关注这种小说文本的实用意义。而先锋小说（最明显的是格非的小说）如此注重对存在论时间主题的书写与阐释，就已经预防了这种实用主义者的诘问。也就是说，在先锋小说作家看来，这个问题压根儿就不存在。况且，在西方后工业时代，有着科技理性和属于这个时代的价值理性对人的挤压与异化；而在当代中国，也同样有着属于这时代的包含了各种价值理性的意识形态对人的异化的事实。而无论是在东方还是在西方，人要活出个人意志，要活出自由，要实现"诗意地栖居"，这都是同一的。难道我们中国人在要"好好地活着"这一点上也要妄自菲薄？事实上，人类历史上一切真正有价值的文学创作，不都是建立在对自身"主体"的反思基础上吗？

至少格非对这一常识的认定是非常坚决的，因而他成了中国当代先锋小说创作潮流中最坚定的一个。当其他先锋作家纷纷转入对现实世界的通俗写作时，他仍然在坚守着一贯的"玄言"小说写作路线，直至2004年《人面桃花》的问世。他在《人面桃花》后记中有过这样的夫子自道："因为我知道，自己遇到的并非一个局部性的修辞问题，而是整体性的。也就是说，它涉及我们对待生存、欲望、历史、知识、相对性、传统等一系列问题的基本态度和重新认识。我坚信，整体的问题不解决，局部的问题也无法解决。"

显然，无论是从对作品的解析还是对作家创作意图的倾听来看，中国当代先锋小说都不是追求纯粹的小说修辞创新，而是力图追求对处于欲望、历史和知识组成的人的生存位置的整体解决。只有站在这一点上，人们才能真正理解先锋小说的人文意蕴与美学内涵。

（原载于《天津文学》2011年第4期）

错位生存的心像叙事
——论谢宏小说中的都市人生

一、写实着人们的激情与忧伤

谢宏小说主要表现为对中国新生市民群体日常生存的平静诉说，因此，与其他来自内地的作家相比，谢宏小说的叙事风格，少了许多浮躁、呐喊、愤怒、猎奇的印象，显得更加写实，也更能让人识解我们的当下人生。或许，这与谢宏较早对海外的都市人生有一定的认识有关①，因而不是以一种外来者的新奇或猎奇的眼光来看待这新生的市民社会，市民人生本来就是如此。在他的眼里，在这大时代变幻的背景下，深圳这座新生城市里的人和其他城市里的人，在生存形态上没有什么不同，不同的是他们的心性——自主选择，自我承担。因而，他总是带着一种宽容、淡定而平和的心态，来观察、写实着进出于这座城市的男男女女。他们是如何适应并重建这刚摆脱了集体化体制生存的新市民社会伦理关系的，他们又是如何舔舐心灵上的创伤的？

显然，他不是以一种猎奇的姿态来看待他笔下的人物，而是常常把自己融入其小说里的男男女女中，与他们一同婚恋婚变，一起辞职下岗，一起吵闹，一起聚会谈笑。当他以一些短句与设问，引来他笔下人物的戏剧性出场时，他又总会及时从他小说场景的中心位置默默退台而边缘化，用简短而温柔的词句记录他们的悲欢情态。当一幕戏剧将要落幕时，他又会从容而淡定地漫步来到舞台的中央，又会用他的短句或一个电话，引出他参与的另一幕戏剧——心灵的戏剧。于是，一群穿行在光鲜城市街道中的人物，在他的小说中纷纷定义着自己的人生。

---

① 据谢宏自己介绍，自他懂事时，他家总是能得到海外亲属的接济。

小说与诗学：开放时代的中国文学 >>>

我们且看一段《深圳往事》中王志文的观察与记录：

> 一天，我爸来找我，这让我有点吃惊。他有点风尘仆仆的味道。他将胡子刮掉了，下巴和腮帮子胡子拉碴都泛出青光，他穿着中山装，蓝布的那种，颜色洗得有点淡，但很整齐，他这模样，我偶然见过，那是他要去总公司汇报工作时才会这样打扮。我爸神情腼腆，朝我的同事点点头，说话拘谨。我看他欲言又止，就对头儿说，我出去几分钟。
>
> ……………
>
> 回到办公室，我给杜丽电话，说还在凉亭见面。
>
> ……………
>
> 我剥开一粒花生，说，安弟考上了。杜丽嚼着花生，说，这是好事。我说我爸找过我。杜丽抬头看我一眼，问，找你干吗呢？我说安弟读自费的。杜丽说自费就自费吧。我说我爸要我支持。杜丽顿了一下，将花生吞下。她望着水库的远处没说话。我问她干吗不说话。杜丽笑了一下，说，这是你的家事啊。我感到心里有什么东西在下滑，朝一个我说不出的深渊里直坠下去。①

"我爸"的尴尬，杜丽的冷淡，"我"心底里的悲凉，都被谢宏以最经济的笔墨，以话剧般的方式收束在他的小说里，展示了他所感受到的真实的市民人生。他做到了这部小说的题记里所宣示的："我朝着自己内心的激情与忧伤奔去。"

谢宏在一篇采访中这样坦言他的创作态度和立场。他说："深圳很包容，它的文化是多元的，很杂，却比较相容。所以，尽管它浮躁，但我心态还好，还可以与之相处，还能够在此生存下去。我希望在写作的时候，可以淡化深圳这个背景，使之模糊一点，而带有更广泛的城市意义。"② 也就是说，他不想做深圳的民间历史学家，去记载着"正史"遗忘的点滴历史；而是要摆脱地域文化的写作和传统的写民族史诗式的宏大叙事，以"对话"的姿态，去探寻普通市民在转换了生存环境和生存方式后的心灵状态。因此，在他的小说世界里，出现的是这样一些"新人类"：貌合神离的人（《貌合神离》）、自游人（《自游人》）、悬空人（《悬空人》）、两栖人（《两栖生活》）、两张脸的人（《两张脸》）、像候鸟一样的人（《像候鸟一样》）等。

---

① 谢宏．第三部第3章［M］//谢宏．深圳往事．青岛：青岛出版社，2009．
② 赵命可．快的城市节奏与慢的文学写作［N］．深圳商报，2004-06-26．

对于写作,谢宏有着明确叙事指向:"在写作上我更关心人性方面的问题,我对大环境不大关注,我只关注小人物的命运,只关注人在大环境之中的内心世界。我探究他们的内心,其实也是在探究我自己的内心世界。写作就是我探究世界的一种方式。我对自己的要求,就是勤奋努力写作,超越自己的过去,向前迈进。"①

谢宏的作品,几乎都是以新生市民小人物为主角,力求刻画出这些小人物,从传统伦理社会走进现代市民社会中的种种错位生存后的变形心态。不管是《文身师》中的杨羽,还是《貌合神离》的李白,谢宏始终力图表现出,人性在传统和现实两种生活方式的挤压下的扭曲与变形:他们既勇于挑战这激情的人生,又不得不被动应对局面。他总是同情并认同笔下处于各种困境中的小人物,并在某种程度上给他们以希望,甚至为其寻找出路。显然,谢宏是认同中国社会必将步入一个成熟的市民社会这股不可逆转的潮流的。

二、挑战错位生存的心像叙事

我们还是随着谢宏的激情一道去共同感受这群勇于挑战错位生存的小人物的焦虑与放达;去"交往"那些银行职员、经商奇才、自由职业写作者、漂泊异乡又回到深圳的"候鸟"、焦虑的打工妹、打工仔、含辛茹苦的母亲、失意的父亲、唠叨的祖母、委屈的孩童……从而碰触他们的激情与梦想,去抚摩他们的恩怨与挣扎,感受这种个体心灵叙事的小说意义。

(一)"貌合神离"的人

长篇小说《貌合神离》主要描述了一个国有银行职员,闲适安逸的日常生活及其内在的精神焦虑。主人公李白思想狂放,却又性格拘谨,故作世故,其实稚气十足。他想把生活搞得有声有色,但现实总是回到琐屑平庸。他心仪同事李清照,却又拙于表达,结果错失良缘。他知道金钱的重要,但又时刻想超脱其外。他羡慕武侠英雄的我行我素,但也只能遁入武侠书中飘游五湖四海,最后沦为一个离婚后与儿子争看卡通又被单位炒鱿鱼的人。

李白既开朗又拘谨,既单纯又成熟,既脱俗又世故,既浪漫又现实,长期处于情感与理智相互背离、现实生活与想象完全错位的境况中。因此他的生活时时有错位,时时有荒诞,他时常自言自语"我被锁上了"。面对鱼缸里的观赏鱼,自问:"我究竟是哪条鱼?"这些与现代生活充满错位的话语,很容易置换

---

① 赵命可. 快的城市节奏与慢的文学写作[N]. 深圳商报,2004-06-26.

成另一套的话语："我到底是谁？"他始终无法确认自身的身份。

如此"貌合神离"的人，在我们生活中处处存在，甚至可以这样说，我们每个人都是"貌合神离"的人。造成这样的生活，我们想应该归咎于人与生俱来的欲望。社会竞争的压力日渐加大，物质生活在人们心目中占据的位置越来越重要，欲望也开始作祟。特别是，在原有的体制化生活中，在某种划一的"标准"里，或说在生存的压力下，我们还没有真正"自由"的基础。为了生存，我们做的，可能不是我们喜欢做的；我们说的，可能不是我们想说的。这就是当今生活的真相，对此我们已熟视无睹了。

谢宏曾说："李白那个形象代表了我心目中一个小人物，他那样一个小人物在这个社会的种种欲望、焦虑、困惑等等。我还想强调一点，在这样一个社会里面，我们的生活方式要得到大家的认可，或者说你能够生存下来都是艰难的。"①

主人公李白在现实生活中，由于外界的压力，使他的内心充满了焦虑，但表面上还是得克制自己。这种焦虑和紧张，时刻有爆发的可能，但他企图努力将这种爆发的可能压制住。这两种张力在临界点必须达到平衡和消解。然而，日常面对的是雷同琐碎的工作，和琐碎雷同的家庭生活，李白开始变得有点郁闷了。他先是倦怠，和妻子的话越来越少；接着就烦躁了，和客户吵起架来。紧接着，连他的鼻子也出了问题，空气中似乎有种怪味，让他不停地打起了喷嚏。当这喷嚏不断地积累着，李白终于忍不住出手了——他去抢银行了！但是，他爆发的行为，也不过是用钞票抽几下售票员的那张长脸，只不过在午夜空旷的大街上狂飙一会自行车，只不过偶尔沉浸于和李清照的暧昧关系，只不过意识到自己是条被困在缸中的金鱼罢了。

后来，李白换了一个地方工作，不过依然在银行。除了多了一个儿子，生活还是原样地继续。于是，我们也无法期待他的人生有更多的精彩和节外生枝。他连偶尔的爆发都懒得实施了。离婚后的他，开始爱上了一样东西——卡通书。从《鹿鼎记》到卡通书，李白越来越爱躲入另一个世界，当生活一如既往而焦虑无处不在的时候，或许，这已经成了一种必然的选择。② 这种漂浮不定的状态，如同阳光下的阴影在毒化着精神，李白们在体制里失去了激情，只能在烦琐平庸的现实生活中焦虑。

---

① 光子，戴斌. 谢宏访谈：我们都是"貌合神离"的人 [N]. 深圳晚报, 2003-06-04.
② 李凤亮，赵光远. 欲望到理想的救赎 [N]. 深圳特区报（读书版"万家书香"），2006-05-22.

其实,"貌合神离"本是指表面亲近而实怀二心的人际关系状态。而在谢宏的小说中,却是用来描述当代中国人在市民化过程中的内在感受。谢宏坚信,无论古今中外的人,都应该按照自己的自由意志情趣来生存。但在组织严密的科层社会里,原有的体制处处制约着人的自由意志,"异化"着人的生存,使人的生存演变为一种物质生活的空壳,了无情趣。李白,或者说是李白背后的谢宏,较早地敏感到这种生存异化,于是才有这种令人不安的焦虑和荒诞的"逃逸"行为。

书写、同情在现代物质生活下的个体自由意志的逃逸行为,并以此来批判现代文明理性光环下的黑暗,一直是谢宏前期小说的主题。《赵小月的假期》《赌运》《我爱卡通》等作品中的人物,也同样充满了对他们既定的"单位"体制生存的荒谬感与无奈感。

赵小月(《赵小月的假期》)和丈夫外出旅行,却接到同事李前的电话,说有关内退的名额需要考试。于是各种压力逐渐布满本该轻松的旅程。傍晚的西湖美景,被李前的电话弄得忐忑不安,赵小月无心欣赏,还要勉强丈夫急忙赶回宾馆等待电话。丈夫王强虽然一肚子怨言,但是看到赵小月被考试这个消息弄得郁郁不欢的样子,想发火也只好强忍着。在《赵小月的假期》中,早就视国有银行工作为鸡肋的职员都想得到内退名额。"三个名额要由考试成绩来确定,成绩最好的前三位,就有资格内退。""只听说过考试不及格的要下岗,现在怎么是成绩好的才下岗。"① 这一荒唐细节的设置与《第二十二条军规》有异曲同工之妙。尽管这一设想在小说中并未真正兑现,但现实生活中这种荒谬的悖反现象并非绝无仅有。于是,接下来的情节中,赵小月就被考试这个不大不小却刚刚把唯一的阳光给遮住的乌云,弄得心神不宁。在饭店,她一心牵挂着考试的事情而吃睡不安。丈夫的求欢,也被她一句"你就只想到这事,烦死了"而彻底夭折,甚至连去观光都想着去买考试的资料。她不顾丈夫的反感,提前回到家里,准备复习考试,却发现这不过是李前和别的同事之间的一个玩笑式的赌约。

谢宏就是通过这些貌似轻松的故事,揭示了体制生存的荒诞感。赵小月并没有错,害怕考试也不是罪过,但现代生活中的种种困境,却让人的心灵一次次犯着罪。人物心灵的创伤,也被无奈荒谬的生存困境不断地折磨、愈合,继而又折磨,又愈合。就像被缚在悬崖边上的普罗米修斯,不断地忍受着现实这个上帝派来的神鹰啄肉之苦。苦海无边,何处是岸?人类一思考,上帝就发笑。

---

① 巴桥.貌合神离(序言)[M]//一个男人的日常生活.吉林:时代文艺出版社,2003.

所以，人们也只有通过开玩笑来打发无奈人生了。

如果说李白和赵小月被无奈的生活逼迫得无处可逃，最终只有压抑。那么《赌运》《我爱卡通》里的另一个银行职员马力，面对无奈，却做出了自己的抉择。马力本不是一个嗜赌之人。去葡京赌场，只为在离开澳门的前夜完成一个旅游程序；但就在他像完成任务一样，将最后九个筹码统统倒进老虎机准备回去睡觉时，老虎机却像拉肚子似的，不停地拉下金蛋，让他一下子赢了200万元港币。真正的"小说"从这开始了。这飞来横财马上又为他招致失业横祸，他因赌博而被银行解雇。作家将主人公进退两难的尴尬处境展现得淋漓尽致：不承认钱的来路，他拿不到这笔钱，还要被无时不在的猜疑盘问折腾得不得安宁；说出钱的来路后，他却被指控违背行规，必须下岗。他连"捐出这笔钱能否不下岗"的卑微请求也被拒绝。这个细节真实地说明都市小人物的生存境遇，令人不由得喟然长叹。

然而，生活虽然处处充满了困境，但总是会有解决困境的办法，因此作者并没有让马力一直生活在无可奈何中。小说的最后，马力通过开书店，经营武侠小说，终于找到了将爱好与赚钱结合在一起的工作。《赌运》的最后这般写道："马力自嘲他的生活，像古代的游侠在金盆洗手之后，开一个小店以了残生。说完马力哈哈大笑起来。"谢宏开始为他笔下的小人物寻求出路，这样的结局让读者觉得安慰。挑战人生的难度，毕竟是任何一个存在主义者必做的一道练习题。

在《我爱卡通》中，马力又和儿子一起爱上了卡通。虽然为此而丢了工作，但马力因此找到了一个最终可以实现自我、既有意义又有趣的工作。在这两部短篇中，谢宏通过马力这个人物，让人们思考，要怎么才能实现自我，做些有意义且带趣味的事情呢？那就是直面和思考，努力在力所能及的范围内做出修正。个人的力量是渺小的，但每个人都做了，社会就会得到改观。

（二）"自游"状态的人

在现代社会，"自由"是一个美好的字眼。特别是，对长期受到政治与社会体制规约的人们来说，其人生的精神与信仰，也是上述逃逸者的全部追求。但如果只是追求对传统体制生存及其方式的逃逸，缺乏对自由精神价值的把握，就只能演变为一种没有终极追求方向而游离于主体之外的"自游人"，一种现代价值的虚无主义者。

《自游人》里的马力，以及《新生活》里的"我"，就是这种社会体制转型期里的"新人类"。谢宏对这种"新人类"，在他的小说书写中，既表现出一如既往的同情，更灌注了他的担忧。

《自游人》里的马力，深刻地反映出谢宏这种独特的人文观念。马力是一个游走在都市边缘的孤独者。多年经商，表面风光，实际上却捉襟见肘，生活和事业都频见危机。马力的生活状态就被谢宏命名为"自游"状态。这是一种自主的游动，充满了变数和不确定性。但是，这个"自游"却绝对不是"自由"，在变动中充斥着艰辛和痛苦，失落和无助。"自游人"意味着脱离原有计划经济体制进行的人生冒险。这种冒险，既充满了财富的诱惑、个性伸展的可能性，也潜伏着看不见的危险。马力最后突发性的死亡，可以看作这部小说的一个高潮。它既是对"自游"状态的悲剧性提示，也是对转型期中国这类特殊人群生存命运的一种寓言性思考。①

马力的人生相当精彩，因为自由。但是人生精彩，并不等于精神精彩。如何让精神出彩，成为一个灵魂上的"自游人"？或许我们要学习马力生前那种在都市生活中寻找个性和自我，积极面对困境的生存方式。谢宏无疑是想告诉我们，在这样一个多变的社会，压抑与焦虑是无处不在的。但是，只要从你的心灵出发，积极乐观地去应对，努力向着人生的目标前行，终有化解这些负面情绪的可能。

《新生活》里的"我"更加无奈。"我"本来是为了帮朋友带钱给其"自游"在国外的女儿小霞，但大半个月过去了钱还放在"我"这儿。"我"这人认真，总将别人的事情当作自己的事情办。本来就是小事一桩，倒促发了自己的心病。最后弄得事情没办成，还弄得自己心烦气躁、生气郁闷。在严重压抑的情况下，"我"与小霞争吵之后扇了她一巴掌，甚至引得警察找上门。无奈之后，"我"大喊一句粗口发泄内心的压抑和苦闷。帮人是天经地义的好事，可好心却未必能做成好事。为什么如今的社会好人也难当？然而，谢宏的意图并不在于刻意描绘现代人的压抑生活；而是想告诉读者，压抑是可以宣泄的，如同"我"在文章最后的粗口大骂。

(三)"悬空"状态的人

为了"自由"而反叛、逃逸，逃逸之后就只能变成"自游人"。然而，自游又无所归依，无所方向，回归又不情愿，于是人们发现，自己已变成了上不着天、下不着地的"悬空人"。这很容易让我们想起茅盾在20世纪20年代末写

---

① 谢宏. 游走在城市之间的智者 [M] //吴义勤. 自游人（序）. 天津：百花文艺出版社，2008.

作的《幻灭》《动摇》《追求》(总称为《蚀》)"三部曲"。谢宏实质上也是在书写中国当代追求存在主义生存状态(主要是指精神状态)的"三部曲"。只是茅盾总是试图给笔下的人物以人生指导;而谢宏要实在得多,他只能给他的人物倾注忧郁的目光,与人物一道共同咀嚼忧伤。

《悬空人》用"我"这个局外人的眼光,关注老林这个"悬空人"的生活。老林移民到新西兰,却活在"移民监"的圈子里,说着"还是国内好"却觉得回国没有趣味,不喜欢新西兰却不想回国。老林说:"当初在国内,还是挺有事业的,嘲笑那些知足常乐者,没想到,自己搞移民花费不少的力气,等终于成功出来后,才发现浪费了不少的时间。他想要搞老本行,却发现他能想到的,人家都能想到了,华人都绝顶聪明。如果想搞个小本生意,比如搞家咖啡馆或者什么小店,是不成什么问题的,但后来想一想,也挺没意思的,只好作罢。"[①] 老林虽然混到 PR 的身份,却找不到北,回去和继续待下去,都是问题,都不适应。就像悬在半空中的人。上不着天,下不着地,去哪里都没有归宿。活着是受罪,还是人们在作茧自缚?这表明,谢宏在尝试着为他笔下的存在主义者置换生存环境,并预测到当代中国人的这种"不适应症"是历史必然的代价。2013 年,谢宏移民新西兰后写作的长篇小说《两栖生活》,再次印证了这种预测。

(四)"两张脸"的人

《两张脸》本是写农村青年黄孔,去城市投奔女友杨艳的一个小品式的故事。黄孔还没有下车,钱包就被偷。对于完全陌生的环境,黄孔沮丧惊慌。见到杨艳之后的黄孔,对于初到的城市有着极不适应的惶恐,甚至以爆粗口来宣泄。黄孔最不能理解的就是杨艳的笑脸。不管受到多大委屈和侮辱,杨艳都以笑面对。适应了环境的杨艳,则不愿提起从前,总是用笑脸埋藏过去。她还一遍又一遍地反问黄孔:"你喜欢我的那张苦瓜脸?"

对于此文,谢宏坦言:"我们应该赞成杨艳后来的生活。人生来是追求幸福快乐的,没有人来这个世界是为了追求痛苦的。也许你会遭受意外的事情,但是每个人活着,肯定是为了追求更好的生活,更好的爱情,住更好的房子,我觉得是应该的。我想表达的不是世俗生活是怎么样的,而是他对生活的新的理

---

① 谢宏.悬空人[J].芙蓉,2007(3).

解，你可以说她是妥协，但是我觉得，她对每个人笑有什么不好呢?"①

　　作为孩童的杨小动和他穷困的父亲，就没有杨艳的那份适应能力了，于是他们头上展示的，便只能是愤怒的苦瓜脸和委屈的哭脸了。《树上的鸟巢》写到两个家庭中的孩子读书上学的现实生活。两个家庭是完全不一样的，有钱人家和穷人家教育孩子的方式完全不同。有钱人家的节奏是慢的，他不着急，小孩读不了书可以给钱，甚至可以养他一辈子；而穷人家的节奏是快的，因为穷人对读书总是渴望的，总是艰难的，穷人要改变生存境况，大概都将希望放在小孩的读书上了。所以，父亲对儿子成绩的好坏很在乎。他很看重，很认真，这使得他们的情绪急躁和焦虑。两个家庭生活上的相同点还是有的，比如，两个家庭都明白："要想在这个城市出人头地，就得靠文化。自己的文化水平不高，但一定要让孩子们的文化水平比自己高。"两个家庭的孩子都面临着升学的压力，更加面临着来自家庭父母的压力。孩子们成长路上的沉重代价，让人忧心忡忡。最可怜的人物是杨小动。小动父母都是清洁工人，父亲杨成长文化不高，教育孩子有心无力，却无比希冀望子成龙。小动一次次的成绩下降及老师的反馈，让他对儿子失去信任，形成了动辄打骂的教育方式。工作的不顺心，生活的不安稳，让杨成长备受压力。在巨大的压力下，杨成长的心理开始扭曲，于是在工作上，他私自将剪枝的长度进行修改，以报复滥用公权的刘科长。作品写到学校教育的瑕疵与缺陷，小动的班主任黄老师，对孩子基本的信任和尊重都没有，有的只是训导、数落和向家长报告。可怜的小动就因为回家路上被树上小鸟掉下的鸟粪弄脏了衣服而被老师批评，被父亲打骂，到最后他哭诉心声："老师不相信我，你也不相信我吗?"② 应试教育是中国当代体制生存遗留下来的最后一枚"苦果"，它不仅在扭曲人们的心态，也在扭曲当代中国的伦理关系。

　　在《像候鸟一样》中，老实巴交的王喜换上的是一张狡黠的脸。候鸟似的外来工王喜，来深圳打工，爱人小娟不在身边，寂寞的王喜要忍住欲望，可是刘医生给了他一个巨大的考验。王喜与刘医生之间的暧昧情事，最终因为两人身份的不同，偷情演变成了一场强奸案。故事的最后，小娟自己砍掉一根指头，阻止了刘医生对丈夫的法律起诉。

---

① 汤奇云. 文学，要让人学会挑战人生的难度：谢宏访谈[M]//章必功，李勇. 深圳作家访谈录. 北京：中国青年出版社，2009.
② 谢宏. 树上的鸟巢[J]. 青年文学，2007 (2).

谢宏曾说:"《像候鸟一样》原型就是装修工。我写他对性有一种渴望,但是又不想犯罪。我写的就是他想要寻找一种途径,既能达到满足自己的意淫,但是又不会严重到强奸别人的程度。《像候鸟一样》虽然是与底层有关的小说,但我不想从道德层面简单地做批评,而是更多从人性、情感、生存等方面做综合的考虑。"① 王喜性格里有点很狡辩的东西,比如他拿女性和房子做比较。他说:"这个房子(女人),我没有进去呀,我只是敲敲门呀。"王喜是一个很精明的人,看得懂女医生是挑逗他,只是她用文明人的、用受过教育的方法挑逗他。

最令人回味的是文尾王喜的话:"在深圳也有不少打工的人中了六合彩,成了百万富翁。"现代市民生存,充满无数可能性的诱惑。但这种诱惑并不来自过去那种充满理性要求的政治或道德"新生活",而是来自人性深处的本能追求。正因如此,如同每年过冬,候鸟们都会寻找到适合自己的温暖地带一样,每年都有"王喜们"来叩问这市民社会的大门。

三、都市爱情:"说不出来"的伤与痛

《身边的故事》里的袁莉有句话,代表着谢宏小说对那些当代中国追求市民生存人们的言说立场。袁莉说:"来深圳的人,也许都有一段自己的故事,说不说出来,那是他或者她自己的事情。"② 谢宏总是在力图给我们述说这些人"说不出来"的情感故事。但是,谢宏小说中的情爱故事并没有成为一种"噱头",而是成了他考量现代人际关系和现代人生存感受的一条通道。

《貌合神离》中李白、杨小薇的夫妻之情始终是一种平静和琐碎状态。但是,这种平静是悲观的,向着琐碎生活本身而来的。两人争吵,分居,互相折磨。后来,经历了动荡的小两口又走到了一起,还生了个"爱情的结晶";但随之而来的自然又是生活的平静与琐碎。最后两人的情感生活,平淡到似乎从来没有情感的碰撞。"李白凌晨醒来,杨小薇已躺在他的身边,但没用手臂搂住他,她用手抱住自己。李白想起从前,很多时间,杨小薇都是搂住李白睡的。这情景让李白突然想起一个流行的笑话,说什么'握住小姐的手,好像回到十八九;握住老婆的手,好像左手握右手',现在杨小薇可能也在想,抱他也是像

---

① 汤奇云. 文学,要让人学会挑战人生的难度:谢宏访谈 [M] //章必功,李勇. 深圳作家访谈录. 北京:中国青年出版社,2009.
② 谢宏. 身边的故事 [M] //谢宏. 自游人小说集. 天津:百花文艺出版社,2008:131.

抱她自己一样，所以干脆就自己抱自己得了。"① 平庸的生活，让婚姻也变成了一件琐碎的小事，不再有情感的流露和沟通，更不会谈及情感的滋润。因为回家后各忙各的，夫妻"俩人不能好好说话"，最后孤独的李白和他同样孤独的妻子只好分道扬镳。

《文身师》里杨羽和王悦的夫妻之情，也因为平庸的生活而变得更古怪、扭曲。"前妻王悦因受不了平淡的家庭生活，天天打扮得花枝招展、露胳膊露腿地去过夜生活，作为丈夫的杨羽也同样在心理上忍受不了妻子的这种生活方式，于是家庭开始出现摩擦。甚至到最后，杨羽动手打人了，当然杨羽也因此走到了他人生的最低谷，他不仅受到了片警的奚落与教训，而且遭到被王悦找来的打手报复并离了婚。"② 王悦的性格形成很大因素是害怕孤独，她想摆脱这样的心理困境，因此天天去过夜生活。"有多少男人围了她在转啊，她也对此蛮自豪的，她像蝴蝶在其中飞来飞去，她也像一只蜜蜂，采摘花蜜，早出晚归，出席各种的饭局宴席，终日显得兴致勃勃的。"③ 表面上，王悦的生活十分多彩，可是内心中却充满孤单。缺乏安全感的她，后来还想利用怀孕的事实来威胁杨羽与她复婚，但是杨羽十分厌恶王悦的所作所为，他一直都想着如何逃离王悦的控制。杨羽对王悦的感觉："我对她是那么陌生，以前我以为我了解她，其实我不了解她，甚至现在我也无法读懂她。我不习惯她的翻手为云、覆手为雨的做法。说到底，我也想换一种活法。"离婚之后的杨羽依旧受到王悦的折磨，身心疲惫，直到最后王悦彻底放手离开，杨羽才过上新的生活。像这样的婚变，不能单纯用不幸来概括。婚姻的困境寓言着人们死水般的人生。穷则思变，换一种活法，不仅一个人是如此，一个国家也是如此。

谢宏另一部作品中的婚姻，更让人觉得悲哀。《嘴巴找耳朵》里卓仪和艾小明的突然相爱与突然离异，让人感觉爱情和婚姻就像一场游戏一样短暂，也更像一场梦一样不可捉摸。雨后的下午，卓仪突然爆发的一场充满忧伤感的哭泣让艾小明爱上了卓仪。但婚后的卓仪并不幸福，不仅因为艾小明的不解风情，更是因为她的美貌成了爱情和婚姻之间的障碍。艾小明心胸狭隘，对卓仪的时刻紧盯让卓仪的生活陷入一种监狱状态。卓仪美丽的身躯让艾小明疯狂迷恋，甚至提出在家里卓仪不用穿衣，光着身子穿高跟鞋走猫步。卓仪想出去工作，

---

① 谢宏. 貌合神离 [M]. 吉林：时代文艺出版社，2003.
② 汤奇云. 去，找那看得见的幸福 [M] //汤奇云. 批评与立场. 广州：广州出版社，2008：231.
③ 谢宏. 文身师 [M]. 吉林：时代文艺出版社，2006.

艾小明就拿女儿艾静仪做底牌，百般劝说卓仪待在家里以防别人欣赏。后来，卓仪去服装店工作，艾小明天天开着出租车守候在店门口。艾小明对卓仪美的占有已畸形化，卓仪的生活早已没有情趣可言。卓仪回原单位工作，艾小明就写信到单位，诬陷卓仪，并且动员单位的一切人员劝说卓仪回家。被痛苦折磨的她，渴望找人倾诉，然而，她半夜打电话给陌生的邻居却什么也不说，只是发出让人沉重的喘息和哭泣声。最后，无法忍受的卓仪终于主动和艾小明提出离婚。可是离婚后的卓仪依然不快乐，似乎对幸福的渴望已被剥夺。卓仪本来就想着寻找一个懂得欣赏自己的男人；然而，理想和现实的远大差距让她越来越陷入生活困境。她摆脱了一个困境，可是又不断陷入另一个无物之阵式的困局中，而且越陷越深。市民生存不是一个人的自我生存，而是在开放的你我他之间共同生存。谢宏似乎在设问，向往幸福生活的当代中国市民，是否做好了这种观念上的准备呢？

《深圳往事》中的一段婚恋状况的描写，最具人生意义的追问意味。当年晚会上的女生杜丽身着黑色天鹅绒晚礼服，在蔚蓝色的荡漾波光中，伴随着海潮声和海鸥鸣叫声，深情款款地朗诵男生王志文的诗作。可日后奉子成婚的他们，却被现实生活的粗粝庸俗消磨得诗意殆尽，最后以协议离婚草草收场。婚姻是爱情的坟墓，可是连爱情都没有的社会里，什么才是婚姻真正的坟墓？难道是社会的发达，让人们的情感越来越干涸，还是物质、权力、现实让人们迷失了最原始的自己？

《与足球有关》叙述的是，一对夫妻在压力和焦虑状态下突然失控的行为。丈夫罗米因为妻子米罗讲解足球赛干扰了生活，而导致了杀妻惨剧。杀人的动机难道真的是因为足球吗？"全世界都闹哄哄的，你随处可见哈欠连天又亢奋无比的人们，做出各种狂欢而疯狂的事儿。"[①]《与足球有关》写出了现代人对理想、亲情和自然的疏离。当这些慰藉灵魂的元素被一一抽空之后，他们只有孤独地绝尘而去。

《霓虹》塑造了一个为追求永恒爱情而自殒于华年的美少妇形象。她与丈夫白手起家，过上了富足日子，两人情深意笃。但她不育，他盼子；敏感多情的她，怕他在外养情人，于是企图通过死亡，让自己的美丽永远定格在他心中。尽管这也许只是一次别出心裁的"行为艺术"，但那种海枯石烂、地老天荒的古老情愫，却让疲于爱情游戏的现代都市人感受着爱情的存在。这一点，在《飞翔或行走》中也有体现，男女主人公不约而同地用染白头发来表达自己与恋人

---

① 谢宏. 与足球有关 [J]. 人民文学, 1999 (4).

白头偕老的爱情宣言。可这样表现情感的方式,除了给人无法喘息的沉重感之外,别无其他。

《马儿、骑手和草》中的爱情结局,却与"吃"有着密切的关联。秦燕的老板兼男朋友陈辉,"总是拉她去吃馆子,像要完成一项任务,被什么催迫着似的,吃得你心神不定",让她觉得"缺少一种情调和悠闲,永远都像是客户之间的应酬似的"。而在鲁兵家里,虽然是第二次见面,她却给正在生病的他做了一顿虽然家常但非常有意义的饭。它让鲁兵觉得既"蛮协调",又"不拘谨,话题也越谈越开"。正是这顿饭,让鲁兵产生了"家"的感觉:"家就该这样。"这同样使秦燕体验并找到了陈辉不能给予的安全与踏实。秦燕情感的天平由陈辉转向了鲁兵,由"宿舍"找回了"家",爱情由此找到了归宿。人们梦想的现代都市人生,不是在虚构的电影里,而是在这种最常见的"家庭"里。

显然,谢宏也并不像其他城市批判者一样,把市民的全部情感都写成灰色与肉欲。他要表达的是,在现代社会,其实每个人都不缺乏爱的能力与对爱的渴求,但缺乏的技巧与素养。《以爱情的名义》叙述的是一个有关"爱情回忆"的故事。唐歌与"我",是大学同学,都爱上了刘小丽。不料,他们写给刘小丽的情书,却被刘小丽作为报复前男友的工具。伤心之余,唐歌砍伤了刘小丽,被捕入狱,而"我"却意外地与刘小丽的同学苏红结为连理。十余年后,在与"时间的角力"中,"我"领悟到"坚持不一定取得胜利";人生的遗憾与收获,常常出乎人类本身的执着。爱情总是在你无法预料的时候发生,"我"受到打击造成的后遗症也被学心理专业的苏红医治了。"我"对刘小丽的爱被人玩弄,而后又被唐歌的杀人事件折磨得精神脆弱,这些就是收获苏红对我的爱情付出的代价。

《花与果》中,大龄处女吕志青苦苦追求情与性的水乳交融。昔日校友杨志的出现让她坚守多年的信念霎时崩溃,两人之间绽放的情欲之花帮助她很快收获了一枚婚姻之果。尽管这可能只是一桩情性错位、灵肉分离的世俗婚姻,可它的现实意义,似乎大于先前那没有结果的空心守望。现代生活就像一盒巧克力,你永远不知道里面是什么味道。爱情也一样,转角遇到的爱随处可见,下一秒会遇见谁也永远无法预料。

既然理想的情感都遭受不起现实的折磨,那么暧昧就顺理成章地充满都市生活的每一个角落。只要人们的感情处于游离状态,就会离暧昧很近,离爱情很远。《风景与人》叙述一个保险推销员与一个"二奶"之间的奇妙故事。"我"在女朋友走后极其无聊,然后发现了一架望远镜,也引发了后文的窥视事件。"我将视线转向斜对面的一栋住宅楼。滑过几扇窗户之后,我在五楼的一扇窗户停了下来。那窗户的纱质窗帘未拉严，留了一尺宽的缝开着。我看见一个女人的背部，穿着素色纱质的睡衣，长长的头发像黑色的瀑布，流在雪白的肩膀上，她的两肩很窄。我听看相人说，肩窄的女人命好，因为有什么负担都会卸去的。她不时在屋子里晃过来，又晃过去。我看见她有时打很长时间的电话，有时又半躺在沙发上看电视，一会是悠闲的样子，一会又是焦躁不安。"女人在居室里身体毫无保留地"敞开"与动作无所顾忌地"展示"，一方面令窥视者兴奋不已；另一方面进一步诱导着"窥视"这一行为的变本加厉，从而促使故事向更为隐蔽的方向发展。

不仅如此，"窥视"这一行为动作的结果带来了人物心理的剧变，由此也引发窥视者对女人身体的兴趣及要占有的欲望。借助这一视角，小说将男人的阴暗性心理与女人的空虚无聊淋漓尽致地呈现出来。两个陌生人，由于寂寞和欲望走到了一起。一切都起因于偷窥的这一动作，而后又随着女子的失踪和自己女友的回归而飘散在风中。谢宏通过对都市中暧昧情感的审视，深刻地揭示了都市生活中人与人之间情感的隐秘性和瞬间性，并进而写出了都市人缺乏交流与沟通的焦虑状态。

与此同类的故事还有《远与近》。《远与近》中的王小堂借住在表哥的家里，无意之间发现了对面楼上一个女人与一个男人之间的性爱场面。于是，这便成了小堂每天晚上必须"温习"的"功课"。直到有一天，他突然发现，那个女人原来是住在自己这个楼上的住户，而那个男子也并非她的丈夫。小说就这样透过一个乡下少年的眼睛，写出了都市人在情感与欲望之间的暧昧状态。这就像小说中的表哥所说的："那个女人当然想别人关注她，或者说她也想勾引那男的，但她绝不想他缠上自己，影响到自己的家庭。"

确实如此。对面房间的女人不厌其烦地大曝隐私，但遇到邻居近距离询问打听时，却不愿透露自己的任何个人信息。她守口如瓶的行为可视作自我保护，而远离人群时主动地大曝隐私，又何尝不是过于封闭和孤独导致的非常态行为？当代都市人摆脱不了的孤独感、虚无感、压抑感，而各种另类的、暧昧的、隐匿的情感和欲望，都可以在这类"窥视"中得到尽情释放和肆意滋生。小说中男女身体的宣泄，体现为因郁结而爆发的力量，其中渗透了游戏与犹疑、冷漠与懒散、疯狂与好奇、激情与玩弄。对于现代都市市民的欲求，有些东西似乎近在咫尺，却又远在天涯；似乎伸手可触，却又遥不可及，比如爱情。

《温柔与狂暴》中情窦初开的少年对美丽的阿英姐产生了懵懵懂懂的情愫，那种透明的纯真和动人的痴迷令人心醉。可对于一个年幼无知的少年来说，那份痴情只能是可望不可即的镜中花、水中月。正如这书的题目一样，总是能在貌似温柔的外表下,感觉到狂暴的撕裂和血腥。生活的本质就是这样,对许多事物你只要仔细观察,得出的就是这样的结论。人人都想在生活中活得真实,但生活中总有许多不如意的地方,总有许多让我们愤怒的东西。这就是生活的本来面目,我们虽讨厌但又必须面对。

正如《爱情、旅行和阴谋》中所说:"爱情是否也像旅行一样,乐趣和刺激都在途中?""多数旅行者还不是冲着风景点去的?我想那倒不一定,有的人只迷恋过程,并非结局,只不过常有阴差阳错的意外发生。"① 只有经历过才能看到生活的真面目。为了追求身体的放纵,"我"在欲望的挑拨下产生了一夜情,结果却被人以此来敲诈,这就是随心所欲要付出的代价。

谢宏很多爱情题材的小说都不可避免地写到了性爱场景,但他并不为吸引读者眼球而大肆渲染那些令人眼热心跳的场面,而是简洁干净地点到为止。比如《文身师》里:

> 我和朱颜的搏斗是激烈的,整个卧室都摇起来。然后就慢慢静下来,整个房间,飘满暧昧的体香、汗味、药酒的味道。身体里积聚下来的汗水,在大火的烧烤下,一下子就消融掉,汽化起来,飞向了天空,我觉得自己也飘了起来。②

谢宏将更多的笔墨投向对人物精神体验的描摹,这种风格在《马儿、骑手和草》中体现得最明显。而《像候鸟一样》中城市农民工王喜的性心理则更像是一个沉重的文化隐喻。与当前盛行的那些身体写作、人性原欲升腾的文本相比,谢宏的这种写法无疑是一个特立独行的另类。他超越了感官欲望的沉迷,注重人物精神状态的开掘,为我们写实了现代中国都市生存的真相。

谢宏说:"写作中,你是在寻找一种可能,也就是另一种生活的可能性。"谢宏通过对都市生活的独到观察,非常"个人化"地记录了中国社会转型期,市民社会的发育过程、心理转变和多种不确定性。人物内心世界和情感世界也成为谢宏绘制小说蓝图的两种颜料,而市民生存的无限可能性则奠定了谢宏作品的多样性。

在中国当代文坛中,谢宏小说书写的特殊性就在于作者始终坚信,总有一种方式可以活出人生的意义,生活中的现实困境也总有办法寻找到出路。因此,谢宏为其笔下人物提供破解现实困局的种种尝试,就是一种温暖的人文精神,

---

① 谢宏.自游人(小说集)[M].天津:百花文艺出版社,2008:161.
② 谢宏.文身师[M].长春:时代文艺出版社,2006:186.

这也体现了谢宏小说的创作价值。

　　谢宏的作品也会充满一种伤感与沉重，但不会轻易表现在文字的表面，而是深深蕴藏在温暖和轻快的背后，让人无法轻易察觉。这样明朗的气息与灰暗的格局互相辉映，让人切实感受到都市人生"两张脸"的生存本相。这些充满思辨色彩的故事让我们蓦然惊觉：原来，我们平淡枯燥的日常生活也蕴藏着如此丰富的哲理，等待着我们去发现。人们也应该首先认识自身及自身所处的时代。

　　（原载于《澳洲侨报》，2018年2月28日。原题为《这是一群什么样的人啊！——论谢宏小说中的都市人生》）

南方叙事：资本化时代的精神肖像
——吴亚丁小说印象

一

在这个有人宣布"小说已经死亡"的时代，吴亚丁的小说却在南方文坛狠狠地火了一把。2010年，完全可以说是中国小说（准确说是中国南方小说写作）的"吴亚丁年"。《广州文艺》在其举办的"都市小说双年展"中，一口气展示了吴亚丁的两篇小说《我们的追逐》和《勇气》，其后又出版了他的长篇小说《出租之城》。前不久，《出租之城》在《深圳特区报》天天连载。也就是说，假如你在深圳，无论打开杂志、报纸，还是走进书店，都可以遇到吴亚丁的小说。他总在为你讲述发生在你身边的这些楼宇和街道上一些不咸不淡的故事。给人的感觉是，吴亚丁似乎是一个刚出道就红火的小说家。其实，吴亚丁也算一只沉浸文坛多年的"老股票"了，早在2005年，他就出版了长篇小说《谁在深夜敲打你的窗》，并曾发表过《一九七五年的大雪》《柴火》《眺望英格兰》等中短篇小说。

那么，吴亚丁写的究竟是一种什么样的小说，而在这"小说已经死亡"的时代，能重新抓住人们的眼球？吴亚丁的小说确实大部分取材于深圳故事。难道他还是老套地依靠这传奇城市里的传奇故事来取悦读者？可经验告诉我们，越是创造或经历传奇的人越不相信传奇。而且，从目前尚属不多的关于吴亚丁小说的评论文字来看，他的小说恰恰书写的是当下普通市民的"迷惘与失望的无价值生活"（徐肖楠语）。

一种展示"迷惘与失望的无价值生活"的小说，竟然能够让那些每天衣着光鲜，出有明确目标，行有澎湃激情的资本化时代的人驻足阅读，难道今天的人真的空虚无聊到要用"迷惘"与"失望"来填充自己的"无价值生活"？

显然，当下小说界的"吴亚丁现象"引出了我们必须思考的两个问题：一是当下的人们正在思考些什么的问题，二是当下的小说到底应该如何言说这个时代？其实，对小说家而言，这两个问题又是一个硬币的两面。也就是说，到底什么样的人生是有价值的人生,什么样的生命形态是一种充满生机与活力的状态?小说家如何通过一种新颖而有生命活力的艺术形式来复活人们对生活的感知,激励他们对人生进行重新思考?因为在一个个体化越来越成熟的时代,人们的审美观念必然会发生变化,而文学必须适应和应对这种变化。

假如是仍然处于意识形态禁锢的时代,这些问题都不成问题,因为答案在教材和标语口号里明明白白地写着。而现在是一个开放的大时代,日趋成熟的市场经济既改造着人们的生活方式,也在不断拓展、改变着人们的公共交往空间。随着人们生活方式的改变和交往空间的扩大,人的自我意识在形成、在成长,也就必然会形成多种多样的精神与情感、经验与想象。无论是作家还是文学中被书写的人物都是如此。而文学作为展示社会人生的窗口和个体生存的隐喻,就应该表现这种生命的动感性和个体情感与价值的丰富复杂性。文学艺术只有这样,才能使自身以"有机"的形式,获得运动性和情感的表现性。因为艺术中的意味,就是生命的意味,而不是别的什么,文学艺术必须以这种不无动感的生命意味来打动人。

二

美国哲学家苏珊·朗格(Susame K. Langer)在其《艺术问题》一书中,就很好地解释了当代艺术这种共通的美学特点。她认为,当代艺术有两种特征:一是以少篇幅写多件事,以情节的繁复、人物动作节奏的繁密来体现资本主义重效率的要求;二是通过加大人物心理动作的频率,来激荡读者的心灵。吴亚丁的小说就较好地体现了苏珊·朗格指出的第二个特点。他总是力图寻找人性中的理性力量,以揭示人内心生活的转变过程,从而彰显当下这个大时代的人们拥有的精神风貌,并完成对流俗文学叙事的超越。

在这个社会大转型的时代,要完成一种批判是非常容易的,你只要把原有的主流价值准则一摆,所有的现实就会露出它的小与丑来。但是,要做出令人心悦诚服的批评就有些难了,因为每个人都有着非常发达的智慧与一套坚实而强大的理由。在《出租之城》里,叶蝉追逐的对象陈旎就是一个非常物质化的漂亮女人。她本来就是人见人爱的空姐,她要吃世界上最好的冰激凌,要买世界上最好的小车,要成为万众瞩目崇拜的明星。她认为,"一个出色的现代女人,就应该这样骄傲地活着"。她与叶蝉自接触始就不无真诚地说:"拥有大的公司和无数财产,才能成为真正富有、成功和完美的男人。我只喜欢这样的男人。"她不仅是这么说的,也是这么做的。当叶蝉的公司破产后,她又很坦然地投入了能实现她这些梦想的,一个叫夏总的老男人的怀抱里。

用传统小说家的眼光来看，她无疑是一朵典型的"恶之花"。作家应该在陈旎身上吞吐更多的道德口水，以完成对时代的批判。但吴亚丁没有这么写，相反，他把陈旎写得风姿绰约、冰雪聪明。他把书写的重点放在这朵"女人花"映照下，对叶蝉的心理检索与自我反省上。

叶蝉在认识陈旎之前，本来是一个追求理想爱情的清纯学生。由于女友的溺水身亡和一次意外的空难事故，他有着一种劫后余生的感受，是陈旎的出现"复活"了叶蝉。他说："即使是为了陈旎，我也要赚够钱买一辆小车，名牌的更好。我要赚钱，赚钱，赚大钱。陈旎像是为了推动我的个人发展，而及时出现的一个人物。陈旎的远大理想和抱负，极大地刺激了我，鼓舞了我。我不止一次地想，为了陈旎，为了这个可人儿，我叶蝉这回真的豁出去了。"

陈旎这"可人儿"，也确实激发了叶蝉的创业热情。叶蝉也确实赚了很多钱，多到他自己都数不清，他自己也无意去数清，反正他在寸土寸金的深圳能够买下整整一层高档写字楼。在爱情与金钱双丰收的状态下，他又陷入了困惑、孤独和无助之中。他突然发现，"这并不见得就是我真正想要的生活"。他说："许多个白天和黑夜，在辛苦工作的疲惫之后，我仿佛听到身体内部有一个声音在机械重复着说，创业。赚钱。赚钱。创业。"他倍感孤独，心情悲凉。

特别是，当叶蝉听说了，一个更会赚钱而又更热爱生活的女子安薇自杀了之后，他更是感到了人生的悲哀。他又开始"困惑"，又开始"胡思乱想"了："我，我们，到底为什么来到这个世界？为什么活着？呱呱坠地，难道就是为了睁开幼稚迷茫的双眼，来看一看这个肮脏的世界吗？或者只是为了钱？只是为了享受？抑或又只是为了爱情？为了自尊？……起初，生命并没有带来这么多东西。生命本来是很单纯的，很简单的，甚至是很纯净的。可是，我们现在活在这个世界，却有了太多的困惑。我的困惑，我们的困惑，都实在太多太多了。"

正因如此，当叶蝉面对自己的第二次"死亡"（女友的决然分手和公司的破产，使他生不如死）时，他理性而淡然地处理了公司的"后事"，背起了背包，不无苍凉地离开了这当初他从空难事故中"跌"进来的"出租之城"。

如果小说就此作为结局，那么叶蝉就是一个悲怆的旧式道德英雄。但是，无论在任何时代，人的生存都是一种社会生存，任何人都不可能像鲁滨孙一样在一个绝世的荒岛上独自生存，何况鲁滨孙还有一个"星期五"在陪伴。叶蝉也很快就觉悟到这一点。因此，当他接到了其难兄难弟唐爱国的电话召唤，参加属于他们的那次在空难中死里逃生的幸存者的聚会时，他又再次回到了这让人又爱又恨的"出租之城"，开始了他人生的第二次向死而生的"轮回"。

不过，叶蝉自己很清楚，叶蝉并不是被友情召回的，而是由自己的心灵召回的。在小说的结尾，叶蝉这样做着自己的人生总结："我有些疲惫了。然而就在这时，一种深切的渴望，从内心深处慢慢升起来。我突然想跟他们说话——我期待多年以后，你们能够记住今天——我希望他们记得这个情景。曾经有个叫叶蝉的男人，在一个黄昏，站在深圳西部宽阔的沼泽地，旁边是一丛一丛着了火一般的野生勒杜鹃。他向地球的最南端，一位名叫马绝尘的历史学教授，动情地描述了一个并不存在的世界。"① 是的，叶蝉这段如野火一般磅礴的青春人生，完全有可能像安薇之死一般，成为这城市上空的过眼云烟、绝尘烟散，但毕竟叶蝉自己对这段人生经历是不应该忘记的。叶蝉是如此，我们、你们、他们也都会如此。其实，我们每个人不仅要记住自己的人生，更应该记住他人的人生。否则，这你我共同呼吸奋斗的城市，便真要成为让人感到冷漠荒寒的出租之城了。

城市不应该成为时尚而冷漠的生存空间，而应该是现代人富庶、文明而温馨的交往场所。这是我们每个人对现代城市生存的合理想象。然而，可能是我们的城市化过程太短，也太急促，人们还无法像日本作家村上春树的《挪威的森林》中的渡边一样，从容应对这种新型的社会关系，也无法自我化解这种新的社会关系带来的，空前的属于个体的孤寂感与荒寒感。这种个体生存的孤寂感与荒寒感，尽管是人们自我意识存在的标志，但也毕竟彰显了我们当前物质繁荣掩盖的精神文化危机的存在。而揭示并化解这种精神文化危机的存在，也就成为吴亚丁小说写作的动机与责任。

在吴亚丁的另一篇小说《我们的追逐》中，表面看来是写主人公穷大学生赖二熊的一次传奇式婚恋，似乎是要通过描写一场都市物欲追逐的白日梦，来完成一次俗套的道德说教。但实际上，作家真正书写的重点，却落在制造赖二熊的这场白日梦的雁雁身上，落在她对这种赤裸荒寒的物质生存的无限厌倦与失望上，而赖二熊只是女富豪雁雁孤寂生存的见证人。在赖二熊被雁雁以跷跷板的方式，抛入"追逐女人、追逐金钱、追逐物质、追逐人世的珍奇——"的人间欢场以前，他看到的那桩一直没有被破获的年轻富豪被杀案，最后在他"梦醒"后终于有了谜底：雁雁就是真凶，因为那下身被割掉的富豪就是她的亲夫。但她竟然经常头戴小菊花，去墓地凭吊她亲手杀死的前夫。她说他毕竟曾经做过她的丈夫。当赖二熊与雁雁的化身小燕在恋爱中，再次忘乎所以地玩弄了她的真情时，雁雁坦率地露出了她"真凶"的历史。她告诉了赖二熊：与你

---

① 吴亚丁. 出租之城 [M]. 广州：花城出版社，2010：356-357.

恋爱的,"正是另一个我,是另一个渴望温暖的我"。此时,面对这个曾经谋杀过亲夫的凶手,连腿肚子都在打哆嗦的赖二熊,都无不怜悯地发出了这样的感叹:"她其实是个孤儿。是只有父亲没有母亲的孤儿。"

当然,在吴亚丁的另一篇小说《勇气》中,小四是一个只有母亲的孤儿,他倒是没有表现出雁雁般的人格分裂,但小四遇到的绝望与无助,却一点也不弱于雁雁。他在与自己的篮球偶像志雄之间,一直在进行着一场毫无取胜希望的马拉松式争斗。尽管他最终凭着弱者的不屈不挠精神,及其显示出的令人恐惧的韧性战胜了志雄,但当他回到家里时,还是莫名其妙地挨了他妈妈的一顿狠揍,他自己还很无辜地纳闷儿:"今天不是终于打赢了吗?衣服也没有弄得很脏——为什么她还揍我?"原来,他妈妈谈的新对象嫌她穷,并且拖着一个"小油瓶",不肯娶她而抛弃了她。那天她正是心情不好的时候。也就是说,小四在平常因为打不过志雄而在外挨揍,回到家里由于打输了,衣服弄脏了,还要挨他唯一的亲人母亲的揍;打赢了,同样还要挨母亲的揍。总之,尽管他有着不怕挨揍的勇气,但挨揍,受委屈,无望,是弱者小四不变的命运。

如果把《勇气》这篇小说放置在吴亚丁的一系列成人故事中,我更倾向于把这个关于小四的故事看成一个寓言,一个关于个体的现代生存及其处境的寓言。它告诉人们,当每个个体通过一些外在符号的"包装",而确立了自以为很强大、很睿智的自我主体时,便往往自动遮蔽了自己的眼睛,认识不了"他者"。其实,每个"他者",跟你一样,其内在的精神世界都有些难以与外人道的脆弱与隐痛。只是我们每个人都在用某种外在的光鲜,将这种脆弱与隐痛很"拽"地掩饰起来,其实在心底里一直在期待着某一位"他者",来叩问其心灵的窗户。显然,这种期待是合理的,但在现实中是徒劳的。

在《谁在深夜敲打你的窗》中,岩桐就一直以偶像般的容颜、忧郁王子般的气质吸引着时尚白领丽人鹿儿和活泼可爱女大学生妮妮的追求。尽管他有着"无可排遣、蚀骨穿心的孤独与寂寞",但他对这两份唾手可得的艳遇提不起兴趣,倒是对充满神秘感的义工妹"她她"倾心追慕。而等到他洞悉了鹿儿和她她的心灵世界,感受到了她们的尊严与伟大时,这两个女孩都已离开了他的生命世界。鹿儿因为放不下原初纯洁的爱情而殉情了,而岩桐只能"温暖地回想着过去一次又一次见到鹿儿的那些时光——",并发出这样的人生感慨:"为什么我们总是珍惜已消逝了的时光,却无视眼前,不去认真把握现在?"当"她她"又一次从报纸的报道中精灵般浮现时,他也只能再一次"呆呆地想着。手中晚报无声地滑落,然后散开——在带着海洋气息的秋风中,像大鸟展翅,撒着欢,飘向玫瑰色的远方"。

显然，这不仅仅是叶蝉、岩桐们的孤独与困惑，也不仅仅是吴亚丁的孤独与困惑，而是我们当下绝大多数人正拥有的孤独与困惑。但吴亚丁仍然无意像一位道德"导师"一般，替叶蝉，替人们答疑解惑，为人们指出一条生存的明路。因为在这自我意识和自我意志日渐强盛的社会，这样做，无疑是费力不讨好的。他只是尽到一个小说家的本分，以叶蝉们这些人物来"拼贴"出现时代人的精神肖像。

在这个新的时代，这些年轻人不求苟安。他们白天要去跑业务，甚至夜晚也要为白天的业务而社交。他们似乎来到了一个要求不断与陌生人打交道的时空里。只有回到他们的住宿地，具体来说，只有回到他们的车上或床上，他们才能回味人生的酸甜苦辣，才能修饰和整理自己的心灵空间。这是一群可爱的年青人。他们信仰真情真爱，而非物质动物；他们勇于承担，对自己负责，也对社会负责；他们有知识有文化，有开阔的视野；他们有热情有抱负，当然也有寂寞与失落，有痛苦与绝望。

在这一幅幅我国现时代都市人的精神肖像表现的神情里，就是神经最麻木的人都能感受到，这些都市青年男女在孤独与荒寒的都市生存中渴求着温暖与慰藉，在困惑与迷惘中又执着于对人生意义的追寻。作家也似乎很害怕人们在这物质生存空间里神经走向麻木，因此他在《谁在深夜敲打你的窗》的序言里反复地提醒着："若以工作狂洛克菲勒的眼光来看，深圳什么都有——几乎就是一片乐土。只是，你不觉得么？即使如此，这个城市似乎仍然缺少点什么。何止这个城市？对于人来说，这个世界总是缺少点什么。"[1]

三

当然，在任何时代，"残缺美"是一个现实的定律，但吴亚丁的小说显然无意于展示他笔下人物生存的残缺美。在现代的物质化生存中，呼唤人情与温暖，呼唤理解与宽容，促进人生的完整性，才是他小说创作的初衷；而召唤资本化时代的人文诉求，则是吴亚丁小说的核心价值取向。

确实，在这日趋"资本化"的都市社会里，孤单与寂寞几乎是每个人的生存底色。岩桐就是因为无法抵御那"孤独与寂寞"，"每一次回到清冷的家里，恨不得弄出一些声音来，让冷寂的屋子里有些生气"。而实际上，"他茫然地看着电视里吵闹的人们，却对他们的声音充耳不闻"。入夜，"黑洞洞的窗户外面，仿佛似有似无地传来一阵细微的声音——整个世界都已沉入梦乡，而他，却正

---

[1] 吴亚丁. 谁在黑夜敲打你的窗 [M]. 南京：江苏凤凰文艺出版社，2019：3.

为一个并不认识的女孩——为一个不知其姓名、不知其职业、不知其家庭、不知其习惯和爱好,并且还不知其所终的黑衣少女,而难受,而夜不能寐"。孤独与寂寞,尽管会给人们带来敏感与沉思的好习性,但毕竟"难受"与"夜不能寐"不应该是人生的常态。

吴亚丁是很智性的。他知道,在这"知识爆炸"的时代,在这提倡价值多元化的当今,他不能为这些孤独、寂寞的人提供牧师般的指导,更无意对他们横加道德指责,但他愿意为这些受伤的人提供一种温暖与抚慰。因此,吴亚丁也是很厚道的,他总是把他的每一部小说当成自己的精神自传来写,以自我抚慰的方式来温暖、同情他笔下的人物。

也正是因为采用写精神自传的方式,才使作家在处置笔下的人物时获得了极大的自由。我们能看到,他在小说中以"我"的名义谈追女人、谈赚钱甚至谈勇气,不仅从不感到羞羞答答,谈孤单、谈寂寞更是没有任何道德上的障碍。他小说中的男男女女的交往,也在"孤寂"的崇高理由下,超越了世俗道德主义和功利主义的樊篱,而具备了现代人道主义的生存意义。说白了,他们的相遇,既不是为了"钱",也不是为了"欲",而是为了发现彼此孤寂灵魂的美好。何况,在吴亚丁看来,现代都市里的人大谈追女人与赚钱,恰恰是对内心孤独与寂寞的一种掩饰。

相反,吴亚丁总在孤寂的"我"的身旁,设置一个朋友之类的人物。他们不仅成了作家评说时代的自我诉说者,甚至成了与"我"声气相投的影子,也成了这种孤寂精神生存的见证人。在《出租之城》中,叶蝉与唐爱国就在一块儿共同分享着孤独与困惑;在《谁在深夜敲打你的窗》中,单身汉岩桐与酒吧老板"但是",一直在共同分担着人生的苦闷与寂寞;在《我们的追逐》中,王军军成为赖二熊一场人生白日梦的见证人;而在那篇写童年记忆的《勇气》中,"我"则见证了弱者"小四",在不屈不挠的寻求挨打中呈现的勇气,也见证了他打架打赢了,仍莫名其妙地挨了母亲的一顿狠揍而落荒而逃的背影。吴亚丁小说中的这种"我+影子"式的人物设置,我们完全可以理解为作家为现代的都市人生开出的一个无奈的药方——用自己左手摸右手的方式来慰藉自己。

即使是面对背叛、抛弃了"我",而造成了对"我"的伤害的"物质女"陈旎们,乃至杀夫的真凶雁雁们,吴亚丁仍然以"我"的名义,给予了她们足够的尊重与理解。在"我"眼里,陈旎们仍是那么率真时尚、楚楚动人,雁雁们仍是那么可怜而又凛然不可侵犯。确实,在吴亚丁的小说中,你找不出一个足以承担批判"重任"的"反面人物"。显然,吴亚丁在尽力避免将"他者"的生存纳入自己主观臆想中的轨道,以完成他对人生的所谓完整性言说。吴亚丁完全不信任那种虚构的完整性言说，因为他很清楚，在这个价值多元、生存方式多样化的都市化时代，企图以某种统一价值观来做所谓的完整叙事，既是过时的、不现实的，也是缺乏现代人文精神的。

因此，无论是吴亚丁小说里人物的生存，还是他的小说叙事，总是给人一种充满了破碎性和偶然性的感觉。但是，他总是坚定不移地把人物放置在人的生命本能、传统生存经验与现代生存方式这三者的冲撞和交融中，尽量抖落他们内心世界的渴望与追求，矛盾与惶惑，因而能够真实而多维度地展示我国当下都市人生的精神肖像。现在，我们也基本上能够解释"吴亚丁小说热"这一奇特现象了。原来，人们在吴亚丁的小说里，不无自恋式地发现了自己的影子。或者说，吴亚丁在替他们说出自己的心事。

由此看来，吴亚丁的小说没有为我们提供一套完整的对生活的精妙言说与解释，但他对当下都市人的内心生活过程与转变的真实揭示，对正处于开放时代人们精神真相的深层探寻，预示着一种新的都市小说叙事正萌动于我国小说界。尽管吴亚丁小说现象，只能暂时以先锋的姿态，发生在中国南方这市场化环境与个体生存方式发展得稍微成熟的文化环境里，但这种新的小说叙事体现的美学原则，也正在考验着我们评论界已有的文学经验。

（原载于《福建论坛》2011年第2期）

怨恨文学批判
——深圳文学启示录

一、深圳文学：新的生存批判叙事

如果说是《春天里的故事》《走进新时代》《幸福里》等歌曲发出了深圳这座城市的声音，是城市水墨与现代版画描画了这座城市的面容，那么是"新都市文学"文本描写了这座城市的情怀与精神底蕴。一个文化的深圳雏形已基本清晰地矗立在世人面前。就像外国人看中国这三十年来的发展是一个戏剧性的崛起一样，在中国的文学版图内，在中国当代文学史上，深圳文学也同样是一个戏剧性的崛起。无论是从作家的人数、出版和发表作品的数量，还是从文学的影响程度和文学书写话题的独特性上来讲，深圳文学都是中国当代文学一个不应该被忽视的存在。在深圳大学曹征路教授的小说《那儿》《问苍茫》相继在中国文坛"炸响"后，曹先生就被尊为中国新左派文学的"圣手"，被评论界认为是目前中国以文学干预现实、反思现实最深刻的作家。

其实，曹征路先生只是其中一个代表。应该说，自从20世纪90年代中国文学以非常不情愿的姿态走向"边缘化"以来，准个体虚构写作、女性主义写作等成了一种文学时尚，使整个深圳文学保有了"五四"新文学以来具有的强烈的现实针对性和社会干预性品格。原因很简单，因为他们是在为自己新的社会生存而写作，或者用张未民先生的判断："这是一种生存中的写作。"

众所周知，自从设立经济特区而立市以来，深圳这个城市就按照资本的逻辑在急剧扩张和膨胀。深圳也在按照资本的逻辑，不断在重组和建构着新的社会秩序和新的文化空间。深圳的每一个人，无论是先来的还是后来的，无论是男人还是女人，每天都在这一逻辑轨道上生存，每天都在呼吸这种文化空气。如果人们还能够认同深圳是一座现代都市，那么它绝对是全然不同于北京、上海的新型都市。

作家们的神经本应该是最敏感的，也是最富于想象的，但对于这些从内地体制社会来到这座新型城市社会里求生存的深圳作家来说，这份敏感与想象似乎用不着，他们只要把自身的那份新的城市生存体验写出来就可以了。也就是说，在他们看来，原本对现代城市的想象与对现实生存的感受之间的巨大落差，已足够产生他们的文本所需要的文学性了。因此，深圳文坛出现了一些非常有趣的文学现象。当深圳号召作家们打造合乎深圳这座城市的现代气派与身份的"新都市文学"时，深圳的一个街道文学杂志却执拗地打出了要书写"新城市文学"的旗号。因为在这部分作家看来，深圳只是从一片农田里新冒出的一座城市而已。而从农村社会到城市社会的转变过程中，就有足够多的新奇人事供他们书写和记录了。甚至还出现了一些律师执业者自己出钱办杂志、办文学网站，再把自己碰到的令人惊绝的司法故事，"批发"给其他作家来书写的现象。

如果说职业生存和身份生存，是深圳这个新型城市社会的生存真相，那么正是这种独特的城市生存方式和社会组织方式，催生了深圳的也是中国的行业文学和打工文学的发达。大学教授写高校，南翔就写过《博士点》，曹征路写过《南方麻雀》；银行职员写银行，谢宏就写过《信贷项目经理》；职业经理写股市操盘手，丁力写过《高位出局》《职业经理人》；导游写旅游行业，央歌写过《来的都是客》。如此等等，不一而足。这个城市拥有的千奇百怪的职业，都能够在文学中找到其对应性的书写。打工仔没有深圳户口与编制，就意味着他们没有固定的职业和稳定的工资来源，也意味着他们社会身份的卑微。他们往往游走于社会底层的各个行业与角落；他们卖保险，做中介，搞物流、物业，上工厂流水线，乃至身不由己地涉足色情行业。也恰恰是这些成为作家的打工仔，成了中国社会深度的潜望镜。他们创造的"打工文学"，既写出了各行业的黑幕，也写出了打工生存的梦想、苦痛与失落，血泪与颤叫，如戴斌的《深南大道》《压米》。

这些行业文学和身份文学，呈现出的"新城市"景观，就远不同于老舍、王朔、徐坤之于北京的嘲讽化市民想象，更不同于刘呐鸥、穆时英、卫慧之于上海的现代时尚书写。在曹征路笔下，深圳是一个嘈杂而血肉飞溅的工场，老工会主席因替工友们维权未果，愧疚难当，而躺倒在巨大的蒸汽锤之下（《那儿》《问苍茫》）；在吴亚丁的笔下，深圳就是一个"出租之城"，年轻的叶蝉（研究生）们和陈旎（空姐）们工作、租住在出租屋里，同时他们也在出租着自己的智慧与美貌，当这些人生资本消散殆尽时，他们便无奈地让渡着自己的人生（《出租之城》）。总之，这里来来往往的每一个人，都是这城市的过客（央歌《来的都是客》）。

写字楼里的白领们，就像那玻璃缸里的金鱼，身体与内心之间"貌合神离"

（谢宏《貌合神离》）。而楼外揾工失意的"苦瓜们""土豆们"，或"对着太阳撒尿"；或大脚踹向垃圾箱，嘴里却在嘟囔着"长这么丑，我容易吗？"（戴斌《长这么丑，我容易么》）；或在心中幽幽地念叨着，"我们不是一个人类"（吴君《我们不是一个人类》）。更有网络作家不无偏激地以《天堂往左，深圳向右》为题，来书写他们的深圳印象。一部分打工作家开始对这原本充满无限艳羡与诱惑的新城市生存产生了"过敏症"（谢湘南《我的过敏史》），纷纷转向对家乡的温情怀念（卫鸦《被记忆敲打的黄昏》《被时光遗失的影像》《被红土串起的记忆》，孙向学的《二傻》，郭建勋的《桃符》），像他们的前辈沈从文一样，间接地表达了对这新城市生存的批判。

显然，深圳作家面对这座城市，一直在做着一种立足于自身生存位置与感受的不无情绪化的批判性书写。如果说北京叙事在以一种老住民的身份，嘲讽着笑着调侃着北京城里发生的世事风云与人间变幻，上海叙事在以一种主人的身份享受着追逐着这座摩登城市的现代与新奇，那么深圳叙事则是在以这座城市的"过客"身份怨恨着、批判着这座城市。"过客"，是深圳人的文学影像；批判，是深圳叙事的美学品格；怨恨，是深圳文学的主流情调。

特定的社会场域，酝酿了特定的社会情绪；独特的社会情绪，又规定了文学的美学品格及其追求取向。文学的现实规定性这一定律，至少在深圳这三十年文学书写历程中表现得尤为明显。这也能够解释一些内地评论家在解读深圳文学作品时产生的困惑：为什么深圳这些作家在享受着现代化的好处的同时，却在干着"端起碗吃肉，放下筷子骂人"的勾当？深圳这座令世界都产生惊艳的现代化城市，为什么至今仍然没有产生与之相匹配的现代派"先锋文学"？深圳的这种"怨恨文学"不是我们一直熟悉的平民文学和革命文学吗？

二、身份写作：批判美学的局限

深圳文学确实具有某种批判现实主义美学品格，但从严格意义上来说，它并不是人们所想象的巴尔扎克式和鲁迅式的冷峻批判，而是一种对新的现实生存的不适应及其社会情绪的记录与写实。因为，巴尔扎克对当时巴黎的风俗有着深入的分析，而鲁迅则对"五四"前后中国人的国民性有着透彻的了解。

对深圳作家而言，人们根本就用不着去号召"要回到现实""回到生活"。深圳文学几乎就是匍匐在当下现实生存的地面，呼吸在工厂流水线上，呼吸在大街小巷里，呼吸在出租屋里和写字楼里。当下《人民文学》和《文艺争鸣》正在倡导创造"非虚构"文学，其实从20世纪90年代以来，深圳就一直做着非虚构的文学。因为这种新的城市生存体验的沉重，根本就不容许他们去虚构一个子虚乌有的文学世界，大部分年轻作家的文学写作技术也限制了其对虚构的运用空间。对他们来说，最需要的只有表达、倾诉乃至宣泄。因此，当20世纪90年代整个中国文坛走向政治"边缘化"，纷纷投入叙事技术探索，走向对现实主义文学话语反叛，从事着对人的历史意识与个体意识的唤醒的时候，深圳文学却自然而然，同时也是悄无声息地，回到了对当下生存感受的叙写上。

文学的针对性在深圳从来就没有这么明确过，那便是要完成对新的社会生存的批判。一个显而易见的事实是，当整个中国文学搏击在"存在"和"话语"的虚空中，从而导致文风乃至文体走向阴性化或软体化（当然是以"个体化写作"名义出场的）的时候，深圳文学尽管缺乏写作技术的精致，却集体性地表现出一种久违的刚健与硬朗色彩。这种不无刚健与硬朗的文学，尽管不是那种能够抚摸或慰藉心灵的文学，却表现出一种难得对时代与社会的批判力度，以文字担当起社会道义的力量。这种"铁笔担道义"的良知文学，本来就是中国文学最宝贵的传统品质。

正如任何外来客都有一根敏感而脆弱的神经一样，深圳文学散发的出于社会道义的批判力量，恰恰就是来源于这座城市的集体性的"过客"意识（有作者甚至就以"过客"为其笔名）。这种"过客"意识就是作为这座城市移民们的集体无意识形态而存在的。他们总是不自觉地以"非主人"的身份出场，甚至总是在以"客者"的身份来自说自话。一张深圳身份证，一本深圳户口簿，并没有改变他们的这种文化身份意识，因为连一些有了一定社会地位的先来者也同样如此。正因为深圳人历来就在潜意识中认定自己生活在别人的城市里，因此，深圳作家也总是在以一种"他者"身份，怯弱而警惕地打量这座城市的一切人事。他们不可能像北京作家一样，以这座城市的老住民身份，底气十足乃至油嘴滑舌地嘲弄人间的荒诞；也不可能像上海作家那样，以主人的身份享受现代城市生存的优雅与美好。所以，这才有吴君的慨叹"我们不是一个人类"，也才有吴亚丁对住在出租屋里的岩桐的孤独与寂寞的咀嚼（《谁在深夜敲打你的窗》）。

因此，深圳作为中国改革开放的先行城市，作为一个依据政治权力和资本市场重新组建的移民城市，所有的深圳人都被重新纳入了一个新的社会秩序与新的文化空间，也被重新赋予了一个新的文化身份——"客者"。只有权力和资本才是这里的主人，而如何应对这两位新的主人（因为权力主体和资本主体总是在不停地更换），才是他们眼下生存现实中的第一要义。他们既要讨好这两位新主人以适应生存，同时也更讨厌这两位主子的冷血性待客之道。因此，我们也应看到，深圳作家的这种暧昧态度，极大地损伤了文学的批判力度。往往当他们得到了这两位主人的"赏识"时,他们会觉得,这里的天是蓝的,水是绿的,女人是漂亮的,城市是摩登的。有时甚至还会幻觉自己已是这里的主人了,为自己成为这座现代化城市的建设者和享有者中的一员而骄傲、自豪。而当他们的青春与智慧在租赁行为中得以终结时,他们会对这两位主人大吐幽怨的口水,甚至破口大骂,骂他们冷血无情,骂他们没有人情味。

这种写作心态的摇摆,从现有的这些写深圳的街道、酒楼、咖啡馆、KTV歌厅和出租屋、工厂、故乡这两类场景的文本中,都可以轻而易举地找到证明。写前者时,文本中的人物有时甚至会借着酒意或面向情人的爱意,径直喊出"我爱这座城市",吴君就有小说名之为《亲爱的深圳》;写到后者时,老板和当权者则成了心怀鬼胎的恶魔,自身生存苦难的制造者,唯有回到"美好的故乡"(其实也是他们虚构出来的)才能逃出这"地狱"之城,戴斌和卫鸦就有大量关于他们湖南故乡风情风物的描写文本。因此,深圳文学对新都市生存的批判,仍然只是一种世俗的、功利的道德批判,尚未达到立足于现代性批判的起点。

尽管目前对现代性的内涵认识依然模糊不清,乃至莫衷一是,但是至少有一点我们应该明确:现代性指涉的是人的现代性。它基本要求的是,当人们面临着现代社会的物化生存和理性生存时,作为生存的主体,人必须保有其自身强大而独立的生命意志。对于这种新的城市生存,作家不仅要有现代人道主义意义上的崇高识别,更要有现代人文知识层面上的认知与发现和哲学层面上的遐思与体认,比如,对个体存在意识的尊重、对公共理性精神的崇尚等。只有作家对现代社会与现代生存的认知问题得到解决,作家的书写立场问题才能得以解决。如果作家们依然立足于既定的社会文化身份,而仅仅在题材、辞令、技巧层面下功夫,那么文学的问题,尤其是文学的现代性问题是无法得到根本解决的。因为文学现代性的一项基本指标是,文本叙事中或者文本中的人物的思想与意识应该体现出应对现代社会的这种物化生存与理性生存时,有着清醒的认识与从容的态度;而远不是按照原有的社会生活理念去猎获新社会里发生的传奇故事这么简单。显然,这更需要作家对新社会中的人与事有更深入的观察、更精细的思考与选择。

有人曾经简单地做过这样的逻辑推理:现代性社会必然产生现代文化,现代文化必然派生出现代性文学,因此先锋城市必然会诞生先锋文学。然而,深圳的文学事实证明,这只是理论家们一厢情愿式的春梦。

其实,无论是人们立足于什么样的身份来写作,其文学书写都不可避免地出现其情绪的偏狭性和美学的局限性。过去的阶级身份和当下正时髦的性别身

151

份，对文学书写的影响无不证明这一点。或许，这些社会文化身份代表的书写立场本是同一个东西，只是在不同的时期拥有不同的变种罢了。当然，立足于身份书写的好处也是明显的：一是立足于不同身份的写作，确实为作家们带来了新的视野与新的发现；二是人的社会文化身份带有特定历史时期的现实规定性，作家也一样。带着这种现实身份的规定性来写作，也使文学天然地具有了现实主义美学色彩。但是，我们也应看到，文学的审美自觉性和情怀的超越性追求终止了，文学的批判力度也大打折扣了。一个明显的例证就是，当人们反诘这些制造批判文学的深圳作家"这座城市又没有关门，既然你觉得深圳这么不好，故乡那么好，你为什么不回去呢？"时，作家们就只能陷入一种无言以对的尴尬。

因此，新的社会生存只是为文学提供了新的书写对象，而文学自身的超越必须依赖作家这一主体的成长与强大。毕竟文学是由作家写出来的。

三、超越身份写作：新都市文学的出路

显然，在改革开放的时代背景下，深圳由一个人口不足三万的小渔村，经过三十余年的发展成长为今日一个拥有千余万人口的大都会，因此，深圳文学无疑具有移民文学性质，因而也就带有一种阿喀琉斯脚踵式的先天性缺陷——以"客者"的身份与立场来书写。而只有克服这一缺陷，才有可能使这支业已成形的文学军团拥有充沛的生命力与战斗力。

况且，深圳移民文学与世界发达地区的移民文学相比，还有其独特之处，就是深圳移民作家几乎都是清一色的内地移民。即使有个别作家属于土生土长的当地人（如谢宏），他们也与这些移民作家有着几乎相同的传统文化背景和教育背景，甚至生存的社会时代背景也是同一的。从本质上来说，他们都属于"文化移民"，他们共同成为这个新的大都会社会生存的第一代文学言说者。他们不可能像昆德拉们一样，是在与一个已有的现代都市文学言说进行碰撞、修正的基础上进行所谓的超越性写作。而对深圳作家而言，要创造真正立足于新的都市生存的"新都市文学"，就不仅要超越他们原本熟悉的社会生存身份书写，还必须在人文观念、思维方式、生活体认与文学言说途径等方面，做出一种面向自身文学传统的全方位超越。说白了，就是要求作家们完成全面的自我超越。

然而，细读深圳当下的文本，人们不难发现，这支由移民作家组成的文学军团，绝大部分仍然生活在他们过去的潜意识、记忆和语言里。他们与当下新的文化与观念发生了一种新的断裂，不能承受那看不见的、更为现代的精神与

文明。他们绝大多数感受到的是一种"异化"带来的痛苦，于是，在他们的作品中，总是在抒发着他们的乡愁与诅咒。他们热衷于关于这座城市新颖信息的提供，而不是把这个新的城市社会作为分析和思考的主题。在一定程度上，这座城市就成了个移民们脑海中的"被说明"之物，而成了文学中无主题性的背景。也就是说，作家们原本想要揭示的这座新兴城市的"精气神"往往落了空。因而，当下的深圳文学呈现出两种极端化倾向。一种倾向是，媚俗式地采用传统的文学言说方式，粗暴地改编或剪裁着我们的现实，让文学仅仅成了各种意识形态的表达，而缺乏作家自己的感性生存经验与认知。另一种倾向是，专注于个体感性生存心理的表白，而缺乏对社会与人生的整体性把握。偏执，也成了深圳文学的一种文学风格，也成了吆喝世人的一种手段。

由于这些移民作家，继承的是过去的文学和文化，而在对人的生存与欲望、历史与知识、传统与现代的认识上有着结构性的缺陷，从而导致他们在创作中，对个体与社会、现实与心理、语言与修辞之间的相互关系，还缺乏整体性的解决方案。因而，他们只能遵循资本时代注重效率的文化逻辑，以量取胜，不断重复述说着自己的故事，唱着自己的老歌。

好在有些作家已意识到这一问题的存在，并决定重写或改写自己的深圳故事。这一方面说明我的上述观察与判断没有走偏；另一方面说明深圳文学在这三十年来，还只是完成了一个书写经验的累积过程。所以，实事求是地说，深圳文学还没有真正为中国文学提供新颖的文学经验，甚至还没有形成自己的文学思维方式。因而在作品中，存在着自己所感受和自己所要表达之间的错位现象，也就在所难免了。昆德拉在评俄罗斯人斯特拉文斯基的音乐时说：他枯燥的心灵掩盖在看起来情感汪洋肆意的风格背后。我觉得这句话很能戳中深圳文学的软肋。深圳的作家应该具有足够的心灵，去理解他们文学背后游荡的情感的伤痕。只有超越这种集体性的身份写作，深圳作家才能形成自己的文学思维方式，真正的"新都市文学"才会出现，深圳的文学星云也才能获得永久的灿烂。

[原载于《深圳大学学报》（人文社会科学版），2013年第5期]

20世纪90年代小说的自觉及其对历史的另类书写

一

小说是一门虚构的艺术，更是一门理性的艺术。它是某一特定时代的作家对历史或社会人生的一种记忆、一种观察、一种想象、一种认知，也是这个时代的作家创造的关于历史与社会人生的知识性文本。因此，小说家们如何看取、认知、诉说和书写历史与社会，就成了这个时代关于知识创造的最重要的精神文化事件。而解读一个时代的小说，就不仅是要对产生在这个时代的文本书写做一种纯粹而孤立的文学审美解读；更应该对小说文本背后小说家们的认知立场及其合理性进行深层次的文化解读，从而获取小说家们立足于新的历史观和人学观，而对人的生存世界重新做出人文解说。

现代小说家们已普遍意识到，他们要成为人文思想的传递者、历史真相的诉说者，首先必须以世界的认知主体而存在。西方现代哲学已启示了20世纪末以来的中国人文知识界，每个人也只能感知自己的存在状况。尽管小说家们是作为"人"的书写者而出现的，但他们只能作为小说中人物的"他者"存在，无权任意"建构"他人的历史。因此，现代小说家都只能对每个具体的人的生存世界，尽量努力做一种立足于自身感知的元历史的还原与叙事。

正因如此，缤纷多元的"小叙事"（法国当代哲学家利奥塔称语）取代大一统的"宏大叙事"就成了造就新的小说时代的必然文化背景。正是小说家们在这种新的知识观和小说观这两个层面上的华丽转身，使我国小说在书写美学形态和人文思想表达上，迈进了一个群体性的自觉时代。小说观念的自觉实际是从小说家们对自身写作意义的重新确立与书写可能性的重新定位开始的。20世纪90年代以来的小说家都已普遍认识到，在这个时代书写小说文本，完全可以远离那种一以贯之的以"小"（具体的历史事件）说"大"的写作路线。时代主流意识形态视野里宏大的时代主题与社会事件，已不属于小说言说的唯一对象。小说不是为了制造时代的人物标识，小说书写也不像80年代中后期的"先锋派"一样，径直地回到对无意义世界的书写，回到语言的操练，回到纯粹叙事圈套的演习，而是要以与每一个鲜活生存个体对话的姿态，让小说回到对小人物世俗日常生存的"琐碎"言说上来，以真正的人道主义情怀切实倾听属于他们作为个体的生存感受，书写他们对作为个体的自我对生存意义与生活历史的认识和感悟。尽管人物仍然是小说事件的连接线，但对人物的社会属性书写，已经让位于对社会属性参与下的个体精神世界书写。在一定程度上，人物已衍变成了小说家手中，用以传达某种文化价值与倾向的表意符号。那些没有附着复杂社会关系而生存状态千差万别的小人物，得以在小说文本中大规模地涌现开来。

书写立场的转变，使小说家获得了前所未有的书写自由，小说也获得了前所未有的书写空间。20世纪80年代末以来的小说文本里，小人物们或者称为平民们作为个体的形象群体，又回到了现代小说建立之初的鲜明和生动。刘震云在《一地鸡毛》中塑造的小林夫妇、池莉和方方塑造的武汉小市民形象群、王朔的"顽主"系列群、韩少功的"马桥"人们、刘恒《狗日的粮食》中的"瘿袋"、李锐《无风之树》中的"瘤拐"们、张承志《心灵史》中的"哲合忍耶"教徒们、莫言《丰乳肥臀》中的上官鲁氏、史铁生《命若琴弦》中的老盲人和小盲人、余华《活着》中的徐福贵和《许三观卖血记》中的许三观等，他们有的有名字，有的甚至连名字也没有，但作者一样能够依托他们写出"非理性的历史对生命残酷的淹没"的个体生存真相；[①] 一样能够揭示出另一种存在现实，另一种生存逻辑（余华的《现实一种》，苏童的《另一种妇女生活》）；一样能够传达出另类历史观，"历史这个词儿，就是有人叫谷子黄了几千次，高粱红了几千次"（李锐《万里无云》）。城市里小林夫妇为了一块馊豆腐而发生家庭战争，农村妇女"瘿袋"为家庭粮本丢失的自杀与凄厉呐喊，"矮人坪"里"拐瘤"们为围护自身作为人的生存尊严而做出的"就义"行为，送茧工人许三观为自己这一辈子最终不需再卖血而放声号哭……这一切书写，都无不显示了新的"平民文学"（周作人语）书写潮流的涌动。

因此，自20世纪80年代末以来，小说的自觉就不仅表现在以作家各自独特历史观为基点的多元个体生存叙事，取代作家对主流意识形态所"注视"的，积极参与和应对民族国家历史事件的"宏大叙事"；更主要的是表现出对以现实主义为主流的（20世纪80年代中期以前）小说美学的分化与颠覆，令小说美学的自觉也成了一种现实，一种潮流。从小说的审美形态角度来看，这种"颠覆"主要表现在两个方面：一是对"典型"的消解，二是解构小说与现实之间

[①] 王尧.李锐论[J].文学评论，2004（1）：108-116.

的——对应关系。

所谓对"典型"的消解，是指小说中的人物不再是作为某一阶级或阶层中"类"的代表与象征，在他们身上发生的事件也不再是"伟大时代"的缩影；在"我谁也不代表，我只代表我自己"的意识支配下，人物往往是作为世俗的、自我的人而出现，"事件"也只是围绕着这些俗人自己的饮食男女等事件展开。作家要表现的不是对外在的时代与社会特征的所谓准确把握，而是对某一特定时代与社会中的人，作为个体存在的命运与生存意义进行深层反思。小说也不再是对所谓客观社会现实的概括与"史诗"性描写，而是在一定程度上演变为在新历史观下对作家们各自生存记忆的注解。因此，我们能在这个年代看到一些"怪异"的小说，在格非、史铁生、韩少功、李洱的小说里，人物、典型环境和完整的故事，这些原本作为小说的基本构件，总是隔三岔五地离开小说。在格非和李洱的小说里，只剩下了对人物记忆的梦幻式记录；而在格非《青黄》和韩少功《马桥词典》等小说里，甚至只有对人物语词符号捉摸不定的书写。人物活动的现实规定性也遭到消解，他们动作的可能性得到极大的扩张，如贾平凹的《废都》和余华的《活着》都出现了人与牛的对话。情节的荒诞性与文体的寓言色彩也成了20世纪末小说中新的艺术追求。

所谓解构小说与现实之间的对应关系，主要表现在小说家们力图实现对现实主义"反映论"的强力反叛，以谋求小说的"另类"真实和更开阔的艺术表现空间。小说家们在文本构造中的设计力度，超越了此前现代小说的任何时段。这种"反叛"主要表现为两个向度。一是从现实主义出发，继续强力地向生活的内里走，追求小说叙事与现实生活的重叠。这就构成了20世纪90年代初期第一波浪潮的"新写实"小说和后期的所谓"下半身"写作（包括部分女性主义书写和新生代小说）。"新写实"小说，至少从小说文本的外部形态来看，取消了小说文本与现实之间作者的存在，表现出作者"有意"放弃了对故事叙写的支配地位，以感情"零度"方式追求所谓的"原汁原味"的"原生态"叙事，让读者自己去倾听未经着意处理的烦恼与苦难生存中的呻吟和叫喊。最有代表性的作品便是刘震云的《一地鸡毛》和刘恒的《狗日的粮食》。二是秉承了浪漫主义的余绪，从现实的原点出发，作家极度发力向生活的外部突围，书写放大和变形了的生活细节，让小说文本呈现出一种哈哈镜式的文学镜像。在这种小说"镜像"中，作者企图以鲜明的情感态度和理性判断立场，来完成他们对文学的世俗化和人生的无意义化的对抗，完成对读者的"新启蒙"。张承志《心灵史》中的哲合忍耶族群，张炜《九月寓言》中"铤鲅"群体，李锐《无风之树》中"矮人坪"里的"瘤拐"们，韩少功《马桥词典》中"晕街"的马桥人，包括苏童小说里的"香椿街"和"枫杨树故乡"里古怪的男男女女和东西《没有语言的生活》中的哑巴、瞎子和聋子们，都是在这一小说叙事思路下的产物。这一类文学往往塑造的是那种古怪甚至有点残疾或缺陷的人物群像，并把这种人物群像放置在一个时代标识相对模糊的历史长河里，来考察其内在生命力的顽强或某种人文价值的韧性，借以暗示或反衬当下繁华与灿烂的物质生存外表下人文精神的空心化。因此，这类小说有着明显的写作技术的先锋性和思想内涵的保守性特征，从而形成了文化保守主义书写潮流。

当然，传统现实主义小说叙事仍然作为重要的一支存留于20世纪90年代，如陈忠实的《白鹿原》、陆文夫的《人之窝》、王蒙的"季节"系列小说、路遥的《平凡的世界》、王安忆的《长恨歌》等。这种小说的存在，证明仍然有一部分作家坚守着文学与时代存在着最直接而紧密关系的文学观念。不过，20世纪90年代的现实主义小说在坚守着美学的真实性和对现实的批判性的同时，也在随着时代思想意识的行进而在两个方面发生着悄然的转换。一是以平民的立场来确立其叙事原则，真正关注普通民众和弱势群体的日常生活，书写平凡人，为老百姓而写。也正因如此，人们才能从这一系列的小说中解读到这时代真正处于社会底层的、平民精神世界的演变历史。二是既不囿于主流历史观，也不困于现实题材，而是从现实出发，将叙事视野延伸到历史的远处，将叙事笔触深入生活的皱褶里，从而有效地消除了现实主义小说的主流意识形态宣讲痕迹，使小说文本具有了作为民间文化标本的知识性反思功能。

二

小说的叙事立场与叙事技术的嬗变，发轫于20世纪80年代末，尔后大面积地发生在20世纪90年代，从而导致了当代小说整体美学风貌的变革，也改变了人们对小说的认识。因此，小说的全面自觉，也同样反映在小说理论自觉这一侧面上。

20世纪90年代以前，评论界用于评论小说的核心准则主要是：一看题材是否具有重大性或突破意义，如果能在题材上取得突破，作品就成功了一半；二看人物是否具有典型性和真实性，如果小说中的人物能够获得评论界的真实性（其实也是由主流意识形态规定的真实观）认定，作品就大功告成。因此，那些受到赞誉而被纳入文学史的作品，十有八九是题材具有突破性和随着题材独特性带来的人物品格新颖性的作品。人们听到的对小说作品最好的赞辞是：为当代文学的人物画廊添加了新的形象。这其中就潜藏着一个基本的美学观念：文学的价值主要取决于题材的价值。

20世纪90年代以来,"写什么"已让位于"怎么写"。无论是创作界还是评论界,"叙事学"都是人们谈论最多的一个话题,人们不再那么关注题材的含金量。作品采取什么样的"叙事立场"和"叙事方式"才是人们关注的重点。新生代作家韩东的《扎根》等小说,甚至出现了对知识青年上山下乡运动"复写"的情况。80年代走上文坛的知青作家可以写你们经历的知青生活;"我"也可以通过童年的记忆和揣摩,在不同的小说里反复书写"我"不断知道和理解的知青生活。只要叙事立场不同,对这段历史就会有别样的解说。作家们对各自独特叙事立场的寻找与确立,引发了理论界对"民间立场""平民立场"和"个人化写作"概念的广泛讨论。最终,立足于"平民立场"的个人化叙事,在原本具有强大统摄性和专制性的现实主义宏大叙事领地打开了一个新的缺口。小说家分别在传统与现代、民族与世界、"单位人"与市民、民间与正统,甚至男性与女性等多维视野里,寻找到了自己重新解说历史与现实的立场。

评论界对发生在20世纪80年代的所谓"新时期"内的小说创作现象进行概括与描述时,总是习惯性地根据变动的时代与社会现实提供的文学题材差异性,以及作家对主流时代社会问题的群体性反应程度,在现实主义文学的叙事轨迹中做一种纵向的阶段性"断代"描述:80年代经历了"伤痕文学""反思文学""文化寻根文学""改革文学""先锋文学"这几种小说浪潮。而在90年代,评论界面对几乎同时发生的多元个人化叙事,只能根据小说家们所采取的不同文化立场和叙事方式,进行横向而宏观的分类概括:90年代开端,出现以刘震云、池莉、方方、王朔、刘恒为代表的"新写实"小说;以韩少功、张承志、张炜、李锐为代表的文化保守主义书写;以王小波、莫言、史铁生为代表立足于民间的新历史主义写作;以余华、苏童、格非、潘军、残雪等为代表的,在80年代从事"先锋小说"形式实验的作家群,在90年代几乎发生了群体性"转向",走上了"先锋小说"世俗化、新写实化或新历史主义式的分化写作;以王蒙、陆文夫、陈忠实、贾平凹、路遥和王安忆为代表的,在传统现实主义写作的基础上,在内容上走向深化而在形式上有所变异的写作;90年代中后期,出现以韩东、朱文、李洱、毕飞宇、邱华栋为代表的"新生代"群体的"准个体"写作[1],以陈染、林白、徐坤、卫慧为代表的女性主义书写。

发生在20世纪90年代小说美学的自觉,说到底,最终还是小说家们的自觉。他们开始明白,作为操持在其手中的现代"说部"文体,面对个体意识广

---

[1] 黄发有. 准个体时代的写作:20世纪90年代中国小说研究 [M]. 北京:生活·读书·新知三联书店,2001.

泛复苏的现代读者群,到底能够"说"些什么,应该为谁言说以及如何"言说"。也就是说,面对多声部的现代话语空间,当代小说家为小说找到了其言说的对象——"为老百姓而写作,也应作为老百姓而写"(莫言语),以平民情怀真诚地与老百姓对话;为小说找到了言说内容——书写老百姓世俗而日常的人生。让文学真正回到"人学",让读者从文学中回味和思考人的个体生存史的真味与意义。

如果说,20世纪初,梁启超的小说起着"社会群治"作用理论和鲁迅的小说"新人"理论,标志着小说的第一次自觉——小说对于自身责任的自觉,那么发生在20世纪末的小说叙事立场的平民化和叙事方式的多元化变革实践,则表现为现代小说的第二次自觉。小说经历第一次自觉,挖掘了小说自身的价值——有益于国家民族的复兴与民族文化的启蒙;当小说衍变成某种虚妄的"神话"建构时,当小说成了时代主流意识形态的附庸与代言人从而使自身面临一种迷失与消亡时,是第二次自觉使其"向死而生",找回了自己。小说回到其原初出发的地方——小叙事,以完成对大叙事的补遗与修正。这当然不是小说的倒退,而是小说的一种现代复兴。从大叙事到回归小叙事,小说家这种言说姿态的后撤,为小说带来了广阔的言说空间,也带来了多声部时代小说自身形象的清晰,又让小说做回了自己。

三

王国维说:"一艺之微,风俗之盛衰见焉。"① 20世纪末小说自觉历程的发生,就与小说家们所处时代的文化风尚的嬗变脱离不了关系,与社会现实的转变也不无关系。

自20世纪80年代以来,作家所面临的最大的现实,无疑是社会体制转型制约下的人们生存方式的转型。而所谓人的生存方式的转型,最可靠的描述无非是从充满统摄性的计划经济体制下的单一生存方式,过渡到充满市场竞争,被迫让自己做主、让自己负责的多元共存的个体生存。每个人都在完成着由格式化的"单位人"向被迫自己做主和自我承担风险的"市民"身份的转换。市民生存的主要内涵,还不是传统意义上的城市居民生存,而是整个社会所出现的要求尊重各自意志的多元个性化生存。作家作为这"转型"中最敏感的一群,必然在文学言说中传达各自的生存感悟:或失落,或痛苦,或欣慰。事实上,不管是直接或者是间接,几乎所有的文学言说者,都是站在各自的个体生存境

---

① 王国维. 王国维文学美学论著集[M]. 太原:北岳文艺出版社,1987:177.

遇中对历史或现实的言说。所谓"新状态""新体验""新生代""新历史主义"和"女性主义"书写的文学，不是作家们在当下突然换了心态或脑袋的产物，而是强大而陌生的市民生存挤迫作家们的结果。

20世纪90年代小说的主流叙事方式的转变和言说立场的后撤，是与正在形成的现代新兴市民生存形态和作家自我社会文化身份的转换相适应的。准确地说，90年代小说是小说家们立足于呈现新生的市民文化中的现代人文价值的文学书写。一部分评论家也敏感到了90年代小说的一些市民文化气息，如发现了当今影响较大的作家王朔、王安忆、余华、刘震云、池莉、方方以及新生代作家朱文、邱华栋等小说的世俗化、市民化倾向，发现他们异乎寻常地关注日常，认同身边你我他的个体生存。总之，20世纪90年代小说的自觉，主要来源于小说家们对自身社会文化身份的自觉，当然也包括从事女性主义书写的作家们对其女性性别身份的自觉。

当然，作为小说"言说"的主体——作家的文化身份的变化，毕竟不是一个纯粹被动、自发的应对过程，社会运行体制的变化和人们生存方式的转换，仅仅是为作家们提供了重新认识人与社会、人与历史关系的一个语境，而本土的传统文化资源和西方现代乃至后现代文化思潮和文学文本，则成了触发这次自觉的重要思想资源和文学资源，也成了填补社会转型期人文精神"废墟"化状况的精神养料。①

从20世纪80年代阿城的《棋王》、韩少功的《爸爸爸》等"文化寻根"小说，唐浩明的《曾国藩》到90年代陈忠实的《白鹿原》和二月河的《雍正皇帝》等新历史主义小说，都无不表现出文化本土主义对作家新的人学观与历史观的重构意义。20世纪80年代中后期爆发的以马原、洪峰、潘军为开拓者的"先锋派"文学，既为新历史主义的小说书写奠定了坚实的叙事技术基础，也为其开辟了一条走向合法化认同的通途。

应该指出的是，滥觞于20世纪60年代的西方后现代主义思潮，特别是解构主义，由于其对西方传统文化思维中的"罗格斯中心主义"以及由此带来的历史整体论具有强大的颠覆性，因而为一部分当代作家实施小说"元叙事"策略，拆解传统小说的宏大叙事构架，消解其对历史言说的权威话语意义提供了理论基础。人们终于认识到，历史存在的实在性与历史言说的虚妄性原是油水分离的。要从任何一种权威历史言说中寻找历史的绝对统一的真实性，无异于刻舟求剑。以海德格尔和萨特为代表的存在主义哲学，既为作家提供了考察

---

① 王晓明，等.旷野上的废墟：文学和人文精神的危机[J].上海文学，1993（6）.

"人"的新视角,也为小说提供了重新解读历史的新法则。历史的实在性,不再只是存在于某些特定宏大历史事件的连缀,或者只是对某些历史伟人的权威解读。历史,永远只能是人的存在史。抛开社会意识形态对人的本质做的形而上的虚妄的规定,而对每一个作为主体的存在状态的人进行切实的感知与书写,就成了当代小说家的一种必备的现代素质。

从20世纪80年代的先锋派对人的记忆的书写,到90年代新写实派对形而下存在的关注,新生代对欲望的解读,女性主义小说对女性性别意识的甄别与护卫,都无不体现了存在主义对新历史主义小说叙事内涵的构建。正如朱栋霖先生指出的:"对于新时期文学来说,萨特人学思想的意义在于,它为人的个性无限发展提供了理论依据。对于人的存在命题的探询与思考,构成了新时期文学中新的人文精神内涵:现代知识分子对固有道德原则的质疑、挑战与否弃,对人的存在本质、状态和价值的追思,其核心是崇尚虚无,从中建立一个不断超越个体自我、具有独立个人价值与理想的目标。这是新时期文学的重要现代意识之一。"①

显然,发生在20世纪末的小说自觉,完全是建基于人对个体存在的自觉上;而当代小说呈现出文化与美学的现代性,也完全是基于小说家们现代意识的建立。

(原载于《深圳大学学报》2008年第4期)

---

① 朱栋霖,朱晓进. 中国现代文学史1917—2000:下 [M]. 北京:北京大学出版社,2007:259.

都市文学的现代性及其限度

眼下的评论界实在呈现出一种理论贫乏和审美疲惫的现象,到目前为止,我们还找不到一个具有说服力的概念来描述从20世纪90年代以来的文学状况。十多年来,文学不是经历了"重返自身"的运动而摆脱了政治缰绳的约束,获得了其独立价值和空间吗?难道文学获得的不是解放而是被放逐?但确实自从"新时期文学"这一时间性概念,随着人们理想主义的幻灭和文学的边缘化被抛弃,人们似乎再也找不出一个恰当的字眼来描述眼下这十几年的文学事实。要么以写作的"个人化"或"多元分化"来搪塞;要么还是使用那一以贯之的万能法宝,廉价批发"新"字外衣,随手抛出什么"新状态""新写实""新启蒙""新理想主义""新历史主义"等"新"学话语。在一片贴满了"新"字标签的文学海洋里,按道理应该在人们面前呈现出一个让人容易识记的独特文学纪元。但事实上并不是这样,相反给人们带来的关于这一时期的文学认识是"剪不断,理还乱"的混乱局面和文坛一片平庸的总体印象,抹杀了作家们十来年的独特创造。这大约就是"批评缺席"导致的状态。

到底是什么原因造成了评论界丧失了理论概括的能力呢?对不同的评论家当然有不同的原因,但老实说来,有的是因为文学边缘化导致文学的"失重",认为没有必要去做深入的理论思考;有的可能是出于职业或"饭碗"的需要,而套用他们原本熟谙的文学认识模式。但其深层的原因是同一的,那便是有意或无意地"淡化"当下文学与剧变的现实生活之间的关联,其结果不是把文学认识引入一个形而上学境地,就是导入一个纯技术操作层面。由对文学的无热情最终折射出他们对生活的无热情;又由于对生活的无热情而加深了对文学创作的理论概括的冷淡,最终导致了认识文学最实在、最能令大众所接受的坐标系——现实生活的抛弃。而对现实生活这一坐标系的抛弃,使文学像一只断了线的风筝飞出了理论视野。最终人们发现,文学不是被别的什么所抛弃,而是被我们最时髦的理论放逐了。

当然,文学与生活之间的关联,既是一个陈旧的话题,也是一个陈旧的文学判断，但老判断未必就不能揭示问题的真相。任何理论创新的欲望都必须建立在问题真相的揭示上，而不是建立在自身理论言说的欲望上。因此，对20世纪90年代以来的文学认识，我们的眼睛必须向下位移，必须从认同个人化写作的技术主义天空回到现实生活的大地上。

十多年来，我们面临的最大现实是什么呢？那便是社会的转型制约下人们生存方式的转型。作家作为这双重"转型"中的一员，尽管他们言说的故事或话题千差万别，但都必然要在文学言说中传达这种生存感受：或痛苦，或迷茫，或欣慰。而所谓生存方式的转型，最可靠的描述无非是从计划经济体制下的单一而被规定的生存方式，过渡到充满自由竞争、被迫让自己做主、让自己负责的多元共存的社会生存。事实上，不管是直接或者是间接地，几乎所有的文学言说者（包括作家和评论家）都是站在各自当下生存境况中的言说。所以，我们眼前面临的最大文学事实，便是面向人的个体生存突围的文学的生发与深入，甚至20世纪90年代以来的文学都可以视为这种个体生存文学的兴起。

在时代的转型中，个体生存突围的向度当然是多元的，但一个主要方向明白无误，那便是农民市民化（农村城市化和青年农民通过打工与高考的方式进城）和原城市单位职工的市民化。20世纪90年代的文学随着作家们的这种身份转移而发生了叙事方式与立场的转移。因此，一个不可否认的事实便是，一个折射新的市民群体生存与其精神苦痛的"都市文学"潮流正在涌动。

必须指出，"都市文学"概念的提出，不能看作是"现实主义反映论"的回潮，也不是传统意义的市民文学，而是对当下文学的主流叙事方式和言说立场是生发于当下都市生存而论的。准确地说，是针对立足于呈现都市市民文化中的现代性价值的文学写作而言。之所以冠以"都市"而非"市民"，是因为人们越来越感到都市的外在生存方式（而非城市这一物质空间）对人具有强大的规定性。一部分评论家也敏感地嗅到了新兴都市文学的一些新颖气息，如发现了当今影响较大的作家王朔、王安忆、余华、刘震云、池莉、方方等的世俗化、市民化倾向。但遗憾的是，还是没有把他们的创作落实到"当下都市生存"这一认识平台上来，因而也就无法真正肯定他们文学中蕴藏的现代性价值变异，无论是对审美价值的探索还是对人的生存价值的思考。

看不见而不说话，这种"失语"自然情有可原，但看得见而不说，就必有隐情了。评论界对身边新兴的"都市生存"事实的忽视，完全有可能是他们自身对这种新的生存方式的不适应，从而导致他们内心对其中内含的新价值的不认同。但是，广大市民大众通过影视这种更具普适性的艺术转述（如王朔、莫言、刘震云等大量当下小说被改编为影视作品），却分明从这种文艺中"观照"

163

到了自己的影子，因而产生了极大的同情与反应。因此，面对文学领域的这种尴尬，我们不得不发出一点"盛世"危言：在传统的超美学的观点完全失去了人们的信任，而老的美学传统已拿不出足够的理论储备，来解读和指导"都市文学"这种新型文学创作的时候，评论界只有再次睁开眼睛，回到我们脚下的现实，在新的社会现实要求中寻求文学的位置和价值。否则，审美的"疲劳"只能演化为审美的"昏迷"。

文学是表达人生存状态的一种文化符号，因此社会人生的生存状态中的问题属性也就规定了文学的基本属性。我们的文学史版图历来就是根据对这两者的关系的认识来绘制的，而且这种认识方式获得了文学界乃至非文学界的普遍认同。也就是说，每当现实生活中什么成为普遍问题，最终都会成为普遍的文学问题，并会反映在阶段性文学的命名方式上。"革命文学""战争文学""女性文学""改革文学""伤痕文学"乃至"先锋文学"，都是这种问题文学的不同侧面。当都市化浪潮把新型的生活形态推到人们的视野中，成为人们不得不关注的焦点、问题的核心时，都市文学的产生便成了顺理成章的事。

应该说，真正的都市文学，才是一种真正具有现代性的文学，因为它与现实中人的生存形态和现代性观念演进轨迹相呼应。也就是说，它的现代性还不是单纯来源于都市题材的现实性，也不是那种传统"史诗"指涉的城市市民的生活形态，而是对都市市民们作为现代公民的现代性精神素质的觉悟与肯定，如人的主体意识的成长，自我意识的扩张，对个体生命残缺的感悟，民主参与意识的呈现；灵肉二元分裂的痛苦述说；人与人交往的渴望与戒备；等等。因为，这些才是新型都市生活形态赋予广大市民的新的现实问题。如何以文学的形式去呈现这些问题，引起人们的关心与思考，是当下文学重新确立自身价值的唯一出路。文学如果不去探究当下市民的这些精神状态问题，仍然去描写外在的所谓"诗性"的都市生活形态，在视觉艺术日新月异的时代，它就不仅仅是停留在当下的"边缘化"状态上了，而真有走向黑格尔所说的"艺术终结"的危险。

由于审美从来是人的自我观照，人们对自我生存状态的意识与感悟在审美活动中历来就占据着中心位置，因此审美问题其实一直是一个关于人的生存状态的问题。也正是这种客观存在的都市精神生存状态，决定了都市文学的审美公共性的空间与限度。它的审美公共性，既不是市场化语境下的审美"媚俗"，也不是单纯的审美形式上的无边界的雅俗共赏，而是以现代都市人普遍的精神状态及其人生感悟为轴心，把艺术的触角延伸到现代市民的心灵痛痒处。张爱玲写香港，王安忆和年轻的卫慧写上海，就是做到了这一点，从而引起了读者广泛的同情。其实，读者不是在同情小说中的人物，而是在同情着他们自身。

都市生存现实的变异和审美主体崛起的群体性逼迫，也要求现代都市文学在艺术形式上具有更广阔的开放性。这种开放性主要是指在审美活动中，作家不再是在一个封闭自足的艺术世界中孤芳自赏的审美个体，也不是什么以某种新颖的旨趣引领大众的艺术启蒙者，而是要求作家放下艺术家的架子，打开大门，与主体意识日益增长的市民进行平等的沟通对话。作家也必须意识到，文学的创作过程不再是一个自我孤绝的创造过程，而是一个提供敞放的对话和交往平台的过程。既然如此，都市文学的艺术形式就必须为不同的审美主体（不同生存状态的人）提供多种对话的可能性。这种艺术的可能性，究其实，也是由都市生活中各种不同的生存可能性规定的。

20世纪90年代以来的文学创作，特别是小说创作美学倾向的变化，已清晰地呈现出这种现代性。原有的强调以描写对象为主体的现实主义创作成规，显然已不能满足作家的创作自由；而以"先锋"为旗帜的现代小说技术，由于强调以作家个人意志为主体，也使文学走向了作家自我抚摸的狭窄圈层。在作家的经验世界里，只有将两者进行综合与调和，如同20世纪初西方绘画艺术中的野兽主义、分析立体主义走向综合立体主义一样，才是现代小说艺术的必然出路。先锋小说向新写实主义小说的转型，就呈现出这种趋势。它就是把艺术的自由（也是艺术最大的自足价值）与生活的客观之真进行两相妥协，既让更广大的市民公众能够从作品中找到自己可接受的生活图像，而作品在排除了作家刻意附加的"伪饰"美之后，又并不丧失新的美学原则，从而打开了一条现代艺术通向人们日常生活经验世界的通道，实现所谓"纯艺术的"因素和"客观的"因素之间的诗意共栖关系。

因此，如果我们能够站在肯定现代都市言说的立场来看，20世纪90年代以来的文学创作，不仅没有出现西方所谓"世纪末"颓废文学倾向，相反，无论是在思想文化意蕴的透露方面还是在审美追求方面，都表现出一种现代艺术的激变潮流，而且恰恰与西方20世纪初的现代艺术磅礴激变轨迹相吻合。评论界对这段文学史的"无言"，或者说无法命名，根本原因是他们不愿把文学和他们原本就不适应的都市生存方式联系起来，更不愿正视和肯定都市生存方式中生长的现代价值因子。

毫无疑义，现代都市生存状态的凸现，是社会经济发展的产物。而现代政治学、社会学的认识成果表明，经济的发展必然促进社会一系列可预见的从绝对社会准则转向日益理性、宽容、信任和后现代的价值观的转变——从传统价值观向理性—法制价值观的转变，从生存价值观向自我表现价值观的转变，并最终依托于这种自我意识促进民主的深化。当然，这种转变是一个逐步而渐进的过程。① 因此，以新理性为范畴的个人自我意识的觉醒，是现代都市社会最重要的崭新的文化价值，并具体体现在政治领域的民主参政意识和经济领域的个人权利的自我维护意识的形成上。

事实上，自20世纪80年代中后期以来，我们的文学一直在以一种敏锐的眼光，观照和透视着正在衍生的身边都市市民社会萌生的这种新的文化价值。王朔小说中的"痞子"或"顽主"们早就喊出了不怨天尤人、自我负责的口号。他们既"躲避着崇高"，也反讽着假崇高，因为在一种排斥个人权利的文化面前，"当然无所谓容忍，更无所谓捍卫，因为没有一样是我自己的"。方方的小说中女性形象则明确提出"不谈道德"，实际上作家完全终止了对人物行为进行传统式的道德判断；池莉小说则强调人物自身"活着"的优先性，挖掘在激烈的都市生存竞争中突破传统道德网格的那部分隐秘的人性成分；而在余华的小说中则生成了一种都市市民的"你要好好活着"的生存哲学。

作家们之所以能够找到这种新异的叙述立场（或者说是言说的支点），完全是当下都市生活的赐予，因为他们不可能从另外一个世界去寻找"眼睛"。而且，他们通过准确表达都市市民社会衍生的新文化、新价值，使自己的创作走上了大众化的道路，使文学重新回到了读者的阅读世界里。尤其是王朔、余华、刘震云和池莉，他们已成了当下中国最主要的畅销书作家，我们可以毫不夸张地说，当评论界悲哀地感叹"文学已边缘化了"的时候，当期刊界在咋呼"文学快死亡了"的时候，是他们拯救了中国的当下文学。一个都市文学时代已经凸显在我们的文学史中。

都市文学是立足于当下都市生存形态的言说与写作，是对传统乡村写作的替代，是新兴都市市民社会的伴生物，也就是说，它是随着市民社会的形成而形成，随着市民意识的成熟而成熟的。当然，我们的市民社会毕竟还处于正在形成中，还远未成熟，具有现代意味的市民精神也尚处于萌动当中，因而以张扬市民精神为价值取向的当下都市文学还存在着一些先天性缺陷，也同样处于远未成熟的状态。作家和他们笔下的人物一道，只是取一种颠覆传统的"姿态"，在对传统叙述方式、价值判断等方面的"反叛"中建立着自己，而"自我"的成长指向到底路在何方，他们并不清楚。这就使得当下的都市文学缺乏深层的能够打动人心的人生思考，缺乏深层的审美建构，而往往只让读者们在

---

① 塞缪尔·亨廷顿，劳伦斯·哈里森. 文化的重要作用：价值观如何影响人类进步 [M]. 北京：新华出版社，2002.

文学"反叛"与"颠覆"的姿态阅读中获得一种快感。正如姚晓雷先生在分析王朔的小说时指出的:"从根本上说,王朔的顽主们还没有显示出成熟的市民气质。20世纪80年代、90年代之交,大陆的市民社会毕竟尚处于正在崛起的状态,无法给王朔提供一个明确的支撑力量。在自己反叛对象力量面前的劣势地位,不仅使他只好让他的顽主们认同一种边缘化身份,并采取'玩'这种以自我放逐来放逐社会的曲线反抗方式,同时也极大程度上制约着他的顽主们的个性命运。"[①]

正是由于市民社会中孕育的自我意识成长指向不明确,导致"自我"成长空间的边界模糊,从而给新都市文学的社会效应造成一些现代性缺陷。特别是,随着个人的自我意志的建立和逐步扩张,市民社会的人群在精神层面的公共交往空间越来越萎缩,人与人之间越来越感到一种物的分隔。这就印证了米兰·昆德拉的那句名言——"生命不能承受之轻"。当人们原本渴望的自我与自由真正到来时,也越来越感到自身的手足无措。这一点也在市民社会的另一种更具象的文化符号——都市建筑布局的发展趋势上得到体现:公共空间在缩小,私人空间在扩张。正因为人们随处碰到的是保护私人空间的厚墙,因此人们越来越感到都市生活的冷硬与荒寒;而原有的作为公共领域的交往、行为准则的崇高价值与道德,越来越失去了存在的空间,在人们的心灵中也形成了一种"都市惶惑感"。

因此,如何在新兴的市民社会里重建交往秩序和对话平台,消除这种"都市惶惑感",是一种新的时代文化任务。而具体到文学创作领域来说,就是要实现时下正时髦着的私人化写作方式(个人叙事)在公共接受领域中的沟通,实现私人化言说文本与以市民为主体的社会公众的平等审美对话,使市民们不仅能够发现自身现代化生存的"陷阱",还能够成功地绕开这些"陷阱",把新都市生存建构为真正的诗意栖居地。这不是什么空幻的伪理想主义,如果要让文学继续承担一种启蒙责任,这才是一种扎实的现代性文学"新启蒙"。换句话说,都市文学不应该是简单揭现代性的疮疤,而应该是在揭完疮疤之后能给人以正视现实的勇气与理性,并指出新价值的指向,否则势必陷入颓废主义感伤的泥沼中。还必须指出,以"颓废"、感伤乃至宿命为内涵的"都市惶惑感"的产生,也不是由自我意识带来的,相反,是"自我"意识不足或"自我"成长的理性约束不足造成的新的生存不适应症。因此我总觉得,叔本华的"意志

---

① 姚小雷. 当下市民文化精神的两种演示:王朔与金庸小说中人物形象之比较[J]. 文学评论,2003(1):145-151.

论"和尼采的"超人哲学",对于今天"自我意识"正在萌生的中国来说远远没有过时。

当下的创作主潮新写实主义小说,虽然在审美层面以一种貌似现实主义叙事回归的形式,表达了新的都市生存中市民们普遍感到的荒诞感(如余华的《活着》)、小人物命中注定的无奈感(如刘震云的《一地鸡毛》)和生活的冷硬与荒寒感(如池莉的《你是一条河》),使文学在阅读的共鸣中重新赢回了公共性,完成了新都市文学的第一道工序。但是,只要我们细心体察就会发现,它们在呈现生活的"原生态"的写作理论名号下,都丧失了这种现代性引导。文学倒是多了一份批判的深刻,却少了一份对人生的感悟,使人们感觉不到现代生存的出路在哪里。潘军《海口日记》里的那位出租车司机就曾如此感叹:"一切追求都是瞎折腾,是在折腾日子。"说到底,这还是作家的现代都市意识不足造成的。

作家现代都市意识的不足,既是制约当下新写实主义小说继续深化的"瓶颈",更是阻碍一些从事城市现实主义传统写作的人完成现代性转换的根本障碍,从而使得这种写作根本就不能进入都市文学的理论考察范畴。虽然这些作品,既是"城市人写的",也是"写城市人的";虽然陈奂生式的对城市的新奇感、羡慕感消失了,阿Q式的对城市的自卑感、猥琐感和仇视感消失了,但从他们的作品中根本就看不到"写作品的人"和"作品中的人"的都市开放意识与现代公众意识。这些人,实际上仍然是寄居在城市里的一群农民,或者是旧体制下的一些工农兵干部。他们穿着城里流行的时装,吃着城里的盒饭,睡着城里的弹簧床,却在那里流淌着思念家乡小溪边"小芳"的泪水、草叶上的露珠。虽然我们能理解,这是一群知识型农民工在都市家园认同感暂时缺失引发的忧伤和焦虑,也是都市人文关怀缺乏的现实造成的,但一个不可否认的事实是,他们都不是真正的都市人,最多只是一群精神上的都市漂泊者。靠这些人写都市,不是恶魔遍地便是流氓满街。有人把这种文学看成一种都市批判或现代性批判,实际上是一种顽固的村民保守主义意识形态在文学领域的吆喝。这种文学,既不可能站在更高、更全局的视野去发现和指正现代人的弱点,也不能引领人们去建构现代意识。他们只可能躲在幽暗的床头一角,倾诉其对都市生活的恐惧与忧伤。

显然,对文学主体的都市意识的文化考察,已成为理论界判别文学真假现代性程度不容回避的视角。作家陈染说她的文学创作不能与生活离异,其实文学评论又岂能与生活离异呢?这不仅在于生活之真与艺术之真具有逻辑上的同源性,更在于社会生存方式的转型与文化的转型具有同步性,甚至两者互为因果。文学是文化的载体，文化的转型必然带来文学的转型。文学与生活之间的互动，文化是一个必经的枢纽与场域。因此，对都市文学的考察就不应该是在题材层面的与都市生活的机械式对应，而应该是以现代都市文化价值为参照标准，否则便会陷入题材论的误区，遮蔽人们对真假都市文学的甄别，而更严重的后果是妨碍人们对真正的都市文学的现代性缺陷的发现，使文学批评无法承担其时代性责任。

由此看来，20世纪90年代以来文学进入的一个无法命名也无法评价的状态，实质是文学自动丧失了认识的尺度与评价的准则。这无疑是理论界在经过一个洁身自好的文学从良运动之后，在认识的维度上既割断了文学与政治之间的纽带的同时，也割断了文学与现实生活及从现实生活中生长出来的文化之间的联系，从而使文学成了一个被搁置的孤绝实体。显然，评价和认知一个事物，不可能从它自身获得评价与认知的尺度，而必须把它放置在一个能包容它的更大、更深广的范畴中来认知，来判断。因此，要重新呈现文学的意义与状态，就必须把文学重新拉回到与之血脉相连的文化场景中来。十来年，社会主流的生存状态的都市化转型，以及由此伴生的都市文化的主体化，就成了我们识解当前文学最切实的坐标系。只有这样，20世纪90年代以来的文学真相与价值才能真正在续写的文学史中呈现出来。

（原载于《嘉应学院学报》2008年第4期，原题为《从个体社会身份角度看目前都市文学书写的现代性程度》）

论小叙事的诞生

一

与任何一种传统文化一样,建立在理性主义思潮之上的现代文化与文明,也同样会生成它们各自的社会意识形态。往往同一种意识形态又决定了人们必然会具有大致同一的心智结构,因此,持有共同意识形态观念的人们,也总是会在他们各自的"格物致知"过程中,生产大致相同的对外在世界与事件间的因果逻辑联结,从而也就在其心灵中产生对外在世界与历史事件的大致相同的秩序性和结构性印象。这在明人王阳明看来,就叫"心外无理";而在今天持结构主义思维方式的人看来,可能就叫作"结构在心中"。

然而,在现代社会,由于人们对自己个人理性认知能力的坚信与对个体存在自由的守望,任何人都会依托自身的生命冲动与个人体验,要求对话自身心灵中这种原有的对世界与历史的结构性认识。因此,抛弃单纯的理性主义与传统文化逻辑中二元对立的思维方式及其语言文法规则,以寻求对世界与历史更真实、更多元的叙述与表达,就是现代作家心灵中潜藏的言语冲动。

特别是,在当今这样一个全球化时代,不仅每个人对其自我身份的认知,需要通过他所属社会的集体无意识与自身的理性反思之间的对话来确认;即便是对一个民族国家的国民性,也需要通过这两个思维主体之间的对话来确认。在"五四"新文化运动中,对中国人"国民性"的认知,胡适、鲁迅和林语堂等新文化运动的倡导者或参与者,就是参照了歌德、黑格尔、罗素等人的判断和他们自身个人的文化体认来完成的。

实际上,这两种"对话"的话语主体正是两种不同的思维方式,一种是现代理性思维,一种是传统文化中的符号思维。它们共同承担起了在言语世界中重构世界与历史的任务,从而诞生了中国现代文学。通过现代文学的诞生,我们能够清楚地看到,无论何种思维模式还是叙述方式的背后,其实站立的都是一个个鲜活的生命——人。新文学作家为了达成这一新的历史任务——创造"人的文学",他们以凝铸了其个体生命情怀的新的比兴言说,突破旧有句法、语法乃至文法规则的牢笼，完成他们自己对于世界乃至他们自身的重新命名与描述。他们对于现实世界与历史事件的重新叙述活动，事实上都演变成了表达其各自价值观的言语行为，这也就是福柯在其《知识考古学》中指称的"话语事件"。

现代语言哲学揭示，一个社会的言语规则一般规范了其社会成员的心智结构。然而，理性主义的自我反思精神也提醒着我们，人的思维与情感总是处于一个不断变化的过程中。人们变化着的心智结构势必会带来对言语规则的突破，并最终形成新的话语规则。因此，任何时代的新文学对世界的描述和对历史的叙述构成的话语世界，就不仅失去了原有文化中规定的秩序性，也失去了理性主义崇尚的本质确定性。至少从人们的言语世界来看，他们普遍认为，世界与历史都是没有"本体"的，也是没有什么真理存在的。堂吉诃德就是因为信奉语言中的真理，而成了被世人嘲笑的疯子。如果理性主义者一定要给它规定一个"本体"，那就只能是每个人内心深处能体会到的自身的"存在"。

世界与历史既然没有了"本体"，自然就否定了支配这世界与历史发展变化的所谓客观真理的存在。作家也就不用劳神费力地去寻求现实世界中的"真理"的呈现，"理发而文见"这一命题自然也就失去了它的哲学基础。

如此一来，作家对他们身处其中的社会与世界所做的文学叙述，就既不是什么关于"义理"叙事，也不是所谓的关于"真理"的陈述，而是一场场发生在他们生命世界中的话语事件。人们也不应该再追问文学是什么，她什么也不是，而仅仅是作家们在探寻自身与其身处其中的世界之间的可能关系，他们试图从这种新的关系结构中来重新认知自己，并说出一些突破了言语禁忌与叙述规则的话语而已。这大约也是结构主义思潮对于我们旧有的文学理念的最大冲击。

其实，理性主义思潮也曾提出过自己的话语观，那便是"理性即话语"。也就是说，理性主义者认为，人一旦有了自己的思考，就必然会有话说。

为什么会有这样一个判断呢？原来自理性主义萌芽以来，西方世界的人们就一直把标识和命名我们身处其中的世界的语言符号体系当成一个"有机体"，或者是穿在"世界"身上的一件"透明衣"。他们在以语词符号来分类世界并建立这世界的秩序时，把符号之间的关系也就看作世界中万事万物之间的相互关系，从而认定"世界所有事物间都有一种内在的相互关系，只有在这些内在关系做最有效的运作时，世界才能充分显示其秩序。尽管各有机结构间也许没有表面的相似（或相异）处，但它们其间的运作功能（function）却是互有脉络可寻的"①。于是，人们便在这种基于符号关系及其运作功能的认知活动中，形成了"发展""进步""推衍""形成"等观念，并认为凭借着这些观念，就可探寻一切事物的根源，从而将人们带进"逻辑思维"时代。理性主义者进而认为，表达人们对世界一切事物的发展规律的认识与观点，就成了言语活动的首要任务。

无独有偶，早在魏晋南北朝时期，我国文论家刘勰在《文心雕龙》中也曾说："心生而言立，言立而文明，自然之道也。"② 尽管此"心"并非指涉现代人的理性思考，而是指一颗参透了天地万物演绎运行之"道"的心灵；但是，其语言观与西方理性主义者是同一的。故而他也认定，文学的本体肇自天地自然，文学的言语也必然是为"载道"服务的，从而将我国的古典文学带入了一个"文以载道"的轨道。

然而，20世纪的结构主义者却发现了这样一个真相：人们之所以认定所谓客观真理或天道的存在，全是因为受到了他们自身创造的语言符号以及人们共同标示的这些符号之间的相互关系的欺骗。正因如此，文学实际上一直处于知识与道学的边缘。其实，世界并无"本体"，也无客观规律的运作或演绎之道，所以，作家的文学言语不必是知识的陈述或者义理的表达，也不再必然是包含完整逻辑命题的句子或段落，而是作家们可以自由操控与转换的，并用以表达自身情志的"声明"③。

王德威在其译作《知识的考掘》④（傅柯著，大陆学者一般译为"福柯"）中，对"声明"有一段这样的举例说明，有助于我们理解结构主义对"话语"与"陈述"之间关系的辨析。他说：不同国籍的空中小姐，可以以各国语言来述说同一安全措施的"声明"。这段"声明"（或"陈述"）的意思几乎一样，但作者并不重要，而只有发表声明的角色与时空，成了这段话语运作的主体。显然，如果这段声明不是从空姐嘴中说出而是从其他人嘴中说出，如果不是在即将起飞的飞机中说出，而是在其他地方说出，那么这段话就是滑稽可笑的。

在结构主义者看来，任何知识陈述或道义的声明，都是这种"滑稽可笑"的言语，因为它们无须作者的存在，也可以将这些句子放置在任何时空环境下，

---

① 傅柯. 知识的考掘 [M]. 王德威，译. 台北：麦田出版有限公司，1993：25.
② 刘勰. 文心雕龙注：下 [M]. 范文澜，注. 北京：人民文学出版社，2006：1.
③ 王德威将福柯的 statement 译成了"声明"，而大陆谢强、马月在《知识考古学》中将其译成了"陈述"。
④ 傅柯. 知识的考掘 [M]. 王德威，译. 台北：麦田出版有限公司，1993. 此书在大陆翻译为《知识考古学》。

却有其固定不变的意义，如同那些写在任何时代的教科书中的"真理"或"义理"一样。显然，任何关于知识的陈述或道义的声明，都是依托所谓精准的定义、严密的逻辑和正确的语法等语言规则来保障的。

然而，当文学叙事作为人的一种有特定情感态度的观念话语而出现时，语言就不再是某种真理或道义的"透明衣"。它的每一个词语都必然联结着作家、叙述者或人物的生命存在状态。也就是说，在现代文学里，尽管真理或道义丧失在语言里，但是人作为情感的生灵和文化符号的动物仍然生存在语言中，否则文学言说也就失去了意义。甚至，今天的人们还发现，作家必须在自身的言语中认知自己、创造自己、再生自己。否则，现代文学仍然不能称之为"人的文学"。

在当前这样一个"技术至上"的时代，各种理性话语（包括技术理性和工具理性）甚嚣尘上，文学叙事如果要真正成为人的话语，成为作家个人的话语，就至少应该合乎福柯指出的三个指标：（1）它有着其不言自明的"真理""规律"与"规矩"，而非依赖某种外在"真理"或约定俗成的"规矩"；（2）它有着对世界与人自身的"评论"或"评价"，以显现它是一个合法性意义系统；（3）它们都要有自身的"作者"，是具有原创性的个人话语。只有合乎这三个条件，文学叙述才不至于流为真理的陈述或道义的声明，一切文学叙事也都将变成作家们制造的"话语事件"。因此，这些话语事件的出现，不仅意味着社会思维、行为规范与文法规则的转变与突破，而且所有的文学叙事都成了一个个独立的意义系统。正如博尔赫斯在读陀思妥耶夫斯基的小说时做出的感受，他说，读陀思妥耶夫斯基的一本书，就像走进一座从未到过的城市，或是置身于一场搏斗的阴影之中。博氏为何这样说呢？因为陀思妥耶夫斯基的每一本书，确实都是有其独立意义的文本。

结构主义者之所以反感于真正的文学话语总是处于知识陈述的边缘状态，最真实的动机是，他们反感于理性主义炫耀的逻辑的必然性。因为这种逻辑上的必然性，已在任何一个知识领域带来了认知方式和表述模式上的"规范"和"条例"；而这些"规范"和"条例"也已实实在在衍变成了种种权力，一直在干着支配人、异化人的勾当，而让理性主义自身所倡导的人道主义精神在真理话语的喧嚣中走向了式微。

因为在结构主义者看来，真正的理性主义不仅应该承认人在思想上是自由的，而且人的思想、情感状态及其言说的具体情境也是变动不居的，有着不可复制的差异性。因此，作为真正"人的文学"的叙事，就应该是突破了这些"必然性"或"规范"的一种自主性的比兴言说。无论是作家的叙述语言还是人物自身的言语，都不应该是服务于某些真理或天道的客观陈述，而是对他们自身不可复制的"此在"的显现和指示。一句话，文学的话语世界应该呈现作家的自我精神形象。比如，"院子里有两棵枣树"这句话，一般是作为一种事实的日常陈述，而鲁迅在《秋夜》中的表述——"在我的后园，可以看见墙外有两株树：一株是枣树，还有一株也是枣树"，则实在是基于作家心灵状态表达上的一种需要，而不能从日常文法规则上来认定他犯有"重复"的修辞错误。

二

在结构主义指称的话语世界或文学叙事世界里，人们再也看不到他们原本熟悉的符号世界。这不无"陌生化"的世界，由于失去了旧有理性所赋予的规矩和秩序而变得破碎、凌乱；甚至可能因超出了旧有理性解释的范围而使人觉得甚是荒诞。但是，人们却在这失序而荒诞的世界里获得了多种生存选择的自由与可能性。因为人毕竟是通过文本符号来掌握现实、历史或事实的，乃至人自身究竟是谁，应该成为什么样的人，也是通过他自身的言语（语言的运用）来确认的。所以，作家在通过自身独特的文学叙事来重构这个世界时，也在不断建立和重构着自身的精神形象。因此，从语言哲学来看，结构主义也常被称为"建构主义"，也是不无道理的。

比如，余华在其先锋小说《现实一种》中，就虚构了一个缺乏传统文化伦理与人间温情的陌生世界。在这个世界里，如果人与人之间只有生存的本能和职业理性来维持这个世界，那么这个世界必将是一个充满报复与仇杀的冷漠世界。山岗、山峰兄弟及其周边的社会人群，如果他们每个人的血管里都是"充满着冰碴子"，那么，他们是不配以人的形象站立在这世界里的。他们势必会在相互残杀中毁灭着自身的同时，也在毁灭着世界。余华正是通过这样一种虚构叙事，警示着世人对于自身生存意义的选择。

为了从语言中重构这个世界，作家应该坚信自己对社会与现实的感知和对人生与时代的感受，从而抛弃业已走向形而上学的绝对观念叙事（表达真理或道义的"大叙事"或"元叙事"），而走向表达他个人话语的"小叙事"。因此，所谓"小叙事"其实是相对于"大叙事"提出的，它是作家用以应对这"荒诞"而"破碎"世界还原自身存在的一种言说方式。

显然，这"荒诞"而"破碎"世界印象的形成，都是基于人们对"大叙事"（或"元叙事"）的合法性的质疑。这也就是法国后现代思想家利奥塔（Jean Francois Lyotard，1924—1998）在其名著《后现代状况：关于知识的报告》中指称的"叙事危机"。

事实上，宏大叙事的合法性危机不是来源于语言的内部，更不是来源于科学理性发展本身，而是来源于人们对那些貌似无可置疑的"客观真理"和"社会正义"的质疑。因为任何自命的"真理"与"正义"，都必须依托宏大叙事来得到说明，而任何宏大叙事又都是理性主义发展的产物，因此，它的另一个名称就是"启蒙叙事"。它强调一切历史事件和社会现实，都可以在某种历史哲学中得到知识性的叙述和完整性的解释。而且，这些叙述与解释，由于是具有"真理"价值的陈述，因而能够在说话者与听众之间达成一致，建立共识，从而让作家顺利完成现代启蒙任务。

于是，启蒙叙事主题的明确性与目的性和叙述的连贯性与统一性，都是在为作家的主导思想的被说出，并赋予其社会合法性而采用的话语策略。而实质是，从事启蒙叙事的作家是在运用"元叙事"的某种固定而统一的叙述方式，来达到"知识"的合法化，而内在却暗含了这样一条理性主义者的信条——任何人都可以在理性观念层面达成共识。如此一来，建立在关于某种"真理"和"正义"共识基础上的社会制度及人与人之间的关系，也就获得了它们自身的合法性。

显然，人们在理性观念层面共识的达成，是以牺牲人的差异性和个体生命的复杂性为代价的。因为在启蒙叙事里，说话人为了在他自己主张的观念层面与读者达成一致，就必须把所有人（包括他自身）都当成一个个"标准"的认识主体。否则，不仅人们的共识难以达成，就连自我标榜为知识陈述或正义言说的宏大叙事，也会因失去了符号语义的限定性而破产。

这就是福柯指称的"标准人"的出现。所谓的标准人，无疑意味着人性与心灵的驯服。而这也恰恰是意识形态这种软性国家机器的运作要达到的目的。正如阿尔都塞指出的，意识形态从来就是权力与知识交媾后的产儿。也正因为任何权力意志的表达都是以"知识"或"社会正义"的面目出现的，所以在封建社会，法律是王权的话语；在资本主义社会，法律及规章制度就是经济理性、技术理性和政治理性的话语。

事实上，作为"个体"的人的理性自觉能力的丧失与心灵的驯服，就意味着人作为认知主体的消亡。那么，一切关于知识，关于真理，关于历史，乃至关于美与善的话语界定，也同样走向了崩溃。在宏大叙事里，就唯余权力话语——意识形态。也就是说，宏大叙事最终总是按照权力意志预设的图式或理念来进行陈述，通过形成知识与权力的焊接，以达到社会成员的自我守纪、自我教育的目的，以实现社会的规范和稳定。①

应对这种人性的奴役和心灵的驯服，让文学话语的对象回归到人道，就当然地成了当今时代文学的任务。于是，文学摆脱按照某种"话语规则"的陈述，甚至摆脱以集体主义名义出现的权力叙述，而回到作家个人的反理性的人道叙事，就成了福柯指称的"小叙事"（或称为"微观叙事"）。正如赵一凡所言，文学从来就不是共同话语，而是作家的个人话语。原因在于，文学总是人的欲望及其幻觉表演的唯一处所。象征的修辞及文学叙述中的"空白"或"潜台词"，都是作家个人叙述策略的侧重点，都不可能与普通陈述中逻辑的纯粹、中性、永恒和沉默的"形式"相重叠。②

因此，从事"小叙事"的文学，从来就有其自身的"形式主义"信仰。如此一来，作家在叙述结构上制造五花八门的隐喻和言语修辞上的象征，就不仅仅看作一种话语策略，而更应该是作家对这个真理话语标示的世界做出的反抗，而形成的一种自我表达式。他们正是通过虚构制造"诗化的谎言"，从而让自身真正"侵入"文本，让文本真正成为他个人面向世界的话语。

我们翻看福柯的全部文字，实质是在控诉理性主义的罪恶。那便是，宏大叙事通过知识陈述与权力运作，消灭人的差异化，制造标准化的人。所以他说，从笛卡尔的人性论、人体解剖学到精神分析，从惩罚监控、规范管理到教育培训——这一系列针对"人性"的权力/知识的运作，使得西方有幸像机器那样，从里到外被分解、化验、组装、调试并充分利用。这套学问含有太多的程序、图标与数据。正是从这些细微琐碎的知识中，诞生了人文概念下的个人及其心理、主体、个性、意识等，还有人道的要求。③ 因此，作家侵入文本，书写他们内心体验到的世界，从而形成属于他个人的"小叙事"，目的就在于从这些"琐碎知识"的土壤中发出当代的人道诉求。由此看来，福柯是为建立在"小叙事"基础上的文学话语，找回它本原意义上的道义合法性与现实针对性。

三

那么，作家又是如何在内心世界中确立"自我意识"乃至"自我意志"，从而让他们的叙事文本呈现出其各自独特的心理、个性乃至主体意识的呢？其实，从叔本华的生命意志论哲学、弗洛伊德的潜意识理论、尼采的超人哲学，

---

① 赵一凡. 欧美新学赏析 [M]. 北京：中央编译出版社，1996：118.
② 赵一凡. 欧美新学赏析 [M]. 北京：中央编译出版社，1996：85.
③ 赵一凡. 欧美新学赏析 [M]. 北京：中央编译出版社，1996：118.

到海德格尔的存在论哲学，都无不揭示了一条不假外借的通往本真自我的通道。那便是，秉持自己的生命意志，学做"超人"（overman），用自己的"血"来映照这世界并书写这个世界。作家应该在质疑旧有的知识体系对人与世界的定义中，重构自我的存在，逃出自我理性的牢笼，从而完成从外部判断自己，又从内部判断别人的叙述。总之，从颠覆宏大叙事的规则陈述中，夺回作家自身的判断自由和书写自由，以实现对世界的差异性叙述，就是小叙事的全部美学意义。

由此看来，"小叙事"就是我国自20世纪80年代以来，文学批评界期待的"个性化写作"。文化寻根文学浪潮就是在"寻找文化之根"的名号下，完成了对世界的另类描述。韩少功通过《爸爸爸》《女女女》以及90年代的《马桥词典》等小说，完成了对充满原始巫楚文化色彩的湘西世界的刻画。莫言则通过其"红高粱系列"等小说，营构了一个名为"高密东北乡"、具有民间神话色彩的人间王国。与此同时，贾平凹的商州系列小说和李杭育的葛川江系列小说等都加入了这场对"现实"的另一种书写大潮。紧随其后，一批更年轻的先锋作家，如马原、余华、格非、苏童等，则以"形式实验"的名号，通过使用"叙述圈套"或"叙述空缺"等策略，给予了宏大叙事以致命一击。他们以自己的作品给宏大叙事的判词是：没有作家这一主体的文学叙述，都是媚俗的虚假叙述。正是在这两股被视为"文体创新"和"形式创新"的文学浪潮冲击下，原本占有绝对统治地位的宏大叙事陷入了日薄西山的境地。

世界、历史与现实，在20世纪90年代的"新写实"小说、"新历史主义"小说和女性主义文学中，也全面得到了改写。由于宏大叙事依赖的真理大厦已倾覆，于是世界变得支离破碎，历史似乎又重新变得晦暗不明。但是，作家的生命主体却在类似于当今的"城中村"式的小叙事中安家落户。在这场以"形式主义"为旗帜的叙事斗争中，作家在自己的文学叙事中，不是将注意力引向历史纪事式的时间推移，而是有意淡化或中止这种时间感。其客观后果当然是制造了读者在阅读效应上的陌生感和荒诞感，但他们的真实目的却是，坚决放弃理性主义关于小说是时间的艺术的定义。他们试图将叙述时间空间化，从而摧毁宏大叙事中情节之间的因果逻辑关系，以及文本与现实或历史之间那种固有的时空关系。如韩少功在其小说《爸爸爸》中讲述的那个关于鸡头寨里的荒诞故事，就很难被认定究竟是发生在原始社会还是当代社会。这一故事中人物的行为尽管不合乎理性逻辑，作品中呈现的世界也不再那么光鲜亮丽，但都能在我们自身的文化习俗中找到印证。

因此，理性主义总是指责结构主义思维只注重考察世界的共时性关系，而忽略对其历时性演变的考察；宏大叙事也总是责难小叙事文学文本难有历史的纵深感。显然，这是主张个性化写作的作家，有意放弃"史诗化"写作的结果。他们认为，文学不再承担为某种"主义"或"理念"解释世界和历史的任务，也不再为世界和历史寻找"本体"，因为这种"本体"如同上帝一般，实在也是人们自身虚构出来的。他们进而认为，作家应该相信自己的直觉与生存感受，乃至自己的梦。文学叙事应该像记录自己的梦境与幻觉一样，通过隐喻或象征的言说方式，来"指示"外部世界之于人的意义。也就是说，文学不再回答世界是什么、历史是如何流变的，而是应该完成对人的自我精神形象的辨认过程。这才是当代后现代派文学的真正"心事"。

（原载于《深圳大学学报》2018 年第 1 期）

03

第三卷

主义与诗学

狼与浪漫主义文学思潮

一、罗马的狼文化根源

人类中心主义者对狼的基本认识与文化判断历来就没有离开过讨厌狼、贬斥狼这一基调，因为它是贪婪、野蛮与欲望的象征。当狼这种野兽从人类居住的生态圈中几近绝迹时，人们又开始"怀念狼"了。特别是，一些怀着柔弱民族文化心理的人，再次从文化功能主义角度出发，企图将狼文化注入自己的民族性格而使之刚强无敌。这种人狼关系转换的本身就折射出人类普遍具有的"叶公好龙"的暧昧心态：有它时，恐惧、排斥；无它时，怀念、追忆。

这种文化心态也同样出现在中西方对浪漫主义的认同与接受过程中：心底里暗恋她，而又总是以一种高姿态排拒她，从而导致人们对浪漫主义的本相一直认识不清。这绝不是人类认知能力不够，而是人们一直在心底回避认识，因为浪漫主义思潮的产生也同样有着"狼文化"的背景，也就是说，浪漫主义同样有着狼文化的身份。

浪漫主义在不同国家、不同民族、不同时期，拥有的含义是有差异的，但有一点是共通的，它难以在现实的功利世界和传统的道德世界中立足。因此，我们首先有必要对 Romance（浪漫）这个词的本原含义进行清理，才有助于我们对浪漫主义（Romanticist）的苦难命运有一个清晰的把握。

Romance，最初是指罗曼斯语，属拉丁语系。它的本源词根是拉丁字母 Roma，这个拉丁字母的产生还有一个迷人的神话传说。

相传，古希腊人攻破特洛伊城后，特洛伊人逃了出来，准备在他地另建新城。他们经过了长期的逃亡和漂泊后来到了今天的亚平宁半岛（也称意大利半岛），建立了阿尔巴隆加（Albalonga）城。当时城邦统治者努米托（Numitor）有一个女儿雷亚·西尔维亚（Rhea Silvia），生了一对孪生兄弟罗慕路斯（Romulus）和雷穆斯（Remus）。但是，这对兄弟一生下来就受到迫害。因为国王的弟弟阿穆利斯（Amulius）为人阴险毒辣，他篡夺了哥哥的王位后，十分害怕雷亚·西尔维亚生下孩子争夺他的王位，就逼迫她去当祭司，并宣誓永远保持贞洁，所以当他听到雷亚·西尔维亚与战神马尔斯（Mars）生下一对双胞胎后，十分恐慌，命人把双胞胎抛入台伯河里。但是由于神的旨意，这对双胞胎兄弟大难不死，载他们的木盆顺流而下，一直漂浮到后来罗马城所在的地方，一棵老无花果树（圣树）把木盆挡了下来。一只狼听到了孩子们的啼哭声后来到了河边救了他们，并用狼奶喂活了他们。后来，一位牧羊人（Faustulus）发现了这对孩子，便把他们带回家抚养成人。兄弟俩成人后，勇敢无比，成了一群冒险青年的领袖。当他们得知自己身世的秘密后，杀死了篡位的叔祖父，使外祖父恢复了王位。

后来，为了纪念母狼的救命之恩，兄弟俩决定在母狼曾给他们喂奶的地方建一座新城，但在给新城取名时两人发生了争执，他们都想用自己的名字命名。最后，罗慕路斯杀死了弟弟雷穆斯，以自己名字的头几个字母（拉丁字母Roma）作了城市的名字——这就是著名的罗马城名字的由来。据说，罗穆路斯成了罗马城的第一个统治者后若干年，在一次暴风雨中突然失踪，罗马人相信他已成了神，从此以后就把他当作神来供奉。至今意大利罗马的卡皮托利诺山上还有一座母狼的雕像，它成了罗马人的图腾和罗马城的象征。

这一关于古罗马城来历的神话传说体现出丰富的文化内涵。因为在人们的观念中，狼是贪婪而残忍的象征，而在这里狼却成了人类文化的祖母，Roma 就是吸着狼的乳汁长大的。因此，这就寓意着狼性与人性的相通，人既有着崇高的理性，同时又有着本原的自然欲望；从罗慕路斯和雷穆斯的曲折身世来看，Roma 这一符号又是传奇而富于冒险精神的个人主义英雄人生的写照。更主要的是，这个神话故事反映出，浪漫主义与古罗马的狼文化和古希腊文化的本源性联系。后来的罗马（Roma）又成了天主教的圣地，增添了宗教文化的成分，Romance（浪漫）就无疑与宗教的 Roma（罗马）有着紧密联系。

由于"浪漫主义"最早是由德国人提出的，因此勃兰兑斯曾对"浪漫"一词的德国意义做过考察。他说："'罗曼蒂克'（romantic）这个词被介绍到德国时，它的意义几乎就和'罗马式'（Romanesque）的意义一样；它意味着罗马式的华丽修辞和奇巧构思，意味着十四行诗和抒情短歌；浪漫主义者热烈地赞美着罗马天主教和伟大的罗马诗人卡尔德隆，他们发现了他的作品，翻译了他的作品，并且赞扬备至。"[①] 罗素也说，"中世纪以及现在的中古味顶重的东西

---

① 勃兰兑斯. 法国的浪漫派［M］//勃兰兑斯. 十九世纪文学主流：第五分册. 北京：人民文学出版社，1982：26.

最使他们（注：指浪漫主义者）欢喜"①。从这些判断中，我们能够认定，古代罗马文化、艺术乃至宗教孕育着今天浪漫主义生成的文化"基因"；我们也能够认定，19世纪从德国兴起的浪漫主义文学狂飙，是欧洲宣扬人文主义的第二次"文艺复兴"。只不过，这次"复兴"的是以"狼"为图腾的中世纪"罗马文化"精神，以富于幻想的精神状态和不守常规的生活方式，暧昧地既宣扬又抗拒着天主教文化和法国的理性主义文化霸权。

中世纪的罗马文化兴盛于公元前2世纪到公元2世纪，并达到了欧洲文化史的第二高度。它产生了文学如大加图、恺撒的散文，维吉尔、贺拉斯、奥维特的诗歌；建筑艺术如科洛西姆大斗兽场、潘提翁神庙；史学如李维、塔西佗的著作；哲学如卢克莱修的唯物论，塞涅卡、马可·奥勒留的唯心论；科学如大普林尼的《自然史》，格拉古兄弟和西塞罗的雄辩术；等等。当然，正如传说中所喻示的，灿烂的罗马文化的兴起，是古希腊人本主义文化输入罗马的结果；但德国最初的浪漫主义思潮绝不单纯是要"复兴"这种罗马文化，而是其后与日耳曼文化合流的罗马贵族享乐主义文化。

如果说此前的罗马是在"狼文化"的指引下建立起来的，包括了整个地中海区域的庞大的奴隶制帝国，并通过"掠夺""剽窃"古希腊文化而创造了欧洲第二个文化丰碑，那么在中世纪"狼"的文化角色就换位到了日耳曼人身上。自公元1世纪开始，以日耳曼为主体的蛮族人就不断地从北欧和莱茵河流域向气候温和、土地肥沃的欧洲中部和东南部地区迁徙、侵扰。日耳曼人的一支——西哥特人曾长驱直入，并最终于公元410年，一度占领罗马；而日耳曼人的另一支——汪达尔人则席卷高卢和西班牙等地中海地区。在日耳曼人风卷残云般的打击下，西罗马帝国于公元476年宣告灭亡，从此蛮族人正式登上了欧洲中世纪的历史舞台。最早的罗曼语（古法语）就是早期通俗的拉丁语，接受了日耳曼这一蛮族人语言改造的结果，这一点也足以证明富于野性的日耳曼人在分享灿烂的罗马文化的同时，也曾经参与过古罗马享乐文化改造的痕迹。只是罗马文化的两起两落再次证明了卢梭浪漫哲学：文明的本身带来了腐化与道德的败坏。

二、日耳曼人的罗马主义

中世纪罗马黑暗时代，虽然艺术繁复奇巧，但生活放荡奢淫，导致了国家

---

① 罗素. 近代哲学史［M］. 马元德，译. 上海：商务印书馆，1976：217.

的腐败、社会生活的堕落，而被后来的基督徒谴责为"恶魔"附体。天主教就是迎合了当时人们对这种"放浪"的反感而风行意大利乃至整个欧洲的。即使在此时，日耳曼文化仍然在宗教文化中继续存留并继续发挥作用，如"哥特式教堂"的产生。"哥特式"一词来源于"哥特人"，就是"野蛮"的意思。哥特式教堂采用尖拱顶、小尖塔、飞扶壁、大窗户的建筑格调，整个建筑高高耸立，垂直向上，仿佛有一股要把人们从尘世引入神圣的天国的力量。巨大的窗户镶嵌着彩色玻璃，五颜六色的光线透过窗户射入室内，给人以明亮、圣洁和梦幻的感觉。建于12世纪的巴黎圣母院大教堂、13世纪的兰斯大教堂和亚眠大教堂都是哥特式教堂的代表作。① 这已足够说明早期日耳曼文化对罗马宗教文化的影响力。

　　天主教的禁欲主义与古罗马文化的享乐主义，两相冲突与妥协产生出生活中的形式主义，而在文学中便表现为古典主义，既理性又铺张。然而，普通市民在僧侣阶层和王族的双重压迫之下产生了个人主义与自由主义，以谋取自身正当人性的生存空间；在文学上则表现为浪漫主义对这种古典主义的抗争。它既要反抗宗教，同时又要反抗王权，把精神自由与尊重个性作为自己的旗帜。由此可见"历史总是历史行进的思想武库"这句话的真理性。当享乐主义文化泛滥时，基督教横空出世来加以抑制；当天主教宣扬的宗教理性发展到扼杀人性时，张扬自然人性的浪漫主义，又从遥远的古罗马艺术中寻求反抗的手段，从而使浪漫主义留下了罗马艺术放纵欲望（特别是主"情欲"的罗马传奇）的痕迹。因此，当以华兹华斯和柯尔律治为代表的浪漫主义"湖畔诗派"诞生时，被许多守旧的天主教信徒称为"恶魔派"，而认为是罗马艺术的复苏，因为他们又依稀看到了"狼文化"的迹象。

　　但这种历史回溯，仍然不足以解释人们对初期浪漫主义"回到中世纪"和"热烈赞美天主教"的怪异现象。如何解释浪漫主义对这种"新古典主义"的爱恋现象呢？

　　显然，德国人关于浪漫主义的提出，并不是出于罗马天主教的要求，而只能说是一种新艺术思潮的产生需要利用罗马天主教的名号来为自己谋得合法性的存在。而与此同时，德国天主教中的"唯灵主义"，也确实需要这种具有庞大市民基础的新文艺为自己服务。这是两相利用的结果。正如艾布拉姆斯指出的："浪漫主义的独特之处在于，它不是靠哲学的原则来获取力量，而是在提倡宗教

---

① 李辰民. 对欧洲中世纪文学"断裂"说的质疑[J]. 嘉应大学学报，2000（1）：48-52.

的新生的名义下谈论艺术的。"① 而且,任何一种艺术思想都不是凭空出世的,而是一个渐进的过程,是在原有文化"母体"基础上的变异。当时,天主教在罗马教廷文化中具有核心意义,而且它是联系欧洲诸国最重要的精神纽带,德国的天主教只是罗马天主教在地域上的延伸。这就使得初期浪漫主义者还留存着崇尚天主教的因素,因此德国初期浪漫派就曾强调,文学要以中世纪天主教信仰为生活和创作的基础。这一点在海涅的《论浪漫派》中也有反映,否则海涅也不会如此痛恨以施莱格尔为代表的德国浪漫派。不仅如此,德语国家的初期浪漫主义文艺形式,也同样普遍保持着15世纪至16世纪早期意大利达到的同样古典的完美程度,如海顿、莫扎特、贝多芬和舒伯特的音乐,歌德的创作甚至在世世代代受过教育的德国人心目中成了古典人文主义的化身。

还有一个情况必须说明,18世纪中叶,德国天主教在体现市民阶级意志的启蒙主义思潮冲击下也出现了分裂,产生了企图调和重"天启"的神学与重"理性"的启蒙主义的教派,如歌德、赫尔德曾参加的光明派,后来还出现了更加激进的虔信派。启蒙主义教派反对罗马教皇神学专制的情绪越来越明显,甚至在1786年喊出了"脱离罗马"的口号。这些有启蒙主义思想倾向的文学家和天主教徒要写宣传反传统神学和保守教会的作品,势必取材于有关神学方面的题材,于是出现了有天主教"唯灵主义"色彩的文学。这样,天主教的精神首都"罗马"(Roma)在德国人心目中也就别有了一番新的含义,它既是人们在现实生活中崇拜的宗教圣地,又是人们在知识世界里反抗的宗教专制对象。

"浪漫主义"这一文艺名词,就是在既反天主教又与天主教妥协的暧昧文化状态下,由德国人弗利德利希·施莱格尔在《雅典娜神殿》上发表的《片断》中提出的。这就更加坚定了我们的上述认识——德国浪漫主义的提出,确实透露出对罗马享乐文化的崇拜倾向,也包括具有日耳曼文化素质的罗马宗教文化的回归色彩。它的提出,从一开始就具有对日耳曼人文化血缘的认同倾向。德国浪漫主义也是罗马天主教文化和法国启蒙主义冲突与妥协的结果,是迟到的启蒙主义在另一个封建、宗教专制十分严重的国度里产生的艺术"野果"。因此,德国浪漫主义在18世纪末到整个19世纪的欧洲浪漫主义思潮中具有十分重要的意义。这一判断还不是出于德国浪漫主义文学的巨大影响力,而主要是基于其初始意义和文化血缘意义。

由此看来,Romanticist今译为"浪漫主义",实际上可译为"罗马主义"。从本质上来说,浪漫主义是对与狼文化具有相通性的古罗马主义与日耳曼主义

---

① M. H. 艾布拉姆斯. 镜与灯[M]. 北京:北京大学出版社,1989.

的鼓吹，并在与基督教文化调和过程中体现出认同人类"原罪"的道德特点。

而海涅的伟大之处就在于对浪漫主义向宗教妥协态度的憎恶与决绝。当时的德国正处于拿破仑统治前后，德国天主教的僧侣和容克贵族企图把社会各阶层的爱国情绪演化为一种狭隘的民族情绪，反对犹太人，以维护中世纪遗传下来的僧侣制度和骑士制度，保护自己的既得利益。于是，他们把基督教的"唯灵主义"和浪漫主义的重情感与内在想象的特点牵扯在一起，把浪漫主义者的情感和想象引向中世纪，引向天主教，而把叛逆的怒火引向宗教自由和政治自由。而施莱格尔兄弟就成了这场政治阴谋在艺术领域的具体操作者，他们把这种叛逆性的主情主义思潮命名为 Romanticist，就隐含了要求回到罗马教廷的知识时代的阴暗动机。这就是后来人们指涉的所谓浪漫主义的日耳曼色彩（当然也包括对德意志民间艺术形式的吸收）。海涅敏锐地发现了这一阴谋，他明确指出："原来是耶稣会以浪漫主义的甜美的声调引诱德国青年堕落，就像是从前传说中的捕鼠人拐走哈默尔地方的孩子一样。"①

三、浪漫主义的两种自我批判

通过上述对浪漫主义文化起源的考略，人们可以清晰地看到浪漫主义的本源内核。一方面，在欧洲启蒙主义理性思潮洪流里，德国浪漫主义者比一部分唯理论者更理性地反省到人的情感与想象对人与社会，乃至宗教里的灵魂的认识意义。他们认为，只有承认人的个性、情感的自发性和天才的灵感的存在，才能破除宗教清规和文学中的宗教——古典主义冰冷的理性规则带来的不自然的趣味，才能破除当时的法国文化霸权。另一方面，浪漫主义通过张扬人的情感、独特的个性和天才的灵感，实现了对个人作为主体的重新发现。为了达成培植个人成为主体的目的，破除外在理性（如宗教理性和古典主义文学理性）与内在理性（文艺复兴和启蒙主义张扬的抽象理性与事实理性）而获得个体的自由，就成了浪漫主义的主要价值目标。因此，回归自然和信任自然，回到基督教兴盛前的罗马享乐文化时代，以获取思想资源和文学资源，就成了浪漫主义的必然文化选择。

毋庸置疑，中国现代浪漫主义是以西方浪漫主义为其"文学革命"的思想资源的。但是由于"五四"启蒙不够，人的内在理性发展不充分，或者说，人们对自身的理性能力还没有获得足够的信心，从而导致文学失去了人本主义的思想根基，以个人为主体的浪漫主义自然就失去了应有的道德基底而站不住脚，

---

① 海涅. 论浪漫派 [M]. 北京：人民文学出版社，1979：33.

最后只能自然轰塌在强大的现实工具理性旗下。因此，在中国，没有哪种文艺思想会像浪漫主义一样，从自身一产生就会产生如此强烈的自渎心理。中国现代浪漫主义文学的第一个流派——创造社，不仅从其一产生便遭到了它的文学敌人文学研究会的责难，而且引起了它自己强烈的反思性怀疑和自我批判。这就呈现出把自己的"心"挖出来自我舔食和自我咀嚼的残忍景象。

1923年，中国浪漫主义最大的理论家成仿吾就狐疑自己信奉的浪漫主义是一种庸俗主义。他在《写实主义与庸俗主义》中说："它们是不能使我们兴起热烈的同情来的。而且一失正鹄，现出刀斧之痕，则弄巧成拙，卖力愈多，漏丑愈甚。"① 因为浪漫主义在主"情"反"理"时，个人情感的过度抒发，往往会形成一种夸张而不自然的状况，也就是我们常说的"矫情"。与"写实主义"相比，浪漫主义在注重自己的反叛精神时，往往失却了对客观现实问题的深层揭露。这种"浮夸而感情式的"（茅盾语）的"德行"，对急于解决社会、民生问题的中国现代知识分子来说，是难以获得"同情"的。随着它的问题意义的失去，也就失却了它的崇高性。很明显，成仿吾是在以敌手的刀来解剖自己。

浪漫主义作家另一主将郁达夫，在1927年的《文学概说》中也是这样说的："物极必反，浪漫主义的发达到了极点，就不免生出流弊来。就是空想太无羁束，热情太是奔放，只知破坏，而不谋建设，结果弄得脚离大地，空幻绝伦。大家对此，总要感到一种不可名状的空虚，与不能安定的惑乱。尤其有科学精神的近代人，对此要感到一种不安。"② 郁达夫之所以会感到"不安"和"惑乱"，是因为他在创作过程中已觉察到，浪漫主义在情感的张扬过程中必然会产生绝对的自我，绝对的自我就是无限的自我，必然会否定自身以外的一切存在，包括"自我"本身，立足于"自我"主体的"创造"就有可能是一句空话。浪漫主义在社会现实中"创造"功能的缺乏，使郁达夫感到不无尴尬。浪漫主义本来就只是立足于新文艺的创造，现在却要以它来创造新的社会现实，这显然是外在压力强加给它的无奈。

浪漫派的旗手郭沫若与冯乃超，则是站在"无产阶级革命"政治立场上来"反思"浪漫主义的。郭沫若在《革命与文学》中说："在欧洲的今日已达到第四阶级与第三阶级的斗争时代了。浪漫主义的文学早已成为反革命的文学。"③ 冯乃超则说："采访革命文学的来源，却不惜枉叩黄包车夫的破门，这是认错了

---

① 成仿吾. 写实主义与庸俗主义［J］. 创作周报，1923（第5号）.
② 郁达夫. 文学概说［M］//郁达夫. 郁达夫文集：第5卷. 广州：花城出版社，1982：90.
③ 郭沫若. 革命与文学［J］. 创造月刊，1926，1（3）.

门牌。同时，只晓得没有了革命的文学，却又回去祭祀浪漫主义的坟墓。"① 自"五四"以来，"革命"一直是一个崇高字眼，也是理解中国现代浪漫主义者的自我批判的关键词。在现代的中国，无论是文学还是其他社会意识形态，只要与"革命"沾上边，就具有了合法性。浪漫主义本来也具有革命性，但由于与"第三阶级"沾过亲，在郭、冯眼里也便成了"反革命的"、拖着历史往后走的了。其实，浪漫主义的"革命性"也仅在于人的个性张扬与解放，现在要它推动社会革命，撬动历史，显然有些勉为其难，因此郭、冯二人同样只有自我批判的份儿。

从此，"浪漫派"成了一个令人忌讳的名词，没有人敢沾它的边。创造社也从来没有承认过自己的浪漫派身份；郭沫若也是直到1958年毛泽东为浪漫主义正了名，才愿意认可自己的浪漫派归属。

当然，这种景象不只为中国现代浪漫主义特有。在浪漫主义"中国化"之前，正宗的欧洲浪漫主义思潮在其产生之时，也有同样的状况。自我咀嚼、自我批判似乎是浪漫主义"肌体"中潜藏的"基因"，并已构成了浪漫主义思维方式与命运的一部分，但是我们必须分清楚这两种不同的自戕。如果说中国现代浪漫主义的自戕，是孱弱的个人主体面对强大的外在理性的无奈，那么欧洲浪漫主义阵营的自我批判，则恰恰是为了个人主体的完善与强壮，再一次印证了浪漫主义鼻祖卢梭的判断："人有改善自己的能力。"

虽然有人认为歌德是欧洲浪漫主义文学最伟大的旗手，也是"浪漫主义"概念的提出者，但德国的施莱格尔兄弟无疑是欧洲浪漫主义文学理论的奠基人。1797年，弗利德利希·施莱格尔（1772—1829）就以125页的篇幅提出并阐述过"浪漫主义"这一术语。而同样作为浪漫主义诗人的海涅则在其《论浪漫派》中，对施莱格尔充满了不敬，认为弗利德利希·施莱格尔是站在天主教教堂的钟楼上纵览全部文学的，是"朝后看的先知"，只会把眼光投向他心爱的过去，"憎恶现在，害怕未来"，而拾弗利德利希牙慧的哥哥奥古斯特·威尔海姆则更是"永远只能理解往日的文艺而不能理解当代的文艺"，根本不能闻到现代民主与新教的信息，甚至也不能容忍法国古典主义文学。实际上，施莱格尔兄弟仅仅是对当时德国普遍的新生文艺现象做一种理论总结，但海涅由于实在讨厌天主教而看不到德国初期浪漫派被迫与天主教虚与委蛇的原委，因而对这位

---

① 冯乃超．冷静的头脑［J］．创造月刊，1928，2（1）．1976年，美国波士顿大学出版了文学刊物《浪漫主义与美国革命》的专号，就是以"美国革命"来考察其浪漫主义运动的。

最早的浪漫主义奠基人发难。

E. 伯恩鲍姆（E. Berbaum）在《浪漫主义运动入门》（第301~302页）中辑录了欧洲150年来对浪漫主义文学的一些权威性批判。歌德也说：浪漫主义是病态的，古典主义是健康的。巴曾（Barzun）也曾在其《古典派、浪漫派和现代派》一书的第十章"现代用法示例"中，总结过欧洲人对"浪漫"的丑恶性记忆。在欧洲人观念中，"浪漫的"尽管是"吸引人的""无私的""充满活力的""华美的""英雄的""生动的""逼真的"，但它是"不真实的""无理性的""实利主义的""轻浮的""神秘的和热情的""显著的""保守的""革命的""夸张的""日耳曼民族的""无形式的""形式主义的""情感的""幻想的"，乃至是"愚蠢的"。

由此看来，在早期的欧洲，浪漫主义也从来就不是一顶光荣的草帽，很少有人去认领。正因为如此，司汤达在1823年发表的一篇英文文章《拉辛与莎士比亚》，还再次正式在英语世界和法语世界的文艺领域提出过"浪漫主义"这一概念，但在其后的文学评论和文学史描述中并没有得到广泛的使用。时至1882年，在英国奥里芬特夫人著述的《十八世纪末与十九世纪初英国文学史》中，也丝毫没有出现这个术语及其派生词的踪迹，而只用"湖畔诗派""恶魔派""伦敦集团"等词，用来指称当时人们脑海里的英国浪漫派作家。

韦勒克的考证为我们提供了部分真相。他发现，"浪漫主义文学"最早出现于欧洲对一些人的特殊生存方式的报道与笔记中，只是尚处于"地下文学"状态。而这种"地下文学"记录的是一种"另类"生活方式，这种生活方式风流、荒诞、浪荡，带有富于激情、传奇和不切实际的特点。人们对这种新潮文学和新潮生活的接受态度，大约就相当于我们20世纪80年代末至90年代初王朔的"痞子文学"与"顽主人生"和90年代末卫慧们的"下半身写作"与"新新人类人生"遭遇到的睥睨姿态。因此，无论"浪漫主义"（Romanticism）还是"浪漫派"（Romantic），在整个19世纪的欧洲都是不名誉的称号。

也就是说，"浪漫"这一理念在当时的欧洲一直分处于两个领域：一个是人们的现实生活领域，指人们一种全新的、有悖于时俗的生活方式；另一个是艺术领域，指一种有别于传统古典主义文艺的新文艺状态。而人们之所以不愿意接受浪漫主义者这一身份，主要是因为这一生活态度或生活方式缺乏有力的道德价值支撑。只有当18世纪末19世纪初欧洲的旧道德评价体系遭到解构，新的道德评价体系获得合理性，个人主体完全站立起来，浪漫主义社会思潮才能真正浮出理论的水面。由此人们也应该理解，尽管近一个世纪以来施莱格尔兄弟和司汤达为浪漫主义文艺进行理论张目，却一直潜沉在人们的理论视野之外。

直到到了丹麦人勃兰兑斯手里，浪漫主义的浪潮才真正在文学视野里汹涌起来。

由此可见，"浪漫主义"背后一直隐约浮动着暧昧的"狼文化"背景，这就注定了它与狼一样，有着不能自我把握的悲壮命运。它在东方对社会革命"认罪"，在西方对天主教"认罪"。浪漫主义文学长期只能在个人领域里孤独地唱着受到压抑的人性欲望的感伤的歌。不过值得庆幸的是，它忧伤的眼泪为自然人性的生存浸润出了一片空间，并把人类人文主义传统延续并扩散到了整个19世纪。

（原载于《暨南学报》2005年第1期）

"主义"本土言说的悲剧与规避
——以中国现代浪漫主义言说为例

众所周知，胡适主张在学术研究中要"多研究些问题，少谈些主义"。但从近一个世纪的人文学术研究现状来看，人们似乎普遍感到"主义"又确实是个好东西，它像一条功能强大的几何虚线，能在人文思想领域轻而易举地划清阵营，分辨队伍；而在文学艺术领域，则更是归纳纷繁复杂的文艺现象，划分错综复杂的艺术流派、社团乃至风格的普遍工具。在中国现当代文学研究中，不仅涌现了以各种"主义"命名的文论著作和文学史著作，而且在当下高校文学学科研究方向的设置中，也广泛出现了冠名各种"主义"的文艺思潮研究，企图用一两个"主义"来解释和统摄一切文学现象。

"主义"本是个舶来品语词。在西方，"主义"应该是指某种思想的核心判断凝结的内在理念，可以追溯到柏拉图的 idea。由于这些判断是基于西方社会文化事实和认知方式做出的，一旦把一个新的理念移植到一个完全异质的社会或文化圈层中，并把它作为一个认识的基准或标志时，虽然能够扩大该文化圈层中社会群体的认识视野、言说空间，推动文学观念的世界化和现代化进程，但是酿生了一些关于本土思想的文化存在及其言说的悲剧与困境。这已成了20世纪我国人文学术思想界最大的伤痛，应该引起人们的反思。

自从以文学为先锋的现代人文学术滥觞以来，人们总是习惯于按照各自心目中半生不熟的理念范式（实质是一两个"主义"）来教条式地比对、责难本土的文学存在，从而导致了对本土理解的忽视；更有甚者，在多种"主义"打架及其相互诘难中，丧失了对文学存在进行理论概括的本原目的，让"主义"变成了一些游离于现实之上的意识形态标签。文学认知视角差异导致的文学论争，演变成了意识形态在文学领域里的角力。

一

1922年5月《创造》季刊创刊号问世，后来被视为中国现代浪漫派旗手的郭沫若，就发表了他的一篇通讯——《海外归鸿》。通讯当然是针对创造社的"对头"文学研究会中以沈雁冰为代表的批评家而来的。他说："他们爱以死板的主义规范活体的人心，什么自然主义啦，什么人道主义啦，要拿一种主义来整齐天下的作家，简直可以说是狂妄了。我们可以各人自己表张一种主义，我们更可以批评某某作家的态度是属于何种主义，但是不能以某种主义来绳人，这太蔑视作家的个性，简直是专擅君主的态度了。"这段措辞非常个性化的文字，似乎从新文学运动一开始就预言了在以"主义"为言说主潮的理论环境里中国现代文学多蹇的命运。

的确，人们不仅爱以"某种主义"来"绳人"，而且在"绳人"的过程中把"主义"自身变得缠绕不清。"浪漫主义""现实主义""现代主义"，这些从西方引进的外来词，一直是指导我们中国现当代文学实践的主要理论概念。直到今天它们仍然是我们认识文学的主要理论支点。但是，浪漫主义作为对一种文学精神的描述，与现实主义相比，甚至与现代主义相比，一直是个模糊概念，也就当然地为不同的接受主体在不同的历史阶段提供了较大的理解空间。浪漫主义在其中国化的过程中也得到了不断丰富与发展，乃至变异，与其本原意义有了较大的不同。但是，这种"丰富""发展"与"变异"，并没有给人们带来预期的成效。在这种状态下，尽管以往对于浪漫主义也多有研究，一度成了颇为热门的课题，取得了丰硕的成果，甚至成了仅次于现实主义的第二大思潮，但是人们在不同的历史时段里，在各自特定的现实理性和艺术理性构架的空间里，从不同的认识立场阐释或批判着浪漫主义。正是因为这种多元立场的理解与描述，使浪漫主义在现代中国像西方一样，呈现出多样的理论形态，似乎是个说不清道不明的理论怪物，甚至成了现代中国文论用来描述文学所有"主义"中最朦胧的理念。像要回答文学是什么一样，任何一种言说都可能有理有据，言之成理，但哪一种言说都失之偏颇地走向狭隘。

但真正造成对浪漫主义理解艰难的，主要还是以下几个方面。

（一）西方浪漫主义观念的复杂性。我们的浪漫主义研究普遍遵循这样一个逻辑：既然认定浪漫主义是从西方"拿来"的，那么只要找到了新文学与西方浪漫主义的对应点，就完成了对我们自己浪漫主义的认识，基本上是在搬用西方浪漫主义的认识框架。况且，浪漫主义的存在，在中国似乎比之在西方更为铁定。它不是在一种文学形态已产生之后贴上去的理论标签，而是从理论到创作都是对西方现成的模仿与借鉴，既不存在一个理论概括准不准确的问题，也不存在我们自身理论认识中的逻辑环节上失当的问题，因为这一逻辑过程已为西方人所完成。这样，我们又似乎可以把中国浪漫主义理论的混乱归之于西方人的糊涂。但西方浪漫主义观念就像一团迷雾，基本上每个浪漫主义作家或浪漫主义的研究者都有着各自不同的认识，使得西方人的任何一种浪漫主义理念都无法在中国真正找到一一对应的文学形态。

（二）以强大的意识形态为代表的权力话语对文学研究的干扰。知识与权力的合谋，构筑了富于文化意志的意识形态类型。在政治权力的支撑下，人们一致公认现实主义是20世纪中国文学的主流，并以此来解释或批判其他文学现象。这在无形中确立了现实主义在文学认识中的权力话语地位，使它获得了文学中的意识形态资格。而现实主义文学观从根本上来说，是一种工具论文学观。以现实主义的立场来解释浪漫主义，这本身就使研究者缺乏一种学术立场的纯洁性，也缺乏对浪漫主义的公正性。因此，中国现代浪漫主义研究既在西方话语霸权的支配下丧失了自身的言语能力，又在意识形态的主持下丧失了学术的独立性。我们的浪漫主义文学创作与研究，一直是在这样一种强大的政治理论指引下行进的。从水管里流出的是水，从血管里流出的是血，经政治意识形态过滤后的浪漫必然是一种政治化的浪漫。"革命+浪漫"，积极浪漫主义和消极浪漫主义等观念，就是浪漫主义政治化并遭到现实主义挤对的必然结果。

（三）中国传统封建礼教历史悠久，在人们的头脑中根深蒂固，使人们在文化心理上缺乏对浪漫主义的认同基础。礼教主"理"，主"致用"，而浪漫主义主"情"，主"欲"，主"享受"。"存天理，灭人欲"的以理制情的人文观念，使人们难以对自然状态的生命形态形成完整的认识。因此，长期以来，关于"文学到底是不是人性的表现"和"人性是什么？"的争论一直纠结不清。一个显著的例子是，20世纪50年代，当概念化、公式化作品在文坛大量涌现时，一些理论家适时地指出其症结，要求多表现一点个性与人情，却只能表述为要求实行"现实主义深化"。至于"人道""人性""人情""浪漫"等词，都被"自觉"排斥在批评话语之外。

（四）认识方法的机械性导致了对浪漫观念接受的非完全性。我们的任何一部文学史和文学理论，在叙述和解释浪漫主义文学现象（也就是与现实主义审美原则无法统一的文学现象）时，都在采取一种简单化的操作方法来解决这一问题。人们公认，浪漫主义在思想基础上是个人主义或自由主义的，而在创作方法上重抒情主义和理想主义。这种理论叙述似乎是一条不证自明的公理。然而，浪漫主义历来是拒绝任何公理的，正如浪漫主义最初反对古典主义戏剧的"三一律"演出公理一样，认同公理便是流俗，它已不再是浪漫主义。况且，归纳的非全面性，使这种所谓公理化的简单归纳法，还是挂一漏万地疏漏了浪漫主义的丰富性，以形而上学式的态度把很多浪漫主义的变异形态，关闭在浪漫主义的大门之外。一个最典型的例证便是，先验而武断地只认可创造社是浪漫主义流派，而把其他已变异了的浪漫主义文学形态，归入现实主义或现代主义等其他流派里，最多再补充说明一下，说它们也具有浪漫主义的色彩。这实际上已暴露了这种"公理"在理论上的残缺与无奈。

西方的浪漫理念解释不了我们浪漫主义文学现象，主观臆断式的抽样归纳（实际上仍然是西方的理念）涵盖不了整个浪漫主义现象。当然，西方浪漫主义文学是中国现代文学模仿与借鉴的蓝本，但模仿与借鉴本身就是有违浪漫主义的破坏与创造精神的。求新破旧，独立新标；以无破有，追求"灵魂的冒险"，以实在的艺术感知破除现成的艺术成规，同样是中国现代浪漫主义的艺术精神。因此，如果纯粹地从中西比较文学的角度来鉴别中国现代浪漫主义的质与量，也同样难以真正发现它对人类艺术史的新贡献。

二

那么如何才能解开"主义"言说中的"死结"呢？中国现代浪漫主义文学不仅借鉴了西方艺术（不仅仅是浪漫主义的）的成果，也吸收了中国古代艺术的营养，更主要的是还发挥了作家自己不羁的独一无二的创造才情，才使之呈现出独特的审美特性。人们必须排除任何艺术和社会的成见，站立在"无"的立场上，才能使中国现代浪漫主义自在而完整地呈现出来。实际上，就是要求认知者自己回到一种纯粹认知的立场（用时髦的存在主义者的说法，就是处于一种"澄明"的境界），使浪漫主义在我们的心灵中自在地展现出来。浪漫主义文学力主的是作家才情的自然流露，因此对浪漫主义文学的研究在一定程度上，也是我们研究者对自身艺术才情的认知。或者说，如果浪漫主义艺术与其他艺术一样是一面镜子，那么我们只是用它来辨认自己。

作为西方现代人文精神的一种，浪漫主义本来就是既反叛传统又超脱于现实的，卢梭就曾经提出过"回归自然"，把旧有的文明看成扼杀人类幸福的罪恶黑手，要求回到孩童时代的天性自然的状态。当然，这并不是要人们回到前文明状态的"自然"中，而是在反旧文明约束的前提下对"自然"的理想化。因此，浪漫主义者反对传统文化中的道德判断和现实中功利主义的价值判断，而追求一种唯美主义的艺术审美判断，因而他们还提出过"人生艺术化"的口号。实在说来，我们学术界加在浪漫主义头上的那些理论标签，如"个人主义""自由主义""颓废主义"等，如果不去掉其道德的指责和功利的色彩，我们是很难与浪漫主义真正对面的。

这就涉及一个关于浪漫主义的存在与本土言说的问题。我们主张人们站在"无"或"纯粹"的认识立场来言说"浪漫主义",也是针对我国20世纪浪漫主义的认识与言说的意识形态困境而提出的。其实,对任何"主义"的认知与言说,实在还存在着一个思维方式上的先天性缺陷;西方逻辑工具的缺陷就像电脑病毒一样,一直困扰着人们抵达浪漫主义的存在真相。而这一点,从来没有被我们的文艺理论家察觉过。

老子曾说:"道可道,非常道;名可名,非常名。"(《老子》第一章)这其中就对可言说与不可言说做出了界域的划分。在老子看来,日常的知识经验是可言说的,而形而上学之道是不可言说的,但形而上学之道恰恰又是我们不断追问的对象。同样,对浪漫主义的存在也有着可言说与不可言说的问题。我们对浪漫主义的理论表述,也都停留在浪漫主义本体之外,往往在与古典主义和现实主义的比照中,对浪漫主义的思想基础、创作特点和题材等进行归纳,并努力在这些外围要素之间建立一种逻辑联结。而对浪漫主义的本体——人的本真存在状态则表现出一种言说的无奈。当然,这并不能责怪我们的浪漫主义理论家,连存在主义哲学的鼻祖海德格尔也只能模糊地表述为:"人诗意地栖居。"

浪漫主义的本体虽然无法用言语完整地表述,但并非无法感知。心学之集大成者王阳明就曾以"哑巴吃苦瓜"为喻。他说,哑巴无法说出苦瓜的滋味,但他可以通过亲口品尝来感知。人们能从浪漫主义文本中感到浪漫主义的本体,从其深层内涵来说,是人的内心自然欲望的自在舒张。情感的冲动,或者是想象的燃烧,只是欲望的外在表现。

但是,情感的冲动,在某种道德意志看来,可以有正面与负面或者积极与消极之分;从其来源看,既有来自自身的生理状况的原因(如性的满足与否),也有个人生存境遇和社会状况的激发,因此又有所谓"个人情绪"与"社会情绪"之别。想象的燃烧,既可以表现为如光明般的理想,也可以表现为如黑暗般的绝望。但不管是理想还是绝望,都是现实的挤压造成的,是对现实的不满和反叛的一种行为结果。

当然,情感与想象是紧密关联的,不能截然分开,有时甚至是浑然一体的。比如,怀旧的感伤情绪就是与回忆这种想象活动相伴而生的。在这里,我们也只是为了学术言说的方便而采用了既成的逻辑概念。

从情感与想象这两种欲望的表象来看,人的"欲望"就不可能是简单指涉人的吃、睡、性等生理需求,而是与社会有着广泛关联的生命需求。它包含了人们对近代人文精神乃至现代人本主义的文化渴望。刘晓波受马斯洛等人的需求层次理论启发，在《选择的批判——与李泽厚的对话》一书中，对人的"欲望"的深层结构做过深入认识。他认为人的欲望有三个层级[1]：一是"无个性特征的纯动物式的欲望"，如吃、睡和性交；二是"个性意义上的感性"，其"欲望的满足、发泄和实现"与个体的独特发展相连，"是自主性、独立性的内在确证与外在实现"；三是"超越意义上的感性，人在意识到自身的有限性、短暂性之后而本能地产生的一种超越自身的、进入永恒与无限的欲望，这种欲望推动着人类去追求那些纯精神的东西（如宗教、审美、科学等）。我之所以称之为感性，就因为它也是人的生命动力之一，而且是一种最高的动力"，这一动力也须以个性生命的自我完成为前提。[2]

由于刘晓波为了与李泽厚进行哲学对话，正如夏中义先生指出的，要"将文化史描绘成'感性'与'理性'的斗争史"[3]，而把"欲望"改换成了"感性"，这就引来了概念上的许多歧义，因为"感性"的内涵除了包括"欲望"之外还拥有更多的内容。但不管怎么说，刘晓波对"欲望"的思考，为我们对浪漫主义的文化内涵的思考打开了一道闸门。从中西方文化史来看，不管是情感的冲动还是想象的燃烧，作为欲望的表现形态，在以理制情的基督教和"存天理灭人欲"的中国封建理教看来，都是一种不道德的"恶魔"；在务实与功利的现实主义者看来，也是不切实际的虚幻，没有多大的现实价值与现实意义的行为。这也恰恰从反面证明了浪漫主义的内核——欲望在人类文化史上的重要意义。

其实，我们每个人都有情感与想象，没有欲望的人是不存在的，是形而上的"空心人"。因此，在一定程度上，我们每个人都是浪漫主义者。但生存在这道德罗网遍布和功利主义盛行的现实大地上，谁都不愿意承担不道德的放荡和不负责的恶名，因此没有一个浪漫主义者敢于承认自己的浪漫主义身份，除非浪漫主义被道德主义和功利主义合法化。前期创造社就是如此，他们能够在文学文本和理论文本中，大胆表现自己内心的冲动与飞扬的想象，但就是一直回避浪漫主义者的身份，20世纪50年代的胡风也只能以现实主义话语来表达其浪漫主义思想。

因此，浪漫主义往往因欲望的多样化表现形态而呈现出多元而复杂的形式；也因言说的不自由（既有语言的无奈，也有言说者的不敢说）而呈现出显性的

---

[1] 刘晓波. 选择的批判：与李泽厚对话 [M]. 上海：上海人民出版社，1988.
[2] 夏中义. 新潮学案 [M]. 北京：生活·读书·新知三联书店，1996：146, 149.
[3] 夏中义. 新潮学案 [M]. 北京：生活·读书·新知三联书店，1996：146, 149.

与隐性的两种状态。这两种状态，有如佛家的密宗与禅宗，但它们共同供奉着一尊菩萨——体现个人主体的自由抗争与对欲望的追求。所以，我们说，浪漫主义既是欲望的一面旗帜，也是守望自然人性的一面旗帜。

三

著名华裔学者刘若愚在《中国诗学》中认为："伟大的诗总是把我们领入使我们感到惊讶甚至震惊的新境界而因此扩展我们的感情，次等的诗则只能为我们创造出熟识的境界而因此只确定我们原有的经验，给我们以认识的满足感。"[1] 由此我们也应该认识到，我们的文学研究同样不能停留在搜集整理文学材料去确认我们已有的文学经验，特别是西方浪漫主义的文学经验，而应该开创出新的认识空间，以拓展我们对文学的新感觉。对以"浪漫主义"命名的文学的言说，就应该是对文学中人的完整存在状态的认知与认可。因为任何文学总是对人的生存状态的反映与思考，或是对不满意状态的批判与怨恨，或是对理想生存状态的赞美与畅想。而人们对自己的生存状态是否满意，主要取决于他自己欲望中的价值取向与欲望空间的调整。因为现实压迫给人的实践理性和工具理性总是十分强大，它们既构架了欲望的存在空间，又切割或扭曲了人们的欲望，从而总是使人们处于一种非完整的存在状态中。因此，欲望与理性的斗争也总是没有完结之时。浪漫主义作为欲望在文学领域里的代表，虽然在不同的历史时期拥有着不同的斗争对象而呈现出一种历时形态，但它总归是在为人的完整状态而奋斗。

因此，浪漫主义并不是历史虚无主义，它不应该承担现实主义强加于它的那种虚妄的指责（如文学研究会对创造社的指责）。它并不想摧毁一切理性，因为没有理性便没有人的存在，它只是对那些非人的理性发出挑战，在破坏中创造。正如郭沫若在《凤凰涅槃》的"凤凰更生歌"中所畅想的，要创造一个"芬芳""和谐""自由"的新世界。遗憾的是，我们的理论界甚至把这种虚妄的指责当成了浪漫主义属性的终审判定。

自从1918年周作人提出"人的文学"以来，中国现代文学就以此为旨归而开始其文学历程。现代中国浪漫主义文学就是属于"人的文学"中的一个重要组成部分，并在中国文学的现代化过程中，无论是在审美观念还是在思想意识层面都扮演着重要的角色。我们甚至认为，中国现代浪漫主义文学的产生，不仅仅是文学自觉的标志，更是现代中国人觉醒的一个重要标志。浪漫主义文学

---

[1] 刘若愚. 中国诗学 [M]. 蒋小雯, 译. 武汉：长江文艺出版社, 1991.

是人的主体性意识自觉的一种重要美学表现方式。

周作人在《中国新文学的源流》中，对中国文学作"载道派"和"言情派"的划分，并做出了扬"言情"而贬"载道"的理论考察，实际上就已开了现代浪漫主义理论研究的先河，实现了现代浪漫主义与古代文艺理论的成功对接，也为现代浪漫主义文学及其理论获取话语的合法性奠定了坚实的理论基础。

从周作人的一系列理论洞见中，我们看到，"浪漫主义"这一语词虽然引进于21世纪初，但浪漫主义文学在我国却早已有之，并且有着悠久的历史和光辉的传统。1935年，郑伯奇对创造社文学的理论总结，标志着以"浪漫主义"来总结、替换周作人的"人的文学""平民的文学""言情派文学"等概念，这就意味着现代中国浪漫观的真正形成，现代中国文学被正式纳入西方文艺理论的视野。

但"浪漫主义"这顶洋帽子并没有给中国现代文学及其理论的发展带来幸运。今天，回顾浪漫主义在沉重的社会责任感、深厚的道德传统和民族主义情绪构筑的夹缝里艰难地挣扎的悲剧性历程，我们又不禁服膺和怀念起周作人的理论智慧。由于"浪漫主义"这面"杏黄旗"的竖立，使人们过多地关注其个人主义和自由主义思想底色，粗暴地漠视它的美学内涵。

与古典主义、现实主义、自然主义、现代主义一样，浪漫主义也给文学带来了丰富多彩的美学趣味，但浪漫主义在创新求变和为作家提供展示才华的空间方面比其他创作方法更突出，给人们留下了深刻的印象；而且浪漫主义文本对读者有一种更亲和体贴的美学品质，全没有那种"方巾气"或距离感。因此，浪漫主义文学又是最有人情味的文学，离文学的审美愉悦精神最近，是一种最富于人的存在意味的文学。它反对"古典"的奢华，也反对"精英贵族"的古板与故作庄严，让人们回到本真自然的人性层面，回到率真，回到敢说敢做、敢爱敢恨，这才是浪漫之本。它让更多样、更鲜活的生活和人间趣味自由地进入艺术的殿堂。对浪漫主义的认识也更应该有助于我们真正地领会艺术精神。由此我们又不禁要天真地设想，如果当初一直沿用周作人的"言情派"等概念，可能会为它的对立面增添一个寻找借口的过程。

当然，历史是不可预设的，我们只有面对历史，"主义"言说的历史也是如此。无论以一种什么样的立场与认识方法来考察现代文学中的浪漫主义文艺思想或浪漫主义文学现象，人们都必须坚守一条认识底线。那便是，无论是人类社会历史的研究还是文学史的研究，都是为了提升人类的生活质量，培养人类的良知和文明素质。因为历史不是为了重建过去，而"是由活着的人和为了活着的人而重建的死者的生活"（法国当代社会学家、思想家雷蒙·阿隆语）。同样，文学史的写作也不是为作家树碑立传，而是为了促进今天的人们对文学本质的认识，更是对人的本质的认识。当代的人们必须坚守对文学史的解释权利，也应以现代人文精神和人本主义思想来考察文学史。历史是人类认识与创造的足迹，它并非按照人们某种目的或意愿而有序地展开，而是像德国存在主义哲学家卡尔·雅斯贝斯（Karl Jasper）所说的一样，表现为由骚动、灾祸和短暂的欢乐构成的一团乌七八糟的偶然事件。因此，我们又必须对历史满怀敬意，既不能过于自负地神化历史，也不能过于悲观地看待历史，更不能以任何理由以一条自以为是的线条牵强附会地穿凿或背叛历史。文学史，特别是浪漫主义文学史更是这样，它更是力主着无数富于个性的单个作家有意识或无意识的创造与才情的展示。因而，浪漫主义似乎宿命式地要走一条感伤之路，它更需要人们的尊重与理解。

每个人都可以为自己设置奋斗目标，但人们不应该依据一个畸形的浪漫主义文学理论范式去回顾历史，展望未来。因为浪漫主义体现着人性中欲望在历时形态中的抗争与追求，因此我们只能回到历史中，回到常识的层面，以"文学是人学"（特别是在20世纪，人们一直在为文学是不是关于人性的学问这样常识性的问题争论不休）为认识论原则，在历史已展示给我们的文学现象中寻找出一些基本问题进行是非分析与价值衡估。德国存在主义哲学家海德格尔告诉我们：存在就是美。浪漫主义就是为人的完整存在而斗争的文学，由此我们必须认识到，美的表现形态不是永恒的，永恒的是任何人都在欣赏美、追求美，因为古往今来的人们都在追求人的完整存在。浪漫主义是人性美的赞歌，这应该是浪漫主义理念或以浪漫主义为名的艺术给我们最富于个性化的启示。

其实，不仅仅是"浪漫主义"，所有的"主义"都是对人类生存真相或生存事实的揭示，也是对不同层面和不同取向的人类福祉的追问与祈求。只要立足于这种纯粹的认识原则，任何"主义"的言说都不会成为"问题"，相反，它们是指引人类文明行进的航标。

（原载于《深圳大学学报》2007年第5期）

神话的破灭:"主义"写作及其以后

大约是在 2002 年,著名画家陈丹青与王安忆有过这么一场对话。陈丹青说:"我觉得我们其实很幸运,我们那会儿(指 20 世纪 80 年代)莫名其妙就出名了。我从来没有想过什么美术史,我现在也不太在乎那个美术史,忽然就给搁到那个位置上了……是时代帮大忙了。"王安忆说:"帮我们出名而已,它没有帮你画画呀。我曾经也想过,觉得我们那个时候,因为东西少,画少不少,我不太清楚,小说少,所以出来的东西特别引人注意。那今天是不是多呢?现在看起来好像很多,其实都是文字,一大堆的句子,在里面拨开来找小说,还就是这么一点儿。"①

无独有偶,从不怀疑该写什么而只寻思怎么写的韩少功先生,前不久来深圳大学文学院座谈时也发出过同样无限的感慨:"20 世纪 80 年代对于文学写作者来说,真是一个幸运的年代。无论写什么,或者随便写个什么,都会有人为你叫好。现在情形不同了。出版社天天催'文债',我只能耍无赖式地跟他们说,要稿子没有,要命有一条。"

陈丹青是丹青高手,而韩、王两位则是公认的当今文学写作的道上高人。他们的观察与体会是:近十来年,无论是文学还是其他艺术,创作者多了,出版量大了,阅读需求量也越来越大了,但是要写出或画出既能够被他们自己认可也能被大众叫好的作品的难度也越来越大了,不论是他们自己还是后来者。而且,他们都下过乡,插过队,有过匮乏与苦难的少年或青年时代,现在他们却都成了文坛或画坛大腕。难道真应了那句"愤怒出诗人、苦难出杰作"的咒语?难道真的是时代正经历由不幸向有幸的转型,而文学艺术则正在由伟大走向平庸?

---

① 王安忆,陈丹青. 拿起镰刀,看见麦田[J]. 大家,2002(1).

一、借"道"传声:"主义"时代的文学写作

我是一名大学文学教师,我的职业就是带着一届又一届学生不断地阅读研讨中国现当代文学作品,因此我也应该算一个文学的道中之人。尽管也是由于我国的作家太多、作品太多,尤其是当代,不可能阅尽当今文坛春色,但是我和我的学生都有一个共同而真切的印象与感觉:20世纪90年代以来的文学,特别是21世纪的文学,论社会影响力,可能不如80年代,更远不如50—70年代,但它更有艺术趣味,更能呈现现代汉语表达艺术的风采,尽管表达的话题越来越细微乃至有些琐碎了。

以现行通用的几套文学史教材和作品选为依据来讲解《中国当代文学》,完全可以20世纪80年代中期为界。教前一段文学,基本上不要费什么劲,更不需要什么智慧与艺术感悟力。因为有重大社会影响的文学作品、文学观念就那么一些,全写在那几本书里。作品也几乎都是表达得那么明白如话,都是那么千篇一律地写农民、工人、知识分子应该怎样参与国家与社会的历史变革。我在课堂上要做的只是把这些文学文本当成历史文化文本来解读,把文学课上成一个文化课、历史课。因为这整个三十多年的文学也完全可以看作由一个作者写的一部作品,准确说是一部宏大的"革命叙事史诗"。这个作家实际上就是那不断完成不同革命使命的伟大时代。这部作品采用的是一种话语,那就是革命话语;表达的是一种声音,那便是"时代的主旋律""历史的最强音"——社会主义现实主义,或者称为"革命现实主义"。费劲的是,由那些署名作者与作品的命运沉浮构成的文学事件太多,也都成了这部宏大"叙事史诗"的细节构件。也就是说,在"中国当代文学"这门课程中,讲授这三十多年的文学,实际上是在讲一部作品,而这部书的作者一写就是三十多年,而且不是用语言来写的。因此,这种文学课,根本就欣赏不到纯粹的语言艺术趣味,而更像是在欣赏一场以文学为话题的后现代主义的行为艺术。

唯一让我们开始浅尝到汉语语言艺术滋味的,便是那几个20世纪70年代末80年代初成名的所谓"朦胧诗人"的几首非常情绪化的诗歌。课上完一段时间之后,一些学生还会在吵闹和嬉戏中装腔作势地"吼叫"着"卑鄙是卑鄙者的通行证,高尚是高尚者的墓志铭","黑夜给了我黑色的眼睛,我却用它寻找光明"和"面朝大海,春暖花开"等句子。看到此情此景,我也"朦胧"地憧憬着,现代汉语诗或许也会像唐人诗句一样在未来的时日里仍然留存在人们的口头上?

当我的课程行进到讲授20世纪80年代中期及90年代的文学作品时,具体来说就是从韩少功先生的《爸爸爸》为代表的文化寻根文学开始,我和我的学生们立马感到,不同面目的作家群体和越来越陌生化的作品,成板块状在向我们纷至沓来。作家们释放出巨大的创造力,以他们各自心中的"主义"为指向,用方块汉字尝试着向历史与现实,向文化与精神,向记忆与时间,乃至向自身的存在与身份等,表达着不同的思考,发出不同的声音。文学已进入了一个多元"主义"的书写时代。

于是,我们既能听到南方云遮雾障的鸡头寨里丙崽凄厉悲凉的叫喊——"爸爸爸"(《爸爸爸》),也能听到北方草原上飘荡着的高亢悲怆的长调,"漂亮善跑的——我的黑骏马呦/拴在那门外——那榆木的车上"(《黑骏马》)。在群山中游走的盲人艺人的乐声,仍然催促着人们不断地领悟最后一根断弦处的玄义(《命若琴弦》)。既能听到胶东半岛上宁静的"铤鲅"村沉闷的垮塌声(《九月寓言》)和临刑前青筋暴突的脖子里爆发出的充满血性的猫腔(《檀香刑》),也能听到关中平原上飘荡的秦腔(《秦腔》)和吕梁山上"瘤拐"们喃喃低语,"世上有多少人,地上就有多少树。你活八岁,是一棵树,你活八十岁,也是一棵树"(《无风之树》)。文学的"乡土中国"又"复活"出人间生气。

城市,这一历来为中国文人士子又爱又恨的庞大建筑体,也以罕见的人间生气撞裂了"乡土中国"历来宽厚坚实的文学版图。自20世纪80年代末以来,王朔笔下的那群躲避崇高的顽主,就一边在"侃"着地道的"京片子",一边歪歪斜斜地开始晃荡在北京的街头。刘震云笔下的小林夫妇在为一块豆腐变馊而不停地争吵(《一地鸡毛》)。小巷深处传来的一阵紧似一阵的敲门声,依然回响在苏州人的耳边(陆文夫的小说)。在充满泔水味的弄堂里,风情万种、款款走来的上海小姐却在唱着无限忧伤的《长恨歌》(《长恨歌》)。西京城里的文化名人也在热闹而荒唐的现实生存中体味和咀嚼着人生的无限悲哀与孤寂(《废都》)。韩东和朱文小说中的小丁们,尽管也是在街上不断地转悠溜达,看风景,却在感叹:只有面对一个共同的窗口,这画面才是感人的(韩东《房间与风景》);而当他们站在街道马路中的那道白线上时,却分明在感到理想与热情分成两个方向随车流呼啸而去(朱文《看女人》)。而在陈染、林白的小说里,却正在大胆讲述那些街道两侧房间里,年轻女性们掩映在窗帘背后的隐秘故事及其喃喃私语(林白《一个人的战争》)。

显然,这是一个鲁迅一直期待的"有声"的中国。从北方大漠到南方山寨,从繁华都市到静谧的乡间,一个正在发出"心声"的生动中国,正在文学中呈现出来。

而在这众声喧哗的背后，作家们以前所未有的开放姿态和宽阔视野，思考和表达着对民族与国家、时代与社会、历史与文化、个体生存与死亡等方方面面睿智而沉静的看法。正因为如此，才会在这一时期，既产生如《白鹿原》式超越了党派意识，以一种大历史和大文化视角揭示中华民族心灵秘史的鸿篇巨制，也能产生如《冈底斯的诱惑》《追忆乌攸先生》式的对叙事与言说、时间与存在等哲学观念进行根本性的清理的先锋文学。而大批自20世纪80—90年代成名的作家，则开始自觉地将这种新的历史观念与哲学意识放置于自己的文学叙事中，烛照着悠远的历史隧道和复杂深广的现实生活，从而产生了《故乡相处流传》《活着》《许三观卖血记》《马桥词典》等具有强烈的历史穿透力、令人耳目一新的文学文本。尽管叙事技术尚显生疏（文学界兴起了研究叙事学的热潮，而这热潮至今未退），但现代汉语还是表现出前所未有的丰沛的表现力，使用现代汉语的作家也表现出前所未有的表达自信。

那么，在这一时期，这种文学表达自信是如何形成的呢？

当然，任何一部文学作品都是作家个人的事，不关乎时代。这部作品写什么，怎么写，写成什么样，都是由作家自己的认知能力、思想能力与艺术表达才情决定的。但是，一个时期的文学的群体性崛起与写作话题和方式的变异就绝非无关时代了，而显然是这个时代的文学精神起到了至关重要的影响作用。"五四"时期的文学革命精神（也有人称为"解放精神"）与文学的自由创作，以及"文革"及"文革"前十七年文学表达的单一与僵化的状况，无不验证了这一历史逻辑的存在。无视这一事实，显然有些过于自信乃至自恋。

我们当然暂时也无法用一两个学术概念来描述和判断从20世纪80年代中期到整个90年代的文学的时代精神和社会思潮，但我们依然可以从这一时期作家们的写作立场与文学趣味，来宏观把握和解释他们写作的内在冲动。该时期的文学创作，我们基本上可以描述为，利用西方现代和中国传统两种思想资源进行的两种创作。一种是利用西方现代社会思潮和哲学思潮来反思历史、社会现实与当下人的生存，并努力寻求对这种反思的表达方式。其中，有三种思潮对中国文学的影响至大：新历史主义、个体存在主义和女权主义。

新历史主义兴起于20世纪40—50年代的法国，其后风行于欧美学术界。新历史主义坚定地认为，历史不应当是君主或伟人的历史，而应当是所有人的历史。历史学必须走出单纯政治史的狭隘框架，迈向总体历史学，把研究的触角深入人类文明史的每一个细节，包括政治、经济、民俗文化乃至日常社会生活的各个方面，对经济史、社会史和心理史应给予足够重视，从而把写意的宏大历史叙事，带向了写实的、具有平民立场的、对人类精神史的小叙事，并要求以"问题史学"代替传统的叙述史学。

这种新的历史观,经过黄仁宇的《中国大历史》和孙隆基的《中国文化的深层结构》等一些文化史学著作的示范与启发,一批中国大陆正在从事现当代社会历史文化思考与叙写的作家,仿佛一下子找到了各自称手的认知"钥匙",开启了他们无限的想象空间和表达欲望。他们从历史的地平线上打出了一口口"文化之井",如白鹿村(《白鹿原》)、马桥镇(《马桥词典》)、上海的弄堂(《长恨歌》)、北京和武汉的街头巷尾(王朔、池莉、方方等的小说)等,力图通过对小人物命运沉浮的描写,以呈现运作在中国人心灵深处的"文化软件"构成及其缺陷。

存在主义是兴起于西方的现代派哲学思潮,最早由德国哲学家海德格尔构建,后通过法国人萨特等人的哲学和文学文本传播到中国。存在主义本质上是一种个人主义哲学思想,强调个体的自由意志之于人的自我生存的价值与意义。这种个体哲学正好迎合了正在完成社会转型期的中国市民社会中"自我"意识的成长。一批先锋作家,如马原、格非、余华、苏童、潘军等,当他们走上文学创作之路时,就尝试着把他们笔下的人物,放置在由"活着"与死亡、自我与非我、时间与记忆、语言与存在等所构建的认识框架中来打量,而不再是传统的社会主义现实主义式的、在典型环境下的典型人物的再造。

在存在主义的指引下,文学的文体修辞变化演变为一种创作主体的意志得到明确显露的叙述策略,从而使文学文本的意图表达,成为对已僵化、封闭的文学语义系统的颠覆性解构,如马原的《冈底斯的诱惑》和余华的《现实一种》。这种文学写作状况,就像一位魔术师在完成他的戏法之后,还有意真诚地展示他变戏法过程中所玩的手法,并告诉你,我们也都不是超人,这些戏法也都当不得真。当然,还有一种先锋写作比起这种真诚的文学叙事,更富有诗性与诗学意义,也更具警觉与谦卑的态度,那便是以格非的创作为代表。持这种存在观的作家认为,既然文学是作家对个体记忆的真实叙述,而个体的存在记忆往往为集体记忆所遮蔽,那么文学家有责任在文学书写中引领人们"去遮蔽",从而感悟属于自我的而非外在附加的生存意义。

女性主义是存在主义思潮的伴生物。它是欧美社会继思考阶级问题、种族问题和殖民地问题之后,由女人们从自身群体利益角度出发而发现的又一主要社会问题的产物。它以法国女性主义哲学家波伏娃(被尊称为"女性主义之母")为代表人物,主要关注男权体制社会形成的对女性的性别歧视,批判以男性为主体的世界观,要求文学以女性观点重写女人的历史,找回女性的实际经验与记忆。

随着女性个体自我存在意识的启蒙，与20世纪90年代中期我国一批女性作家对商业社会写作的"游戏规则"的熟练把握，陈染、林白、卫慧、棉棉、徐小斌、海男、虹影等一些女作家，自觉地将女性生存的性别体验，在文学文本中以一种执拗的"私语"化方式描绘出来，形成了一股新的女性写作态势。

　　其实，与一部分作家利用西方现代文化思想资源进行写作相对应，还有一类作家一直在坚守着，以中华民族优秀传统文化乃至民间文化作为自己的文学写作资源，从而在原本以社会政治生活为书写中心的中国当代文学版图上，开拓出一片属于他们的写作空间，如贾平凹、陈忠实、韩少功、莫言、张承志、张炜、李锐、史铁生等。到21世纪初，他们也成了当代中国文学的主流。

　　20世纪80年代末90年代初，中国社会经历了一场在当时看来非常严重的价值与信仰危机，于是在人文思想界爆发了一场规模宏大的人文精神大讨论。历来以人类灵魂工程师自居的文学作家都自觉地加入了这场思考与讨论中。最后，他们基本达成一种认识，要重建适用于十多亿人口的中国社会的人文精神与价值体系，就必须重新衔接被"五四"新文化运动断裂的，原本一直被视为封建思想的传统主流文化（被称为"大传统"），并开掘一直被视为陈风陋习的民间文化（被称为"小传统"）。而事实上，这两种传统的精神文化"软件"，也一直以旺盛的生命力"运作"在中国人的生活方式中，并未遭到也不可能得到"根本铲除"。也就是说，中国社会的人文精神领域从来就没有出现过"荒芜"化与"废墟"化的状况，只是原有的主流价值系统坍塌了。就像恐怖分子摧毁了美国财富的象征——世贸大厦一样，他们并未摧毁美国的经济体系。

　　因此，当这部分作家想在自己的文学书写中超越主流政治话语叙事时，在中国社会走向全球化的大趋势中，在"越是民族的便越是世界的"这句具有公理性的话语提示下，他们本能性地想到了这两个传统的思想资源。于是有了韩少功、阿城、张承志、贾平凹等所谓的"文化寻根小说"。如果说这些作家对他们早期利用自身民族的传统文化资源创作的这些文化小说尚不自信（这种不自信，表现在他们在文学文本中不做明确的价值判断，出现所谓的"零度叙事"），那么在读者的一片叫好声中，在新历史主义的学理应合下，以及在马尔克斯的《百年孤独》的世界性影响印证下，使得他们在20世纪90年代的写作获得了充足的自信。那便是，沿着这条写作之路坚定不移地奋勇前进。最后，他们的自信心爆棚到张承志所宣称的"要越过信仰的临界点来写信仰"的程度，而使得这一路线的文学写作，来到了带有文化保守主义色彩的书写的狭隘道口。

　　其实，到了20世纪90年代后期，不只是文化保守主义书写走上了穷途末路，其他为"主义"写作的文学潮头（如改造了的现实主义文学、新历史主义文学、新写实主义文学、先锋文学和女性主义文学等）也同样来到了浪落滩头的境地。因为到了21世纪，文学写作又步入了后"主义"的写作时代。由此，我们也能够充分理解韩少功、陈丹青和王安忆代表的一代人发出的感叹了。

二、自我诉说：后"主义"时代的文学写作

文学是个框，尽把"主义"装。这是中国现当代文学在相当长的时期内的写作方式，甚至已约定俗成地成了一种集体性的写作习惯。特别是，在某些中国当代作家看来，通过某种"主义"之眼，来透视中国社会的历史、现实与文化，才能使自己的文学言说更有见解深度，才能迎合社会思潮而更有社会承担，也才是符合世界潮流的一种最稳妥的办法。因为他们的脑袋深处一直存在着一种受过整体规约而形成的集体无意识：作家首先必须弄清"文学是为什么的"，其次才能确定"文学是什么"，最后才轮到自己来决定"写什么和怎么写"。似乎只有明白前两个基本问题，作家写什么和怎么写才会获得充分的自信。也就是说，"主义"特别是一些新的"主义"，不仅是他们写作的思想资源，更是他们写作的动力来源。

但从20世纪90年代中期至今的这十多年里，为"主义"而写作的浪潮正在逐步退去。作家们不再为"主义"说话，而是喜欢从自己的生存与感知角度说话。

文学题材的全面世俗化、创作主体大众化与叙事形式的多元化，是后"主义"写作时代的重要表征。最打眼的文学现象是：反腐文学（如阎真的《沧浪之水》、张平的《抉择》）、商贾文学（如丁力的《高位出局》、戴定南的《折腾》）、新左派文学（如曹征路的《那儿》和《问苍茫》等）、高校题材文学（如南翔的《博士点》）、打工文学（如戴斌的《深南大道》）、青春文学（如韩寒、郭敬明等的校园文学）、新市民小说（如胡学文的《谁的声音》、谢宏的《貌合神离》）等。这些文学现象，重点书写处于急剧转型期（主要是生活方式市民化和经济市场化）中的当代中国城乡社会各阶层、各社群遭遇的类型化生存的矛盾与困惑。

这类文学的作者来自目前中国社会各阶层，既有专业作家，也有来自各种职场的业余作者，有的甚至是进城的农民工。在这多媒体、出版市场化的消费时代，他们纷纷"有话要说"，甚至自说自话，追求个性化的对个体欲望与权利的表达，全然不顾及什么"主义"不"主义"。"主义"只是评论界对他们创作归类的一厢情愿的追加。除由一部分高校教师或专业作家创作的反腐文学和新左派文学，仍然带有"五四"新文学时期的"社会问题小说"的特征外，其余

的文学现象大多数是写大时代中小人物日常生活中的喜怒哀乐和苦乐悲欢。但它们仅仅是书写困惑与悲欢本身,而不愿像"主义"写作那样做导师式的解释与指导。它们更像一幅幅"活报剧",报道了当下中国新市民社会方方面面的新奇消息和人们对此岸人生的新奇感受。

随着市民社群的膨胀性扩张,个人的自我意识也随着个体权利意识的明确而在快速成长。因此,怀疑和感伤是这个时代的思想与情绪特征。怀疑说教式的"主义"言说,抗拒虚构与幻想,要求直面现实,写实人生,也是这个时代新市民社会的美学要求。显然,是这种时代要求在催生着这种新的世俗文学。

但文学的自我诉说,并不意味着文学放弃了对现代人文精神的反思与诉求。在中国现当代文学中一直占据主导地位的乡土文学,在这一个时期却以一种罕见的艺术姿态和幻想性的虚构叙事,承担着对当代精神文化的反思与建构的重任,并取得了相当程度的艺术水准,并得到了学界的认可。历来以严谨、唯美著称的老一辈文艺理论家钱谷融先生,在2008年出版的高校教材《中国现当代文学作品选》中就收入了阎连科、毕飞宇、温亚军和刘庆邦等新人新作(阎连科的长篇小说《年月日》以"存目"方式收入,毕飞宇的《地球上的王家庄》发表于2001年,温亚军的《驭水的日子》发表于2002年,刘庆邦的《穿堂风》发表于2006年)。其实,1996年东西发表的《没有语言的生活》,就预示了这类新的乡土叙事文学潮头的重现;而阎连科于2002年出版的《坚硬如水》、毕飞宇于2005年出版的《平原》,则尤见中国乡土小说叙事艺术功力的"精进"。这类小说几乎无一例外地采取反写实的路线,使之具有了现代"寓言"特点,从而最大限度地拓展了汉语语言艺术的表现空间,让人感到文本全篇似乎到处充满了作者预置的"小说"。

东西的《没有语言的生活》写一个盲人父亲、一个聋人儿子和一个哑巴儿媳妇组成的三人世界。这三人世界组建在南方的某一个山坡上。尽管这三人过的是没有语言的生活,却过得如天堂般和谐、静穆而温馨,却不断遭到来自语言世界的人的欺凌、作弄、偷盗乃至被强奸。也就是说,没有语言的生活是令人神往的。无独有偶,温亚军的《驭水的日子》(表面看来是写军旅题材的作品,实质上故事的核心内容和写乡村农民与牲口打交道没有本质区别)也同样写一名负责给连队运水的上等兵与驭水的驴子之间没有语言沟通却有心灵与情感交流的一段幸福时光。人本是生存在语言之中,语言应该是人类幸福的港湾,但现实中人们嘴中吐出的语言,却让人感到了那股穿堂风般令人透心的凄凉。刘庆邦的《穿堂风》中,老鳏夫瞎瞧成天瞎说,拉着谁也听不懂的曲胡,却常常弄得周围邻里、小姑娘大媳妇破涕为笑。尽管时日艰难,他自己也觉得活在这世上还是挺受用的。但现在,当他的侄媳妇说出几句真话:"连饭碗都摸不着,还活着干什么?我看不胜死了他,谁该伺候你一辈子呢?"瞎瞧感到,这世界已不属于他了,承认自己该死了。

显然,作家们不约而同地发现,我们的语言出了问题。

那么,到底是什么导致了我们中国人嘴中吞吐了几千年的语言出现了问题呢?权力!权力(既指政治权力,也指经济权力。金钱从来就是权力的拐棍)从来就是一剂催情的药。权力与语言的合谋产生了权力话语。权力话语不仅正在戕害着人类社会正常的公共交往关系,也在伤害着言说者自身的心性本身。阎连科的《坚硬如水》和毕飞宇的《平原》,都在重写"文革",但又都不约而同地把书写的重点,放在了展示权力话语与人的欲望的"通奸"关系上。人,站在权力话语的巅峰会膨胀、癫狂;人,也最终会在权力话语的坍塌中灭亡。

其实,在当前的阅读市场正红火的反腐小说、新左派小说、商贾小说和打工文学构成的"新都市文学",也同样在齐声控诉权力与欲望"通奸"后衍生的血淋淋的罪恶与丑陋。《那儿》中工会主席躺倒在巨大的蒸汽锤下,《问苍茫》中的老村长像野人一般执拗地退守繁华边缘的红树林中,他们都在誓死对抗着权力与欲望的合谋,并反诘着时代,人在权力和欲望之外是否还应该存有另一种生存价值与意义?

显然,这一时期文学的乡土叙事,一直在与都市叙事一道,反抗着权力对语言与人的迫害,而要求人们实现回到语言中诗意的共栖关系。这也是在专业化分工非常明确的现时代文学必须承担的责任,文学言说也必须承担起抗拒权力话语压迫的重任。显然,后"主义"时代的文学写作一直在自觉地承担着这一文化责任;而任何"主义"话语都是代表某种权力意志的意识形态话语,它不可能承载真正的文化,更不能承载人类文明。文化应该是独立于意识形态之外的一个自足空间。只有这样,文化才能真正为人类提供美德和精神自由。

因此,后"主义"时代的文学写作,表现出如下几种文化价值与精神取向。

(一)反感于"主义"写作迎合某种意识形态的趣味,也不希望文学匍匐在任何"主义"身上取暖,或企图依靠某种人多气盛的声势来撑腰,而是要求作家们回到常识,立足于自我感知、自我趣味,真诚地面向人生与社会,为促进人的自由与社会公正而进行艺术言说。

(二)反感于"主义"写作对文学纪律的奴从,睥睨有限制的写作,追求文学自身的独立品格与意义。作家不能作"主义"的传声筒,更不能完全依赖于某种"主义"来思考社会与人生;作家应该能够挑战乃至超越几种主义界定的知识边界与限度,从而彰显文学自身对于时代与社会的意志和想象张力。

正因为如此，后"主义"时代的文学写作趋势，触发了当代文艺理论界群体性对文学"本质主义"的反思与怀疑。2002年出版的南帆主编的《文学理论新读本》、2003年出版的王一川撰写的《文学理论》和2004年出版的陶东风主编的《文学理论基本问题》，对文学的认识都相继站在"反本质主义"立场上，以挽救历来为作家不屑的理论的"灰色"命运。而一部分固守"主义"写作文学观念的人，一方面指责这种"反本质主义"是一种文学"虚无主义"，另一方面则谴责后"主义"写作时代的精神失落。而事实上，后"主义"时代的文学，其"本质"并未虚无，精神也并未失落。虚无的只是某种"主义"界定的"本质"，失落的也只是某种"主义"认定的"精神"。

（三）反感于"主义"写作对人与生活、人与社会之间关系的认识与书写的简单化。因为简单化既是代表某种意识形态的"主义"话语的目的，也是"主义"言说的毛病，实质是"主义"写作丧失了对正在发生急剧变化而日趋复杂化的社会与人生的解释与描述能力。因此，后"主义"写作非常谦恭地放弃那种宏大叙事，而自觉地操拾起小叙事，力图对自己感知的局部世界进行深入认知，工笔描绘。

显然，"主义"写作时代的文学"圣像"已颠覆，"主义"塑造的文学"神话"已破灭，一个随着人的自觉和文化的自觉而来的文学自觉时代已来临。因为有一个显而易见的事实支撑我的这一判断：在"主义"之神降临之前，文学天空中的星辰不依然那么灿烂吗？

（原载于《天津文学》2010年第8期，原题为《从"主义"写作到"后主义"写作》）

论写实主义文学中的情感逻辑问题
——兼谈现代文评与传统文论的话语冲突与融合

一、写实主义：理性主义引发的话语事件

在理性主义时代，作家一旦他自己作为世界的认知主体出现，就必然会把核心的人物或事件，放置在一个与之相关联的政治与经济、历史与文化等因素组成的时空环境中来认知，寻找出超越流俗意义的因果关系，从而使得崇尚写实的现代文学演变为一种知识性文本。它重知识与真理的表达，强调的是作家对社会人事的见解。为了传达他发现的这种新的见解，作家还必须突破传统的叙事艺术形式，创造性地组织叙述情节，在文本中形成新的能指与所指关系。因此，可以这样说，只有真正的理性主义者，才能成为文体创造者，也才能兑现"五四"文学革命的承诺——创造真正的写实主义文学。

然而，现代文学叙事的这种理性主义倾向，也给人们造成了这样的印象：与古典文学相比，现代文学有着重理性而轻情感、重"言"而轻"文"的趋势。作家由于对现实人事有自己个人的理性思考与独特感悟要发言，也由于他们顾虑到真理或真相的客观性和公正性，而刻意排斥自己的个人情感，从而使作品失去了古典文学那种因情而靡的风采。一切又似乎都是理性主义惹的祸。

事实上，人的情感从来没有退出过在文学中的主导地位。不仅中国的文学作者历来恪守着陆机的"诗缘情"和刘勰的"情采"论（文学因情而采）等古训，就是现代西方写实主义大师也摆脱不了情感的影响与支配。据说福楼拜曾教导他的学生莫泊桑，"不要写两样相同的东西，他们的方法是客观的，所以小说中绝对不渗入情感"①。但莫泊桑在创作中制驭不住他那颗跳荡不羁的心，总是不小心让情感乘隙而入，反而成为一代文学大师。这当然是一个无稽的笑话，

---

① 赵景深. 文学概论 [M] //夏丏尊、赵景深、傅东华. 文艺讲座. 长沙：岳麓书社：2013：50, 51.

但这个笑话，也确实反映了写实主义作家对理性的偏爱和对情感的顾忌，又从反面证实了情感在写实主义文学叙事中的不可或缺。

正因为情感是人的生命本能存在，所以它不仅是作家进行人物心理写实的重要对象，它本身也左右着作家的认知活动和文学想象。因此，19世纪英国语体文大师德·昆西（De Quincey，1785—1859）把写实主义文学分为两种："首先是知识的文学，其次是力的文学。前者的职能是教，后者的职能是动。"[①] 所谓"动"，就是因"情"而感动。这显然是理性主义者不得不承认情感在文学写实中的作用。直到1925年，美国学者史泊鲁（Sprau）才在其《文学的意义》一书中明确指出："凡不能使我们感动的都不能称为文学，被感动的则大半都是情感的经验。"[②] 无独有偶，我国著名诗人闻一多，在评价浪漫主义诗人郭沫若的《女神》时，也用到了"力的诗"一语。而这"力"，对郭沫若来说，可能是指女神的创造力；而对闻一多来说，更应是指诗歌在情绪上的感染力。显然，作家个人情感经验在文学叙述中的真实表达，才是文学走上写实主义道路的切实保障。

其实，与我国学者梁启超将文学艺术活动分为"浪漫派"和"写实派"不同，西方理论界不仅没有将写实主义视为浪漫主义的反动，反而将写实主义文学分解为自然主义与浪漫主义两途：一种是注重对人的外在写实，另一种是着重于人的内在写实。正如厨川白村所言，新浪漫主义无非是"根于现实感的理想境"，而对发于"灵的觉醒"的写实。

正是中西方对"情感"内涵及其在文学书写中的意义的不同理解，才导致了我国对写实主义文学及其理念的变异。在我国，这两种写实文学形态演变成了现实主义与浪漫主义的分野。由于自然主义过多地将心理学、哲学、社会学附着于文学上而皈依了现实主义，如茅盾的创作；浪漫主义甫一产生，还未及正名，就走向了它的历史终结。郭沫若直到1958年才承认自己是一个浪漫主义者，沈从文在20世纪40年代就不无感伤地声称他是中国最后一个浪漫主义者。

1928年，茅盾在创作以《蚀》为总题的"三部曲"（《幻灭》《动摇》《追求》）时，有意识地借鉴了法国写实大师左拉的自然主义创作方法，希望展现第一次大革命失败时期的社会与历史的真相。但在当时左翼批评家看来，茅盾实际上是将青年革命者的欲望与失望的故事，重复讲了三次，扭曲了他们希望

[①] 赵景深. 文学概论 [M] //夏丏尊、赵景深、傅东华. 文艺讲座. 长沙：岳麓书社：2013：50，51.

[②] 赵景深. 文学概论 [M] //夏丏尊、赵景深、傅东华. 文艺讲座. 长沙：岳麓书社：2013：50，51.

看到的历史真相。而其巅峰之作《子夜》，在描写当时上海工商业和知识界的野心、投机与挫败时，即使采用了具有明显阶级倾向性的现实主义描写方法，直到21世纪90年代，批评界也仍然有人认为这部中国"社会剖析派小说"的开山之作是一份关于否定"知识、欲望、拥有"的社会文件。

茅盾小说这种左右不讨好的命运，实质是缘于中国人从来没有把个人"情欲"认同为人的"情感"。在"礼教"时代，情感主要是指"道义"，是对"天地君亲师"的尊崇；在"五四"时代，它又指向了国家主义或民族主义的集体情怀。而在20世纪20年代的左翼批评家那里，它就是指无产阶级的革命情怀。因此，尽管茅盾接受了左翼批评界的批评，承认了自己是对左拉的"误读"，并进行了自我修正，努力让自己的文学走向托尔斯泰式的人道主义社会批判①，但是在90年代的批评家看来，在《子夜》的创作中，仍然难以掩饰茅盾对知识分子和资产阶级的丑化性描写，没有达到既是理性主义的也是人道主义的写实要求。

其实，作为写实主义的另一途的浪漫主义文学，也几乎遭遇了与自然主义一样的命运。先是郁达夫的小说《沉沦》，由于其对个人情欲近乎裸露式的书写，遭到了当时文坛的"震惊"与吐槽，被认为走向了颓废主义道路；其后是郭沫若的诗歌《女神》，由于对其情感（特别是情爱）的"无干栏的泛滥"，遭到了"新月派"、"现代"派和象征派诗歌的艺术"修正"。就连沈从文在小说中修葺的希腊式"人性小庙"，也因其阶级情感的暧昧与模糊，在相当长的一段时期里，被排斥在文学史之外。总之，昙花一现的浪漫主义文学在当代中国只留下了一种肤浅的印象——浪漫主义只是一种崇尚夸张与抒情的文学修辞，是一种最不写实的文学创作手段。

因此，中国现当代文学批评领域发生的这些话语事件，从表面来看，是由作家个人的情感立场和评论界的审美价值观念引发的争议，而实质上是中西两种思维方式引发的写实与写意两种文学叙事方式既融合又冲突的产物。当然，文学研究界也正是围绕着这两种"理"与"情"的辨析与争论，在不断建构着现代中国文论。

二、情感义理化：写意主义及其"情采"论的本质

显然，中国人从来不抗拒情感。中国文化不仅不抗拒，甚至还尤为推崇人

---

① 王德威．茅盾，老舍，沈从文：写实主义与中国现代小说［M］．台北：麦田出版社．2009：108，109，113．

的情感。李泽厚从现代理性主义的角度论证了传统的中国哲学，无论是儒、道还是释，都是一种"情本体"哲学。实际上，中国人心目中的"情感"，别有一种形而上学的意味。它类似于黑格尔的"绝对精神"，并构筑起中国人的精神家园。

虽然儒、释、道三家各有其"道"，且其"道"都指涉着虚无的本体——"太一""元气"或"禅"，然而都认为，一切万有之"性"都源于这虚无的"道"。而且，"道"在物为"理"，在人为"性"。无论是物之理，还是人之性，都要通过人之"心"去体会与感悟。人"心"悟道所得之理，所养成之性，则为人之德，为人之良知。这是中国传统人道主义的本原构架。

东晋王弼在《易传》中的《说卦》篇中说："立天之道，曰阴与阳，立地之道，曰柔与刚，立人之道，曰仁与义。"① 显然，在中国人看来，只有合乎"道"的情感，才能称为"道义"或"情义"，也只有合乎"道义"的情感，才是"正义"的情感。而在"方轨儒门"② 看来，世俗之人的情感，也只有当它"合礼""合乐"，并体现出积极救世的家国情怀与仁爱精神时，才是人文"正义"。儒家士子为了"正义"的实现，应该做到"舍生取义"，甚至不惜"杀身成仁"。如此看来，情感变成了一种合乎社会正义的人际关系，而其具有核心价值的"仁爱"精神，也拥有了超越世俗的神圣意义。任何一个信奉儒家文化的人，都要在这种神圣意义面前，衡估自己的人生价值。晚清维新义士谭嗣同就是这样的典型代表。他不仅在承续和总结着中国传统的"仁学"，也在亲身践行着这种人生哲学。

自陆机将"诗言志"这一诗学纲领，进一步具体为"诗缘情"后，刘勰就把合乎道义的情感提到了文学的宗主位置。据《文心雕龙新书通检》载，"'情'字见于《文心雕龙》全书达一百处以上"③；《文心雕龙》还设有专章"情采篇"，系统论述情感在文学创作中的重要作用。尽管他用的是"五情""七情""情性""情趣""情致""情韵""情源"等词，但基本上是围绕"情"与"道""义""理"，与"言""文"这几个概念及其关系，来阐述中国人心目中的文学创作之理。

为何必须是这种合乎道义的"情感"呢？他在"指瑕篇"中说："情不待根，其固非难。"此语实为刘勰转引管仲之言，其下文是："以之垂文，可不慎

---

① 王元化. 文心雕龙讲疏 [M]. 上海：古籍出版社，1992：60, 183, 186.
② 刘勰. 文心雕龙注：下 [M]. 范文澜，注. 北京：人民文学出版社，2006：505, 538.
③ 王元化. 文心雕龙讲疏 [M]. 上海：古籍出版社，1992：60, 183, 186.

欤?"就是说,尽管情感可以使文章轻松获得感染力,但是一定要慎重对待情感的选择。只有合"理"的情感,才能让文学的魅力获得永久的存在。

既然"情感"变成了"情理",那么这种"情感"在事实上就承担着文学叙事中的组织作用。因而他在"总术篇"中接着说:"按部整伍,以待情会。"对这句话,王元化先生做过这样的阐释:"这是就'情'作为贯穿全局的引线而说的。"① 就像当今现实主义文学往往是以故事情节发展为线索一样,情感就是中国传统写意派文学中的结构主线,要由它来整合一切汉语文本中的"记事"元素。

在当今人们的心目中,为何这种变动不居、时隐时现的"情感",能够成为文学叙事的结构线索呢? 刘勰在《宗经篇》中是这样论述的,"义既埏乎性情",在《诠赋篇》中也说,"情以物兴,故义必明雅"。这就说明,在中国人心目中,"情"和"义"是连同一体的,也是意、义互生的。人既可以由某种情感而生成其人生意义,也可以因某种社会道义而产生一种崇高的情感。这就产生了人的两种情感:一种是因个人私情私欲而产生的情感,另一种是因社会道义而产生的情感。显然,只有后一种情感,才会对所有社会成员产生意义。

因为只有这种舍我而就公的情感选择,才使全社会成员能够涵养自己的性情,道德风气能够文明高雅,社会秩序也才能够依照某种道义建立。所以,不仅"情理"与"情志"是同义的②,"道义"与"义理"也指涉着同样的意义——一个社会共同的道德情感。作家只要明白了这种"情义"与"情理"对社会的整合与组织功能,就同样能够明了"义理"对文学世界的结构功能。它与现代写实主义文学遵循的理性逻辑一样,同样能够成为文学叙事内部的结构线索,以达成"理发而文见""文以明道"之目的。

不过,此"理"并非揭示社会人事关系的认知理性,而是作家认定的社会应该有的"情感"与"意志",也就是人熟知的"大我"的情感与意志。因为只有在"大我"的层面,才会有我们中国人熟稔的"人同此心,心同此理"的说法。朱熹(1130—1200)曾有一个著名的哲学论断:"理一分殊"。根据张东荪的解释:"论万物之一原,则理同气异;观万物之异体,则气犹相近而理绝不同。"③ 此"理"是一种形而上的"条理"与"秩序",也就是人心性中的礼法观念与道德修养。作为替"道"而言(因为大道无言)的文学叙述者,他们

---

① 王元化. 文心雕龙讲疏 [M]. 上海:古籍出版社,1992:60,183,186.
② 王元化. 文心雕龙讲疏 [M]. 上海:古籍出版社,1992:60,183,186.
③ 张东荪. 思想与社会 [M]. 长沙:岳麓书社,2010:182.

"心"中要有对这种条理及其变异之识。因此,"情理"既是中国人的心性框架,也是传统文学文本的组织框架。

当然,建立在作家所认定的,社会应当拥有的"情理"之上的文学想象与文学叙事,就必定会是一种"必以情志为神明"(见"附会篇")的"义理思维"或"情理思维"①,附会与比兴式修辞是其言语呈现方式。刘勰在"附会篇"中对"情理"在文学想象中的整理作用说得更形象:"凡大体文章,类多枝派,整派者依源,理枝者循干。是以附辞会义,务总纲领,驱万涂于同归,贞百虑于一致,使众理虽繁,而无倒置之乖,群言虽多,而无棼丝之乱。"

这种来自一千五百多年前的说法,与当代美国符号论美学学派代表苏珊·朗格(Susanne K. Langer,1895—1982)在其《情感与形式》一书中的判断几乎一样。他们都认为,情感不仅是一个人生命的存在形式,而且文学艺术本来就是人的情感的一种符号形式。所以,文学艺术就应该呈现人类情感自身的逻辑形式,作家也应以其遵从的"情感逻辑"在言语世界中结构文本。

从符号学角度来看,这两种不同文化范畴内的情感逻辑(或者仿照理性主义的做法,称为"情感的或然律"),在文学艺术中确实拥有不同的符号表达式。它们也确实是通过不同的文体和修辞等言语形式呈现出来的,刘勰称为"诎寸以信尺,枉尺以直寻"比附。但不管是遵循哪种情感逻辑的艺术表达方式,作家艺术家所独创的艺术符号——意象取代了通用的概念;其独特的情感态度与审美趣味的表达,代替了普遍的理念表达与对现实本质的共识性揭示。这已成为全人类的美学共识。显然,文学艺术只有采用象征或意境营造这种以实写虚、虚实结合的叙述形式和修辞手段,不同的"情理"才会在文本中呈现"扶阳而出条,顺阴而藏迹,首尾周密,表里一体"的美学形态。

只不过,在刘勰眼里,人是作为社会的伦理主体存在的,所以人的情感要合乎道,止乎礼。在文学中的情感也应如此,应成为一种经伦理道德过滤后的社会情感。而在苏珊·朗格看来,人应该是拥有独立判断与见解的认识主体,人的情感既是他对世界进行感性认知时产生的心理反应,也是人自由意志的体现。剥夺了人的本真情感,就是剥夺了其自由意志,人的理性精神也就丧失了。所以,珍惜作家个体的感知与感受,并以人的情感自觉促进人的理性自觉,才是现代写实主义文学中的"情感逻辑"。与理性逻辑一样,任何一种情感逻辑都会有其自身的话语规则,因此,苏珊·朗格主要关注后一种新的情感逻辑对旧

---

① 徐冰. 情理与审查:中国传统思维方式之社会心理学阐释[J]. 社会学研究,1999 (2):99-109.

有艺术形式及其修辞的冲击和影响。

当然，一旦文学艺术完成了对某种情感逻辑的美学呈现，作品中的这份审美情感就已外在于作家与读者，也完成了它在语言世界里的客观化。因此，苏珊·朗格在卢梭将人的情感分为自然情感和社会情感的基础上，又将情感分为主观化情感和客观化情感两种。这种客观化情感就是作家艺术家为了让自己的情绪在艺术中呈现为某种生命美感而创造的"形式情感"。虽然它根源于作家的主观情感，但已上升为一种符合时代情感逻辑的审美情感。所以，如何通过艺术创造，将自己的主观情感在语言世界里凝铸成一种维护人的尊严与生命价值的审美情感，才是现代写实主义作家应该追求的。

其实，中国古典文学的文体样式（如格律诗）及其修辞学方法（如赋、比、兴），主要是为了将合乎礼的社会情感转化为形式情感而生成的。甚至，在某一历史时期只有将这种表达形式格式化乃至程式化，才能实现"理发而文见"，达到"文以明道"的目的。原因在于，这种讲道义的社会情感，如同理性主义者心中的绝对理念，业已成为中国人精神世界中的绝对命令。因此，建立在"情本体"哲学之上的传统美学，不仅推崇情感，甚至把它推到了文学的"神明"高度，并由此确立了"情者文之经，辞者理之纬，经正而后纬成，理定而后辞畅"①的修辞学原理。当代散文创作界曾一度崇奉着"形散而神不散"的理论，实质是这套修辞学的延续。但细心的人会发现，此"情"已非作家纯粹之本真情感，更非生命本能中的情欲，而是合乎社会道义的仁爱情怀，故而文本之"意"也非全然是作家基于自我生命体验而生的思想与情感，而是一种体现出"与道合一"的"义"与"理"。因此，中国文学就是沿着由义理与辞章组成的双轨，走上了一条表现崇尚纯洁，超越世俗并且理应如此的"写意"主义之路。

写谁之"意"？当然不仅仅是作家个人的思想意识，而主要是根据不同历史时期与社会需要确立的"道"之"意"。面对这种具有崇高意义和形而上的"主义"或"精神"的表达，作家往往只能借助没有主语的汉语表意符号系统（虽有表音符号相助）来进行"比兴言之"。因此，白描与象征的采用，大众化意象的引用与意境的塑造，等等，都成了中国文学的主要修辞形式；含蓄与蕴藉也成了中国写意文学的美学特征。

总之，人的主观之"情"，被形而上地转化为社会之"理"，最终发而为文本之"文"。这就是刘勰"情采"概念的由来，也是中国写意主义文学的内在

---

① 刘勰. 文心雕龙注：下 [M]. 范文澜，注. 北京：人民文学出版社，2006：505，538.

审美机制。用刘勰自己的话来说，就是"心生而立言，言立而文明，自然之道也"①。此"心"，当然指的就是拥有仁爱情怀的圣人之心，而非凡人之心。因此，中国传统写意文学书写的既非纯然是作者本原的内心世界，也非文本中人物原本的性灵世界，而是一个被儒释道规训后的精神世界。

三、"有情思维"：写实主义及其"情采"之路

然而，写实主义文学的哲学基础是现代理性主义文化。理性主义要求文学对客观的社会现实和人自身内在的精神世界进行知识性写实，并尽量表达出我们自己作为凡人的见解与感受。这就要求从旧文学走出的中国现代作家，不仅肩负起仁布天下、实施诗教的道德责任，更要求他们成为启蒙大众、传播新知的认知主体。尤其对正在参与文学革命和社会革命的"五四"新文学作者而言，启蒙知识分子角色的自认，是他们确保自己的文学完成对社会现实真相和国民性本质揭示的保障。甚至，"启蒙"也成了他们自认的一种新的社会道义。

鲁迅曾倡导并亲自践行创造自己个人见解的"心声文学"，以替代充斥着"瞒"和"骗"的圣人文学。因此，作家个人的理性认知能力及其自然情感的张扬，就成了现代"文心"运作的重要方向。他们在自己的文学书写中，不仅要完成对社会人事在道义层面的判断，更要在知识层面完成对世界及自我心性的认知。比如，对中国人的国民性的讨论。也就是说，他们一方面在伸张道义，另一方面还要追求真理。从此，中国现代作家心目中有了两尊"神"，一尊是"道义"，另一尊是"真理"。他们也糅合了两套思维：一套是传统的义理思维，另一套是现代理性思维。中国现代文学也正是在沿用传统写意主义的情感逻辑和创造一种新的能呈现作家自我精神形象的写实主义文学叙事之间，走向嫁接、冲突，并最终走向融合。

以茅盾为代表的自然主义创作和以创造社为代表的浪漫主义创作，在现代中国遭到的驳诘与批评，就是写实主义与写意主义两种审美原则既冲突又融合的体现。王德威在其《茅盾，老舍，沈从文：写实主义与现代中国小说》中做出过这样的论述："茅盾的自然主义至少包括了四种来源：左拉对人类情境的决定论观点，托尔斯泰对宗教启示与转化能力的渴望，中国共产主义意志至上的理想，政治小说激进面貌下的儒家载道思想。这其中的每一种观念都有特定的历史与意识形态倾向，彼此不能相容。然而茅盾却将它们凑合起来，可见他的

---

① 刘勰. 文心雕龙注：下 [M]. 范文澜，注. 北京：人民文学出版社，2006：1.

自然主义本出自一个'不自然'的组合；看来自主自发的论述，其实暗藏不少紧张与裂隙。"①

王德威所说的"自主自发的论述"，指的就是茅盾遭到了"左翼"同道的批评而做的自我辩护——《从牯岭到东京》。"左翼"批评家认为，他采用左拉式的自然主义创作方法，将第一次共产主义革命写得太晦暗。他在该文中则辩解道："我爱左拉，我亦爱托尔斯泰；我曾经热心地——虽然无效地而且很受误会和反对，鼓吹过左拉的自然主义，可是到我自己来试作小说的时候，我却更近于托尔斯泰了。"②而他在此前的《自然主义与中国现代小说》一文中，曾坚定地认为，"'意志薄弱的个人受环境压迫以及定命论'乃是人生的真相，而非自然主义者的捏造"③。显然，茅盾是在写实主义和写意主义之间摇摆，而这种摇摆的动因来自其现代写实主义艺术理念和他信奉的社会道义之间的纠结与博弈。他在其后的《子夜》中，也确实是把自然主义仅运用于对资产阶级的"情欲"描写上，以完成对资产阶级生活方式的道德批判。但当时间流转到20世纪90年代时，推崇"新写实"的批评家，又反过来批评他还是无法完成对社会和人性的写实，而成了一部徒有其理念设置及方法论展示的社会剖析小说。实质是在指责作家个人意志与真挚情感的丧失，导致自然主义文学逐步丧失了对社会与人性的写实功能。

与自然主义文学一样，追求人自我心理写实的浪漫派文学，也同样因为受到了代表当时社会道义的意识形态的宰制，丧失了写实精神。"左翼"作家不仅接受了高尔基对浪漫主义的两分——积极浪漫主义和消极浪漫主义，还坚定地相信消极浪漫主义是一种颓废主义，应该坚决抛弃。浪漫主义文学只有与社会前景的理想歌唱和革命情怀的抒发相结合，才是积极浪漫主义。在当代中国，它就叫"革命浪漫主义"。于是，"浪漫主义"也成了夸张、幻想和宏大抒情等文学修辞的代名词。

郭沫由于其诗歌和戏剧历来重民族国家乃至无产阶级革命情怀的抒发，而被视为积极浪漫主义的文学旗手。而消极浪漫主义代表郁达夫，由于重个人情欲的袒露与写实，而被视为颓废主义文学的化身。然而，他却反复辩解，他所

---

① 王德威. 茅盾，老舍，沈从文：写实主义与中国现代小说[M]. 台北：麦田出版社，2009：108，109，113.
② 王德威. 茅盾，老舍，沈从文：写实主义与中国现代小说[M]. 台北：麦田出版社. 2009：108，109，113.
③ 王德威. 茅盾，老舍，沈从文：写实主义与中国现代小说[M]. 台北：麦田出版社. 2009：108，109，113.

有作品都是"自叙传",是对自我灵魂的写实。而"京派"作家沈从文,尽管自视为中国的"最后一个浪漫主义者",却被王德威追认为是最具先锋性的写实主义作家。

对于自然主义和浪漫主义这两种写实主义文学在中国文坛被规训的命运,当代学界曾归因于"救亡压倒启蒙"①。这种解说无疑指涉了在中国现代人文知识分子心目中,国家民族意识乃至阶级意识比个人意识或个人主义具有更强烈的现实意义。这当然是正确的判断,也符合中国文化人一贯坚守的道义精神。但是,这一判断反过来又佐证了中国写实主义文学遭受不公命运的合理性,似乎是"鱼"和"熊掌"不可兼得之悲壮故事的再次演绎。难道社会正义与知识真理真的不可兼得吗?难道写意与写实在中国的"文心"中真的难相兼容吗?真相是不言而喻的,依然道学气十足地贬斥人的自然情感,将社会普遍要求的责任意识与道义情怀替代个体的全部情感,才是中国现代文坛"崇大写意,弃小写实"的深层次动因。

其实,对作家个人来说,他们的社会化或道德化的情感也是从其个体的自然情感升华而来的,叔本华哲学和弗洛伊德理论都已论证了这一点。况且,任何一个人情感态度及话语表达形态的变化,不仅意味着他与现实世界的联系在不断发生变化,更意味着他观察世界的方式或立场的转变,也是他作为认识主体走向自觉的标志。

在现代精神分析学看来,当作家采用具有历史反思性质的理性主义思维方式来看待世界与社会时,以认知主体出现的作家的"自我"意识,在审查与协调"本我"与"超我"的过程中,必然会熔铸自身的生命体验和个体情感。也就是部分"本我"意识,如爱欲等,会取得文化的合法性而获得在言语世界层面的表达资格。而"超我"代表的社会文化的普遍价值,如社会正义等,也会在表现为人与人之间相互交往产生的情感活动中,内化为个体人格的需求-性情结构②。事实上,当作家自觉到他是个具有独立人格的生命体时,现代理性思维与传统情理思维就已有机地融合在了一起,而成为当代著名文论家钱谷融先生指称的"有情思维"。

钱谷融在论述"形象思维是有情思维"时就指出过:形象能否思维,关键在于作家能否以联想或想象来组合形象,通过构成完整的画面,以呈现出某种

---

① 徐冰.情理与审查:中国传统思维方式之社会心理学阐释[J].社会学研究,1999(2):99-109.
② 钱谷融.艺术·人·真诚:钱谷融论文自选集[M],上海:华东师范大学出版社,1995:200.

事理、意境和情态；而想象的运转得靠感情的推动。他甚至说，感情是想象的发条，感情就是想象的翅膀。因此，如果形象思维是一种艺术思维，那么它的根本特点应该"在于它是饱含着感情色彩、一刻也离不开感情的"。事实上，当艺术形象中灌注了作家的情感，渗透了作家的爱憎态度时，就不仅表达了作家的美学评价，也给艺术形象注入了生命的活力。① 显然，钱谷融指涉的"感情"并不纯然是走向义理思维的道德情怀，而是现代浪漫主义所主张的能体现生命本真色彩的自然情感。因为作家心头只有涌动着这种本真的自然情感时，他们笔下的文学形象才是具有生命活力的情感主体；也只有那充满生命活力的文学想象，才会使作品荡漾一种反形而上学的现代诗意与审美情感。

尽管钱谷融关于"情感是想象的动力"说，与梁启超的"情感是人类一切动作的原动力"论断一样，都是东方人学思想（人是情感的生灵）的产物，然而都内含了现代理性思维对"时间意识"的定义与理解。在传统的情理思维中是没有"时间"概念的，而只有"时序"观念。也就是说，往往社会重大事件的发生成了记录时间的标志。但在理性主义思维中，时间成了感知世界变迁的内在方式；而且这种生命的内在感知与感受，只能由某一具体的认知主体来完成。因此，一个人的时间意识的呈现过程，既是他作为认知主体现身的证明，也是他作为情感主体走向自觉的体现。总之，人的理性自觉与情感自觉必然是同时完成的。他对世界的认识越深入，对世界的感受就越真切。而这一认识，在西方文论界，也是到克罗齐（1866—1952）时才有所觉悟，因为只有他说过"思想是一种新的情感和行动的开端"之类的话。所以说，与传统作家一样，现代作家在文学这种时间艺术中呈现的审美情感与诗意追求，实质上仍然是他个人对现实世界与时代社会最真切的人生体验和生命追求。王国维也在此理论上论证了"一个时代有一个时代之文学"，而且在其境界说中强调了情感之于诗艺的意义——只有作家拥有"真感情"，才能写实"真景物"。

正是这种艺术思维方式的转变，导致了创作界将个体生命的自然情感提升到了文学艺术的王者地位，从而使中国文学中的"情采"美学发生了重大偏移，这才有现代写实派作家为其个人情感立场的全力辩护。郁达夫在《故都的秋》一文中就说："我的消沉也是对国家、对社会的。现在世上的国家是什么？社会是什么？尤其是我们中国！"这就清楚地表明了，他个人的感伤和颓废的确是源

---

① 李泽厚在为自己的文集《走我自己的路》（增订本）（安徽文艺出版社 1994 年版）所作的序言中指出，20 世纪中国现代史的走向，是"救亡压倒启蒙，农民革命压倒了现代化"。

于对国家与社会的深度热爱。茅盾崇尚的左拉，在其文学书写中，尽管对现实人事采用了科学式文学实验的"冷观"① 视角，但人们一直没有忽视他那颗充满人道正义的滚烫的社会责任"心"。他为了一个与其毫无瓜葛的普通军人德雷福斯（Captain Dreyfus）的冤案，而向法国总统发表了著名的公开信《我控诉》。当然，这种对情感性质的辩白，事实上已演变为替写实主义进行合法性的辩护。

正如梁启超在《中国韵文里头所表现的情感》中论述的："写实家所标旗帜是冷静客观，'不掺一丝一毫自己感情'，但是'不过是技术上的手段罢了'，'其实凡是写实派大作家都是极热肠的'。没有'热肠'，就不会关注'社会的偏枯缺憾'；没有'热肠'，他的'冷眼也绝看不到这种地方的'。因此，没有'热肠'，'便不成为写实家'。"② 其实，又何止于中国古代的韵文写作呢？不仅以福楼拜为代表的西方现代写实派作家表现的对理性偏执与困惑，在这些东方文论家这里应得到了回应与解答；中国现代写实派作家遭遇的写作合法性问题，也应在艺术的生命美学范畴内得到解决，尽管梁之"写实"与我们所论"写实"有所区别。

一个显而易见的事实是，与茅盾一样，中国现代作家也都调整了他们观察和思考社会现实的角度与方式。理性思维成了他们观察和分析世界与社会的新工具；他们自身活跃而独特的本真情感，不仅是其理性的补充，更是保障他们对世界拥有独特感知的前提。也正是这种不无个性化的"有情思维"，让其艺术思维变成了具有明确情感指向的矢量思维，也使得文学世界留下了他们自身生命的体温，而作家个人的自然情感与生命意志正是这种矢量思维的原点。围绕着这一原点，他们不断创新着叙述方式和文体形式，以丰盈的艺术样式表达着他们的真知灼见与生命情怀。

因此，无论他们思考和书写的对象是什么，只要他们坚守根源于理性主义的人道精神，就能达成道义与真理的统一，实现写意与写实的融合。明人王阳明在阐释"心即是理"时曾说："人心若能守正，即为道心；道心无能守正，即为人心。非人生来就有两颗心。"坚持面向真理的写实，就是他们的"守正"。实际上，自"五四"以来，中国现代作家一直在以个性解放或人性解放③的名义，抗拒着人的情感义理化。毕竟追求个体意志的自由和人格的自我完整，不仅是中国文学也是整个中国文化寻求现代化转型的基本方向。在中国现代作

---

① 傅光明. 茅盾散文 [M]. 杭州：浙江文艺出版社，2007：363.
② 金雅. 梁启超的"情感说"及其美学理论贡献 [J]. 学术月刊，2003（10）：87-93.
③ 实际上，在中国，人性解放就是个性解放的代名词。

家的心目中，一直有着这样一个朴素的文学信仰——作家就应该坚守个人对真理的追求。也只有回归自我，才能复活文学的"写实"精神，重振文学的"情采"。

（原载于《中外文论》2020年第1期）

论自我意识与生命美学的诞生
——兼论自我意识的觉醒对现代文学叙事的影响

一、"自我"是精神焦虑的产儿

在任何社会里，人的观念可以客观化为某种意识形态；在现实生活中，人的情感也可以客观化为某种道义。那么，在人的内在精神世界中，不可剥夺的主观意识是否还存在呢？回答当然是肯定的，那便是植根于人的生命意志或"本能"（潜意识）中的自我意识。故而，王国维在其《人间词话》中第一次明确提出的"有我之境"与"无我之境"的论说，就无疑具有现代生命美学的意味。

其实，当今心理学界也已达成共识：只有人类才具有高度发展的自我意识，这才是属于人最本质的特征。[①] 也就是说，人是最讲究自我尊严的动物。但发现"自我"这一现代人格概念及自我意识形成机制的，却是精神分析学派的创始人，奥地利的精神病医生西格蒙德·弗洛伊德（S. Freud，1856—1939）。他的诊断结论是，人的自我意识不是费尔巴哈式的自我反思与评价，而是社会文化成规对个体生命的自由意志压抑的产物，是个体精神焦虑的产儿。人们只能从生命苦痛的体认中完成自我意识（生命意识）的觉醒。这就为现代作家利用疾病叙事来批判社会现实和历史文化，提供了症候诊断式的分析武器。最显而易见的事实便是，鲁迅的《狂人日记》、郁达夫的《沉沦》、丁玲的《莎菲女士的日记》和巴金的《第四病室》等。与其说作家们在写实着人物之病，还不如说是在写意着他们感受到的社会之痛、文化之病。

然而，弗氏关于人的精神分析，曾流传过这样一则笑话：一位患者总觉得他的床下有鳄鱼，因而求助于精神分析治疗。治疗师判断他应该是患有偏执症（paranoia），因而告诉患者，床下的鳄鱼只是来自他的幻想（hallucination）。之

[①] 李红. 重视心理学研究中的交叉思维 [J]. 中国社会科学报，2017（11）.

后，患者又第二次来求助，表示他还是认为床下有鳄鱼，治疗师又以同样的理由试图说服患者。后来患者不再出现，治疗师便认定患者终于被治愈了。直到有一天他遇见患者的邻居，问起患者的近况，邻居答道："你问的是我哪一个邻居？被床底下的鳄鱼吃掉的那个人吗？"

这无疑是 20 世纪初，当精神分析学派刚出道时，它的反对者编排出来嘲讽弗洛伊德医生的一个故事。但现在，估计这则笑话早已成了弗洛伊德传记中的一个逸闻趣事了。因为这位被嘲讽的弗洛伊德先生已成了享誉世界的一代学术宗师，他开创的精神分析学说，开启了全人类人文学术研究的一个新纪元。当代西方学界评选出影响 20 世纪人类知识状况的三大人物（爱因斯坦、马克思和弗洛伊德），弗洛伊德先生就赫然在列。爱因斯坦以其相对论，扭转了人们对时空观念的认识，从而为人们认知外部世界构建了一个新的想象平台；马克思则以其对资本主义社会的政治经济学分析，影响到 20 世纪世界政治经济格局的构成，并催生了世界各地民族国家的独立；弗洛伊德则以其精神分析学说，拓展了人们对人自身内在世界的认识空间，并在 20 世纪人类知识史上形成了蔚为壮观、体系庞杂的精神分析学派，为现代心理学、病理学、医学、哲学、文化学、文艺学等多种学科提供了一个全新的理论视域。

1873 年，年仅 17 岁的西格蒙德·弗洛伊德进入了维也纳大学攻读医学。1881 年，他毕业后成为一名医生，专攻精神病学。1884 年，他在与另一名医生 J. 布洛伊尔，合作治疗一名叫安娜·欧的 21 岁癔症患者时，从布洛伊尔那里学会了宣泄疗法；继而又师从 J. 沙可，学习了催眠术。弗洛伊德是一位有着独立主见的实习医生，不久他便提出了自己的"自由联想疗法"和"自我分析法"。但弗洛伊德并不满足于做个优秀的精神病治疗专家，而是想做一个学问家。他很有心地把对精神病人的独特治疗过程、病例、病理等归纳成一本本书，如《歇斯底里研究》（1895）、《梦的解释》（1900）、《性欲三论》（1905）和《少女杜拉的故事》（1905）等。有了这些学术资料，弗洛伊德便开始着手建立学术队伍。1908 年，他在志同道合的朋友之间的聚会——"心理学星期三聚会"基础上，创立了维也纳精神分析学会。1910 年，该学会发展为国际精神分析学会。国际精神分析学会的成立，标志着影响世界人文科学演变的精神分析学派的形成。

在精神分析学会的系列学术活动中，弗洛伊德相继出版了一系列经典性著作，如《论无意识》（1915）、《自我与本我》（1923）、《焦虑问题》（1926）、《自我和防御机制》（1936）等，整理着自己的学术观点，第一次揭示和描述了人的无意识世界的存在，并系统地提出了人类内宇宙世界的三大理论猜想：人类的性本能理论、心理防御机制理论及人格结构理论。自此，人类内在心理世界的结构、心理活动的动力及其内在机制，第一次有了清晰的描述。

弗洛伊德从一个精神病医生的临床经验中发现，其实人的心理世界并非如以前的人们描绘的那样是一面单纯的对外部世界起反映作用的"镜子"，它有着自身独特的结构和"运动"机制，甚至有它自身"运动"的动力源。人的精神结构（mental apparatus），总体来说可以分为两部分：意识和潜意识（又译无意识）。意识（consciousness）是人能直接感知，也能体验到的心理部分；而潜意识是指那无法直接感知与体验，更不能直接表达的人的原始冲动、各种本能，或与本能有关的欲望部分。在人们的内心世界里，这两者呈现出类似于漂浮在海面的冰山的结构状态。漂浮在海面的部分相当于人的意识，而沉潜在海面以下的、更庞大的部分就相当于潜意识。这两者也并不是油水分离、互不相干的，而是一种控制和反控制的关系。而两者实施控制和反控制的"缓冲地带"，弗洛伊德又命其名曰"前意识"（preconsciousness）。

由于属于潜意识的本能与欲望，遵循着一种"快乐原则"的机制而产生一种生命冲动，但往往这种冲动由于受到社会遵循的"道德原则"等禁忌和法律等法则的控制，而被压抑到意识之下。尽管这种本能冲动都要受到压制，但未被泯灭，仍如"地火"在不断地活动，并随时有可能被召回到意识中，这可召回的部分就是处于意识和无意识之间的前意识。如"做梦"和"文艺创作"所处的心理状态，就都有可能是潜意识被意识"招安"的"前意识"状态。

弗洛伊德根据认定的这种人的普遍心理结构状态，及其内在的"运作"规律，他又推导出"人格"（personality，实即"个性"）组成的三部分：本我、自我和超我。"本我"是最原始的、无意识的结构部分，由本能（主要是性本能）和欲望（主要是性欲）组成。"力比多"（libido）就是蕴藏于本我中的本能冲动（特别是性本能冲动），遵循的是生命的快乐原则。"超我"则按社会的道德准则行动，按至善的原则活动，遵循伦理法则，表现为行为的规范与文明；"自我"虽是人格的意识部分，但既要满足本我的即刻要求，又要按超我的客观要求行事。自我遵循"现实原则"，依现实可以允许的尺度而控制和压抑本我的冲动，使我们感受到自身的真实存在。那么，每个人的人格发展，就是本我、自我和超我在每个个体生命身上的一种平衡过程。

显然，在长期的临床经验中，弗洛伊德医生看到的是普遍的人格结构不平衡，要么是本我的破坏性过于强大，要么是超我的压抑功能过于恶劣，从而毁灭了人的自我防御机制和人格平衡机制，也就最终毁灭了自我，精神病症便由此而生。因此，"焦虑"便成了一种普遍的精神症候；而寻找人们焦虑的最终根源和如何纾解人们普遍的焦虑，也就成了弗洛伊德精神分析理论的重点内容。

应该说，弗洛伊德对于人的内在世界中"两种意识"和"三种人格"的猜想与描述，是人类第一次面向自身"精神黑洞"的言说；而关于人的精神"焦虑"原因的探讨，也是第一次真正意义上，开辟了西方自文艺复兴运动和启蒙主义运动以来关于"人"的自我认识新路径。文艺复兴运动告诉人们，人是天地万物的灵长；启蒙主义启迪人们，人要"敢于知道"天地万物的一切真相；而弗洛伊德的精神分析学说则要求人们回到现实，回到自身，敢于正视人自身普遍的精神病症——"焦虑"，慎重而科学地回答苏格拉底的问题——"我是谁"。

"我"到底是谁呢？弗洛伊德以一个医生惯有的冷酷口吻告诉人们：人是万物中的灵长，但并不是想象中的那么"伟大"，他总是焦虑的产儿。而且，这种焦虑情绪与生俱来，可能早就萌生于每个个体早期童年生活中遭遇的创伤性经历。人是理性的动物，但理性之光并未照遍人的全部精神世界，否则人就无异于一台台标准的仿生学机器。强大的本能冲动充斥的潜意识世界及其与意识世界的冲突（而且这种冲突是不可控制的），必然把人拉回到"凡人"或充满焦虑情结的"病人"（与传统文化定义的"文明人"相比）状态。总之，在弗洛伊德看来，人认识到自己是一个"凡人"，甚或是一个"病人"，才是一种真正的理性态度。只有具有这种理性态度的人才是真正的现代人。陀思妥耶夫斯基的《地下室手记》中的叙述者——"地下室人"，自称"我是一个有病的人"，就是现代理性文明的真实表现。

说白了，人们必须承认，"人自己其实就是神性和兽性相结合的产物"。由于人们从来就以讲理性、讲情义的"文明人"自居，高傲地拒绝或漠视自身的动物性存在，因而总是遗忘了自己只是褪了毛的两腿动物。所以，弗洛伊德的人性论观点，不仅遭到了理性主义者的睥睨，也遇到了浪漫主义者的歧视。一个明确的例证是，美国学者特里林于1940年出版的《弗洛伊德与文学》，居然成了如此开放国度第一本研究弗洛伊德主义与文学之间关系的著作。而此前，弗洛伊德与马克思一道，一直都是美国思想界忌讳的话题。

人既然隶属于动物界，那么他的生命属性带来性意识，就一直是人类精神世界里存有的，也是人类赖以延续的原动力。当然，人与动物不同的是，人能约束、调节自己这种本能冲动，从而改造自己的心性。因此，尽管我们人是从动物世界超脱出来的，但我们不能丢掉人也是生命的这一基本判断。

二、"本我"才是人的精神世界的原点

其实，早在弗洛伊德以前，德国人叔本华（Arthur Schopenhauer，1788—1860）就从生命哲学的层面，指出了理性主义和浪漫主义对人性定义的虚妄性。他说，人是唯一使别人遭受痛苦而不带其他目的的动物。事实上，在每个人的内心都藏有一头野兽，只等待机会去咆哮狂怒，把痛苦加在别人身上。他还说，用理性定出财富欲的界限是一件困难的事情，人们不会对其不希冀的东西有失落感；同时，另一类人纵有千百倍的财富，却依然会为无法得到他希望得到的而苦恼。显然，他对理性主义哲学也表现出某种失望，并明确指出了人是一种拥有情欲和本能意志的动物。

正因为叔本华看到了人作为生命的存在和人的精神世界的形成并不受因果律的支配，所以他全面改造了理性主义哲学体系。他用"生命意志"置换了康德哲学中的"物自体"，也用"表象"替换了黑格尔哲学中关于主体的"理念"或"意识"。在他的哲学里，生命意志就成了认知世界和描述世界的决定性力量。他在写于1814年至1819年的代表性著作《作为意志与表象的世界》里明确断言："世界是我的意志""世界是我的表象"。他的意思是，生命意志才是你看到的这个世界的本体，更是每个人精神世界的原点。因此，他主张，要弄清每个人精神世界的真相，首先要弄清他本身的生命力的构成，因为生命力才是生命意志的体现。

在叔本华看来，人的生命力就是人们求生的意志力和追求人生意义的精神力量。这不仅包括了人们观察世界和思考世界时体现的理性认知能力，还包括了人类像其他生命一样，首先要为了自身生存和各自种族的存续，每个人都有与生俱来的来自肉身的体力和生殖能力等。尽管这种生命的本能冲动，可以在某一种观念的调节与引导下，演变为对某种信念或理想的渴望，或是为某种信念与理想而奋斗的动力，但是人们的心灵也往往难以摆脱社会理性的规约，以及来自对肉身的欲望与冲动的压抑和扭曲产生的痛苦。因此，叔本华不仅成了理念论和意识论的怀疑者，也成了人生的悲观主义者。他那著名的关于人生的"钟摆理论"，就为其悲观主义的人生观做了最形象的描述。人们为了生存而劳作时感受到的是痛苦，当其欲望与需求得到满足后，感受到的则是无聊。现实生活中的人，其实都是抛掷于痛苦与无聊中的钟摆，一切都取决于他的欲望满足与否。为了让人们摆脱痛苦或无聊的人生，他开出了两副药方：要么过一种宗教生活，在禁欲忘我中斩断痛苦之源；要么去过一种"睿智的生活"，在对大自然、艺术和文学万千变化的审美想象中得到快乐。

显然，叔本华看到了人性中来自肉身中"本我"① 的存在，也看到了每个人来自其自身肉身的"自我意识"的不可置换性。因此，他也就成了最早明确人的自我意识差异性的思想家。活生生的"我"的概念，置换了理性主义哲学中认知"主体"，而第一次成了哲学命题。特别是，他对"小我"（具有个人主义思想的自我）与"大我"（具有家国意识或民族意识的自我）之间的生成与转换机制的哲学论述，也有效地解决了浪漫主义一直担忧的人的主观情绪被客观化的顾虑。可以这么说，正是叔本华关于"我"的生命意志论哲学，才有了弗洛伊德关于"本我""自我""超我"的人格区分，也正是他关于人生痛苦之源的探讨，才开启了精神分析学的未来。

但是，对于不能不正视的"本我"的存在，叔本华和弗洛伊德却拥有不同的态度。叔本华基本上是持否定的态度。对于欲望，无论是满足还是不满足，他都认为给人带来的感受无非是人生的无聊或是痛苦。他甚至认为，为生存劳作而形成的体力付出，带给人们的也无非是痛苦。似乎人的欲望或本能，依然是洪水猛兽，无法给人们带来正面价值。弗洛伊德则充分肯定了性本能的价值。他认为人的性本能冲动，如果遭到理性规则的压抑与扭曲，会造成人精神世界中灵肉冲突的现象，甚至会形成"恋母"或"恋父"等变态情结（complex），有的人还可能会因为这种压抑而发疯。然而，对这种本能冲动的压抑不仅是人们做梦的心理动因，甚至还有可能是作家们创造力想象的源泉。因此，他曾经提出过一个惊世骇俗的著名论断：文学是作家们的白日梦。而到了日本文论家厨川白村的嘴里，这一论断要正当化得多。他说，文学就是人生"苦闷的象征"。弗洛伊德还从莎士比亚名著中发现了"俄狄浦斯情结"，从而证明了人性中的这种情结对于文学叙述的支配意义。

从此，爱欲成了人类文明发展的原动力。这在一定程度上与马克思主义关于生产力是人类文明的发展动力的论断有相通之处。无独有偶，恩格斯也曾谈到过人的"做梦"对于人类自身观念世界发生的贡献。1888 年，他在《路德维希·费尔巴哈与德国古典哲学的终结》一文中说："在远古时代，人们还完全不知道自己的身体构造，并且受梦中景象的影响，于是就产生了一种观念：他们的思维和感觉不是他们身体的活动，而是一种独特的、寓于身体之中而在死亡时就离开身体的灵魂的活动。从这个时候起，人们不得不思考这种灵魂对外部世界的关系。既然灵魂在人死时离开身体而活着，那么没有任何理由去设想它

---

① 本我：应该是指"本原之我"，也是最本源的人类属性，其英文表述应该是"the true nature of human beings"。

本身还会死亡；这样就产生了灵魂不死的观念……同样，由于自然力被人格化，最初的神产生了。"① 在现代医学产生之前，"万物有灵"观念的产生和原初神话时代的到来，都要追溯到人们对于"做梦"这一精神现象的启迪与反思上。恩格斯与弗洛伊德几乎同时发现了"梦"对于人类文明的贡献。② 弗洛伊德只是深入了人的肉身，进一步探讨了"梦"的形成机制。

当然，不是今天的人们不再做梦，而是来自肉身的欲望是罪恶的观念，使他们不再相信自己的梦。他们宁愿相信那些被神化的"伟大"作家的"白日梦"。叔本华不是主张人们去听听音乐，阅读文学，到作家、艺术家的梦中过一种"睿智的生活"，这样就可以忘掉自我肉身的痛苦吗？

因此，相比于叔本华，弗洛伊德就有点像我们远古神话时代治水的大禹，而叔本华则类似于大禹的父亲鲧。面对滔天的洪水，鲧采取的封堵办法被证明无济于事。而大禹则一反其父的做法，采取疏导的办法化为水利，引导了农业文明的到来。由此看来，弗洛伊德主义的真正意义在于三个方面：一是从病理学的角度，揭露了观念文化对人实施理性专制造成的罪恶；二是从知识论的角度，揭示了理性主义哲学的缺陷——任何政治学和社会学的概念都无法涵盖和描述人性的曲折与幽深；三是告诫世人，不要去过别人的"睿智生活"，生活在别人的梦里，而应该正视自己的梦，并能"解析"自己的梦的成因。这才是真正的睿智生活。能在梦中重新认知和体察"自我"的人，也是真正的理性主义者。

三、情欲的意识化与生命美学的诞生

人的情感也是一种意识，是对人、对外在世界的一种反应。一个人有什么样的情感与态度，就清楚地表明他主动与这世界发生认知性关联后的思维成果。这在人类童年时代就已获得证明。但是，把人的本能性生命冲动——"本我"，也就是人们常说的"欲望"，也定义为人类自身不可分割的一种意识——"潜意识"，并把它推到了人类文明创造的原动力的高度，就是叔本华和弗洛伊德对人类思想史做出的巨大贡献。

1972年，强调理性在人的审美活动中拥有主导作用的日本美学家今道友信对人类的思维方式做了这样的分类："所谓思考，有两种类型，一种是始终以叙

---

① 中共中央马克思恩格斯列宁斯大林著作编译局. 马克思恩格斯选集：4 [M]. 北京：人民出版社，1972：219-220.
② 弗洛伊德《梦的解析》一书，最早发表于1889年。

述的态度,与思考的对象保持一定的距离,从而对思考的对象进行分析;另一种则是像追求理想那样,尽可能缩小与对象的距离,努力争取使自己的人格成长与其贴近甚至一致。关于爱的哲学必须是后一种类型,即通过进行思考来唤起人格的成长。"① 尽管理性主义者今道友信所说的"爱",主要指涉西方基督教的"博爱"和中国儒家哲学倡导的起源于血缘亲情的"仁爱"等人类"大我"的"爱",但他并没有也不可能排斥源于"性欲"这种属于"小我"的"爱"。这就证明了今天的知识界已认同了弗洛伊德的判断——在人的想象活动中,本能冲动,即性欲,与人的理性能力有着同等重要的作用和意义。情、智、意三者,共同构筑着人类的思维主体。也正是这三者之间相互依存与冲突形成的复杂"情结",使每个人的意识世界与精神面貌呈现出丰富多样的,同时也是生机勃勃的局面。

人的本能欲望又是如何进入意识领域,并最终参与到原本认为只有理性,才得以完成的对关于世界的"理念"或"原理"的认知的呢?今道友信借用了柏拉图"精神之恋"中的厄洛斯原理来说明了这一意识的转换路线。他说:向往美的肉体,对因之而生的难测的波澜有了精神准备,焦灼不安,又喜悦又烦恼,这就是恋爱的热情的典型。恋爱常常是同幻灭、梦想进行的战斗。为什么呢?据柏拉图说,厄洛斯的爱的秘密就在这战斗之中。他在《会饮篇》(Symposion)中说,其自身为渺茫无常的有限存在的人,向往真正的美而善的事物,并期望与之结合成一体,这种永恒的宏誓大愿就是厄洛斯。

这种对美的向往,在彷徨中从其附近的地方寻求美的模本,而各处的模本都是虚幻的,因而在多次尝到幻灭的同时,这种向往从一个美的事物浮荡到另外的美的事物那里,最终,进入了对构成这些物体的美的原理的整体形式美的抽象认识阶段。这样,精神认识到了看不见的美,即非感觉的美,才像攀登台阶一样渐次上进,转向作为精神美的道德价值,然后再进一步到达理念或神那里。

当然,他也承认:厄洛斯变成迷狂迸发出来,引起了这种矛盾的生的苦闷:一方面要破坏精神制定的法律,寻求自己的毁灭;另一方面又要顽强地表现自己。因而我们可以说,爱只是待到有了青春的自我觉醒,认识到自己精神上有一种无论用什么都难以置换的要求时,才算是一种真正完全的冲动。——使恋爱得以结晶,这可说是青春时期的一个课题。恋爱也可以转换成友情。将性欲

---

① 今道友信.关于爱[M].徐培,王洪波,译.北京:生活·读书·新知三联书店,1987:4,45-48,92.

象征的蓬勃的生命力集中转换为知识欲、宗教热情、表现欲、对祖国的爱、出人头地的野心等，这也是青春时期的工作。另外，可以说，表现为自杀、情死、爱的病态以及因爱而犯罪这类爱的悲剧，也是在青春时期开始的。①

替人的性欲等生命的本能欲望正名和辩护，认为它为人类的知识体系、道德体系乃至文学艺术的创造出了同等重要的力，甚至做出了"原始股本"式的投资，是今道友信的主要观点。这实际上是在叔本华和弗洛伊德等发现了人的"自我意识"中"欲望"不可忽视的存在之后，理性主义对"文明人"一直引以为羞耻乃至罪恶的"欲望"的招安。一个明显的例证是，他们认为，人的本能欲望有着他们一直引以为傲的理性功能，能够引导人们进入对"美而善的事物"的抽象认识阶段。

其实，无论是叔本华的生命意志理论还是弗洛伊德的潜意识理论，它们对理性主义思潮的最大贡献都是"把性看成是人生命的自我发现，使人摆脱了那种认为性是不洁的、是有罪的想法，因而它成了拯救因性压抑而造成的诸多不幸的力量"②。作为理性主义者的今道友信也终于承认了这一点。

确实，按照社会现实的需求，去设定一个理想的人格理论或抽象的人性论原则，几乎是东西方人文学术界通行做法。不仅世界上所有的宗教，为了在人间建立神圣而美好的"净土"世界，都主张在神的恩典下"禁欲"和"忘我"，就是在人类经典文明创立期的柏拉图和孔夫子，也无不表达了对"情欲"的否定态度。柏拉图为了建立人间的"理想国"，不是要求人们摆脱厄洛斯情结的纠缠，去过一种纯粹的忘却了肉身的精神生活吗？孔夫子不是为了建立一个仁爱世界而不得，而发出了"吾未见好德者如好色者也"③ 的无奈感叹吗？孟子的"性善论"和荀子的"性恶论"，不就是在他的这一感叹的基础上设定的吗？

这些理论的一个共同论调是，这世界之所以不好，就是因为人性太坏。而人性坏，就坏在人都有不可根除的欲望。人的本能欲望，成了纷争世界的罪魁祸首。这种论调在礼仪之邦的中国尤甚。20世纪初，尚在德国留学的蔡元培，以现代理性主义眼光写作《中国伦理学史》时做了这样的总结：在以儒、道两家为文化主脉的中国人眼里，"性"是"纯粹具足之体"，但有积极和消极二义。"以为性者，无可附加，惟在去欲以反性而已。"显然，"欲"就是这"性"

---

① 今道友信. 关于爱 [M]. 徐培，王洪波，译. 北京：生活·读书·新知三联书店，1987：4，45-48，92.
② 今道友信. 关于爱 [M]. 徐培，王洪波，译. 北京：生活·读书·新知三联书店，1987：4，45-48，92.
③ 孔子. 论语 [M]. 张燕婴，译注. 北京：中华书局，2007：126.

中消极的一义。因此，在中国人的修为之法中，一直有这样一个思想："固以为欲不能尽灭，唯有以节之，使不至生邪气以害性而已。"[1] 故中华文化强调制礼，行诗教，易风俗，并内施仁爱，外苛律法，以塑造儒家设计的"君子"人格、"大丈夫"人格和道家设计的"真人"人格。

显然，中国人也非常重视人性的规范与引导，也承认"欲望"作为人性的存在，但他们没有把欲望与本能当成个体生命的自我表现，而是把它看作扰乱社会和谐与稳定的邪恶与罪恶的象征及代表。直到王国维、鲁迅与郁达夫等相继在日本接触了尼采、叔本华和弗洛伊德的哲学思想，并运用于文学批评与文艺创作时，人的本能欲望才得以正名。[2] 他们以盗取天火一般的启蒙精神，让中国人抛弃了人性的善恶两分，抛开了"气"的正邪之别，而接受并创造了"性格""生命""精神""境界"等新的美学概念。

中国人也得以第一次从理性主义的知识论层面正视自己的欲望。他们尝试着从自己的苦痛中体味着自身的生存境遇，寻找着造成这种苦难生存境遇的社会因由，并由此生成了现代人学意义上的"自我"观念。一大批现代知识分子也以此为方法论，从自身民族或阶层的苦难与抗争中，促成了自身民族意识的自觉与阶级意识的觉醒。最明显的证据是那句著名的革命口号——"哪里有压迫，哪里就有反抗"，其余音至今在耳。其实，这句口号中内含的革命逻辑，也构成了现代无产阶级革命文艺的基本叙述框架。只是这种文学叙事经历了初期的"革命+恋爱"式叙述模式之后，又走向了弗洛伊德的反面——柏拉图和今道友信式对"自我"的高度抽象与"遗忘"。

（原载于《粤海风》2018 年第 2 期）

---

[1] 蔡元培. 中国伦理学史 [M]. 长沙：岳麓书社，2010：76-77.
[2] 王国维通过阅读康德和叔本华的著作而著有《〈红楼梦〉评论》，并在《人间词话》中提出了"境界说"。鲁迅和丰子恺几乎同时翻译了日本文论家厨川白村的《苦闷的象征》。

理论突围：从心学到人学
——为《论"文学是人学"》发表六十周年而作

一

人们往往恪守于一种理论的合法性，而忽视对其内在合理性的探讨，甚至以其合法性替代合理性。人们大概是这样认为的，如果一个理论的合法性都不存在，那么它是否有其合理性就没有探讨的必要了。显然，这是一种偏狭而不负责任的学术态度，也是一种缺乏理论自信的表现。正是这种态度，使得我们的理论探讨往往衍变为一种立场表态或价值评估。

当然，对一种解释人类现象的理论进行立场表态或价值评估式的批评也是非常重要的，甚至对原有理论进行价值评估也是学术实践继往开新的必要准备，但它终究还是不能取代理论建构行为本身。因为后一种工作显然更具学术创建意义，也有益于拓展人们的认知视野。这大约是我们近百年现当代文论史上评论家多过理论家的主要原因。但是，文艺理论的困局也恰恰在这种合法性追求中形成。

自1957年钱谷融先生提出"文学是人学"这一卓越的理论论断以来，学术界几乎所有的"批判"或"新论"，都只局限于正反两方面的价值评估。要么肯定该论断对创作与评论的指导意义，要么否定其理论缺乏明确的阶级立场。但显然，这些评价阻碍了人们对其学理渊源进行深入分析，而只是在完成对其理论合法性的检讨。也正因为如此，既使研究界难以在这些理论洞见中淘取更多的学术滋养，也使创作界难以从这一理论论断里获取更坚实的艺术信仰与艺术感悟。六十年来，这种学术冷漠与浮躁状态，从来就没有过根本性的改变。创作界往往只能从这口号式的只言片语中，浅层次地领悟自己的写作方向，我们的文艺理论研究也就无法发挥它最大的启示效应。

其实，自古以来，一切人类的学问都是从自我的追问开始的。正如那句镌刻在古希腊德尔菲神庙上的著名神谕："我是谁？我从哪里来？要向哪儿去？"对这三个问题的追问与回答，已成了古今一切人文学术生发的起点。人们不断地追问自己"人到底是什么?"并做出自己的回答,也成了建构一切文艺理论与学说不可或缺的奠基石。无论是"人"被定义为理性的动物、符号的动物,还是情感的生灵,都会衍生出各自不同关于文学艺术的观念体系。也就是说,只有当这一问题得到了回答,文学到底是"理"的呈现,还是作家个人话语的表达、文学的功能到底是什么、文学的艺术魅力到底从哪里来、文学创作方法到底有没有规定性等一切延伸性问题,才可能得到有效的回答。

但在回答"我是谁"这一问题之前,人们还必须找到能够通往认知人自身这一生命主体的方法与途径。也就是说,文学的理论研究必须回到对"人"的研究这一原点上来,回到人学研究的潮流上来,因为文学毕竟是人类自身创造的用以判断自我和认知自我的语言符号系统。

显然,立足于某种合法的世界观或意识形态给文学下定义是最省心的事,因为无须回到人学研究的起点。这也是伪理性主义者一贯的逻辑言说方式。事实上,自从理性主义君临天下以来,关于文学的各种定义,大多是基于这种认知逻辑形成的。但问题是,以形而上学形态出现的世界观可以改造人,意识形态也可以控制人,但终究无法认知人的精神世界全部。况且,自浪漫主义思潮始,弗洛伊德主义、存在主义、结构主义和解构主义等一浪高过一浪的现代人学思潮,都在纷纷指责着理性主义者制造的现代形而上学的"罪孽"——他们将人的"意识""能动作用""责任""道德价值"等,确定为人的"主体性"内涵,实质是在制造着"人的终结"。人的认识主体都消亡了,那么对文学这一客体的认知判断又如何能够成立呢?因此,摆脱理性主义的思维局限,回到我国传统的"人学"——"心学",通过重拾心学中揭示的"有情思维",以"复活"人自身作为情感主体存在的感知能力,就是钱谷融先生寻找到的一条学术路径。

从这一意义上来说,在20世纪中叶的中国,在追求社会主义现代化并力图与封建传统文化乃至资产阶级唯心论决裂的大背景下,钱谷融先生是为数不多的,能够超越时代种种意识形态拘囿,直抵文学堂奥的理论家之一。虽然他把这一"路径"也同样标示为"人学",但显然是有别于现代西学的。

确实,文学不仅仅是一门要以人的生活为描写对象的语言艺术,更是一门要求作家如何文明地看待他笔下人物和如何看取他自身的学问。他在那篇著名的《论"文学是人学"》一文中开宗明义地概括为:文学是人学。他说,高尔基的"这句话的含义是极为深广的。我们简直可以把它当作理解一切文学问题的一把总钥匙,谁要想深入文学堂奥,不管他是创作家也好,理论家也好,就非得掌握这把钥匙不可"。特别是,对于文学艺术的创作而言,"一切取决于怎样描写人，怎样对待人，真正的艺术家决不把他的人物当作工具，当作傀儡，而是把他当成一个人，当成一个和他自己一样的有着一定的思想感情，有着独立的个性的人来看待的。他一定是充分尊重这个人的个性的，他可以通过他自己的是非爱憎之感来描写这个人物；他可以在他的描写中表示他对这个人物的赞扬或是贬责，肯定或是否定；正像在生活中，他可以通过对一个人的评价来介绍这个人一样。但他决不能把自己的意志强加到他的人物身上去，强使他的人物来屈从自己的意志。在生活中如此，在作品中也是如此"①。

显然，钱谷融先生的上述判断，是基于这样一种对文学的基本认知：只要人们还承认真正的文学是对人类自身行为方式与情感方式的文化修正物，它的根本意义在于使人们不断从本能冲动走向理性文明，不断从非人道的状态走向人道主义的轨道上来，那么作为社会人生和文学艺术家自身灵魂镜像的文学，就必须拥有合乎人道的文明价值因子——尊重人。而能够在文学艺术作品中灌注这种价值因子的，就不可能是别的外在之物，只能是创造这作品的作家或艺术家自身。

因此，当人们机械地遵循现实主义反映论把文学当成某种身外之物，而对其所谓客观属性与本质做一种自认为科学的认知时，钱谷融先生认为这是在文学的认知路径上犯了方向性错误。文学是一门由人创造的艺术，是作家心灵的产物。因此，要了解文学到底是什么，就必须回到作家自身寻找答案。

钱谷融先生在《对人的信心，对诗意的追求——答友人关于我的文学观问》一文中很坚决地说："单从客观生活方面去找原因是不行的，还得同时从作家的主观一方面去进行考虑。"② 因为，人不是单纯反映"工具"，人创造的真正的文学也同样不是一般之"物"。真正的文学是要能够引领和提升人们的生活，使人从野蛮走向文明，从世俗走向高雅的艺术。他说："那种吸引和打动我最强烈，最深刻的作品，常常能使我超越平凡的现实生活，摆脱肤浅琐屑的感情的纠缠，使我的心灵得到升华和提高；虽然有时它也会给我带来痛苦和忧伤。——能够具有这种力量的，往往就是那些最伟大的作品。"③ 不具备这种审美属性的文学就不是真正的文学，不具备这种心灵提升力量的文学就不是伟大

---

① 钱谷融.艺术·人·真诚：钱谷融论文自选集［M］.上海：华东师范大学出版社，1995：20，62，74.
② 钱谷融.艺术·人·真诚：钱谷融论文自选集［M］.上海：华东师范大学出版社，1995：20.
③ 钱谷融.艺术·人·真诚：钱谷融论文自选集［M］.上海：华东师范大学出版社，1995：17，18.

的文学。而作家对人与生活的态度及其是否具有高尚的情致，恰恰就决定了一部文学作品是否具有审美属性及其审美品格的高下。正如从水管流出的必然是水，而从血管里流出的必然是血一样，伟大的文学作品只能来自富有伟大情怀与伟大灵魂的作家。

实际上，钱谷融先生对文学审美属性的思考和感悟是分两步走的：首先是对文学的真伪进行了严格的甄别；其次是把真文学从所谓"客观生活"这一物的世界里挪移出来，而把它放置在人的精神世界和艺术领域这两个范畴内，去考察文学对人自身的文化修正意义（艺术魅力）及其来源。因此，高尔基的"文学是人学"的这一判断，仅仅是他的方法论而并非结论。也就是说，在他看来，只有真正基于人学的文学才是真正的文学；反之亦如此，只有走人学之路才能通达文学之"理"。任何一种文学理论，如果不去关注作品是否拥有艺术魅力及其内在原理，那么它们都将是"非人"的理论。非人的理论自然是不可能指导作家创造出"人的文学"的，又何谈能够"打动"人心的艺术呢？

显然，钱谷融先生对文学艺术的认知，摆脱了纯粹的物理认知方式，而走向了现代符号学的思维理路。他既拒绝将作家当成单纯的反映"工具"，也同样拒绝把文学当成一种纯粹外在于人的客观之物来看待。他重视的是文学艺术的文化符号意义，而要求将对文学艺术的认识，还原到对隐藏在符号背后的人及其追求诗意心灵的考察上。这也正是他提出在文学艺术创作中要采取"有情思维"（见《艺术的魅力》一文）的理论出发点。

确实，态度决定一切。人们对文学艺术采取什么样的态度，就必然会影响到对文学的认知方式（包括思维方式）及其认知结果。只有当你真正尊重文学、热爱文学时，文学的真相才能与你对面。因为文学之"理"，不同于"物理"，从根本上来说，它受人（作家）的"情"理和"心"理的支配。甚至可以说，包含了人情之"理"的作家内在心理，构筑起了文学艺术内在之"理"的基本框架。我们与文学艺术之"理"的对面，就是要与作家外化在作品中的心灵对面。

正因为如此，钱谷融先生认为，真正的作家应该具有两种热情：一种是对文学艺术的热情，另一种是对诗意人生追求的热情。"如果作家、艺术家缺乏热情，如果对艺术没有深厚的爱，他就不会肯劳神焦思地去做精益求精的琢磨探索。"[①] 作家、艺术家不能劳神焦思地琢磨他笔下人物的精神世界，自然是无法

[①] 钱谷融. 艺术·人·真诚：钱谷融论文自选集 [M]. 上海：华东师范大学出版社，1995：194.

抵达文学艺术之"理"的,打动人的艺术魅力也就无从产生。

如果作家、艺术家缺乏追求诗意人生的热情,不能同情笔下的人物,就无法发现笔下人物内心世界的人情美与人性美,作品便会失去来源于人的情致与诗意,文学艺术也就失去了打动人、修正人灵魂的内在力量。因此,他坚信:"文学作品应该富有情致和诗意,使人感到美,能够激起人们的某种憧憬和向往。"

放眼百年来的世界文学,他大为慨叹:"使我遗憾的是,最近一百年来,从世界范围来说,作家们的思想和技巧虽然日新月异,时显奇彩,可是在他们的作品中却少有丰富的情致和浓郁的诗意。那令人憧憬,惹人向往,永远使人类的灵魂无限渴望的美,则更见杳如了。众多享有世界声誉的名家的作品,虽然有些确也写得颇有深度,很能启发人们去思考。但总觉得缺乏吸引人的魅力,并不怎么使人喜爱。它们虽然也能引人去思考,但如果你不愿去思考,不想去思考,那也完全可以放得下,它们并没有那种逼得你非思考不行的强制力量……我们这个世纪的作家,似乎理智远胜于感情,好像他们更多的是在用他们的头脑而不是用他们的整个心灵在写作。因此他们的作品最打动我们的也往往是偏重在思想上,而不能使我们全身心地激动。"①

由"物"(客观存在的现实生活)到"人"(作品中的人物),到作品背后的"人"(作家),再从作家之"理"(理性思考),到作家之"情"(情感态度),这是钱谷融先生探寻文学艺术魅力之源的"视域"。这种对文学艺术真相的探索理路,不仅在六十年前有点冒反时代思潮之大不韪,就是在当今也似乎有冒犯科学主义之嫌,甚至表现出一定的唯美主义色彩。他质疑当时流行的机械的"现实主义反映论",反对把文学当成"物"来看待,更反对这机械反映论背后庸俗唯物主义认识论和方法论把人当成过滤了个性与情感的纯粹思维动物。因为持这种狭隘"人学"观念的作家,以这种认识论来看待人,以这种方法论来描写人,势必断绝文学艺术作品的魅力之源——鲜活的个性和令人悸动的情感。因此,要"复活"文学的艺术魅力,使其重新充满激动人心的力量,就必须回到作家自身健全的人学观的建构上来。

二

理论家要完成对文学艺术的魅力探源,也必须回到对人的"情感自觉"层

---

① 钱谷融. 艺术·人·真诚: 钱谷融论文自选集[M]. 上海: 华东师范大学出版社, 1995: 19.

面的考察上来，因为不仅作家要有这种情感的自觉，他作品中的人物也拥有这种自觉。从这种对人的认知来看，钱谷融先生指涉的"人学"，就与我国明清"心学"有着一脉相通之处。

实际上，也正是无产阶级革命文学导师高尔基提出的"人学"概念和我国明清之际发达的人学思想资源，给了他走向理论自觉的底气，否则人们无法解释钱谷融先生敢于背离时代意识形态拘囿这一学术抉择行为的内在动力。因为任何一种学术思想都不可能是凭空产生的，而且肯定有其学术渊源。面对钱谷融先生这样一位本土理论家，和作为跨越传统与现代两个学术时代的人文学者，我们就不能不把探寻其学术的渊源及其合理性的目光朝向我国本土的学术资源——对心学的承接与借鉴。

简要说来，心学是在对我国宋明理学的辩证与批判的基础上发展起来的人学思想体系，也是我国传统学术观察世界与人自身的一套世界观和方法论体系。

宋明理学强调，"一事一物各有一理为一极，总天地万物之理为'太极'"。故称"理一分殊"——"万物皆有此理，理旨同出一源。但所居之位不同，则其理之用不一"（见《朱子语类》）。而人只是万事万物中的极为平常的一极，因而在观察人心中的人伦道德之"理"——人性时，也应该以一颗"道心"（把人当成无差别的客观存在之物的态度）来体悟。尽管程朱理学也看到了"人道"的特殊性，承认"情"（欲）的存在，但也只是认为"情"（欲）是人道"已发"的现象世界，需要靠"人心"来管辖。因此，作为认知主体的人要在"道心"与"人心"中取得一种平衡，以取得"中庸"的境界与态度。

而陆九渊和王阳明开创的明清心学，是不允许这种"中庸"态度存在的。陆九渊说："天理人欲之言，亦自不是至论。若天是理，人是欲，则天人不同矣……人心为人欲，道心为天理，此说非是。心一也，人安有二心？"（见《陆九渊文集》卷34）故而他明确断定"心即理"，"心外无理"。

既然陆九渊认为人只有一颗心，就是既有情感也有欲望、既有追求也有冲动的自然人性之心，那么又如何解释中国人几千年人伦道德的内化之理呢？王阳明做了一个极为重要的补充说明。他认为，人本来就有一颗"人心本乐，自将私欲缚"的"灵明"之心，人也正是依靠这颗"自将私欲缚"的"灵明"之心，获得了"致良知"的功能："无善无恶是心之体，有善有恶是意之动，为善去恶是格物。"（见《传习录》）显然，王阳明对人有一颗"灵明"之心的判断，是以"人之初，性本善"这一古典儒学公理为理论基石的。

陆、王心学在清代得到了戴震和焦循两位学者的发扬。戴震在认识论方面认为，人的认识能力虽是"天地之化"，但只有通过人的耳目鼻口之官接触外物，人心才能发现外物的规则。"致知格物"就是对事物进行考察研究，只有经过观察和分析，才能认识外在世界的道理。他还进一步提出了所谓"光照说"，认为心之认识功能如同火光照物，光小照得近，光大则照得远。而人心是肯定"有欲、有情、有知"的，这是人的本性。否定情欲，也就否定了"人之为人"。尽管"欲"与"私"有界限或区别，但私只是"欲之失"，决不能"因私而咎欲"。因此，他还提出了"以情洁情"的主张，反对道学家的伪善与"以理杀人"。①

焦循则是在陆、王、戴的人学基础上"接着说"。他说："人初生，便解饮乳，便解视听，此良知也。"而此良知，既是人认知世界的基础，更是人心通往"性善"的唯一通途。他认为："所谓性善，善即灵也，灵即神明也……人之有男女，犹禽兽之有牝牡也。其先男女无别，有圣人出，示之以嫁娶之礼，而民知有人伦矣。示之以耕耨之法，而民自知自食其力矣。以此教禽兽，禽兽不知，则禽兽之性不善；人知之，则人之性善矣。"②

尽管从宋明理学到明清心学，都是为了解释儒家人伦道德学说的存在合法性和合理性，但在客观上推进了认知世界的主体——"人"的自觉。正是通过不断肯定人之欲、人之情，中国人对人自身的认知也在逐渐深入。因为，正是人作为情感主体的自觉，促成了人作为独立感知世界的自我的产生。至少在知识界，心学的发展表明了中国人正在不断走向自我肯定与自信。

我们甚至可以说，从文化的启蒙意义上来看，陆、王心学完全堪比西方康德的启蒙哲学。只是康德哲学重在对人的理性认知能力的发现，而明清心学则重在对人自身的"以情洁情"的生命自觉性的发现。而对人自身情志的修正能力的发现，在西方，则是由叔本华完成的。因此，尽管从表面看，王国维关于"有我之境"与"无我之境"的学说是在叔本华哲学的启迪下阐发的，但我们完全可以看作明清心学在文艺理论领域催生的第一枝花朵。

但遗憾的是，自晚清以来，随着民穷国弱状态的出现，人们把这种状态归咎于科学技术的不昌明，因而在大力引进国外科学技术的同时，也在广泛接受西方以科技主义为内核的认知方式，把人自身又重新归入了"物"的序列来认识。这也彰显了我们中国人陷入了物质与精神两个方面的自卑困境。我们不仅抛弃了封建思想与文化，也中断了明清时期一部分优秀知识分子对人的探索与认知，从而导致了人作为认知世界主体的弱化。

---

① 戴震. 戴震文集 [M]. 北京：中华书局，1980.
② 焦循. 易图略自序 [M] //焦循. 雕菰集：卷十六. 台北：鼎文书局，1977：20.

在这里必须指出，把中国人作为认知世界的主体的弱化，归咎于科技主义的泛滥（当然只是原因之一），并不是说人们反对科学，更不是反对科学精神，而是忌惮于今天日益彰显的科技主义的现代性文化缺陷——理性主义对人的诗意与情致追求的阉割和技术主义及工具主义对人的异化。

个人作为认知主体的弱化和情感主体的被阉割，带来的文学认知后果是，文学理论本土言说底气的丧失。自"五四"新文化运动以来，我们本民族对文学艺术的认识，就从来没有步出过西方逻辑工具论下诞生的"再现论"和"表现论"二说。周作人在《中国新文学的源流》一书中尽管提出过"载道派"和"言志派"两个理论概念，似乎有着一定的本土色彩，但细一看，仍然不过是"再现论"和"表现论"的中国化表述而已。

由此带来的另一个文学后果是作家作为文学创作主体的弱化。作家往往成了生活表象的记录员，最多只是拥有一定叙事技术的记录员。叙事技术的追逐成了作家逞才显能的领域。叙事学研究也成了当今文艺理论领域的一门显学。作家无意把他要感知的人物当成一个与之同等的认知主体和情感主体，因而也无法突入笔下人物的心灵深处，以呈现人物生活的多种可能性，更不能在作品中注入自己的审美情感以丰富作品的诗性内涵。这就出现了上述钱谷融先生不无遗憾的文学情景。

三

显然，要改变这种文学状况，就必须改变这种起根本性指导作用的文学理念；而要改变这种文学理念，又必须改变这种对文学认知的思维方式。归根结底，还是要继续强化、深入对人自身的认识与理解。这大约就是钱谷融先生提出"文学是人学"理论的全部目的。

那么如何才能深化对人自身的认知与理解呢？钱谷融先生认为，必须回到明清心学指示的"人学"路径上来，以重建作家对人的个性的尊重和对个体情感的尊重。这就要求作家既要对自己有信心，也要对笔下人物有信心。他在《对人有信心，对诗意的追求——答友人关于我的文学观问》中说："为什么在我们这个时代所产生的作品中，诗意会愈来愈稀薄呢？一种解释是归罪于我们这个时代的生活，说生活里充满了竞争残杀，尔虞我诈，使得诗意无处栖身，作品里自然难得见到它了……今天由于科学技术的进步，物质文明异常发达，在强大的物质力量前，人处处显得无能为力。作家们生活在这样的时代这样的社会里，目睹人们所处的窘困境地，虽深感不安而又无可奈何。其所以觉得无可奈何，乃是他们对自己、对整个人类已失去了信心，找不到抵制和驾驭强大的物质力量的办法。只感到前途茫茫，看不到希望，看不到理想。在这样的情况下，哪里会有什么诗意和美呢？其实，我想事情不会是这样的。今天的物质文明是人类所创造的，人始终是我们这个世界的主人。物质与精神，精神与物质，必将同步前进，人类决不会找不到对付物质力量的办法。问题是在于我们必须建立起对人的信心。这一点，对我们的作家们来说尤其重要。"①

尽管我们目前难以找到充分而直接的学术证据，以证明钱谷融先生的"文学是人学"的学术判断根源于我国传统心学。在以西方学术思想为圭臬的整个20世纪的中国，任何一个人文学者都不可能把业已失去合法性的传统人学观，大面积地引述在自身的学术表达中。在钱先生为数不多的文论中，也只在《艺术的魅力》一文中引证过焦循的三句话，以解释文学的艺术生命力来源于人的情感。② 我们也知道，钱先生的"人学"这一概念，既不是来源于陆九渊和王阳明，也不是来源于戴震和焦循，而是借用了高尔基的语句。他的文论中采用的文学材料也主要是高尔基、托尔斯泰和陀思妥耶夫斯基等苏俄大师的经典作品。但显然，钱谷融先生的"人学"思想体系中的"信心"说，秉承了或者说暗合了明清心学中的人学思想，是在焦循解释"性善论"的基础上继续"接着说"。只不过他解说的不是人伦道德的合理性，而是文学"诗意"的生成原理。更具体地说，他是在探寻着文学艺术的魅力之源——人的情感自觉。因此，钱谷融先生的"文学是人学"学说，是继王国维的"境界说"之后，建立在我国传统人学思想上的又一座文艺理论的丰碑。

如果说20世纪的中国文艺理论工作基本上是在完成西方文论的中国化，那么钱谷融先生的文学观及其理论言说，则是为数不多真正立足于中国传统人学思想的本土言说。西方现代文论告诉我们，"人的文学"必须建立在人的理性自觉基础上。而他要告诉我们的是，仅有这一点还不够，还必须看到人作为情感主体的自觉性。总之，文学到底是什么？答案不在别处，因为它不是一种外在于人的生命意志的所谓客观规定属性，而在从事文学艺术创造的每个人的心里。你是一个什么样的人，有一颗什么样的心，便有什么样的文学观。因此，对于具体的创作者和鉴赏者，他也同样提出了王国维式的忠告：一切文学活动都

---

① 钱谷融. 艺术·人·真诚：钱谷融论文自选集 [M]. 上海：华东师范大学出版社，1995：20.
② 这三句话是："不质直言之而比兴言之，不言理而言情，不务胜人而务感人。"焦循曾用这三句话来解释关于"诗教"的"温柔敦厚"四个字。

"不可无我"①。显然，此"我"就不再只是思想上的"自我"，而是包含了一个人的全部生命追求的个体。

  由此看来，钱谷融先生提出"文学是人学"这一理论，并没有像西方的"再现论""表现论"和中国古典文论中的言志派、载道派一样，十分武断地提出一个什么具体的答案，而是为我们提供了一个基于人的主体自觉的认知框架与方法论。人不仅要有理性的自觉，更要有情感的自觉，文学的艺术魅力才得以产生。这一凝结中西方人学成果的文艺学说既是传统的也是现代的，这一方法论既是中国的也是世界的。这一融会了东方人文学术理路与西方逻各斯智慧的文艺理论，把它放在整个20世纪中国文论史乃至世界文论史来看，怎么估计其意义与价值都不会过分。

（原载于《文艺理论研究》2016年第6期）

---

① 钱谷融. 不可无我 [M] // 钱谷融. 艺术·人·真诚：钱谷融论文自选集. 上海：华东师范大学出版社，1995：180.

主体性美学的理论重构
——作为"交流"中西的文艺美学家殷国明

一、批评的困局与理论的反思

文艺美学理论与批评应该不断走向创新和发展，显示出不竭的思想活力。然而，现代中国文艺美学似乎步入了一个理论与现实相悖离的困境。有的作家慨叹着批评的缺席，因为他们无法从批评家的文字里寻找到智慧的支撑与启发；有的作家甚至睥睨着中国当代理论界，认为中国当代理论不值一哂，从而使得他们只能从国外的文艺理论中寻找思想的养料与智慧的火花。20世纪80年代的"文化寻根"文学与先锋文学、90年代的新历史主义文学与女性主义文学，都无不体现出狂饮西方现代文论"乳汁"的特征。我们评论界自身也有过这样清醒的反省："如果有人声称20世纪的中国文学并未出现一个真正伟大的作家，相信不少人都会强烈地表示异议。——但是，如果有人声称20世纪并未出现真正伟大的批评家，则相信有异议的人将会大大减少——事实上，百年以来，除了一个胡风因为文艺批评的言论和行为引起了一番并非学术意义上的风风雨雨之外，人们的确很难找到一个影响深远的批评家的名字了。甚至于，人们还很难说出一个具备相当分量的文学批评活动，或者是一部文学批评著作。"①

进入21世纪，当我国在全球政治、经济等领域拥有了一定参与制定游戏规则的话语权后，有些学者也企求文学理论话语的"中国化"。他们利用西方现代文论正处于自我怀疑的有利时机，着力去寻找西方文艺美学理论的"碴子"，希望通过指证西方文艺美学的"局限性"来建立自己的话语权，以无数的西方"主义"（但我们从来没有过真正属于自己的"主义"）来检讨着西方文论（我们自身的文论从来都是属于"舶来品"），以堂吉诃德大斗风车的方式来发出自

---

① 谭运长. 关于文艺批评标准及与此有关的文艺学学科建设问题[J]. 文艺理论研究，1997（2）：21-26.

己的"华夏之声"(当下中央人民广播电台设有《华夏之声》栏目)。尽管文艺美学理论拥有一定的纪律成分与色彩,如民族文化艺术的审美惯例和某一历史时期的文艺方针路线,但由于文艺美学理论的构建毕竟不是政治权力角逐和经济利益博弈的游戏,不是谁的权力大,谁的实力雄强,谁就可以修正游戏的规则,制定游戏的纪律,最终这种理论话语的"中国化"运动,也只能流于一种主观意愿的空洞口号和话语游戏。

毫无疑义,20世纪中国现代文艺学科理论上的贫困,导致了文艺批评上的"失重"。只有从理论层面的反思与革新入手,才能破解中国现代文艺理论与批评遭遇的这种双重困局。如何突破这种困局,重构能够"在批评者心灵中涌起一股思想和情感之流,——燃烧着对美的理想追求的炙热火焰"[1] 的文艺美学,就是殷国明对中国当代文艺理论与批评状态进行反思和建构的起点。

说现代中国文艺学存在着理论的贫困,并不是说这一百多年来没有理论,相反,而是我们的理论太多。理论多的一个具体表现是,各种"主义"在中国现代文坛的频繁登台亮相。"中国现代文学几乎可以划为两个时代:一个是'主义'纷争的时代,这是在开放的状态下进行的;另一个是'主义'划一的时代,这是封闭状态的产物。"[2] 甚至在某一特定历史时期,中国批评界呈现出似乎是在举办"万国'主义'博览会"之势。这恰恰说明了我们文艺理论界没有属于自身主体思维的现状。

事实上,无论是单边"主义"还是多元"主义",它们都代表了某种意志、某种理念在文学领域发出的口号或主张。它们根本就无法完成对批评与创作之间的内在沟通,也无法启发人们对生命与艺术关系的理解。相反,由于"主义"总是带有某种理念的教条性、概念性或功利性,因而,各种"主义"的文学论说,总是造成对文学的伤害,不仅造成了文学创作的简单化、概念化和公式化,也造成了文学史编写的狭隘化和文学教学的非艺术化。文学成了"主义"的跑马场。因此,殷国明在《对"主义"的困惑》一文中直陈其痛:"我对'主义'的论争产生了一种深恶痛绝的感觉。"

当然,他并不拒绝各种"主义"对人们思想的启发。相反,他希望作家、评论家和文学史家,能够借助多元"主义"的思想力量,超越自身文化圈层的识见局限,确立"自我"的主体意识和文艺学自身的思维方式,形成对人、艺术和现实生活及其相互关系的整体性认识与发现,以达成文学书写(不管是理

---

[1] 殷国明. 艺术形式不仅仅是"形式"[M]. 杭州:浙江文艺出版社,1988:318-320.
[2] 殷国明. 对"主义"的困惑[N]. 文论报,1988-06-05 (3).

论批评文字和文学史的书写还是文学创作）的真理之光和生命魅力的呈现。为此，他写过大量关于当代批评的批评文章。

他在《应该冲破僵化的、封闭的文学批评方法模式》中指出，中国当代文学批评多是一种"主义"式批评，而这种"主义"式批评中往往形成了一种一体化的形而上学的思想方法模式。这种思维模式的"幼稚"之处就是，"相对于文艺美学这一特殊学科对于文艺现象这一特殊对象，它没有形成自己特殊的科学的思维方式。马列主义还没有熔铸到它的内在生命之中，还没有成为批评的灵魂。文学批评还在一些政治和哲学观念中兜圈子，用一些社会学的概念来做理论上的依据。这种在理论和观念上的依附地位，常常使文学批评自身陷入一种'工具'的不能自拔的地位，同时又成为接受政治风潮冲击的最敏感的地域"①。

他在《当代文学批评面临的"断层"》一文里又指出，正是这种观念上封闭而僵化的思维模式，造成文学批评思维过程中感性和理性、知觉与观念之间的裂痕与"断层"。批评活动中时常会发生这样的奇怪现象，感觉到了的东西并不能真正去理解它，而所谓理解了（被理论化）的东西却又缺乏感觉。例如，批评家可以不断地从现代艺术中寻求新的观念，但是传统的艺术作品往往对他们有一种真正的吸引力，使之迷恋陶醉。同时，批评家可以对一切现代艺术观念一味倾心，但对真正的现代艺术未必能欣赏，理性上的"想读"始终难以抵消感性本能的"不接受"。

显然，一种没有自身思维方式的批评是没有灵魂的批评。中国当代文学批评就是这样系据在各种"主义"馈赠的花样百出的概念的裙带上飘舞。文学批评也正是在这种飘舞中丧失了自身的主体性。在这种批评中，人们唯独看到了"主义"的风采，而看不到文学与艺术的风景。批评主体的独立与自由的丧失，使得文学批评自然而然地不仅远离了文艺实践的"黄土地"，也不能真正阐释新的文学现象。而更令人感到绝望的是，长期的这种观念批评产生的思维惯性和这种批评激起的文化影响溢出了批评领域，使得整个文学书写（指文学创作与文学史的叙写）领域充满着对政治风潮的恐惧记忆与心理。于是，文学创作中出现了"假嗓子"现象，文学叙事中不能出现作家自己的个人意志与声音②，"文革"前十七年的文学是如此，"文革"中的"写作组"和"集体创作"则更是以"时代的名义"传达着"集体的声音"。其实，就算在"文革"结束后的几十年里，这种批评的思维惯性及其产生的文化心理影响并未消失，而是一直

---

① 殷国明．应该冲破僵化的、封闭的文学批评方法模式［J］．文学评论，1985（3）：20.
② 殷国明．关于"十七年"文学中的"假嗓子"现象［N］．文论报，1998-11-05（2）．

在影响着整个文学研究领域。一个明显的佐证就是，20世纪90年代就提出了要"重写文学史"，可最后出来的"新史"，不是史识与立场暧昧不明的个人史，就依然是熔铸了"集体智慧"的"大合唱"。

文学必须摆脱政治的附庸地位而获得自身的主体性，是20世纪90年代中国文学界的共识；而重写中国现当代文学史，就是"文学重返自身"的群体性时代冲动。但从最后的"成果"来看，文学似乎最终没有找到一条较好走出政治话语怪圈的路径。从文学史的叙写来看，无非是从依据单一政治观点和阶级观点的书写走向对多种流派、多种风格的文学事实的相互并存的书写，以一种所谓历史视野扩大的方式来兑现文学史的"完整性"。

殷国明在20世纪80年代就写作过《中国现代文学流派发展史》，他希望通过写流派史的角度，以"点""线""面"相结合的方式来"重写"中国现代文学史。但他最终发现，他最多是做到了将那些被"左"的政治文学观念打入冷宫的作家"解放"出来，让人们看到了历史的另一面，但依然难以提供人们期望的对这些作家作品的美学和艺术的分析，因为他还是离不开那老一套分析模式和术语。显然，文学自身的"独立性"和"完整性"，不是这种"去政治化"或者是依托政治的宽容能确立的，而是必须首先确立文学家（既指作家，也指批评家、理论家和文学史家）作为个人存在的主体，并以文学独有的语言艺术思维方式去审视、分析文学对象与文学现象，从而做出自己的美学判断。这是整个中国现代文学理论界、批评界和史学界应该回到而一直没有回到的理论"原点"。这就印证了纪伯伦的那句名言："我们已经走得太远，以至于忘记了当初为何而出发。"

因为道理很简单，"去政治化"或"让文学远离政治"，实际上又是一种新的政治"愤青"发出的乌托邦式的新型"革命"口号。人类社会及其历史从来都是政治的组织与政治的历史，因此，无论是书写文学的人还是对人的文学书写，企望摆脱阶级性或者政治性，就会像鲁迅先生描述的，人想抓住自己的头发离开地球一样，只能是一厢情愿的一场春梦。而依托政治的宽容，想把一切非"革命"的文学现象纳入文学史的做法，由于依然没有改变那套政治学和社会学的思维模式与术语，缺乏对文学现象的美学和艺术分析，就不可避免地让文学史演变为新的以文学为主题的展示政治史与社会史的陈列室。

无疑，这一切文学后果的形成，都是我国当代文坛文艺批评的缺席造成的。批评的缺席主要体现在批评主体的独立与自由的丧失，从而导致批评家自身的幸福感与责任感丧失。我们的文学批评实践既缺乏历史感也缺乏对文学艺术的基本信念。文学批评是"从来如此"地按照政治学或社会学赠予的术语、范畴、思维方式乃至价值理念,来评述着文学的事实。这样,文学批评既在远离不断创新的文艺实践,也在不断远离着不断变化的社会文化现实。用殷国明自己的话来说就是,文艺批评不仅丧失了自身的"才气"与"灵气",也正在丧失自己的"生气"。

批评家必须意识到,在不断变化的文艺实践和社会文化现实的表象下,真正不断变化的是人们揣在怀里的那颗"心",即人们的思想认识、情感态度和价值观念等。因此,批评家如果依然固守旧有的对现实、对人学和对艺术理念的认识,或者在没有搞清西方艺术新概念背后的历史附着物(因为历史与现实也是在不断变化的)的前提下,以貌似现代文艺的眼光来观照我国的文艺事实,最后只能是制造一堆关于文学的但一切对文学来说又是无所谓的政治话语、社会学话语或文化话语。因为学术界做的是对文学的政治阐释、社会学阐释或文化阐释,但唯独缺乏文学自身的艺术阐释与美学批评。俗话说,气尽则人亡。批评家的"三气"[①]丧尽,则意味着文学批评的主体正在走向死亡。

二、恢复艺术信仰,重建艺术思维

对于中国当代文艺理论与批评来说,要复活批评的"生气",重建批评的主体,首先在于反拨文学"工具论",让文学回归"艺术"的角色。人们只有回归到"文学是艺术"这一终极信仰,这一理论"原点",才能远离"工具论",才能恢复人们的艺术感觉与思维。文学批评家和理论家也才有可能真正以艺术家的身份,沿着艺术自身的思维方式,超越和突破文学工具论规定的批评范式与范畴,去发现文学艺术的"美"及诞生这种"美"的内在规律。

文学理论与批评,只能是艺术思维的成果。中国当代文学理论要走出独创的贫困,文学批评要恢复生气,理论家和批评家就既不能忘了自己要阐释的对象是什么,也不能忘了"自己到底要说的是什么"。"如果说在浑然一体的艺术生命形态面前,任何范畴都会显得苍白,那么文学批评要生气灌注,就要超越和突破这些范畴的局限。一方面要从过去的范畴中解脱出来,不断建立更接近艺术实践的新范畴;另一方面在借助艺术范畴概念的过程中,从封闭性走向开放性,注意各种彼此对立和不同范畴之间的交合关系,从中悟出艺术更深刻的含义。也许我们现在只能如此而已。"[②] 正所谓"理清则气盛,气盛则情定,情定则趣出",殷国明对文艺理论与批评的思考,来到了中国古代文艺学与西方现

---

① 殷国明. 批评的"三气"[J]. 上海文学,1996(11):31.
② 殷国明. 艺术形式不仅仅是"形式"[M]. 杭州:浙江文艺出版社,1988:42-43.

代文艺学相"嫁接"的路口,但他首先要做的是关于中国当代文艺学的"正本清源"工作。

艺术思维(在中国传统学术中称为"理")只能是人们面向"浑然一体的艺术生命形态"的思维,是生命与生命的对话,是心灵与心灵的对话,而非"模仿说"及"反映论"揭示的单纯的对客观现实世界的描摹与反映。众所周知,从"模仿说"到"反映论",都是西方理性主义分析模式支配文艺美学的产物。这种认知模式有两个基本特征:"一是以主客体的分裂、对立为基础,用人类认识活动的模式来研究人类的审美活动;二是强调美是某种与审美主体无关的、具有客观本体性的东西。"[①] 正是这种主客体二分的思维模式,导致我国当代文艺美学陷入了双重困境:一是将"美是什么"的探讨,落着在艺术所"模拟"或"反映"的客观现实生活,也就是所谓"内容"层面上,而由于不承认审美是一种属于主体的精神活动,主体被冷落在一边;二是形而上地将文学艺术肢解成"内容"与"形式"两个范畴,而"形式"只是包括美的"内容"的一件无关紧要的艺术"外套"。用这种文艺美学指导我们的创作,势必会造成"用模拟生活代替了对生活原生美的感受和理解,同在社会生活中对生活中感受到被捉弄和异化一样,他们这种艺术方法也表现了对生活无可奈何和顺从的心理状态。在生活和创作中,他们已体验不到人们改造和征服自然的活力,因而也无法表现出人类生活中奔腾不息的本原力量,最终必然导致'非艺术化'和'非人化'的艺术结果"[②]。而在殷国明看来,"艺术之所以成为人类生存的需要之一,重要的还不仅仅在于其产品的'后天'的价值,而在于艺术活动本身。这种活动本身就显示出一种生命的完美境界,使人们的心灵获得一种激荡,一种铸造,从而焕发出灿烂的光华。艺术创造中的一切因素只有和这个过程紧紧联系在一起,才具有自己真实的生命价值。事实上,就艺术形式来说,它的迷人之处,并不在于其本身那部分'积淀'的意义,那只是体现了一种凝固了的、静态的历史内容;而在于它在一种动态的艺术创造活动中迸发的创造活力,即属于艺术家把某种情感内容转换为形式媒介的整个美学熔铸过程"[③]。

显然,殷国明对"形式"的美学意义的强调,并没有使他走上20世纪20—30年代苏联"形式主义"的语言学之路,而是沿着钱谷融先生在20世纪50年代提出的"文学是人学"的美学判断,走上了主体性美学的建构之路。主体

[①] 莫里茨·盖格尔. 艺术的意味 [M]. 艾彦, 译. 南京: 译林出版社, 2014.
[②] 殷国明. 艺术形式不仅仅是"形式" [M]. 杭州: 浙江文艺出版社, 1988: 16.
[③] 殷国明. 艺术形式不仅仅是"形式" [M]. 杭州: 浙江文艺出版社, 1988: 24-25.

——人,不仅是"原生美"①的源泉,也是"艺术美"的创造者。而所谓"艺术思维方式",就是艺术家如何去捕捉这种来自人的生命意志之美,并如何在这种对"原生美"的艺术表达中呈现艺术家自我的生命意志。他在其早期(20世纪80年代)著作(如《艺术形式不仅仅是形式》《作品是怎样产生的——艺术思维活动的心理美学分析》《小说艺术的现在和未来》,以及对托尔斯泰、卡夫卡、陀思妥耶夫斯基、法国"新小说"群、鲁迅、沈从文、王蒙、张贤亮等创作的分析文章)中,实质上一直在全力分析和论证这一美学命题。

当然,所谓"艺术思维",并不是人有别一种思维方式,它依然是我们人人都具有的作为认识与判断对象世界的理性思维方式,只是往往表现为伴随着人的情感的联想、推理与回忆等心理状态。它既是人的内在心理"动作",也是推动人的外在身体动作的"动力"。而在文学艺术创作中,艺术家常常把它作为一条串联文学叙事的结构线,也是他们得以完成真善美评判的准则。

由于人在现实生活中,总是会碰到不同的理性(如时代新理与历史旧理)并与之交锋,于是便会产生灵魂的搏斗,情感的多元纷乱,形成个人独特的内心世界。这是人的生命意志处于存在状态的时刻,也恰恰是艺术家需要发现与言说的内容,也就是殷国明所说的艺术的"原生美"。但是,这种源于生活的"原生美",毕竟还不是作品中的"艺术美"。"原生美"的内容,必须经过艺术家自身的情感意志和审美理想等因素构成的心理场的"定向性"②点染与升华,才能真正转换成艺术美。

而且,在"原生美"向"艺术美"的转换过程中,艺术家常常发现,那存在着原生美的生命世界往往超出了自己理性观照的范围,让这生命世界呈现出一团混沌、破碎与无序的状态。此时,正是考验艺术家的智慧和实现自己的美学理想与能力的时刻。真正优秀的艺术家,决不会屈服于流俗的艺术形式,而是通过艺术搏斗,勇于艺术创新,"把自我独立性和艺术对象的特殊情景融合在一起,凝固成一个统一的艺术整体"③。在这场艺术搏斗中,艺术家体会到了智慧的痛苦和快乐。这大约也是殷国明反复强调"艺术形式不仅仅是形式"的原因。因为在艺术形式的铸成过程中,熔铸了艺术家自身的生命意志与审美理想,所以艺术形式不仅仅是美的载体,它本身就是美的源泉。

---

① 殷国明.艺术形式不仅仅是"形式"[M].杭州:浙江文艺出版社,1988:11.
② 殷国明.作品是怎样产生的:艺术思维活动的心理学美学分析[M].广州:暨南大学出版社,1990:91.
③ 殷国明.艺术形式不仅仅是"形式"[M].杭州:浙江文艺出版社,1988:100.

殷国明对"艺术形式不仅仅是形式"的判断尤为信奉。这一点，也充分暴露在他对王蒙与张贤亮的创作评论中。虽然他不能完全认同王蒙小说中不无油滑的议论和张贤亮小说中非常平白的自白，但恰恰是他们在自身的小说中，执拗地插入这些持传统艺术观的人认为很不文学的一些因素，使他从中看到了这两位作家在其艺术创作过程中不仅熔铸了各自的"生命流程"与人格价值，更是看到了这两位艺术家在各自的艺术搏斗过程中体现的智慧的痛苦与快乐①。

审美的东西并不纯粹是形式，而是由那些存在于它的最深刻的本质中的至关重要的生命内容和精神内容构成。这种观点，我们可以从18世纪德国浪漫主义先驱赫尔德（Herder，1744—1803）那里找到开端，也可以从当代最红火的现象学美学（法国美学家米歇尔·杜夫海纳、波兰美学家罗曼·英伽登和德国美学家莫里茨·盖格尔）那里找到最广泛的响应。但殷国明显然不能认同这是西方哲学思路转换后发现的真理，它自古以来就是中国文论进行文艺美学思考的"原点"，只不过是在20世纪被各种主流意识形态遮蔽而已。因此他认为，他要做的工作无非是对"主体性美学"的重建与现代转换罢了。

为此，他写过两篇很重要的论文，一篇是《一个原始文艺心理学模式的美学探讨——略论老庄哲学中的心理美学思想》，另一篇是《"心动说"：中国古代心理美学思想的重要源流》。他通过对我国古代典籍中散见的关于文论的只言片语的梳理，给中国古代文论取了一个醒目的中国式名字——"心动说"，并得出这样的论证结论："从中国文论产生发展的渊源来说，其主体性是十分突出的、明显的，人心、人的精神世界占据着相当重要的地位。在先秦各派学说中，人心及其相关的精神现象，不仅被看作是艺术之本，而且也是有关治国富民、济世安民议论中不可忽视的一个因素。"②

他还发现，不只是中国古代，就是在近代，乃至当代，也一直存留着一派从艺术家主体方面识解艺术奥秘的理论主张。王国维就提出过著名的"有我之境"和"无我之境"的理论主张。只不过王国维过于心仪西哲的主客体分析方法，没有看到"无我之境"中同样隐藏着一个"有我之境"。20世纪50年代，钱谷融先生在"文学是人学"的理论基础上，进一步明确提出了艺术审美活动中"不可无我"的理论主张："艺术活动，不管是创作也好，欣赏也好，总离不开一个'我'。在艺术活动中，要是抽去了艺术家的'我'，抽去了艺术家个人

---

① 殷国明. 两种不同的生命流程：王蒙和张贤亮文学创作比较［J］. 小说评论，1988（2）：17.

② 殷国明. 两种不同的生命流程：王蒙和张贤亮文学创作比较［J］. 小说评论，1988（2）：17，253.

的思想感情，就不成其为一种艺术活动，也就不会有什么艺术效果，不会有感染人、影响人的力量了——但是在艺术中，这'非我'，绝不是独立自在的'非我'，而只能是'我'（艺术家）眼中所见到的'非我'。"只是他也不无遗憾而叹息道："在那连艺术的主体本身都不能提的年代，这种观点刚一开始就遭到了非难，新的起点刚一产生就被教条氛围所扼杀。"①

其实，在我看来，殷国明的"叹息"里有着一种不无矛盾的双重意味：一方面由于主体性美学在中国的命途多舛，他意识到从主体方面探索文艺美学必定会遭遇巨大的政治或意识形态风险；另一方面他又不无庆幸自己终于明确了理论探索的起点与方向，那便是坚定不移地沿着艺术思维方式的超越及艺术主体的创造力源泉两个方向前行。终于，他找到了一切关于主体性美学问题的核心答案——"生命"说。

三、体悟生命意味，迈向主体性美学

进入20世纪90年代中后期，既是殷国明人生的沉寂期，也是他学术生涯的沉思期。我对他的学术撰述做了个粗略的统计，从1988年他出版学术处女作《艺术形式不仅仅是形式》起，到21世纪初，他基本上每年出版一部到两部著作，唯独1996年、1997年、1998年没有著作面世。从1999年开始，他又重新进入一个理论创述的爆发期。他先后出版了《20世纪中西文艺交流史论》（1999）、《大师对话录·钱谷融卷》（2003）、《"人学"奥秘与魅力·大学活页文库》（2003）、《"跨文化"的必要和可能》（2003）和《西方狼》（2005）等。显然，他依然在钱谷融先生开创的"文学是人学"的主体论美学道路上，探索着艺术世界的奥秘。

终于，在2004年的一次关于青年学生如何读书的演讲上，殷国明很"随意"也很自信地"端出"了他的"生命说"。这篇后来被整理成名为《文学课堂：读书·溯源·传承·创新》的演讲稿中，共分四节，其中三节居然都冠有"生命"一词：第二节，读书贵在读人，读生命；第三节，创新来自生命本身；第四节，找到自我的生命感。在第三节中，他对文艺的看法是，"艺术的生命在于创新，其之所以比其他学科更强调创新，在于它更注重人的生命体验，更不受既定的理论观念的约束和限定。这种创新，是对于生命本身的肯定，表达了人类永恒的向往和追求"。对艺术家的看法是，"一个艺术家对于生命本身的体验、感悟与认识，比什么都重要"。而对于文学理论与批评的看法是，"我提倡

---

① 殷国明.艺术形式不仅仅是"形式"[M].杭州：浙江文艺出版社，1988：102-103.

有生命感的文学理论与批评。我喜欢卢梭、尼采、王国维、郁达夫、鲁迅等人。他们文字中（指理论与批评文字——引者注）有生命活力，体现了他们作为一个活生生的、有血有肉的生命个体的存在"①。

显然，此时的殷国明已从他早期的"心动说"和"形式论"跨出了关键性的一大步。确实，在文学中，究竟是什么东西能让人永远心动，又究竟是什么样的主体（艺术家）能让"艺术形式不仅仅是形式"呢？这是他必须回答的核心美学问题，这也是20世纪世界文学大交流时代的共同性美学追问。殷国明通过考察"20世纪中西文艺交流史"发现："在20世纪人类思想发展中，当一些文艺家美学家从生命本身出发，去寻找文艺的存在意义和价值的时候，这些探讨人的存在意义的思想家哲学家，最后都不约而同地反求于文艺，在创造和诗意中发现人的本真。"②

在殷国明看来，他早期发现的中国古代文论中的"心动说"，实质上与中国的"但丁"——鲁迅在《摩罗诗力说》中提出的"撄人心"说有相通之处。"所谓'撄人心者'，就是触动人的生命意识，使之激动。而正因为生命意识的共通性，诗才有了感染人心的力量。也就是说，诗的力量不仅来自生命深处的骚动不安，来自心理状态的落差，而且取决于生命状态的共鸣和理解。"③ 只有能使艺术家"心动"的东西，才能使文艺"撄人心"；而只有"生命意识"与"生命情怀"在文艺中的注入，才有可能使处于不同文化、观念圈层的两颗"心"产生共振与共鸣。生命是有血有肉的，有需求有欲望的，所以，这种"生命意识"或"生命情怀"就是人人具有的生命冲动和个人意识。因此，生命意识或生命情怀就不仅成了文艺家的创作资源，也成了艺术的美的源泉。总之，艺术的意味也就是生命的意味，艺术的价值也取决于艺术家对生命意识中的自我存在意识体悟的深浅。

那么，艺术家如何直抵人的生命意识世界呢？用西哲的说法，艺术家只能使用直觉的思维方式。人只有通过个体"生命冲动"产生的直觉而不是理性思维中普遍概念与观念，才能超越自我与社会之间的障碍，实现自己的生命欲求；艺术家也只有凭借直觉的努力，才能打破他与创作对象之间的空间设置。因此，殷国明对法国生命哲学代表亨利·柏格森（Henri Bergson，1859—1941）的直觉主义和提出"直觉即表现"论断的意大利文艺美学家贝尼德托·克罗齐

---

① 殷国明.文学课堂：读书·溯源·传承·创新[J].文艺理论研究，2004（2）：26.
② 殷国明.20世纪文艺交流史论[M].上海：华东师范大学出版社，1999：120.
③ 殷国明.20世纪文艺交流史论[M].上海：华东师范大学出版社，1999：112.

(1866—1952)十分赞赏。他说柏格森是"一个从哲学转向文艺美学的学人,能够在本世纪初获得诺贝尔文学奖,不仅证明了他对文艺美学的独特贡献,而且表现了20世纪对于文学理论和批评的重视"①。他说克罗齐之所以成为20世纪西方四大批评家之首②,是因为他尽量摆脱西方不容置疑的以理性和逻辑为中心的思维方式,抛弃了诸如"理性""概念""逻辑""规律""典型""普遍性"等传统术语,重新确定了"直觉""感受""联想""表现"等与文艺和美学更为亲近的术语,论证了美学的特殊意蕴和独立的价值取向。克罗齐的理论如此"与众不同但是又合情合理"③,获得西方理论界的广泛响应,是情理之中的事情。

但是,正由于克罗齐没有也不可能完全摆脱西方理性分析的思维方式,当惯于理性分析的西方理论家拿起逻辑工具来考验他的"直觉即表现"理论时,他们发现了很多漏洞。雷纳·韦勒克就发现了一个让他"大吃一惊"的问题:"既然直觉是一种普遍的人类活动,那么艺术上就不存在什么特殊的天才。我们应该这样说,'人天生就是诗人',而不是'诗人诞生了'。"也就是说,直觉只是一种人人都有的感觉方式,而非一种艺术思维方式。而且,从艺术欣赏的角度来看,直觉只是对艺术的外在形式的感觉,而内容即使是"粗糙的材料"也无关紧要。因此,"直觉的美可以叫作'形式的美'"。连克罗齐自己也说:"美的事实是形式,仅是形式而已。"④ 这显然是殷国明无法接受的,与他的"艺术形式不仅仅是形式"的理论基石也是相悖的。因此,他认为,钱锺书的"通感"是人类共通的艺术感觉,能够有效解决柏格森与克罗齐关于艺术思维探索中的缺陷。

"通感",是钱锺书先生在西方哲学中认定的一种认知思维——"通感"的基础上,经过充分论证后确认的用以理解各种不同类型文学的一种艺术思维方式。通感是指不同的感觉形式具有一定的贯通性。"一个人在认识客观事物过程中,愈能沟通各个感官领域之间的关系,感觉就会愈丰富,判断就会愈灵敏。"⑤ 而文学作为语言文字的艺术,它不仅可以穷形状物,而且可以通过艺术家在创作过程中全部生命的投入,调动人们的通感能力,让人们不仅在艺术审

---

① 殷国明.20世纪文艺交流史论[M].上海:华东师范大学出版社,1999:118.
② 雷内·韦勒克.西方四大批评家[M].林骧华,译.上海:复旦大学出版社,1983:9.
③ 殷国明.20世纪文艺交流史论[M].上海:华东师范大学出版社,1999:200.
④ 雷内·韦勒克.西方四大批评家[M].林骧华,译.上海:复旦大学出版社,1983:15.
⑤ 殷国明.20世纪文艺交流史论[M].上海:华东师范大学出版社,1999:224.

美过程中观形见物,更主要是能够感受到艺术家的人格气质与生命色彩。这就是艺术想象中的通感效应。

"撄人心"的艺术通道打开了,现在最关键的问题是,艺术家到底要在艺术中注入什么样的生命意识与生命情怀才能真正永久地"撄人心"?

在这一问题上,殷国明毫不犹豫地指向了个体生命的存在意识、艺术主体的强力意志、如狼一般充满原始活力的不甘于做"驯民"的独胆英雄情结。他在论述柏格森关于生命意志是如何通过艺术创造来实现时说:"这是一种生命意识向存在意识的转化,当人们一旦意识到自己生命中欲望和能量受到某种程度的压抑和阻碍,就期望把它们宣泄和释放出来,把内在的聚积变成一种外在的显示,最后确定自己的存在价值。所以,对柏格森来说,生命意识的觉醒,也就是对自我存在状态的一种刺激和提示。他说:'在某种程度上,我们的存在就是我们的行为;我们在不断创造自己。愈是对自己的行为加以思考,这种由自我进行的自我创造就愈加完整。'"① 而对艺术家来说,艺术创造是他们超越现实生活障碍以实现自我生命完整的行动。

其实,对人类来说,寻求生命里人性最基本的需要,诉求最起码的生存尊严与自由,自古以来就是人的自我生命意识和生命情怀觉醒的起点。无论时代,也无论国别与族别,人的生命可能包裹乃至扭曲在各种不同的文化岩层里,但人的这种最本原的生命意识是永不泯灭的。它一直蛰伏在我们每个人的生命深处,在每个人的精神世界,乃至在身体里。殷国明曾写作过《西方狼》和《"狼性"与20世纪中国文学》,以"狼"和"狼性"这一象征或心理隐喻为线索,全面考察过中西文艺中的这种生命情结的表达,并以人狼关系的纠结揭示了人类这种生命情结的永恒存在。因此,他希望艺术家以尼采式的"超人"意志或鲁迅式的"狂人"品格,冲开禁锢在人自身的文化硬壳,用自己的艺术创造,去唤醒人们这种被殷国明称为"狼"的本原生命意识。

正如别林斯基所说,文学永远是幻想的产物。或许,这是殷国明对幻想的文学的理论猜想;或许,殷国明就是我国当代文艺理论与批评界的一匹"狼",艺术的意味只能是人的生命的意味,是他具有"狼性"的一种美学猜想。

(原载于《新疆大学学报》2011年第5期)

---

① 殷国明. 20世纪文艺交流史论 [M]. 上海:华东师范大学出版社,1999:119.

艺术思维中的文化审美机制
——论思维与语言、文化与文体的互塑性

语言不仅是人类思维的工具,语言结构也在一定程度上决定了人们感知和思考世界的方式。这就是著名的"萨丕尔-沃尔夫假设"①。尽管直至当下,这一假设在学界尚有争议,然而这一假设不仅在事实上催生了我国20世纪初的"五四"新文学运动和80年代末的"先锋文学"浪潮,而且它自身在这两次"文艺复兴"运动中得到了证明——任何一次语言符号的更新和文体的创新,都标志着一次思想的解放和新的世界观的生成。因此,中国现当代文学话语实践已反复揭示,汉语语义结构和文学文体中的"文法"变迁,与作家现代艺术思维的形成具有同步性,它们共同统一于历次文化创新的时代洪流中。

一、艺术思维的呈现与语言的象征功能

文学是作家以自己的心灵来观照现实世界的结果,但作家的文学想象及其艺术构思也总是建立在其熟悉的文体及语义结构基础上。因此,语言符号在不同文学文体中的运用,以及作家个人对"文法"规则的遵循与突破,从来都是文艺理论家探讨作家艺术思维特征与话语风格的着眼点。刘勰在《文心雕龙》的《神思》篇中开宗明义:

> 古人云②,"形在江海之上,心存魏阙之下",神思之谓也。文之思也,其神远矣。故寂然凝虑,思接千载;悄然动容,视通万里。吟咏之间,吐纳珠玉之声;眉睫之前,卷舒风云之色:其思理之致乎!故思理为妙,神与物游。神居胸臆,而志气统其关键;物沿耳目,而辞令管其枢机。枢机方通,则物无隐貌;关键将塞,则神有遁心。③

---

① 袁毓林.汉语反事实表达及其思维特点[J].中国社会科学,2015(8).
② 指战国时期魏国公子牟,见于《庄子·让王》。
③ 牟世金.文心雕龙精选[M].济南:山东大学出版社,1986:17-18.

刘勰之"神思"指的就是"艺术思维"。它当然不是世俗人生中的所思所虑，而是传统中国文人对宇宙苍生的识解及对人情事理的关注与想象。他发现，在这种艺术思维中，"辞令"管其枢机。"辞令"就是当今人们所说的"语言符号"。严格意义上来说，"辞令"是指用于文学艺术创造的语言，而非自然语言。在我国，诗与文从来就属于雅言，承载着礼乐文化的教化功能。

为何"语言符号"的运用会成为艺术构思中的关键因素呢？他是这么看的："夫神思方运，万涂竞萌；规矩虚位，刻镂无形。登山则情满于山，观海则意溢于海；我才之多少，将与风云而并驱矣。方其搦翰，气倍辞前；暨乎篇成，半折心始。何则？意翻空而易奇，言征实而难巧也。是以意授于思，言授于意；密则无际，疏则千里。"[1] 显然，作家的艺术构思有一个从"思"到"意"再到"言"的过程。满怀同情心的作家对世间万事万物的关切，必然会产生千差万别、各式各样的思绪与想象。这些思绪与想象不仅要通过语言符号来固定或定型，更主要的是要形成包含了作者情意的关键"意象"或"意境"，否则就会形成"或理在方寸，而求之域表；或义在咫尺，而思隔山河"[2] 的局面。因为作家笔下的任何文句、文段，乃至整个篇章，如果不能写实自己此时此刻的"情意"，读者就无法通过这些文字符号走进你的心灵世界。况且，作家的后续性艺术想象也难以得到展开，毕竟语言既是思维的物质器官，更是人类情感的主要载体，人们主要是按照世界在语言中显现的模样去想象、感知这个世界。刘勰不仅看到了语言的指示功能，也洞悉到了语言的表情达意功能，故而他把文学创作过程命名为"拟容取心"。

这就与法国结构主义理论家列维-斯特劳斯的关于艺术是世界的"缩减模型"理论[3]有点近似了。1962年，他在《野性的思维》一书中指出，艺术作为对象世界的符号描述，并不是对象世界的如实复制，而是对象世界的一个缩减模型，是"小宇宙"对应于"大宇宙"的模型。如绘画缩减了对象的体积，雕刻缩减了颜色、气味和触觉。文学也是以作家想象中的人生的"缩减模型的形式"，给人们展示了一个"充满希望和失望、磨炼和成功、期待和实现的人生本身"。当然，创作这一缩减模型的是掌握了语言的模拟功能及其运用规则的

---

[1] 牟世金. 文心雕龙精选 [M]. 济南：山东大学出版社，1986：19-20.
[2] 牟世金. 文心雕龙精选 [M]. 济南：山东大学出版社，1986：19-20；谷川渥. 作为美学的结构主义：评列维-斯特劳斯的艺术论 [M]//神话学结构主义. 叶舒宪，编译. 西安：陕西师范大学出版社，1988：204.
[3] 谷川渥. 作为美学的结构主义：评列维-斯特劳斯的艺术论 [M]//神话学结构主义. 叶舒宪，编译. 西安：陕西师范大学出版社，1988：203.

作家。

　　文学这种由语言符号建构的艺术模型，为人们带来了认识功能的两种变化。一是任何"缩减都会引起认识过程的颠倒。为了从整体上认识现实对象，我们一般是倾向于先从局部开始，也就是通过分割对象来克服对象的阻抗。但是，如果缩小尺寸，对象的全貌就不会显得那么可畏。通过量的转换，我们对于对象模拟物的认识能力就会加强并多样化，从而还有可能仅仅一眼就掌握整体"。这就是刘勰所谓的"形在江海之上，心存魏阙之下"。二是意境或意象中所含情感的具体性，能让人们获得从理性视野中无法获得的感性视野，从而实现思维的个性化，也使作家的想象具体化。

　　在结构主义者看来，这种由艺术思维带来的认识功能转变，实质是由语言的"能指"与"所指"之间的语义转换关系带来的。在语言的运用中，言辞的"能指"存量总是过剩于它的"所指"。如"鸽子"一词指示着具体的飞禽，又可意指"和平"，这就能让人们在言语运用中采用象征思维，将"能指"的剩余部分分配到其意指的对象事物间。艺术家可用"鸽子"一词的象征意义——"和平"，以完成对作者之"意"——"反战"的表达，并以"反战"为思维起点，展开其后续性人事想象。当然，后续性人事想象的语言表达，就完全可能与"鸽子"一词的"飞禽"本义毫无关联了，但"反战"之意获得了具体而形象的表达方式。这就是刘勰所讲的"意授于思，言授于意"的文思路径，也是他特别强调在"神思"中"辞令管其枢机"的原因。

　　从刘勰的"神思"运行图（思—意—言）来看，他显然是看到了文学中语词符号的文化象征作用与富于情感的艺术思维的联想功能之间的相互关系。对于使用表意文字系统的中国人来说，"比兴言之"从来就是文学言说的基本形式。比照什么呢？当然是作家自身的"情意"。作家的"情意"又是如何产生的呢？这就必须让他实现"神与物游"，并达到"登山则情满于山，观海则意溢于海"的状态。文学语言中各具风格的"意象"与"意境"也由此生成。因此，刘勰所谓的"神思"当然不是现代理性主义者所谓的"认知思维"，其实质是对"天理"满怀虔诚的体认思维。他自己也有言曰："思理为妙。"

　　当然，理性主义关于"真理"的"认知思维"强调逻辑推理的连续性；而关于天理的"体认思维"虽不具备这种逻辑上的连续性，却有一种情理上的联结功能。在中国人的心目中，对"天理"的体认，实质是对被认为是从来如此的天地人神之间情感关系的自我印证。所以，作家之"神思"便只能靠他自身体悟到的"情理"来连贯；在言语上，也只能利用"辞令"的"能指"功能来联结。就是说，通过对天理的体悟养成的情志与气质，以及他们对语言符号的象征功能的把握,才是艺术思维得以运作的关键。如果作家做不到"驯致以怿辞"①,就无法做到"寻声律而定墨""窥意象而运斤"②。

虽然刘勰的"神思"与列维-斯特劳斯所谓的"野性的思维",都被他们各自视为"艺术思维",但我们还是要看到这两种思维理论的异同之处。两者的共通之处是都看到了在语言的内部,由"能指"与"所指"形成的语义结构乃至文体结构,一直在左右着作家艺术思维的呈现。如果艺术思维得不到呈现,作家就无法在头脑中形成由真理或天理等绝对理念映照的"意境"或"意象"。"世界的缩减模型"无法形成,作家就无法完成以自己的心灵来组织、结构世界的任务。不同的是,"神思"强调的是对"天人合一"中"天理"或"情理"的体认,而"野性的思维"却承续了理性主义的衣钵,强调的是对人的本质与世界之真的认知。显然,后者才是中国现当代文学需要全力建构的艺术思维方式。

二、"文化之眼"的生成与艺术思维的拟人性

那么,语言的"能指"与"所指"之间到底是一种什么样的结构呢?它为什么会支配和决定着作家的艺术思维呢?它又是如何影响"艺术形式"的生成呢?

1878年,斐迪南·德·索绪尔(Fardinand de Saussure)在《关于印欧语言中元音的原始系统报告》中指出,"语言"实质是一种人类集体的习俗,并反映在语法、语源、语音等方面。比如,无论是东方还是西方,人类的语言都具有一种普遍或共同的现象——他们都是以 a/e/i/o/u 这些元音作为各自民族语言的母音。③ 他提到的"习俗",是指人们习以为常的那些合乎常规的、最一般的语言形式,也就是后来结构主义者所指的"结构",它完全独立于历史。他发现,任何语言其实是人们言语活动中的社会部分,为全社会成员所共有。约定俗成的语法规则反映了一种普遍的社会心理现象。或者说,一种语言的结构是该社会心理结构最直接的体现。比如,尽管当今语言学界(如袁毓林)已证明,汉语从来就具有一种反事实思维的逻辑力量,但是,我国"五四"新文学经典作家却曾一致认定,古代汉语从来就不是一种可以用来进行逻辑推理的命题语言。

---

① 据牟世金考证,此"怿"应指"绎",为"整理"之意。参见牟世金. 文心雕龙精选 [M]. 济南:山东大学出版社,1986:18.
② 刘勰. 神思 [M]//刘勰. 文心雕龙. 戚良德,辑校. 上海:上海古籍出版社,2019:173.
③ 高宣扬. 结构主义 [M]. 上海:上海交通大学出版社,2017:3-4.

实质上，他们是要为批判古代封建礼教文化寻找证据，也是在为白话替代文言的"新文学革命"正名。当然，我们的古代文学语言，也确实由于其非自由化、非口语化和非精确化的缺陷，不能真挚地表达作者的个人话语。所以，白话取代文言，自由体诗代替格律体诗，表面看来也只是一种语言材料的变更和诗体的转变，而实质是社会观念与文化规则的大转换。诗歌的节奏由诗人的自然情感节奏取代古典格律诗遵循的音律法则，这本身就是人们拒斥儒家礼教文明而走向现代理性文明的体现——人的道德及其情感的表达，都要由他律走向自律。

尽管一个社会成员的言语活动受其情意的支配与决定，你可以想到什么就说什么，甚至可以使用你自己独特的发音、用词、句型乃至腔调，但是任何个人化的言说都必须遵守该社会的风俗礼仪和语言系统的语法规则，以保障人与人之间可以相互理解和沟通。这就是文化"习俗"在以"语义结构"的方式，在言语交往中发挥着制约作用。表面上看，似乎是该社会普遍的文化心理在制约着个人的言说方式；实质上，社会文化心理也最终决定了你究竟会怎么想。比如，在西方文学艺术中说到"鸽子"，人们自然会意识到作家艺术家对"和平"的诉求；而在中国，人们谈到"乌鸦"，人们可能会认为，你要说的将是一场"灾难"的征兆。所以，文化心理结构决定了符号的意义，而不是相反。

语言产生于文字之前，文字终究是语言的符号，因此现代语言学研究最终来到了符号学领域。符号学认为，人类的语言其实也是一种人自创的符号系统。与"语言"与"言语"的关系一样，任何语言符号系统内部也呈现出由"能指"（Signifier）和"所指"（Signified）两部分组成的语义结构。

所谓"能指"就是人类语音的心理印迹，或者说是一个社会集体心声的有声意象，是普遍文化心理的凝结，而"所指"则是个体言说活动中具体所指的概念、观念或话语。语言是每个社会成员都在使用的符号系统，每个说话者都必须接受该符号系统的"能指"功能，也就是人们都必须使用该语言符号系统中的共同文化意象，并遵守共同的思维方式，作家诗人也不例外。汉语诗歌中"典故"的化用、比兴修辞的采用、格律诗体的程式化，都是这种情形的具体体现。这才是刘勰所谓的"驯致以怿辞"的本意。作家必须在接受了时代文化所要求的情志训练基础上，选择并修正自己的文学言辞。

这实际上蕴含了结构主义者主张的一条人学原理——人既是符号的动物，也是通过语言符号的运用来认知自身的。无论是现代语言学家、符号哲学家，还是其后的结构主义理论家，他们都认定，结构主义尽管与理性主义有别，但是一种对"世界"具有认识功能的思维方式。尤其是对人的本质及其文化差异的认识，它可能是一种最有效的方式。结构主义者认定：人总归是社会中的人，必然会按照其所属社团的总体生活方式（文化形态）来生存。而这总体的生活方式又是由那种文化的语言规定的。或者说，是该文化的语言以其同样的方式"结构"了他们的生活方式。① 所以，如果我们把一个作家的文学书写，看成是一个人的言语方式，那么他的文学想象也必须与其笔下人物隶属的社会文化心理和思维方式紧密相连。也就是说，他必须把自己的文学"意象"或"世界缩减模型"，建立在对社会文化心理结构和思维方式的透彻把握之上，而不能单纯地放置在理性主义的认知坐标内来做符号的标示与记录；否则，文学"意象"或"世界缩减模型"就会变成由概念组成的理论模型。

任何作家为创造"世界缩减模型"所做的艺术想象与艺术构思，总归是他所属社会群体的"审美文化积淀"的产物。正如梅洛-庞蒂在《眼与心》一书中对艺术家的"文化之眼"的描述：艺术家的"眼睛"是这样的东西，它把可见的实存（existence）赋予世俗眼光认为不可见的东西，它让我们无须"肌肉感觉"就能够拥有世界的浩瀚。其实，艺术思维过程中的这一内在原理，也为当下新兴的神经认知科学所证实。神经科学揭示："我们不应该把视觉等知觉看成是发生在有机体边缘的感官经验，而应该看作是大脑和感官配合的经验（recognized serial vision）"，"我们打开眼睛，看到外面的世界，不仅是自下而上（bottom-up）的信息传输过程（从眼睛到大脑），更是一个自上而下（top-down）的信息构造过程（从大脑到眼睛）"。这一信息处理的平行结构表明："我们看物体的时候，是有很深层的，包括记忆、概念甚至文化层面的加入。比如，福柯有一个重要的概念，是认识论的概念，叫'知识型'。每一个时代、每一个社会都有它特定的知识型（episteme，希腊语）。人们总是用知识型的概念去看待一个世界。"所以，"人们的期待，决定他们会看到什么东西，会忽略什么东西，而这种期待的来源不仅仅是个人的记忆和生活经验，更是文化的价值和各种各样的文化对人的心理建构"②。因此，刘勰在强调作家要做到"驯致以怿辞"之前，还特别强调要"积学以储宝，酌理以富才，研阅以穷照"，实质是要求作家明确他从事的艺术及其表象背后的"知识型"，为人事的辨析和天理的呈现提供参照物。

中国现当代文学当然是"人的文学"，它不再单纯以呈现"天理"或"真理"为己任，而是以传达不同时期的人文精神为主要任务。人既然不是"物"，

---

① 特伦斯·霍克斯. 结构主义和符号学 [M]. 瞿铁鹏, 译. 上海：上海译文出版社, 1997：23.
② 朱锐. 艺术为什么看起来像艺术 [EB/OL]. (2019-09-22). https：//mp. weixin. qq. com/s/IHcqyE-WA8kNhTIEC6RPlw.

作家也不能把笔下的人物当成"物"来认知与言说。那么，破除人们对理性思维方式的执着，走向结构主义的思维方式，就是文学这门语言艺术的必然之路。

于是，一种既不同于康德的理性思维也不同于刘勰的"神思"的结构主义思维，其"拟人性特征"也就逐步清晰起来。结构主义者认为，人的本质是什么，世界的本质是什么？这两个问题本来就是由理性主义哲学提出并力图回答的问题。正因为它回答得不尽如人意（如认为"人是理性的动物"），所以人们另辟蹊径，试图从语言学和符号学角度转而追问，世界各民族到底是如何定义"自我"的，不同的人性到底是如何形成的，千差万别的世界图景又是如何产生的？因为世界总是作为人的意志的表象并用语言符号来呈现，不同的人对世界会有不同的认知与想象，因此，"世界"与"人"总是融为一体，并最终统一于语言符号中，形成带有作家个人精神徽记的"世界缩减模型"。比如，沈从文必然统一于他所创造的湘西世界中，而莫言则肯定归属于他的东北高密乡。

基于此，结构主义者坚定地认为，人与世界是如何被人类自身用符号构造的，才是文艺理论唯一要描述的。美国弗雷德里克·詹姆森就曾明确声称："文学作品是关于语言的作品，它把言语本身的过程看作自己最重要的题材。"① 法籍结构主义文艺理论家托多罗夫甚至认为，所有的文学作品都是作家和他笔下的人物在其语言的"能指"与"所指"所构成的视野中，对"世界"所做的"幻想"性叙述。他在论证《一千零一夜》这部作品的基本主题时强调，对于书中的人物而言，"叙述等于生命；没有叙述就等于死亡"②。其实，又何止于"人物"呢？对于任何一部文学作品而言，不仅作品中人物的言语必须人格化，与作者角色发生某种重叠的"叙述人"言语也必须比照他"自己的历史"来讲述。用詹姆森的话来说就是：每一部作品的意义在于他谈论自身的存在。

在这里，有必要对结构主义所谓的"世界"和人"自己的历史"做一解释。托多罗夫在《幻想文学导论》中说："文学形式的'语法'和叙述本身的'语法'是同样必要的。一切作品都是受其他作品的启发而产生，它是对事先就存在的作品'世界'的一种反应，这个世界因而就以自己的言语而存在的。"③这个"世界"显然不是理性主义者所指的"客观存在的宇宙或自然界"，而是指一个人通过阅读"其他作品"形成的世界观和文化态度。因此，他才有"事

---

① 弗雷德里克·詹姆森. 语言的囚所 [M] //特伦斯·霍克斯. 结构主义和符号学. 瞿铁鹏，译. 上海：上海译文出版社，1997：101.
② 托多罗夫. 《十日谈》的语法 [M] //特伦斯·霍克斯. 结构主义和符号学. 瞿铁鹏，译. 上海：上海译文出版社，1997：101.
③ 吕景云. 艺术语言的活动规律 [J]. 文艺研究，1999（2）：165-166.

先就存在的作品世界"之语。作家接触的作品"世界"不同，自然会形成各自不同的世界观念与文化态度。这种世界观或文化态度也就构成了一个作家思维的"能指"部分——"知识型"。它同样需要以自己的语言而存在的，并形成作家个人的"内部艺术语言"，也是该作家独特的认识立场和言说方式。

这种与作家个性化艺术思维相伴而生的"内部艺术语言"，在当代学者吕景云看来，实质是外部艺术语言与内部艺术语言之间相互转化规律的体现。他说："外部艺术语言是人类或族类根据自己社会实践的需要（思维、交流和表达思想情感的需要），而创造和设计出来的诸种语言符号。人们在幼年或青少年时期通过学习把这些不同的艺术语言符号继承过来，记在脑海里，转化为内部艺术语言。当艺术工作者运用内部艺术语言构思出一个比较完善的艺术意象以后，又可以把它转化为外部艺术语言，即变成可供人鉴赏的客观的艺术作品。"① 也就是说，一个作家必须在"其他作品"的基础上，对"世界"接着"说"。

托多罗夫在其《文学和意义》中还说过这样一段话："每一部作品，每一部小说，都是通过它编造的事件来叙述自己的创造过程，自己的历史……作品的意义在于讲述自身，在于它谈论自身的存在。"这里讲到的"自己的历史"并非作家自身的生存史，而是指每一部作品自身的叙述史，也就是作家对世界"接着说"的言语方式。只有创新的言语方式才能呈现作家思维中的"所指"部分。因此，他才有"叙述等于生命"和"叙述自己的历史是一个创造过程"的判断。如果没有叙事艺术上的创新，作家就无法完成外部艺术语言向内部艺术语言的转化，无法形成自己的艺术语言与文体风格，自然无法具有一个作家的意义。

由此看来，现代艺术思维在本质上依然是一种拟人化思维。当然，这里的"人"是指作品中每个言说者自己，既指作品中的"人物"、诗歌中的"抒情主人公"，也指作家的代言人——"叙述者"。但这"人"并不是理性主义构想的单纯的认知主体，也不只是"人法地，地法天，天法道，道法自然"这一结构中的伦理主体，而是一个成长于既成的"外部艺术语言"而又能真诚于作家自身生命感受，并通过创新言语形式展开为一种新的生命存在的人。如诗人郭沫若及其"天狗"或"凤凰"形象，他们都是在语言中创造新"世界"的人。

因此，结构主义主张的拟人化思维，既不同于理性思维所做的本质判断，也不同于世俗社会中的价值判断。它没有主客体之分，更没有物我之辨，而是

---

① 托多罗夫. 文学和意义 [M] //特伦斯·霍克斯. 结构主义和符号学. 瞿铁鹏，译. 上海：上海译文出版社，1997：23.

一种生存主体之间的体认思维。比如，同样是面对几只蛋，家庭主妇一般只关注它们的价值和价格；营养学家只关注其营养构成；雕刻工匠或从事素描训练的学生则只关注它们的具体形状，从而获得关于蛋的实体形态的知识。唯有文学艺术家要讲述的是，当它们孵出小鸡或小鸟后，他们会展开一个怎样的生命世界。而这个生命世界实质上是艺术家自己身处其中的人情事理世界该有的"缩减模型"。这才是结构主义者指称的艺术思维。总体来说，艺术思维并不专注于获得对某人、某事的认知或价值判断，艺术家的全部目的在于获得人自身生命情态的另一种可能性，而作家的存在意义在于通过他自身的言语叙述行为来实现这种可能性。

尽管结构主义思维方式的提出是在理性主义如日中天之时，而且是针对理性主义浪潮带来的对人自身的"语言暴力"提出的思维主张，但是这种透过作家自身的文化心理结构来感知"世界"的拟人化思维，从来就是人类处理人与人、人与自然之间关系最本原的思维方式，并存留于人类童年的神话与寓言中。当然，结构主义者无法漠视理性主义给人类带来的伟大文明成就，因此，他们并不是原始思维的复古者；相反，他们竭力在调和感性与理性之间的对立，以达成日本学者谷川渥所谓的美学认识与科学认识的统一，修补理性主义的文化缺陷。所以，他们就成了"超理性论"的践行者。

当然，日本学者谷川渥先生通过对列维-斯特劳斯艺术理论的分析，最终否决了结构主义者企图建立一个"超理性论"的可能。他说："他们从对象中所抽象出来的'结构'并不是能够诉诸直观感觉的存在的。"[①] 人的直感当然是感知不到从对象中抽象出来的"结构"的，但是每个作家复杂多变的文化心理结构可以通过批评家对其言语模式的分析得到，它也确实存在于斯特劳斯所谓的"理性与感性知觉之间的关系中"（见《忧郁的热带》）。这也为一些从事文本叙事分析的批评实践所证实。美籍华裔学者王德威的《茅盾、老舍、沈从文的写实主义》一书，就是通过对这三位作家的全部叙述语言进行分析，还原了他们各自独特的文化心理结构及其变化过程。一个不可否认的事实是，任何作家的文学世界都是其精神世界的映照，并呈现出其自身的精神形象。这说明，作家自身的文化心理结构及其变化，无时无刻不参与到了对文学这"世界缩减模型"的建构当中。

---

① 谷川渥．作为美学的结构主义：评列维-斯特劳斯的艺术论［M］//神话学结构主义．叶舒宪，编译．西安：陕西师范大学出版社，1988：198.

三、文化和文体的互塑与艺术思维的"结构性"生成

任何社会成员共同遵守的行为规则主要是文化,而不是物质世界运行的规律。人也不是按照自然法则或者规律来行事,而是按照文化习俗来生存。作家在作品中的叙述行为(包括叙述方式),也同样是遵从某种文化观念内含的美学原则而展开。因此,任何文学文体都必须从其文化规则处来获得合法性及其审美意义。中国古典诗词就是从"礼乐"文化中获得存在意义,而现代自由体诗只能从理性主义文化中取得合法性。

人们也常常看到,有些诗人每当邂逅某一生活情景时,便可即兴赋诗;一些作家在遇到某一事件时也会本能地感觉到,这应该写成一篇小说。正如"人们在习得母语时,语法可以内化为人们的智力结构,或称语言能力或语感"①一样,依照某种文化理念建立起来的文体结构及其文法,也已在"习俗"中内化为作家的心理结构,它同样使作家具有一种近乎直觉的审美认识能力。

其实,语言符号与人类思维之间的相互塑造、相互影响,早已为语言学界所证实。一个显而易见的事实是,人们不仅是按自己习得的语言来分类世界的,使用不同文体的人,也是按照不同的文法规则来构建其语言的"缩减"世界,自然也在以各自文体的方式来思考这个世界。在结构主义思潮兴起以前,俄国形式主义文艺理论家雅各布森曾指出,尽管艺术不再意味着什么、告诉着什么,但它的确具有一种内在的认识功能。也就是说,艺术形式也会赋予作者对世界的某种感性直觉。从这一角度来说,不同的文体意味着不同的世界观。

正如社会"制度"结构了经济基础与上层建筑一样,我们的汉语、汉字结构与汉民族的文化心理结构也是同构的。② 也就是说,汉语文学文体内含的"文法"或"规矩",实质是社会交往中形成的民族文化习俗内化为人的心理结构的结果。因此,无论是社会中的制度还是文体中的文法,都已成为人们的"习俗"。作家们也是在无形中按照这些"文法"或"规矩"等习俗,在各自的语言世界里完成其艺术构思的。我国古典诗词这种抒情短制的繁荣,就与传统"情本体"文化哲学中的体认、顿悟思维及其伦理情感的审美化是分不开的。这就是刘勰说作家在创作时能做到"规矩虚位,镂刻无形"的缘故,因为他们心

---

① 徐盛桓. 语法离我们有多远:从语义、语用看语法[J]. 外语与外语教学, 1999 (10): 10-13, 65.
② 申小龙. 中国文化语言学的问题意识、关系思维和语言自觉[J]. 北方论丛, 2017 (1): 18-21.

中早有"规矩"。文法和规矩不仅是文本中的形式结构,也是作家价值结构和认知结构的体现。戏剧家就是透过正反角色之间的冲突,或角色内在的心理冲突这两种基本的戏剧结构,来表达自己的是非观念和善恶评价。当然,像话剧这种新剧种的引进及其与我国传统戏剧的融合,也会生成新的文法和新的语言结构。总之,艺术语言中新的语法与文法的诞生,不仅意味着作家新的文化心理结构的生成,文化与文体实际上也一直处于相互形塑和相互建构的过程中。

显然,一个时代的文化塑造了一个时代的文学文体,而该时代的主要文体又引导并规范着该时代作家们的艺术构思。所以,作家都对他们所共处的时代拥有大致相同的感性直觉。但是,"感性直觉"这一概念指涉的内涵,结构主义与理性主义乃至刘勰的"神思"并不完全相同。在理性主义者看来,"直觉"是一种"我执"思维,是一种源自人本性的感知。它提取的是对象世界施加于"我"的印象或感觉。但这种印象与感觉,必须经由"我"的理智分析、裁定或设计,才能得到语言的呈现。由于它无法直接进入理性主义话语系统,所以它往往被理性主义者视为低级思维。而中国传统儒士,也强调要用"直觉"去体会"阴阳"与"乾坤"、"理"与"气"等抽象事物的存在,从而建构出一种超出了利害关系并有着玄学色彩的形而上学。刘勰的"神思"论就属于这种形而上学。它也同样禁不起现代理智的追问与推理。实际上,它只讲文化规则训导出的共同情趣,而不问为什么。

结构主义则强调通过不同文化符号之间的关联类比来认识世界。也就是说,任何人与事,作为对象世界,都必须纳入观察者或叙述者自身的文化心理结构,才能获得对它们的独特性感知,也才能定义其价值与意义。尽管这种定义因文化价值的不同而具有一定的非理性色彩,甚至这种判断还有可能完全是由叙述者凭借其集体无意识做出的,最终也只能通过自身文化系统中的"象征"或"隐喻"等言语方式来表达,但他们会觉得这一"意义"才是真实的。其原因有二:一是任何文化推崇的艺术形式往往是他们"共同"感知世界的方式,或者说,他们认为世界理应如此;二是这种富于自我感知的语言系统,也实在就是他们赖以共存的精神家园。

电影《上帝也疯狂》中的"文明人"从飞机上丢下一个可乐瓶子,落在了非洲某个土著部落。这些土著人认为这可乐瓶是上帝送给他们的礼物,于是当作"圣物"来争夺它,这也打破了原有生活的平静,于是它又被定义为"不祥之物"。为了回归到原有平和的生活状态,土著人决定送还这"上帝的礼物",由此而展示了"野蛮人"眼中"文明人"的"野蛮"实质。这个故事的寓意是,不同的文化都有自己的语言符号系统,每一个符号(如可乐瓶)代表的

"意义"其实都是由其语言内部的"语法"所赋予的。而"语法"是文化规则的体现，只有当这种"语法"内化为社会人群普遍的文化心理时，才会生成他们共同的感性直觉。在理性文明兴起以前，人们也是凭借这种来自文化的感性直觉来阐释世界的。

其实，人们在适应现实生存与社会交往中都会产生新的文化习俗和规矩，也同样会在改造世界的过程中塑造自身的精神世界。语言符号就是该社会成员在共同改造世界并塑造自身的过程中，生成的理念与精神的记录。这就是索绪尔所谓的语言"能指"意义的来源。任何一种语言符号的产生，都是为了"存贮"或"流传"其民族社群共同创造的"意义"，因而列维-斯特劳斯也说，一个社会的文化（包括亲属、食物、政治意识形态、婚姻仪式和烹饪等），就是一个巨型的语言编码系统，而它又是由该社会的集体无意识控制的。

显然，列维-斯特劳斯指涉的"集体无意识"实际就是该社会特有的文化心理结构。任何人都必须通过建立在这一文化心理结构之上的语言编码系统，来认知世界和接触世界。人的教育是从说话或识字开始的，实质是要通过语言符号来掌握社会共有的"意义世界"，并形成共同的文化心理结构。从这一意义来说，作家在文学创作中按照某种文体的"语法"来运用语言文字，则是为了参与对这世界的重构。

作家从来就是用语言来重构世界并企图给世界重新赋予"意义"的人。蒲松龄在《聊斋志异》中创造了一个人鬼情深的奇异世界，而沈从文则创造了一个充满了人情美和人性美的"湘西世界"。显然，作家创造的艺术世界和他们身处其中的现实世界是不同的。他们不是对所谓客观现实世界的摹写，而是对他们各自心中理想世界的表达。当然，他们的理想世界是建立在对残缺现实世界的生命体察与理性认知基础上的。这就让人们看到，古典作家和现代作家其实是走在同一条路上——他们首先要通过阅读人类的既成语言来完成对现实世界的认识，并对造成现实世界的人性有了个人化的理解，从而形成了他们各自心中的那面"文化凸透镜"。

文化本是一个由语言符号定义的"意义世界"，人们可以借助这一"意义世界"来洞察他们身处其中的世界的构造秘密。因此，这一"意义世界"实质上就成了他们独有的认知结构。所以，我们也可以将作家那面"文化凸透镜"看成一面具有"文化直觉"功能的"思维凸透镜"。而这面"文化凸透镜"实质是作家个人通过符号阅读编织起来的"意义世界"，故而每个作家的"文化凸透镜"并不完全相同。于是，每个作家在针对某一特定事物或事件进行识解并展开艺术想象时，即使使用同一文体，也会自动生成或自主建构起各自不同的

"心智图"（或者称为"思维导图"①），并以自身的叙述方式缔结出不同的艺术世界。

显然，在现代作家各自不同的"思维导图"中，建立在语言符号之间的关系联结和层级划分，就不仅有理性的逻辑联结，也不只有文学文体自身的整合功能，而是添加了作家的个人记忆和文化联想。甚至，作家的个人记忆和文化联想成了其"心智图"中的主要联结手段，如意识流小说。尽管作家的思维导图具有个性化特征，甚至因其记忆、情感乃至文化观念的不同而呈现出不同的想象路径，但正是在这种多元网络联结中，作家笔下的文本世界才会生成新的意义。

这一"超理性"的艺术思维就是结构主义思维，即列维-斯特劳斯指称的"野性的思维"。在这种思维方式中，不仅作家的逻辑思维能力得到训练，以寻找对象物之间的因果关系；作家的个人记忆与文化联想能力也同样得到提高，以确立作家"自我"与对象物之间的意义关联。因此，刘勰在讨论"神思"的形成时，也强调作家要对前人的文学文本仔细"研阅""穷照"，以积累自己的学识，形成辨明事理的能力。

当然，刘勰之"神思"与现代艺术思维是有区别的。因为他将作家"文思"主要归之于通过对儒家经典文本的"研阅""穷照"而生成的艺术想象能力上。因此现代艺术思维既非刘勰之"文思"，也不是理性主义者那种只顾对事件做一种主观推断或抽象思考，更非基于自身生存欲念的白日幻想，而是由理性思维和文化直觉共同完成对世界与历史的对话与解读。个体理性作为现代文化内涵的思维方式，不仅要成为现代"文思"的主要思维框架，作家个人话语的呈现及为提供世界成因所做的叙述创新也会成为现代文学叙事的新"语法"。事实上，正是"五四"新文化运动推动了作家文化心理结构的嬗变，从而引发了中国文学史上那场史无前例的叙事革命。

（原载于《深圳大学学报》2020年第6期）

---

① "思维导图"是由当代英国人东尼·博赞（Tony Buzan）命名。它强调运用图文并重的技巧，把各级意义或主题之间的关系，用相互隶属与相关层级图表呈现出来。运用记忆、想象、思维的规律，以利于人们在科学与艺术、逻辑与想象之间取得平衡发展。

后 记

这是我的一本学术文集。倒不是想做鲁迅式的"坟",以埋葬某些苦痛的记忆,而是要对一个时代幸运儿的学术思考做一梳理。我之所以把自己定义为一个"时代幸运儿",是因为我的学术训练就始于改革开放年代,而我的工作与生活的落脚地又是中国改革开放的最前沿——广东。改革开放的时代氛围和世界视野,自始至终都在开化和涵养着我的心灵与思维方式。因此,不仅具有世界意识的作家成为我重点关注的对象,开放时代文学艺术的诗学魅力也一直是吸引我在经济热大潮中甘于坐学术"冷板凳"的一大动因。这也是我把这本文集命名为《小说与诗学——开放时代的中国文学》的因由。

文集所收文章的写作,历时三十余年。其中,《对"五四"新文学观念的历史反思与理论考察》一文,就是我的学术处女作。该文也是我在新疆大学攻读硕士学位时,提交给授业恩师陆维天先生的课程论文。奇妙的是,尽管新疆地处偏远内陆,但是陆先生自一开始就将我的目光引向了中西文化大交融的"五四"时代。我的硕士学位论文选题,也定格在"两脚踏中西文化,一心评宇宙文章"的林语堂。而刚刚发表的论文《鲁迅小说中的饮酒叙事与思想实验——对"五四"启蒙成效评估与对"新人"思想的超越》,又依然将目光回到了那迷人的"五四"时代。而更让人感到惊奇的是,今天是9月25日,也是鲁迅先生141岁的诞辰。这似乎是在冥冥之中,让我这篇后记在向鲁迅和他所开创的文学时代致敬。

静心想来,世上又哪有那么多离奇与巧合?无非是我所处的时代与鲁迅所处的时代有些同频共调罢了。为变革现实而对外开放,是这两个时代共同的心声。文学作为时代文化的表达,自然会在这种历史共振中发出美丽的回响。所以,开放时代里那些自由的"呐喊"、热切而温暖的人心、智慧而勇敢的思考,共同酿造了这一全新时代的文学魅力。

我承认,我心甘情愿为这种魅力所俘获,我也极力想亲近这些魅力文字背后的"孤勇者",以期瞻仰他们的精神芳容。但我很清楚,如果"开而不放"

是一个时代的共同命题，那么"开而不放"就是我们自身的责任。然而，开放时代的作家和理论家不正是迈步在这样一些时代里的"孤勇者"吗？他们不正是在面对其各自不同的时代命题而绽放了自己的生命热情和智慧的火花，从而成就了这瑰丽的文学星空吗？

所以，对我个人而言，这本学术文集的出版，就是一个时代幸运儿在向这一时代致敬。是为记。

2022 年 9 月 25 日于深圳